HÉROÏNE

STELEN A.

HEROÏNE

TOME 2

©Shingfoo, 2020, pour la présente édition.
Shingfoo, 53 rue de l'Oradou, 63000 Clermont-Ferrand.
Septembre 2020 pour la version imprimée
ISBN : 9782379870439

Couverture : ©AdobeStock

À Denise, pour m'avoir offert mon premier livre

Chapitre 1.
La manipulatrice

Point de vue d'Everly

— Tu veux faire du mal à Megan ?

Stacy ne s'attendait pas à ma question. Cependant, elle s'empressa de balayer sa surprise en plissant le nez d'un air blasé.

— Pas vraiment. Écoute, je veux pas en parler. On peut faire des choses plus marrantes que discuter. T'en dis quoi ?

Cette fois-ci, ni son sourire aguicheur, ni la voir jouer avec une mèche de ses longs cheveux désormais rouge violine n'eut d'effet sur moi. Je ne pouvais pas la laisser mettre ses plans machiavéliques à exécution.

J'insérai mes mains dans mes poches arrière pour avoir l'air plus sûre de moi. Ensuite, je puisai dans mes réserves de bravoure pour annoncer avec gravité :

— J'ai tout entendu.

Ses lèvres mutèrent en une fine ligne agacée. Puis, elle recula jusqu'à la maquilleuse, où elle s'installa, ses paumes sur le meuble, ses longues jambes se balançant dans le vide.

S'il s'était agi d'un autre jour, ça aurait suffi à clore la discussion. J'imaginais que c'était là son but en s'asseyant de manière à laisser son string apparent sous sa jupe. Elle était pleinement consciente de ses atouts… et de mes faiblesses.

Elle était belle. Belle, dans le genre : meuf en couverture de magazine. Avec son maquillage sombre qui faisait ressortir l'ambre de ses nouvelles lentilles. Ses piercings dont celui au septum qui me fascinait toujours. Sa plastique digne d'un ange de *Victoria's Secret…* Comment ne pas être tenté de céder à ses moindres caprices ?

Tout mon corps me criait de me glisser entre ses cuisses et de la laisser faire ces choses dont elle seule avait le secret. Mais des phrases comme celle qu'elle prononça ensuite de son ton hautain étaient toujours là pour me refroidir, en me rappelant que celle dont j'étais tombée amoureuse était loin de n'être que douceur et perfection.

— Qu'est-ce que ça peut te faire que je la blesse un peu ?

— C'est mon amie ! m'insurgeai-je.

Enfin, c'était. Mais je l'aimais toujours autant.

— Elle le restera, rétorqua Stacy désagréable. Je vois pas où est le problème.

— Le problème, c'est que tu en pinces encore pour Michael !

J'avais crié, mais c'était plus fort que moi. J'étais prête à tout pour elle, mais tout ce qui l'obsédait, c'était son connard d'ex et avec qui ce dernier sortait six mois après leur rupture.

— Pourquoi tu tiens autant à le récupérer ?

Je pleurais déjà. Je me détestais pour ça.

Stacy bascula sa tête en arrière, les paupières closes comme pour se ressaisir. Ensuite, elle poussa une longue expiration, avant de recroiser mon regard, la mine chiffonnée de façon mystérieuse.

— Je ne veux pas en parler.

Elle n'avait même pas nié ses sentiments pour lui. Suite à cela, je sentis mon cœur échouer dans un puits sans fin. Je ne représentais donc rien pour elle ! En désespoir de cause, j'énonçai d'une voix chevrotante, cassée :

– Mais il t'a giflée !

Elle me l'avait confirmé. Michael avait bel et bien levé la main sur elle. C'était absurde de vouloir se remettre avec lui.

Elle se mordit la lèvre inférieure, le regard fuyant.

– J'ai menti, confessa-t-elle dans un murmure à peine audible.

Je ne savais plus quoi penser. Et je ne saisis pas non plus la logique de sa colère devant ma perplexité, ni pourquoi elle descendit tout à coup de son perchoir en fumant :

– Il voulait me quitter. Moi.

Elle partit d'un rire hystérique en se désignant, comme si c'était la chose la plus stupide qu'elle ait eu à vivre.

– Cet abruti m'a craché au visage qu'il s'est lassé de moi. Alors j'ai inventé cette histoire et l'ai menacé de porter plainte. Ça aurait porté préjudice à son processus d'émancipation. Alors il est resté.

Ce n'était pas vrai ! Elle ne pouvait pas être si perfide.

– Tu l'as manipulé, soufflai-je en faisant un pas en arrière, dégoûtée.

– Oui. Mais il a fini par obtenir son indépendance et il m'a quittée. Il n'en avait pas le droit, hurla-t-elle, vexée, comme si j'étais censée la supporter et non la juger. Personne ne me quitte !

Ça, c'était la Stacy que tout le monde craignait, mais dont moi, je m'étais efforcée d'ignorer l'existence.

Je venais d'avoir la réponse à toutes mes questions. C'était une manipulatrice née. Elle ne pouvait pas aimer. Je ne la surprendrais jamais un jour à me contempler avec des étincelles dans les yeux. On n'aurait jamais une vraie relation. Ça m'écorchait d'accepter la vérité, mais il ne me restait plus d'autres options.

– Tu ne l'aimes même pas, résumai-je le visage inondé et le cœur en lambeaux. Tu le veux juste pour satisfaire ton ego

9

surdimensionné. Tu veux que tout le monde admire ton trophée et te vénère encore plus. J'imagine que moi, je ne suis pas un butin assez remarquable. C'est pour ça que tu ne veux pas qu'on nous voie ensemble. Tu es tellement méprisable, Stacy !

Je suffoquais. Dire que j'avais été prête à m'opposer à mes parents pour elle, malgré toutes les conséquences qui me pendaient au nez. Et tout ce que son visage arrivait à exprimer devant ma détresse, c'était un peu de pitié…

Un coup de couteau entre les côtes ferait probablement moins mal.

Sa voix s'adoucit lorsqu'elle reprit la parole, comme si c'était suffisant pour gommer sa méchanceté.

– On s'amuse toutes les deux. Je… j'ai besoin de toi. Ne me dis pas que tu penses à tout laisser tomber à cause de Michael !

– Je laisse tout tomber à cause de toi, crachai-je à travers mes larmes.

Elle fit un pas dans ma direction, mais je la stoppai d'une main.

– Ne m'approche plus jamais, Stacy ! Et si tu fais le moindre mal à Megan, je te promets que tu le regretteras. Au moins, elle n'a jamais eu honte de moi.

Chapitre 2.
Survivre

Je n'attendis pas sa réponse. Je sortis et claquai la porte derrière moi.

C'était trop dur. S'il n'en tenait qu'à moi je serais tout de suite rentrée chez moi afin d'aller pleurer toutes les larmes de mon corps, et peut-être me déshydrater et mourir par la même occasion.

Ça me soulagerait de ne plus exister.

Je passai le reste de la journée à m'éponger les joues entre les cours, sous les regards curieux de mes camarades. Je frôlais l'asphyxie à force de contenir mes sanglots.

Megan n'était pas là et c'était tant mieux. J'espérais seulement qu'elle ne s'était pas fait renvoyer.

Elle n'était pas du genre à se moquer en soutenant qu'elle me l'avait dit, mais je risquais de me sentir plus conne en sa présence. Elle n'avait jamais porté Stacy dans son cœur, et moi, j'avais toujours défendu cette démone, aveuglée comme j'étais par mes sentiments.

Il y avait une petite partie de moi qui se demandait si ça n'avait pas été mieux comme ça, et je n'arrivais même pas à lui en vouloir. À

11

l'époque où je fermais les yeux sur sa vraie nature, au moins, je n'avais pas cet énorme trou dans la poitrine.

Trou qui s'agrandit pendant le cours d'Anglais, jusqu'à m'engloutir complètement.

Le professeur n'était pas encore arrivé. Stacy et sa troupe papotaient comme d'habitude, assis sur leurs bureaux. Je m'étais éloignée au fond de la salle et luttais encore pour brider mes sanglots, en faisant mine de l'ignorer. Cependant, je craquai lorsqu'elle se bidonna après une blague de Tris.

Mon monde s'effondrait à cause d'elle à seulement quelques mètres, et elle ne trouvait rien d'autre à faire que rigoler.

Il me fallait de l'air. Je me cognai contre le professeur Barkley en quittant la salle à toute vitesse et je ne pris même pas la peine de m'excuser.

Je déambulais sans laissez-passer dans les couloirs, au risque de récolter un avertissement, lorsque deux grands bras me saisirent par les épaules, avant de me retourner et m'enlacer.

— Je veux mourir, Teddy, ahanai-je, inconsolable. Je veux mourir.

Le rouquin me serra fort contre son cœur en me caressant les cheveux jusqu'à ce que je me calme un peu.

— Viens, me souffla-t-il en m'embrassant le haut du crâne. Il vaut mieux que Green me voie pas dehors à l'heure des cours. Elle m'a dans le collimateur depuis un moment.

Il me traîna dans les vestiaires des hommes, puis verrouilla la porte derrière lui.

— Personne ne va venir ici avant trois heures. Allez, dis-moi tout, fit-il d'un air solennel en tapotant le banc sur lequel il s'était installé à califourchon.

Je m'y laissai tomber à mon tour tout près de lui. Il m'attrapa la main, et la serra pour me communiquer son soutien tandis que je vidais mon sac. Je lui racontai ma dispute avec Megan, jusqu'à la scène dans la loge avec Stacy, tout en omettant délibérément le passage où j'avais plus ou moins donné un coup de pouce à Michael pour récupérer Megan.

Il m'écouta avec attention comme d'habitude, fronçant ses sourcils broussailleux à certaines parties et pinçant ses lèvres pour montrer son mécontentement.

— ... je l'ai vu rire avec Tris juste après m'avoir laissé comprendre qu'on ne serait jamais exclusives et je me suis sentie mourir, terminai-je d'une petite voix.

Je n'avais presque plus de larmes.

Teddy me pressa plus fort la main comme pour me rappeler qu'il était là et que je pouvais compter sur lui.

— Tu es sûre que l'histoire de notre couple ne passera plus auprès de tes parents ? J'ai été absent ces derniers temps. Mais si tu v…

Je secouai la tête.

— Ils n'y croiront plus. Ma mère a tout entendu sur moi et Stacy. Mon père est certainement en chemin pour me traiter d'abomination et me rappeler que j'irai en enfer, blablabla.

Je n'étais même pas triste en énonçant tout cela. L'habitude probablement. Par contre, j'appréhendais la suite…

Teddy, à court de mots, ouvrit les bras en guise d'invitation. Je me blottis contre son torse musclé avec un soupir résigné en humant son parfum aux nuances citronnées.

— Tu veux que je dévoile à tout le monde que Stacy se fait gonfler les lèvres ? proposa le rouquin quelques minutes plus tard.

C'était si inattendu. De plus, ce n'était tellement pas son genre. Je pouffai en me libérant de son étreinte.

— Je peux sortir ses photos de primaire, promit-il, mi-figue mi-raisin. D'ailleurs, cette question me trottait dans la tête depuis quelque temps. T'as pas peur de l'embrasser ? T'imagines si ses lèvres explosent pendant que tu les mords ? L'horreur !

13

Je me marrai encore un moment avant de le cogner au biceps.

— Arrête ! Ses lèvres sont normales… Enfin, pas naturelles, mais normales. Tu comprends ?

Il acquiesça d'un air peu convaincu en passant ses doigts dans son coiffé décoiffé.

— Je suis désolé, Ev. Je suis là pour toi. Je pense que cette garce de Stacy mérite une bonne leçon, mais je ne suis pas celui qui a les mots pour toutes les circonstances.

Il faisait référence à Megan. On esquissa de concert un petit sourire nostalgique, comme si nous étions tous deux traversés par les mêmes souvenirs.

— Elle te manque ? m'enquis-je.

— T'as pas idée, s'empressa-t-il de reconnaître. C'est la première fois de toute notre vie qu'on ne se parle pas pendant aussi longtemps. Elle m'a laissé plein de messages, mais… J'ai honte de répondre. J'ai été odieux. Je lui ai jeté toute la faute, alors que le premier à blâmer, c'est moi. J'aurais dû être plus clair sur mes sentiments.

— Bah, dis-lui tout ça. Tu sais bien qu'elle te pardonnera.

Il pinça les lèvres et s'accouda sur ses cuisses avant de se frotter le visage dans ses paumes.

— C'est pas aussi simple, soupira-t-il. T'étais là vendredi, non ? Elle n'a pas hésité une seconde à le suivre. Et samedi en revenant de l'entraînement avec Stefen et Adam, je les ai vus sortir main dans la main d'une boutique d'airsoft. Ai-je besoin de préciser que les gars ont passé le week-end à se payer ma tête ?

— Aïe ! grimaçai-je.

— Ouais. Ça craint. Je suis amoureux d'elle depuis la maternelle. Je sais que je n'ai aucune chance. Mais mes sentiments ne vont pas partir du jour au lendemain pour autant. Et puis, il y a Michael. Je peux pas le blairer, ce mec. Tu te rends compte qu'il est à l'origine de tous nos problèmes ? Ça te dit qu'on le tue ? suggéra-t-il mi-figue, mi-raisin. S'il n'existait pas, ni Megan ni Stacy n'auraient fait une fixette sur lui.

— Mais ça n'empêcherait pas Stacy d'être méchante, murmurai-je en baissant la tête avec un pincement au cœur. C'est dans ses veines.

Il m'attira encore une fois contre lui et je me laissai aller contre son torse chaud et dur.

— Ça va aller, me promit-il en me frottant le dos, avant de m'embrasser le front. Tu rencontreras plein d'autres filles plus chouettes et à qui tu n'auras pas peur de mordiller les lèvres.

Je gloussais encore lorsqu'une réflexion se nicha dans mon esprit.

— C'est ce que tu fais pour oublier Megan ? Mordiller les lèvres des trois quarts des secondes ? Au fait, j'ai remarqué que tu as une grande préférence pour elles. C'est quoi le truc ?

Il rigola doucement.

— Ce sont les plus grandes fans de l'équipe de basket. Tu n'imagines pas ce qu'elles sont prêtes à faire pour supporter les joueurs.

— Pitié, épargne-moi les détails ! l'implorai-je.

Son rire fit trembler ses pectoraux contre mon oreille.

— Je ne suis pas assez fou pour penser que Meg est remplaçable, reprit-il plus grave, après quelques secondes. Mes activités extrascolaires avec les secondes, c'est juste pour m'empêcher de mourir de chagrin.

— Extrascolaires ? pouffai-je. Je te rappelle que tu t'es fait prendre dans la bibliothèque.

— La ferme ! me rabroua-t-il.

On s'esclaffa tous les deux. Et grâce à lui, le reste de la journée fut un chouïa plus supportable.

Cependant, mon répit fut de courte durée. Dès que je vis la voiture de mon père devant la maison en arrivant chez moi, mes épaules se firent plus lourdes que celles d'*Atlas* de la mythologie grecque.

Je me demandais encore où j'avais trouvé la force de mettre un pied devant l'autre ensuite, en parvenant jusqu'au salon où mes parents m'attendaient.

– Bonsoir ma chérie, fit ma mère avec un large sourire hypocrite.

Mon père lui, ne s'embarrassa pas de telles banalités.

– On doit parler, décida-t-il en se levant de son fauteuil près de la fenêtre.

Chapitre 3.
Conviction

— Bonsoir, miaulai-je en me tordant les doigts dans le dos.

Mon père qui n'avait de toute évidence aucune intention de retarder l'entrée en matière me toisa, puis me balança de sa voix de stentor :

— Quel mensonge as-tu préparé cette fois pour te défendre ?

Ma mère s'était levée elle aussi pour se placer à côté de son mari près de la fenêtre en posant une paume affectueuse sur son épaule. Ce dernier, pas d'humeur, s'en dégagea sans délicatesse aucune, avant de lisser sa chemise blanche.

Sans surprise, la femme au foyer esquissa un petit sourire de connivence en se joignant les doigts devant sa jupe ; se reléguant une fois de plus à la place de spectateur de mon malheur.

Parfois, je me demandais si elle avait toujours été comme ça, ou si au contraire sa personnalité s'était fait la malle devant l'autel le jour de son mariage. D'ailleurs, pourquoi avait-elle épousé un homme pareil ? Comment s'étaient-ils retrouvés ensemble ?

Bien entendu, ce n'était pas eux qui iraient me communiquer ces informations. Mes conversations avec mes parents se résumaient toujours à des échanges de banalités et des reproches quand je faisais une bêtise.

Ma mère avait certainement dû me border lorsque j'étais bébé. Mais d'aussi loin que je me rappelais, tout ce qu'elle avait fait ces dernières années, c'était me garder en vie, sans plus. Elle ne me disait jamais qu'elle m'aimait. Dès qu'il y avait un problème, elle me suggérait d'aller voir mon père. La plupart du temps, je finissais par abandonner au lieu de suivre son conseil, car la présence de mon paternel m'avait toujours mise mal à l'aise.

Avec son regard perçant et les plis constants au milieu de son front, même lorsqu'il était censé être de bonne humeur, mon géniteur avait de quoi intimider malgré son mètre cinquante-cinq.

Comme j'étais restée plantée à l'entrée de salon aux tons bleu marine et blanc, un canapé et un tapis nous séparaient encore. Pourtant, je sentis sa voix vibrer à mes oreilles, puis jusqu'aux tréfonds de mon âme lorsqu'il reprit avec verve :

– C'est comme ça que tu nous remercies pour tout ce qu'on a fait pour toi, petite ingrate ?

Je baissai la tête en m'agrippant aux manches de mon sac à dos comme une bouée. J'endurai ensuite insulte après insulte en luttant pour y rester imperméable. En vain. Une minute plus tard, je m'étouffais déjà avec mes sanglots silencieux.

C'était juste horrible. Peu importait le nombre de fois qu'on se faisait traiter de produit de l'enfer par son paternel, ça n'en restait pas moins douloureux.

Sauf que cette fois, à ma peine ne succéda pas la culpabilité. Je n'arrivais pas à regretter d'avoir vécu tout ça. Même si Stacy ne m'aimait pas, chaque instant à ses côtés avait été pur bonheur. Alors pourquoi autant de haine parce que j'avais été heureuse ? Ça n'avait aucun sens !

– Tu vas être privée de tous tes privilèges. Peut-être que ça te fera réfléchir à tes actes sales.

– Qu'est-ce qu'il y a de sale ?

Ma colère avait pris le pas sur ma peur et je repris d'une voix vibrante d'émotion en osant croiser son regard :

— Qu'est-ce que j'ai fait de sale ?

— Ton impertinence va très vite avoir des conséquences, me menaça-t-il de son index.

Il m'avait déjà giflée lorsqu'il avait appris pour mon homosexualité à New York. Cependant, à cet instant précis, j'allais trop mal pour en avoir quelque chose à cirer.

— Je n'ai rien fait d'autre qu'aimer, papa, sanglotai-je. Une fille, un gars. Qu'importe ?

Pourquoi ne comprenait-il pas ?

Il me dévisagea avec un tel dégoût que je n'eus plus la force de soutenir les lance-flammes lui faisant office d'yeux. J'inclinai une fois de plus la tête et observai mes larmes d'impuissance atterrir sur mes *Vans*, tandis qu'il grinçait, méprisant :

— Comment ai-je pu donner naissance à ça ?

J'avais oublié à quel point des phrases comme celles-ci pouvaient faire mal. Je ne prenais même plus la peine de refréner mes sanglots. C'était désormais au-dessus de mes forces d'endurer tout ça. Encore moins pendant des mois. Ma résistance d'avant m'avait lâchée.

— Que veux-tu que je fasse ? hurlai-je, désespérée, en levant les bras.

— Être une fille normale !

— Je suis normale ! Je suis parfois gauche. J'ai un léger surpoids. Je ne suis pas la plus intelligente, ni la plus jolie. Je ne suis pas parfaite, mais c'est humain. C'est normal ! braillai-je.

— Mais tu es malade, me conspua-t-il en effleurant ses tempes. Tu te laisses influencer par des démons et je ne peux tolérer ça dans ma maison.

Nos convictions étaient tellement à l'opposé l'une de l'autre. J'avais l'impression de parler à un mur.

— Et s'il n'y avait pas de démons ? Je ne serais jamais heureuse avec un garçon, papa. Je ne vais plus mentir. C'est comme ça. Je n'y peux

19

rien. Tu préfères que je passe ma vie dépressive pour correspondre à une norme, alors qu'il peut en être autrement ? Je ne fais du tort à personne. Je suis lesbienne. Ça ne changera jamais !

Voilà, je l'avais dit. Il n'y avait plus de retour en arrière. Ma mère s'était recouvert les lèvres de ses mains et son mari donnait l'impression d'avoir reçu une gifle. C'était la première fois que je leur tenais tête. J'étais heureuse de ne pas l'avoir fait pour Stacy, mais pour moi.

J'étais qui j'étais. Je ne serais jamais bien en jouant le rôle de quelqu'un d'autre. Que devrais-je faire pour qu'ils comprennent ?

– Je ne veux plus te voir sous mon toit, articula mon géniteur, cassant et impitoyable.

Le choc nous laissa, maman et moi, la bouche béante, et pour une fois, celle qui m'avait mise au monde n'appuya pas la décision de son époux.

Elle se plaça devant lui, cherchant son attention afin d'objecter :

– Qu'est-ce que tu racontes, Gary ? Elle est mineure.

– Elle est déjà perdue. Je ne peux plus rien pour elle. Tu as bien vu, non ? Elle n'a pas une once de remords pour ses péchés. Je ne veux pas m'occuper d'une abomination.

Il y avait de ces femmes qui se levaient pour bâtir leur monde selon leur vision comme Helen Carpenter. Et il y en avait d'autres qui se laissaient convaincre que leur place était derrière les fourneaux, sous les ordres d'un homme.

Malheureusement, ma mère faisait partie de la deuxième catégorie. Lorsque mon père lui intima de se taire quand elle tenta de me défendre à nouveau, je savais qu'elle ne riposterait pas et qu'elle allait le laisser me mettre à la porte.

Celle qui m'avait allaitée se tourna vers moi pour m'adresser un regard embué, désolé. Mais aussi étonnant que cela pût paraître, pas une larme n'échappa de mes yeux.

Je les scrutai tour à tour avec une amertume mêlée de nostalgie, puis j'acquiesçai dans un souffle :

— D'accord. Je m'en vais.

Mon père eut beaucoup de mal à cacher sa surprise. L'un de ses pantins avait définitivement échappé à son contrôle. Ça n'arrivait pas tous les jours dans cette maison.

En jetant un dernier coup d'œil à ma mère qui évitait pitoyablement d'affronter mon regard, je me fis la promesse de ne jamais devenir comme elle. Jamais.

— C'est peut-être moi qui ne veux pas vivre ici, finalement, reniflai-je en reculant. Je te dégoûte parce que je n'aime pas les garçons, papa ? Si c'était pour finir avec quelqu'un comme toi, alors c'est une bénédiction que je sois lesbienne.

Chapitre 4.
Ouistiti

L'effet de mes mots m'importait peu. Je montai dans ma chambre rassembler mes affaires, les larmes que je retenais me menaçant à chaque pas.

Néanmoins, je rangeai mes indispensables dans une valise à travers ma vision embuée. Puis, je me laissai tomber sur mon lit tandis qu'un sanglot involontaire m'échappait, à la pensée que c'était peut-être pour la dernière fois.

L'appréhension me nouant la gorge, j'appelai le contact que je venais de sélectionner, juste avant de coller le téléphone à mon oreille.

Mon correspondant décrocha à la deuxième détonation.

Je réalisai que je n'avais même pas pris le temps de la saluer seulement après m'être écriée, tendue comme un arc :

— Je peux venir chez toi, grand-mère ?

— C'est quoi cette stupide question, jeune fille ?

Je l'imaginai plisser le front en remontant ses lunettes sur son nez, et interrompant le dodelinement de son rocking-chair, sa bible sur les cuisses.

— Je veux dire avec mes affaires, précisai-je d'une voix branlante. Papa veut que je parte.

– Tu penses que je n'avais pas compris la première fois ? Je t'attends, ouistiti.

Si je devais décrire cette femme merveilleuse qu'était la mère de mon géniteur par seulement quelques-unes de ses caractéristiques, je citerais : ses robes à fleurs ; son énorme derrière ; ses lunettes rondes perchées sur le bout de son nez et son absence totale de filtre.

C'était la seule personne capable de remettre mon père à sa place d'une unique phrase. Ce dernier inventait donc toujours mille excuses pour éviter de nous emmener la voir.

La vieille femme habitait en dehors de la ville dans une jolie maison entourée d'un verger et d'un jardin potager qu'elle cultivait elle-même, y compris en hiver, grâce à sa serre. Même si je ne lui rendais pas souvent visite – c'était un assez long trajet et je n'avais pas de voiture – on avait toujours gardé contact à l'insu de son fils.

Lorsque j'arrivai chez elle, une heure plus tard, comme toute grand-mère qui se respectait, j'avais à peine eu le temps de dire bonjour qu'elle m'invitait déjà à manger.

Elle ne me posa aucune question sur la raison de mon déménagement. Elle me guida tout simplement dans la cuisine à la décoration lumineuse et naturelle, pour me gaver de ces plats originaires de son pays, Haïti, à base de produits de ses propres récoltes.

Ça faisait du bien d'être avec elle. De plus, sa fameuse soupe au giraumon était un vrai remède de l'âme.

Enfin, pour un temps.

Après en avoir englouti assez pour nourrir au moins quatre personnes, sans me soucier de mes kilos en trop, je m'étais excusée auprès de mon hôtesse afin d'aller me coucher.

À la tombée de la nuit, je m'étais réveillée désemparée de me trouver dans cet environnement vert et blanc au décor cocooning. Il m'avait fallu ensuite un bon moment pour me rappeler que c'était là ma nouvelle chambre, et enfin stopper les battements effrénés de mon cœur.

Les effets bienfaisants de la soupe s'étaient de toute évidence estompés pendant mon sommeil.

Je me levai pour éteindre la lumière, car cette dernière m'irritait les yeux. Puis ensuite, en me réinstallant sur le matelas moelleux, le dos contre la tête du lit, tous les événements de la journée me revinrent comme un boomerang. Je fondis en larmes de façon si déchirante que j'étais certaine d'avoir alarmé Grand'm.

C'était le genre de pleurs qui te coupait le souffle, te secouait tous les boyaux et provoquait ce bruit sinistre dans ta gorge à chaque inspiration. Je ramenai mes jambes contre mon buste et les enlaçai en tremblant, brisée, impuissante.

Je n'entendis pas ma grand-mère entrer dans la chambre, mais je me laissai aller à son étreinte lorsqu'elle m'enlaça les épaules en s'asseyant à mes côtés, son odeur de lavande m'emplissant les narines.

– Ils me détestent, Grand'm. Ils ne veulent plus me voir.

J'avais des difficultés à m'exprimer à cause de mes bruyants sanglots. De plus, ma tête m'élançait à l'idée de couper les ponts avec mes géniteurs. Ce n'était pas ce que je voulais. Ils restaient mes parents. Mais à part la discrète larme que ma mère avait essuyée lorsque je leur avais dit au revoir, aucun signe n'avait démontré leur désir de me garder.

– Ils ne te détestent pas, me consola la vieille femme d'un ton sage en me caressant le bras. Ils sont juste un peu idiots. Je vais leur parler. Ça va aller.

Je n'y croyais pas une seconde. Je continuai de pleurer mes tripes et elle me chouchouta encore longtemps en me murmurant des mots de réconfort. Je n'avais rien eu à lui expliquer. Après tout, elle savait pourquoi on avait quitté New York, et elle connaissait son fils.

25

– Je l'avais pourtant prévenu que déménager n'était pas la solution, reprit-elle comme pour faire suite à mes pensées. Bien sûr, il s'est mis en colère, car lui seul a toujours raison. Parfois, je me demande comment j'ai pu mettre au monde une tête de mule pareille.

Mes sanglots finirent par se calmer sous les doigts apaisants de la vieille femme. Malheureusement, ce ne fut pas le cas pour ma peine.

– Il dit que j'irai en enfer, soufflai-je les yeux dans le vague. Que Dieu me déteste. Toi aussi, tu vas à l'église pourquoi tu ne me hais pas ?

Elle soupira comme seuls les plus expérimentés savaient le faire. Dans le genre « bonne question, ma petite ».

– Je parle au Seigneur tous les jours, ouistiti. Pas une fois, il ne m'a commandé de détester les gens juste parce qu'ils sont différents. Et crois-moi, chérie, il ne l'ordonne à personne. La haine n'est pas un message de Dieu. Notre créateur a juste ordonné d'aimer nos prochains. Je n'ai jamais vu d'exception. Ton père est bloqué par ses propres préjugés. Ne le laisse pas te persuader qu'ils sont la vérité.

Mes larmes avaient repris de plus belle. Mais cette fois, je ne pleurais pas parce que j'avais mal. Dans ces situations, ça faisait toujours du bien de se savoir accepté et supporté. Surtout par sa famille.

– Merci, Grand'm. Merci.

– Je t'aime ouistiti, promit-elle en m'embrassant le haut du crâne. Je veux que tu sois heureuse.

– Je… t'aime aussi. Je vais essayer.

Quelques minutes d'étreinte plus tard, elle se dégagea en douceur et posa les pieds par terre avant d'aller rallumer la lumière.

– Maintenant lève-toi, ouistiti. Mwen prepare labouyi banann pou ou.[1]

---

[1] J'ai préparé de la bouillie de banane plantin.

Je comprenais assez de créole pour saisir que des kilos supplémentaires m'attendaient sur la table.

— Grand'm, grimaçai-je. Je pourrais juste me contenter d'un thé après tout ce que j'ai mangé cet aprèm. Je vais grossir.

Elle haussa les sourcils d'un air provocateur et me détailla par-dessus ses lunettes.

— Et ? Tu savais les merveilles que ces courbes savaient faire à mon époque ? fit-elle en se désignant, fière. Ne me dis pas que tu veux ressembler à ces brindilles de la télé ? Elles sont orphelines, c'est moi qui te le dis. Si elles avaient quelqu'un pour leur préparer à manger, jamais elles ne seraient dans cet état.

Je rigolai malgré moi.

— Grand'm. Elles ne sont pas orphelines, protestai-je sans pouvoir interrompre mon rire. Elles sont juste…

— Sans famille. Ou ruinées. Personne n'est aussi maigre volontairement.

Je savais qu'elle n'en démordrait pas. Et la voir traiter d'éventuelles millionnaires de pauvres, juste parce que ces dernières étaient minces avait quelque chose de trop hilarant. Je la laissai donc gagner et me marrai longtemps de sa logique.

Peut-être que déménager n'était pas si mal en fin de compte.

Chapitre 5.
Le bal

Déjà une semaine que je vivais chez ma grand-mère. Je ne m'étais jamais sentie aussi bien. Pour cause, la génitrice de mon père était mille fois plus chaleureuse que ce dernier et son épouse réunis. On priait ensemble tous les matins et pour une fois, cette activité ne me parut pas être un fardeau.

Ensuite, avant que je file prendre le bus pour le lycée, elle me gavait de petits-déjeuners tous plus savoureux que les autres, qui étouffaient ma conscience dès la première bouchée.

Je n'avais pas eu d'autres choix que de vite trouver une solution pour réguler mon poids, car sinon, j'avais craint de ne plus pouvoir rentrer dans un seul de mes vêtements d'ici un mois.

Désormais, j'étais donc obligée d'emporter un autre tee-shirt, du déodorant et des lingettes dans mon sac tous les jours, pour avoir l'air présentable au travail après l'école, puisque j'effectuais le trajet de trente minutes entre les deux en courant.

C'était l'enfer. Je détestais toujours autant le sport. Mais les soirs, allongée dans mon lit en attendant que Morphée m'emporte, j'étais toujours fière en repensant à ce que j'avais accompli en une journée. Cette sensation était la plus satisfaisante qui soit. Alors, j'avais décidé qu'elle valait bien mes points de côté préboulot.

C'était Grand'm qui s'était arrangée avec une amie à elle pour m'engager, afin que je gagne moi-même mon argent de poche et économise pour m'acheter une voiture. Avant, je n'avais jamais ressenti l'envie ni le besoin de travailler. Mais je n'aurais jamais cru que ça me ferait autant de bien. Je me sentais si… grande. Si utile.

Mon père avait refusé de recevoir sa mère, et ma génitrice avait suggéré d'attendre que son époux soit de meilleure humeur. Lorsque la vieille femme lui avait demandé son avis à elle sur la situation, elle avait prétexté une tâche à la cuisine avant de s'éclipser.

Grand'm les avait tous deux traités de bouffons en me rapportant tout cela. Je l'avais enlacée à la taille et humé son odeur de lavande pour ravaler ma déception. Puis ensuite, on avait regardé un énième épisode d'*Empire* en silence jusqu'à ce que le sommeil nous fauche toutes les deux.

Avoir le soutien de grand-mère était déjà bien. Peut-être qu'avec un peu de temps, mes parents finiraient par l'accepter. Enfin, c'était ce que je m'efforçais de penser.

Au début, j'avais craint de ne jamais pouvoir vivre avec leur rejet ; surtout après que ma mère eut refusé mon appel. J'avais donc pleuré comme une madeleine les deux nuits qui avaient suivi mon déménagement en maudissant la nature, Dieu, moi-même, et même ma naissance.

Puis ensuite, j'avais pris goût plus vite que je ne l'aurais cru à ma nouvelle routine. Et à mon grand étonnement, j'avais désormais moins mal en me rappelant les paroles de mon père. Ce pincement au cœur dû à nos relations déplorables ne disparaîtrait peut-être jamais, mais je savais désormais que je n'en mourrais pas. Surtout que j'avais très peu de temps à lui consacrer entre tous ces bouquins que je dévorais au boulot et à la maison.

Par contre, les souvenirs avec Stacy, eux ne me lâchaient pas du tout. Ceux-ci, plus sournois, ne faisaient que guetter une petite occasion pour pointer leur nez. Une phrase taquine dans un roman. Un personnage aux cheveux colorés… tout me rappelait celle qui m'avait brisé le cœur.

De plus, le comportement de cette dernière ne m'aidait pas vraiment à tourner la page. Elle intriguait les trois quarts du lycée avec sa nouvelle attitude distante.

Tout le monde se posait des questions.

Lorsqu'en plus, deux jours avant le bal de décembre, la veille des vacances de Noël, elle désactiva tous ses comptes, on en demeura tous perplexes.

Pour ma part, je penchais plus sur l'hypothèse que c'était sa façon de récupérer l'attention que Megan et Michael lui avaient volée avec leurs punitions.

Quant à cette première, je n'avais plus eu à l'éviter puisqu'elle avait passé ses contrôles au secrétariat. Green l'avait mise en quarantaine en plus de la renvoyer du bureau des élèves, parce qu'elle était un mauvais exemple pour ses camarades.

Foutaises !

Sur un coup de tête, je lui avais apporté une pomme, en l'apercevant en train de s'amuser comme un rat mort avec son stylo en l'absence de la secrétaire. Ensuite, j'avais filé avant même qu'elle eût le temps de prononcer merci.

Une part de moi était encore convaincue qu'elle était trop bien pour moi, tandis que l'autre me suppliait d'arranger les choses. Pour l'instant aucune d'entre elles n'avait gagné.

J'écoutais tous ses messages les soirs en rigolant parfois à ses blagues, mais je ne répondais jamais. Elle était au courant. Elle avait dit que ça ne lui posait pas de problème pour l'instant, mais qu'elle arrêterait les appels le 31 décembre.

C'était équitable. J'espérais seulement parvenir à me décider avant.

Elle m'avait communiqué qu'elle n'avait plus le droit de participer aux activités extrascolaires désormais. C'était un peu extrême. Surtout que je ne savais pas ce que Michael, lui, avait écopé.

Ça m'avait étonnée que pas une fois, Megan ne l'ait mentionné durant ses monologues. Il avait donc tant déconné que ça ?

Des bruits couraient qu'il s'était fait renvoyer. Je restais encore sceptique. Je doutais que Green recoure à de telles mesures envers son protégé.

Devant la réussite du bal de décembre, je ne pus m'empêcher de repenser que la punition de Megan était vraiment injuste. Elle ne pouvait même pas être là pour admirer son œuvre.

Je n'étais pas une fan d'*Harry Potter*, mais je devais admettre que le décor inspiré de la fameuse saga faisait rêver.

Ils avaient transformé le gymnase en *Grande Salle* et entre les énormes sapins enneigés, les fausses stalactites, la réplique du *Plafond Enchanté*, on ne savait plus où donner la tête.

Même si dès mon arrivée, je m'étais contentée de rester dans la zone des tables rondes pénombrées qui longeaient la piste de danse, je ne regrettais pas que Teddy m'eût forcée à venir.

L'ambiance était géniale. Le défilé des Champions tirés au sort m'avait bien fait rire. Ensuite, même si les morceaux du groupe d'étudiantes à qui on avait fait appel n'étaient pas terribles, leurs reprises par contre déchiraient. Je secouais d'ailleurs la tête, le sourire aux lèvres depuis mon siège, sur leur interprétation de *We Can't Stop* de Miley Cyrus. Les autres, eux, les robes et les costumes plus somptueux que les autres, s'égosillaient et se trémoussaient devant la scène.

Si cette stratégie dissuada Teddy pendant un moment de me rebattre les oreilles avec ses suggestions, le rouquin finit par se lever de la chaise à mes côtés pour se placer en face de moi afin de m'obliger à l'affronter.

Il s'était donné comme mission de m'aider à trouver une copine. Depuis le début de la soirée, je n'avais pas arrêté d'inventer des excuses à chaque fois qu'il me proposait quelqu'un. Malgré tout, ce forceur ne se décourageait pas pour autant.

Il aurait dû suivre mon conseil et aller rejoindre les quelques Secondes invitées, qui n'arrêtaient pas de lui faire de l'œil. Elles allaient vraiment être chagrines lorsqu'il partirait pour l'université l'année prochaine.

J'avais l'impression qu'elles se seraient depuis longtemps jetées sur lui s'il n'avait pas été en ma compagnie. C'était quelque peu compréhensible. Si au quotidien, le basketteur était déjà pas mal, ce soir-là, il était carrément magnifique avec son costume sombre et ses cheveux qui pour une fois ne pointaient pas dans tous les sens.

Je notai dans un recoin de ma tête de songer à lui offrir quelques bocaux de gel un de ces quatre.

— Celle-là, rechargea-t-il en me désignant une Junior avec une coupe au bol, qui avait l'air de s'ennuyer ferme quelques tables plus loin.

Elle était plutôt jolie. J'ouvris quand même la bouche pour protester, mais le rouquin me coupa d'un ton sans appel :

— Non ! Elle n'est pas hautaine. Elle ne va pas non plus te rembarrer et te gifler parce qu'en fait c'est un robot envoyé par ton père pour te tester.

D'accord. J'avais peut-être un peu exagéré avec mes excuses, mais j'avais horreur de faire le premier pas. De plus, je ne voulais pas vraiment de petite copine. Je décidai de la jouer victime pour le pousser à culpabiliser.

— Tu me chasses, c'est ça ? Je suis ennuyeuse ? Tes activités extrascolaires t'appellent ?

Il rit doucement.

— Même pas. Et ça ne va pas marcher, Everly. Je ne veux que ton bien. Je suis là pour t'aider à passer à autre chose.

— Je suis passée à autre chose, objectai-je.

Il leva les yeux au ciel, peu convaincu.

— Hum ! Combien de fois t'es allée vérifier *Instagram* hier pour voir si elle avait réactivé son compte ?

Plus de dix.

— Zéro.

— Ouais, c'est ça. Bouge ton cul ! Va parler à cette fille. Je te demande pas de l'inviter à sortir. Juste d'engager une conversation, de sourire, de plaisanter… Crois-moi, ça fait du bien à l'ego de savoir qu'on peut encore plaire après une déception amoureuse. Tu es très jolie. À moins que tu lui vomisses dessus, il n'y a aucune chance qu'elle te repousse.

J'y vis là une porte de sortie.

— Peut-être que je vais lui vo…

— Everly ! s'énerva-t-il.

Je l'avais saoulé, le pauvre. Tout le monde n'avait pas la patience de Megan avec moi.

Je me levai tout en le suppliant du regard pour qu'il me permette de rester. Mais ce tortionnaire demeura intraitable.

Je respirai un grand coup avant de me mettre en marche et tirai sur ma robe vaporeuse qui accompagnait mes *Vans* montantes. Mauvaise idée. Le bustier se délogea et dévoila un peu trop mon décolleté. Mais comme j'étais déjà debout avec les yeux de pas mal de gens sur moi, je n'osai pas bouger mes mains contre mes cuisses.

J'imaginais que les petits plis que formait ma poitrine près de mes aisselles étaient désormais visibles de tous. Chacun de mes pas pesait une tonne. Le battement du sang contre mes tempes avait recouvert la musique dans la salle, et à mon avis, tout le monde devait rire de mes trop gros seins.

J'aurais dû savoir que cette robe était une mauvaise idée. Je n'aimais pas les robes. Je ne savais pas pourquoi celle-là m'avait fait craquer. Peut-être parce qu'elle m'avait donné l'impression d'être belle avec sa couleur aubergine qui s'accordait un peu trop à ma peau caramel.

Quelle idiote ! Je m'étais même lissé les cheveux, euphorique après l'avoir réessayée ce matin-là.

Mais à cet instant, toute la magie s'était envolée. Je me sentais juste horrible.

La distance jusqu'à la brunette me semblait infinie alors que seules quatre tables nous séparaient. J'osai un coup d'œil en arrière en envisageant de faire demi-tour au risque de me faire gronder par Teddy. Mais je réalisai que je n'avais plus aucun souci à me faire de ce côté, puisque ce traître avait disparu.

Je n'eus pas le temps de me lamenter longtemps. Un larsen provoqué par la chute d'un micro sur la scène désormais vide obligea tout le monde à se protéger les oreilles.

La salle entière pesta contre ce cancan. Puis, toute activité cessa lorsque le responsable sortit de l'ombre d'un air triomphant.

– Salut, mes gens !

La reine venait de faire son entrée. Restait à savoir ce qu'elle attendait de son royaume.

Chapitre 6.
La reine

Ça faisait seulement deux jours que Stacy avait disparu de la circulation. Pourtant, à la voir, on avait un peu de mal à le croire, tant elle avait changé.

Elle avait désormais les cheveux très courts, plaqués façon Miley Cyrus au Met Gala de 2015 ; dévoilant ainsi les huit piercings à ses oreilles.

Pour une fois depuis deux ans, la blonde avait opté pour sa coloration naturelle, et elle semblait… majestueuse.

Sa robe moulante de coupe sirène garnie d'appliques à des endroits stratégiques, et transparentes à d'autres au niveau du buste était digne de figurer dans les plus grands magazines.

Cette fille était née pour être sous les feux des projecteurs.

Et tout le monde devait le penser. Mais elle rêvait de devenir créatrice de mode.

J'avais été surprise le jour où elle me l'avait confié juste avant de me montrer ses dessins. Le plus étonnant était qu'elle avait paru si peu sûre d'eux, au point de ne les avoir jamais fait voir à personne, pas même à Lana, alors que ses créations étaient juste parfaites.

Au fil du temps, j'avais appris à découvrir une autre Stacy dont très peu connaissaient l'existence. Celle-là avait une addiction au *Pepsi* qu'elle contrebalançait en se défoulant à la salle de sport.

Elle était une grande fan de mangas. Elle aurait trop aimé ressembler à Cara Delevingne même si à mes yeux, elle n'avait rien à lui envier.

Parfois, sans prévenir, elle me tirait dans une salle pour m'embrasser, car elle n'en pouvait plus d'attendre nos fausses révisions chez elle après les cours…

Cette Stacy me faisait oublier tous mes complexes. Et j'étais folle amoureuse d'elle.

Je secouai ma tête pour chasser ces souvenirs qui s'accompagnaient toujours d'un broyage de cœur tandis que la blonde levait le menton sur l'estrade pour déclamer :

– J'ai une annonce à faire. Veuillez vous taire !

À cet instant précis, toute l'assemblée voyait une peste avec un ego démesuré en train d'être elle-même. Je la voyais aussi. Mais derrière j'apercevais une fille nerveuse, à sa façon de battre la mesure contre sa cuisse de sa main libre.

C'était ça mon problème dès qu'il s'agissait d'elle. J'essayais tout le temps de transcender le concret.

Je savais dès le départ qu'elle était méchante. Mais à part la dernière fois dans la loge, j'avais toujours préféré me concentrer sur les parcelles d'humanité qu'elle laissait échapper. À chaque fois qu'elle faisait sa diva, je me rappelais que c'était la même fille qui m'avait demandé mon avis avant tout le monde sur la nouvelle chorégraphie de l'équipe de pom-pom girl.

Elle m'avait confié que j'étais la seule avec qui elle s'autorisait à se détendre parce que je ne passais pas mon temps à la noter.

Sa fidèle petite confidente de l'ombre.

Bien entendu, il y avait aussi cette Stacy qui vivait pour se faire vénérer et qui gagnait trop souvent sur l'autre. Celle pour qui je n'étais personne. Celle qui m'avait brisé le cœur.

Toutefois, comme toute l'assistance, j'étais curieuse de savoir ce qu'elle avait à annoncer, vu qu'elle serrait le micro comme si sa vie en dépendait.

— Voilà, mes gens. Quelque chose m'est arrivé… Merde, Selina, je parle, s'énerva-t-elle en fusillant du regard quelqu'un au pied de la scène. Tu veux vraiment que je raconte à ton copain que je t'ai vue embrasser son pote dans les toilettes ? Ah merde ! joua-t-elle l'effarement. Déjà fait.

Je poussai un soupir de lassitude tandis que les autres s'échangeaient des regards résignés, soumis, ou révoltés.

Suite à notre réaction, la cheerleader ferma les yeux, pinça les lèvres et leva la main, mi-agacée, mi-contrite.

— Je suis désolée, OK ! gueula-t-elle. Il va me falloir du temps avant de pouvoir m'affranchir de tout ça. Mais admettez aussi que vous adorez me détester. Que voulez-vous que je fasse quand tout le monde s'attend à ce que je sois une garce ? Je ne connais même pas d'autres façons de me comporter. Alors maintenant que je suis en train de l'apprendre, je vous prie s'il vous plaît de ne pas me chercher.

Je faisais partie de ceux qui cillaient de perplexité.

— J'aime une fille, décréta-t-elle d'une voix plus posée quelques secondes plus tard.

Je m'appuyai à une table pour ne pas chanceler.

Elle ne pouvait pas parler de moi. C'était impossible. Et si elle parlait de quelqu'un d'autre, je n'y survivrais pas.

Je finis par fondre en larmes à cause du stress. C'était pathétique, mais par chance, tout le gymnase était trop accaparé par Stacy pour prêter attention à moi.

— Quelqu'un a quelque chose à dire ? nargua-t-elle l'assemblée, le menton relevé.

Comme personne ne réagit, elle poursuivit avec plus de sérénité :

— Vous savez, toute ma vie, je me suis habituée à être la méchante. Je ne pensais même pas que les sentiments des autres pouvaient compter. Et puis, tout a changé quand cette personne m'a traitée de méprisable. Ça m'a blessée. Pourquoi elle ? J'ai retourné la question dans ma tête des heures et des heures alors que la réponse était si évidente… Je l'aime.

Son expression se fit rêveuse.

— Elle est si belle et elle ne le sait même pas. Elle a un cœur en or. Elle n'attend rien d'autre que ce que mon égoïste personne accepte de lui donner. Personne ne m'avait aimée de la sorte. Personne… Merde, je vais quand même pas pleurer ! pesta-t-elle en basculant sa tête en arrière.

Cependant, les larmes lui échappèrent quand même et elle pesta tandis qu'un gloussement doublé d'un sanglot traversait mes lèvres. Je l'aimais tellement !

— Elle a ce rire qui me réchauffe de partout, continua-t-elle en faisant désormais fi de ses pleurs. Et ses lèvres et ses seins… bon ça ne vous regarde pas. Je veux juste que vous sachiez que je suis prête à tout pour elle. Même si ça implique de… m'excuser pour toutes les atrocités que j'ai pu commettre dans ce lycée. Je vous demande pardon. Avant ça me suffisait d'être une garce. Avant je n'avais pas un ange à mériter.

Ça devenait un peu trop d'émotions pour une seule soirée. En reniflant bruyamment, je réajustai ma robe tandis que Stacy ajoutait en épongeant ses joues :

— Si quelqu'un n'est pas content, qu'il vienne me le dire en face. Ensuite, je veux demander à cette merveilleuse personne de sortir avec moi… Si bien sûr elle me pardonne ma lâcheté et toutes les horreurs que j'ai faites.

Elle me chercha parmi la foule et pinça les lèvres en ne m'y voyant pas.

Elle perdit de son assurance et d'une certaine façon, ça me fit plaisir.

— Je sais que t'es là, sinon je ne serais pas venue. Plus rien n'arrive à m'intéresser depuis quelques jours. Tout ce que je sais c'est que je… je ne veux plus revoir ce dégoût dans ton regard. Ça m'a hantée à un point que tu ne saurais imaginer. Je suis désormais prête à tout pour te rendre fière. Everly Jean, veux-tu bien me donner une seconde chance ?

L'air de mes poumons se fit la malle. Tout le monde se tourna vers ceux qui se tournaient vers moi, et en moins de temps qu'il ne fallait pour le dire, je fus au centre de l'attention d'un gymnase entier… et d'un projecteur.

La surprise de toute l'assemblée me blessa.

Je baissai la tête et maltraitai le tulle de ma robe, au bord de la crise. Stacy bégaya dans son micro, décontenancée :

— Si… si tu veux pas, je comprendrai. J'ai… été vraiment dégueulasse. Tu as le droit de ne pas me pardonner.

Je secouai la tête en signe de dénégation. Je ne la repoussais pas. Ma timidité me paralysait.

Par chance, elle comprit et soupira de soulagement avant de suggérer aux autres :

— Vous pouvez arrêter de la fixer, s'il vous plaît ?

Je me sentis encore plus nulle.

Je partis en courant et ne m'arrêtai, essoufflée, que dans le patio autour duquel se regroupaient les différents bâtiments du lycée. L'air frais me fit du bien, mais ça n'effaça pas mon trouble pour autant. Je ressentais tellement de choses en même temps qu'un début de migraine se mit à pulser contre mes tempes.

Je me mis à faire les cent pas dans le froid. Mais je m'interrompis lorsque j'aperçus Stacy mille fois plus belle sous le clair de lune, sa couronne – enfin celle destinée à la reine du bal – brillant sur ses cheveux courts.

Ils avaient déjà annoncé les résultats ? J'avais pourtant l'impression d'être dehors depuis seulement cinq minutes.

– Pas besoin d'attendre, répondit-elle à ma question muette. On sait tous qui a gagné. Je suis la reine de ce bal et de tous ceux à venir avant mon départ. Et toi…

Elle s'avança vers moi, enleva le diadème et le déposa sur ma tête.

– T'es ma… princesse ?

Elle grimaça, insatisfaite, et je pouffai.

– Désolée. C'était nul, rit-elle. Mais je ne voulais pas dire reine de nouveau. Tu comprends ?

Je l'aimais tellement. Je hochai la tête et acquiesçai.

– Je peux te toucher ? hasarda-t-elle en pinçant les lèvres. Ça me manque trop. Tu peux même pas imaginer.

Sa détresse me réchauffa de partout. Donc je comptais vraiment pour elle ?

– Ça ne veut pas dire que c'est tout ce qui m'a manqué, s'empressa-t-elle de corriger. Je veux…

– Toi aussi tu m'as manqué, coupai-je.

Je me haussai ensuite sur la pointe des pieds et déposai mes lèvres sur les siennes pour me sentir revivre après des jours.

Ce fut là tout ce qu'elle attendait. Elle enroula ses bras sur ma taille et répondit à mon baiser avec une fougue et une urgence qui submergèrent mon cœur d'une douce chaleur, mon corps de frissons et ma tête de feux d'artifice…

Nos langues se retrouvaient, ravies, se taquinaient, s'aimaient… Je passai mes bras autour de son cou et me collai à elle, rassasiée et à la fois en manque…

C'était le meilleur baiser de toute ma vie.

— Je suis désolée, murmura-t-elle contre mes lèvres, la respiration hachée.

— Hum !

Je ne pouvais plus m'arrêter. Son goût m'avait trop manqué. Je grognai de protestation lorsqu'elle me repoussa, pour plonger son regard d'azur dans le mien, comme si sa vie dépendait de ma prochaine décision.

— Tu me pardonnes ? Ton avis compte beaucoup pour moi, Ev. Plus que celui de n'importe qui. Tu m'as aidée une fois à prendre conscience. Je veux que tu me promettes que tu me ramèneras sur le droit chemin dès que j'irai trop loin. Mais pour cela, il faut que tu me pardonnes. Crois-moi, je veux être quelqu'un de bien… pour toi. Me donnes-tu de tout cœur une seconde chance ?

— Je t'aime, Stacy Hunting. Je t'ai toujours aimée.

Je lui avais pardonné. Je l'aimais trop pour lui en vouloir longtemps. Surtout pas après qu'elle eut mis son cœur à nu de la sorte. J'avais insufflé toute mon affection à mon ton, et le sourire dont elle me gratifia ensuite me convainquit d'avoir fait le bon choix.

— Je t'aime aussi, Ev. Tu m'as eue dès le jour où tu m'as embrassée dans les toilettes.

Je n'arrivais pas à croire que je vivais vraiment ce moment. Rien qu'elle et moi… et la neige… et la Lune… et l'amour… J'avais l'impression d'être une héroïne de contes de fées.

— Si j'avais su je t'aurais embrassée plus tôt, souris-je, les yeux embués.

— On a tout le temps pour rattraper ce retard, à commencer par maintenant.

Puis, elle déposa à nouveau ses lèvres sur les miennes et quelque part dans ma tête, j'entendis une voix annoncer *« et elles vécurent heureuses pour toujours »* tandis que des feux d'artifice explosaient en bruit de fond.

J'étais trop fan de ma propre histoire.

Chapitre 7.
Collision 2

Point de vue de Megan

— Je vais te faire visiter l'un de mes endroits préférés au monde, annonçai-je à mon compagnon, des étincelles plein les yeux en pivotant au beau milieu du trottoir.

Alexander repoussa les dreadlocks qui s'étaient échappées de son chignon et glissa ses mains dans la monopoche de son hoodie.

— Ah bon, quoi ?

— Tada ! m'exclamai-je en indiquant la devanture de style vintage.

Il cacha mal sa déception avec son « *oh* » monotone. Je savais que le vieux bâtiment en brique ne payait pas de mine, mais je l'aimais.

— Je viens souvent ici, me sentis-je obligée de me justifier devant son expression critique.

— Je croyais que tu étais dyslexique.

— J'aime… Aaaarg ! Viens.

Je l'attrapai par le bras et passai la porte en vitre avec la clochette au-dessus. Je ne pouvais pas expliquer pourquoi cet endroit me plaisait autant. Il fallait qu'il ressente tout lui-même.

Mais il ne ressentit rien. Pourtant, la magie était bien là. Même s'il y avait plus de monde ce jour-là que d'habitude, j'avais vite retrouvé cette sensation de bien-être que me procuraient tous ces bouquins et leur odeur si particulière. Ces vieilles étagères et présentoirs en bois. Le haut plafond et les murs en briques. J'étais déçue qu'il ne partage pas mon enthousiasme.

Depuis un moment on se faisait l'un l'autre découvrir nos passions. Vendredi dernier, il m'avait emmenée à un tournoi de skateboard. Je n'aimais pas ce sport. Pourtant, j'avais réussi à montrer un petit peu d'intérêt par respect pour lui qui le pratiquait. Il aurait quand même pu me rendre la pareille !

Sa petite grimace mi-contrite, mi-embarrassée ne m'atteignit pas. J'avais perdu de mon entrain à cause de lui. Malgré tout, je tentai de meubler le silence :

— Si je t'achète un livre, tu pourras le lire et me l'expliquer ?

Everly me manquait terriblement. Elle n'aurait pas froncé les sourcils comme Alexander.

— Pourquoi tu ne télécharges pas des livres audio ?

— J'aime pas. Je préfère qu'on me les lise. Ou alors qu'on me fasse un résumé détaillé d'au moins un quart d'heure, pour que je puisse comm…

Je m'interrompis devant son sourire amusé et fis la moue.

Je savais que c'était un peu étrange d'apprécier qu'on me fasse encore la lecture à mon âge, mais personne ne m'avait jugée jusque-là. Et pour mon plus grand bonheur, Alexander non plus. D'ailleurs, celui-ci me décocha son regard « t'es folle, mais je t'aime bien ».

— D'accord. Je te les lirai. Achète ce que tu veux.

Je le remerciai et me perdis entre les étagères principales en sautillant.

Encore une fois, la quantité de personnes dans ma librairie me sidéra. Ma vendeuse avait une file d'au moins six personnes devant elle. Pas mal de gens circulaient aussi dans les allées, vides d'habitude. C'était du jamais vu.

Je revins quelques minutes plus tard vers Alexander qui était resté là où je l'avais laissé et lui tendis les deux livres de Katy Evans que j'avais choisis.

— Que dirais-tu d'aller payer ? suggérai-je. Je me promène encore un peu. Si j'en trouve un autre d'intéressant, je l'ajouterai à la pile.

Après avoir examiné les bouquins, mon compagnon se gratta la tête d'un air embarrassé.

— Quoi ? m'inquiétai-je. Tu n'as pas envie de les lire ? Si tu veux, je peux…

— Non. Non. Il ne s'agit pas de ça. J'ai juste oublié mon portefeuille chez Terrence.

C'était bizarre. Tout à l'heure, avant que je règle la note au restau, il avait prétendu l'avoir oublié chez lui. Peut-être qu'il vivait avec Terrence, pensai-je pour m'empêcher de douter.

Je me rappelai qu'en cette période où j'étais si seule, pas une fois, il ne m'avait laissée tomber. Ce serait stupide de le soupçonner de profiter de moi. De toute façon, j'avais déjà prévu de payer les livres.

Sauf qu'en insérant ma main dans ma poche, je réalisai avec effroi que je n'avais plus de cash.

Alexander était passé à l'improviste tout à l'heure. Raison pour laquelle je portais un jean délavé et le sweat que Michael m'avait acheté. En somme, les premiers trucs à m'être tombé sous la main.

En partant, j'avais juste eu le temps de choper l'une de mes cartes et le billet de cinquante qui traînait depuis un moment sur mon bureau.

Je l'avais dépensé au restau. Et là, je venais de me rappeler que ma vendeuse n'acceptait que du liquide.

— J'ai vu un distributeur tout près, m'informa Alexander avec un geste corrélatif de la main, comme s'il avait lu dans mes pensées.

— Non. Non. On part. Je ne…

— Non, ça ne me dérange pas, assura-t-il. Promène-toi. Donne la carte. Je t'en extrais combien ?

D'un geste hésitant, je la déposai dans sa paume en lui indiquant le montant dont j'avais besoin, même si je restais convaincue que ce n'était pas une bonne idée.

— Et ton code ?

Je le lui confiai, mais je ne pouvais m'empêcher de trouver la situation embarrassante.

— Vraiment, on peut partir, tentai-je une dernière fois. Tu n'es pas obli…

— Je reviens dans cinq minutes, promit-il avec un clin d'œil.

Ou jamais, envoya la petite voix dans ma tête.

Je devais arrêter d'être constamment sur mes gardes avec lui. C'était quelqu'un de bien.

La veille, il avait passé la soirée avec moi, plutôt que d'aller au bal comme tout le monde. Il m'avait juré l'avoir raté à cause de son aversion pour les costards, mais je n'en avais pas cru un mot.

Nous étions allés au ciné mater un vieux film d'Eddie Murphy. Mais dès qu'il avait passé une main sur mon dossier pour se rapprocher de moi, j'avais paniqué avant de prétexter une urgence aux toilettes.

Je ne comprenais toujours pas ma réaction. Je n'étais pas amoureuse de lui. Mais il comptait pour moi.

Dès que je m'ennuyais, il suffisait d'un message de ma part pour qu'il rapplique. S'il ne pouvait pas venir, il m'appelait, me faisait rire et j'allais tout de suite mieux après.

Je ne savais même pas ce que j'aurais fait sans lui pendant cette semaine de réclusion où il avait risqué à plusieurs reprises la colère de Green, juste pour venir me changer les idées, le temps d'un instant au secrétariat.

Alors pourquoi la perspective d'un simple baiser me dérangeait-elle ?

Après le ciné, on s'était baladés au clair de lune, sous la neige. Il m'avait ensuite emmenée voir un petit groupe local sympa. Puis, vers les 23h, il m'avait raccompagnée chez moi. Et je m'étais empressée de rentrer comme s'il y avait le feu, avant même qu'il ne tente quoi que ce soit.

Désormais ma mère croyait que je voyais deux garçons en même temps. Et je ne trouvais même pas comment me défendre de façon crédible.

La femme d'affaires m'avait d'ailleurs rappelé qu'on devait discuter à son arrivée la veille. J'avais prétexté la fatigue et m'étais enfermée dans ma chambre avant de me perdre sur *Twitter* où les seuls posts sur lesquels j'étais tombée qui ne parlaient pas de Stacy parlaient d'Everly.

Plusieurs extraits de vidéos plus tard, j'étais sur le cul.

J'avais détesté Stacy pendant trop longtemps pour prétendre l'apprécier d'un coup. Mais pour la première fois depuis le début de sa relation avec Everly, j'éprouvais un semblant de respect pour elle.

Une pensée me ramena à Alexander qui avait ma carte, mais je la chassai et choisis de me promener entre les étagères afin de m'imprégner de la magie apaisante du lieu.

La couverture d'un livre attira mon attention. *Hate To Love* de Penelope Douglas, déchiffrai-je. Et après une éternité à lire le résumé, je craquai.

Je fis ensuite demi-tour pour aller chercher un panier, parce que ça me faisait désormais trois bouquins quand même.

En quittant la zone des rayonnages, je rentrai dans quelqu'un et tombai sur les fesses tandis que mes livres glissaient jusque sous le présentoir qui faisait face au comptoir.

Cette situation réveilla en moi une sensation de déjà-vu. Mais elle disparut tout de suite lorsque le monsieur grisonnant avec qui j'étais entrée en collision s'inquiéta de mon état en me tendant la main. La douleur s'estompait déjà. Je lui assurai que tout était OK. Il ramassa mes effets, la mine contrite, puis il partit après mille excuses supplémentaires.

Cette impression de déjà-vu n'avait finalement pas lieu d'être puisque la dernière fois que quelqu'un m'avait fait tomber, ce bougre ne s'était même pas donné la peine de me demander comment j'allais.

Ou peut-être était-ce un sixième sens qui essayait de me faire passer un message.

Moins de dix secondes après le départ du monsieur, j'avais rechuté sur les fesses en rentrant cette fois-ci dans… l'air. C'était vraiment le genre de choses qui n'arrivaient qu'à moi. Mes pieds s'étaient affolés et emmêlés tout seuls en voulant fuir dans deux directions différentes.

Il n'y avait qu'une seule personne au monde qui provoquait chez moi des réactions aussi bizarres. Et elle venait de franchir la porte de la librairie avec son sweat à capuche identique au mien et ses cheveux de jais coincés derrière ses oreilles.

Que diable venait-il chercher là ?

Chapitre 8.
Le chelou

De toutes les librairies du monde, pourquoi avait-il fallu qu'il se pointe ici ?

Je ne l'avais pas revu depuis qu'il avait quitté le bureau de Green lundi dernier alors même que celle-ci lui énonçait la liste de ses sanctions. À chaque fois que j'avais repensé à lui depuis, je l'avais ensuite maudit sur plusieurs générations, avant de me jurer de tourner la page.

Alors, pourquoi diantre réagissais-je ainsi en sa présence ?

Il rentrait. J'adoptai une pose que mon cerveau embrumé considéra comme désinvolte et élégante. Résultat : je me retrouvai les jambes croisées et mes mains jointes posées sur un genou.

Je voyais bien au regard des gens qu'ils se demandaient qui était cette folle qui se croyait à un shooting photo sur le sol d'une librairie. Je regrettais déjà ma connerie et voulus me terrer dans un trou.

Ce désir s'amplifia lorsque Michael passa à côté de moi comme si j'étais une simple tache sur le parquet, les mains dans les poches de son sweat.

Je ne savais plus comment réagir.

Je ne savais pas quelle tête je faisais par terre, mais Alexander sembla inquiet en me rejoignant après avoir passé la porte.

– Ça va ?

– Oui, mentis-je.

J'acceptai sa main pour me remettre debout, le remerciai, puis me baissai pour récupérer mes bouquins.

– J'ai l'argent liquide, m'annonça-t-il ensuite.

– Cool !

– La file s'est encore allongée, observa Alexander.

Ils avaient quoi aujourd'hui à tous venir ici ?

Et maintenant que j'y faisais attention, ils avaient presque tous le même livre en main. Alexander m'empêcha d'en déchiffrer le titre.

– On peut aller ailleurs si tu veux et passer plus tard récupérer les livres, suggéra-t-il.

Involontairement, je jetai un œil derrière moi. Michael ne semblait intéressé que par le bouquin qu'il feuilletait… le même que les autres gens. Intrigant…

– Attendons un peu, proposai-je en me grattant le cou.

Je devais d'abord assouvir ma curiosité. Et s'il s'agissait du nouveau livre de Michael ? Et s'il était là pour le lancement ? Je passais peut-être à côté de l'occasion de découvrir son nom de plume. *OK ! Et alors ?* En me rappelant mes résolutions, je m'écriai avec un peu trop d'entrain :

– Tu sais quoi ? Partons !

Mon ami me scruta avec suspicion. Puis son regard échoua derrière moi et il fronça des sourcils perplexes.

Il l'avait remarqué.

Je sentais depuis un moment ses lasers sur moi et eus tout à coup envie d'embrasser Alexander.

Je fus seulement stoppée par la réflexion que ce ne serait pas juste envers mon ami. Je devais avoir envie de l'embrasser pour lui. Pas pour rendre jaloux un menteur.

— C'est pas Michael Cast qui t'épie là ?

Si. Mais je n'accordais pas d'attention aux gens qui ne m'en accordaient pas. Enfin, j'essayais.

Mon cou pivota tout seul dans la direction de mon ennemi et les billes bleues de ce dernier s'ancrèrent trop naturellement dans les miennes.

Il ne faisait même plus semblant d'être intéressé par son livre. Il me fixait moi ; ou plutôt, il me fusillait du regard.

Je déglutis avec difficulté sous le déferlement de souvenirs qu'il réveilla en moi, tout en sentant mes paumes devenir moites.

Le temps reprit son cours alors qu'Alexander chuchotait :

— Je n'aurais jamais imaginé qu'il fréquentait ce genre d'endroit. Décidément, ce mec est plein de surprises.

Je lui accordai toute mon attention en tentant d'ignorer la brûlure des flammes bleues de Michael dans mon dos.

— Tu le connais ?

— Bien sûr. C'est le mec chelou du lycée qui essaie tout le temps de se tuer. J'allais le voir courir avant que son oncle ou je ne sais plus qui lui confisque sa bécane suite à sa dernière arrestation. Il adore se mettre en danger. Je crois qu'il a un problème. On raconte des trucs pas nets sur…

Il savait courir ? Toutefois, en y repensant, je crois qu'il avait essayé de me le dire le soir où il était passé récupérer Anna chez Stacy. La disparition de sa moto prenait enfin sens.

Des années à espionner ce mec et il y avait toujours quelque chose de nouveau à découvrir sur lui. Dommage que j'eusse déjà tourné la page. Alexander s'était interrompu, puis se tapa le front.

— Pourquoi je te parle de lui ? C'est toi qui… T'as été punie pour être partie avec lui malgré les ordonnances de Green ! Ça m'était

complètement sorti de la tête… Il n'arrête pas de te fixer, Megan…
J'aime pas les problèmes avec les mecs comme lui. T'es sa…

– Non ! coupai-je.

Je n'avais plus aucun lien avec ce menteur.

– Tu es sûre ? douta Alexander.

– Absolument ! assurai-je avec énergie.

Alexander hocha la tête, quoique peu convaincu. Il balaya ensuite
la librairie d'un regard vague avant de me confesser, la mine grave :

– Je t'aime depuis un moment, Megan. Je crois que tu le sais. Mais
je ne pourrai pas me battre pour toi au sens littéral. Je ne sais pas me
battre, précisa-t-il avec un haussement d'épaules dépité.

Il était trop mignon. Je gloussai et il dégagea son visage de quelques
dreadlocks, l'expression embarrassée.

– Je suis sérieux, Meg. Dans un combat à mains nues, je sais que je
n'ai aucune chance contre lui. Je veux juste être sûr que tu n'es pas
sa meuf ou un truc du genre. Je veux juste savoir si je compte aussi
pour toi, termina-t-il un peu plus bas.

Je n'étais rien pour Michael et il n'avait aucun intérêt à chercher des
noises à Alexander. Surtout que j'appréciais ce dernier de plus en
plus. Peut-être que j'allais me décider à sortir avec lui finalement.

– Tu comptes pour moi, Alexander, soufflai-je avec sincérité.
Beaucoup. Ne t'en fais pas. Il n'y a rien entre lui et moi.

Il me gratifia de l'un de ses sourires lumineux avant de poser sa
paume sur mon visage pour me caresser la joue de son pouce.

Je lui souris en retour. Puis, d'un coup, sa mine se figea, et il bégaya
d'un air paniqué :

– La file a diminué. Donne les livres. J'y vais.

Il me les arracha des mains et s'éloigna aussitôt, tandis que des pas
que je connaissais trop bien eux, s'approchaient.

Je n'en voulais pas à Alexander. Moi non plus, je ne souhaiterais
pas m'embrouiller avec ce bouffon lunatique. Je fis demi-tour pour

l'accueillir, et accrochai un large sourire sarcastique sur mon visage, qui s'effrita à la seconde où le bougre me cracha :

— Qu'est-ce que tu fous là ?

Chapitre 9.
Le kidnapping

— Pardon ? m'insurgeai-je en plissant les yeux.

Je n'en revenais pas de son culot.

— Qu'est-ce que tu fais ici ?

— J'ai compris la question, m'excitai-je. Je me demande tout simplement de quel droit tu viens me la poser ?

Ses mâchoires se crispèrent. Il se rapprocha jusqu'à ce que sa haute stature emplisse tout mon champ de vision et que son odeur si singulière investisse chacun de mes nerfs olfactifs.

Je levai les yeux pour soutenir les siens, bravache, tandis qu'il grinçait, en pétard pour je ne savais quelle raison obscure :

— Tu veux que je te laisse tranquille. J'obtempère. Je me cloître chez moi des jours, et quand je décide enfin de sortir, je tombe sur toi avec ce bouffon. C'est quoi le message, Spark ?

J'aurais bien aimé voir quel mécanisme pourri s'actionnait dans sa tête lorsqu'il débitait des conneries pareilles ! Je fus secouée par un gloussement ironique, mais ça ne suffit pas à éteindre ma rage.

— Le monde ne tourne pas autour de toi, Michael. Et je fréquente qui j'ai envie. Donc si je suis bien ta petite logique de demeuré, je te surveille ? Tu t'entends parler parfois ? Tu m'as trouvée ici et c'est moi qui te suis ?

J'avais crié à la fin, mais je m'en foutais. Ce connard avait besoin que quelqu'un le remette à sa place, et j'étais quatre mille fois volontaire, surtout avec la frustration qui sommeillait en moi depuis des jours.

— Je ne voulais pas te voir ici ! gueula-t-il.

— Parce que moi, j'en avais envie ? fumai-je. Tu disparais tout ce temps, comme si je n'existais pas. Pourquoi diable te pisterais-je ?

— Tu m'as dit que je te dégoûtais. Que voulais-tu que je fasse d'autre ?

— Je ne sais pas ! braillai-je en écartant les bras.

Enfin si. Mais je refusais de me l'avouer parce que normalement, je ne devrais pas ressentir ça.

Pourtant, j'avais gardé mon téléphone près de moi ces derniers temps et sursauté à la moindre notification. Jeter des coups d'œil derrière moi en marchant était devenu une seconde nature. Et fallait-il mentionner comment je m'attardais dans les couloirs en espérant qu'une main bien déterminée me tire dans une salle vide ?

J'avais honte de le désirer après ce qu'il avait fait. Mais c'était plus fort que moi. Et tout au fond, j'avais espéré qu'il me désire aussi. Même si au bout du compte, notre histoire aurait été digne d'une énième romance cliché. Tant qu'on aurait été les héros, ça me serait allé.

Malheureusement, il n'avait même pas levé le petit doigt pour me… récupérer. Ça confirmait donc mes théories : même si leur histoire partait d'un défi, il était amoureux d'Anna.

Celle qui s'était fait avoir dans cette histoire, c'était moi.

— Je ne sais pas, répétai-je d'une petite voix émue en basculant la tête en arrière pour m'empêcher de pleurer.

Le silence autour de nous attira mon attention et je pivotai pour découvrir avec effroi que tout le monde nous fixait. Tout le monde, y compris Alexander qui fuit mon regard, les lèvres pincées.

Je ne protestai pas lorsque Michael qui avait réalisé à son tour qu'on était les stars de la librairie me tira par l'avant-bras pour nous faire sortir.

C'était tant mieux, car pour ma part, j'étais trop embarrassée pour le faire toute seule.

J'avais dû me tromper. Partirait-il ainsi s'il s'agissait du lancement de son livre et que tous ces gens étaient là pour lui ? Je le suivis comme un robot, jusqu'à ce qu'il arrive à sa voiture et m'ouvre la portière du côté passager. Je secouai la tête pour me reprendre, puis arrachai mon bras de sa poigne en décidant, le menton relevé :

– Je n'irai nulle part avec toi.

L'époque des petits jeux était révolue. Je ne l'avais pas et je ne postulerais pas pour moins. Ce n'était pas la fin du monde. D'ailleurs, j'apprenais déjà à vivre avec, aussi difficile était-ce. Je n'allais pas le laisser gâcher tous mes efforts en quelques minutes.

– Je veux juste discuter, promit-il.

Il avait l'air las tout à coup et je roulai des yeux, excédée par ce changement d'humeur.

Sur le point de faire volteface après un « *pas intéressée* » cassant, il m'immobilisa en m'attrapant par les épaules.

– S'il te plaît.

Comment faisait-il pour, un instant, avoir une expression aussi froide, et l'autre, parvenir presque à faire parler ses yeux ?

Comme cette fois, dans le couloir du lycée, j'eus l'impression qu'à ce moment-là, il me livrait son âme habitée par une détresse infinie. Mais ce souvenir aussi attisa ma colère, car j'avais été punie à cause de lui, et il n'avait même pas daigné assumer sa part de responsabilité en ne montrant pas le bout de son nez au lycée de la semaine.

Il intercepta à nouveau mon mouvement pour partir et se rapprocha, suppliant :

– Megan !

J'avais des tas d'autres arguments pour refuser, mais je serrai les dents et cédai :

– Cinq minutes, pas plus.

Il me remercia d'un hochement de tête, puis contourna la voiture pour monter du côté conducteur. Je m'autorisai à respirer enfin et fermai les yeux en me maudissant cette fois sur huit générations.

Où étaient passées mes bonnes résolutions ?

Je claquai la portière derrière moi avec un soupir harassé en m'installant dans la voiture. Puis ensuite, j'épinglai mon regard sur la route partiellement enneigée pour éviter de croiser le sien.

– Je t'écoute.

– Hier soir a été la seule nuit où j'ai pas rêvé de toi, confia-t-il tout bas de sa voix légèrement écorchée.

Je crispai mes orteils dans mes baskets tandis que mon cœur faisait un looping. Du coin de l'œil, je voyais que la même tension habitait le corps de mon hôte qui, lui aussi, avait ses yeux dirigés droit devant.

– Quand je me suis réveillé, je me suis dit que peut-être, c'était fini. Que t'allais arrêter de me hanter. J'ai mangé et pas juste grignoté pour la première fois en cette semaine cauchemardesque. J'ai reçu ce message de mon éditrice. J'ai décidé de sortir, enfin… Et devine sur qui je tombe ?

Ça expliquait un peu sa réaction. Et cette fois, malgré tous mes efforts, les larmes m'échappèrent. Je les essuyai d'un geste rageur parce que je ne savais même pas pourquoi je pleurais.

Était-ce à cause de l'émotion dans son ton qui m'implorait de le croire ? Ou était-ce parce que j'étais tentée de le faire ? Ou tout simplement, parce que je venais de réaliser que mes résolutions menaçaient de ne pas tenir le coup ?

Pas devant ce murmure à peine audible :

– Je ne peux pas m'arrêter de penser à toi, Spark.

– Même lorsque t'es dans le lit d'Anna ?

C'était ma seule bouée de sauvetage. Je n'avais pas eu le choix.

Je ne pouvais pas me laisser embarquer dans cette même situation. Cette fille existait. Et qu'il voulût l'admettre ou non, il tenait à elle.

Ce n'était pas moi qui l'avais. Je n'allais pas en mourir. Donc recevoir moins que ce que je méritais n'était plus une option.

Il avait fermé les paupières après ma petite pique, mais il finit par m'annoncer après une longue expiration :

— Elle est partie.

— Quoi ?

Je me tournai vers lui, le front plissé. Il rabroua ses cheveux d'une main avant de croiser mon regard.

— Je lui ai tout dit. Elle n'a pas supporté… pour Ninon. Elle est partie.

La pauvre. Je n'imaginais même pas à quel point ça avait dû être dur.

— J'ai… pas eu le cran de lui dire en face, mais…

— Tu lui as annoncé par téléphone, m'insurgeai-je ?

Il n'avait quand même pas osé !

Il détourna les yeux, honteux, et préféra se concentrer sur les croûtes de son poing pour raconter, quasi absent :

— Elle a eu du mal à accepter que sa sœur était dans le coup. Mais elle m'a confié que pour moi, elle savait dès le début que quelque chose clochait. Elle n'avait pas réagi, parce que depuis son arrivée, j'avais été le seul à l'écouter… À l'écouter vraiment. Donc, elle s'est fait… piéger en connaissance de cause. Elle m'a promis qu'elle ne regrettait rien. Je… je ne m'attendais pas à une telle réaction. Je ne méritais pas une telle réaction, corrigea-t-il avant de conclure d'une voix éteinte, les yeux dans le vague : je ne la méritais pas.

Alors d'une manière ou d'une autre, il l'aimait… Une personne amoureuse n'annoncerait pas une nouvelle pareille par téléphone. Une personne amoureuse ne l'aurait pas laissée partir. Mais Anna comptait quand même pour lui.

— Elle retourne chez ses parents ? Ils la maltraitaient, non ? fut tout ce que je trouvai à dire.

— Elle est allée vivre avec sa tante à Michigan, m'informa Michael. Elle est assez proche d'elle.

Je hochai la tête. Puis, un silence interminable s'installa dans l'habitacle du pick-up.

Je devinais que c'était bien que la cadette de Ninon n'eût plus à subir tous ces mensonges. Mais d'un autre côté, je ne savais pas quoi penser. Je ne savais vraiment pas.

Lorsque Alexander sortit de la librairie en me cherchant du regard, ce fut comme une délivrance pour moi. Il fallait que je m'extirpe de cette voiture pour reprendre mes esprits et savoir où j'en étais.

Ma main sur la poignée, je me tournai vers Michael, dont le regard s'était de nouveau fait de feu en toisant mon ami sur le trottoir. Il m'interrompit avant que je ne prononce quoi que ce soit en maugréant de façon psalmodique :

— Je ne peux pas. Je ne peux pas.

J'avais l'impression que cette phrase était plus adressée à lui-même qu'à moi.

— Tu ne peux pas quoi ? m'intriguai-je.

Il me harponna de ses flammes bleues, et la folie que j'y lus me refila des frissons dans le dos. Peu importait ce qu'il avait en tête, ce projet ne m'inspirait pas du tout confiance.

Sans prévenir, il alluma le contact et démarra si vite que je me retrouvai plaquée contre mon siège.

— Qu'est-ce que tu fous, bordel ? aboyai-je. Laisse-moi descendre !

Sa vitesse était déraisonnable pour une zone urbaine. À tout moment, la police risquait de lui tomber dessus. Cependant, il me répondit d'une voix posée, l'expression déterminée, ses mirettes braquées sur la route devant lui :

— Je ne vais plus te laisser partir.

Les portes émirent un petit bruit presqu'ironique en se verrouillant tandis que ma mâchoire se décrocha toute seule.

— Tu... tu me séquestres, là ?

Il se tourna vers moi et m'adressa un sourire qui ne disait rien qui vaille.

— Je préfère dire qu'on va faire un road trip tous les deux.

Chapitre 10.
Le carrefour

— T'es cinglé ! éructai-je avec un geste évocateur près de mes tempes. T'es complètement cinglé !

Son regard toujours axé sur la route, il maintint sa vitesse démentielle en articulant d'une voix basse, indéchiffrable :

— J'ai foiré avec Anna, mais je te veux, toi. Je regrette ce que j'ai fait. Je suis prêt à tout pour qu'on reprenne là où on en était. Tout le reste, c'est des conneries. T'es là et moi aussi. Il ne faut rien de plus.

— Bien sûr qu'il faut quelque chose de plus ! vociférai-je. Mon putain de consentement.

Il pila en jurant dans sa barbe lorsqu'on arriva à un carrefour avec une lumière et je levai les yeux au ciel. Il conduisait comme un malade, mais il ne grillait pas de feux rouges !

Pour patienter, il se tourna vers moi et me promit dans un souffle, le regard intense :

— Je ne vais pas te faire de mal.

Je cillai plusieurs fois pour me reprendre, car j'avais l'impression que ma colère m'échappait. Et si je ne l'avais pas contre lui, j'étais totalement démunie.

— Il y a ma mère, m'entendis-je prononcer, d'un ton défaitiste. Je ne peux pas partir comme ça.

Mais c'était quoi mon problème ? Pourquoi considérais-je ce point-là, alors que je n'allais pas l'accompagner ?

— On l'appellera, proposa-t-il.

— J'ai pas de téléphone.

— Il y a le mien.

J'ouvris la bouche pour émettre une autre protestation, mais il m'interrompit, ses flammes bleues implorant ma clémence :

— S'il te plaît, reprenons là où nous en étions. Je ne vis plus. Et toi, tu ne peux pas nier qu'il y avait un vrai truc entre nous avant que... avant que tu découvres toute cette histoire.

— Justement, je l'ai découverte. Et aussi convaincant que tu puisses paraître, je ne te fais plus confiance. Au revoir, Michael.

Sans lui laisser le temps d'objecter, je profitai de ce que le feu soit encore rouge pour descendre et claquer la portière sans un regard en arrière.

Dans ma tête, des gens me jetaient des tomates en me huant, mais je m'en foutais... ou plutôt j'essayais, en concentrant toute mon énergie pour ne pas éclater en sanglots.

J'atteignis le trottoir, la gorge nouée, avec l'intention de rejoindre Alexander près de la librairie au plus vite.

Oui, je faisais du mal à mon cœur et à chaque atome de mon être en rejetant Michael, mais ces derniers comprendraient plus tard que c'était pour leur bien.

— Je me suis excusé, merde ! Je t'ai dit que tu comptais. Que veux-tu ?

Je me statufiai lorsque le sujet de mes pensées se matérialisa devant moi, me barrant le passage, bouillant comme un ange vengeur.

Un coup d'œil me suffit pour constater qu'il avait laissé son pick-up au milieu de la route, au feu vert, avec trois autres voitures derrière qui klaxonnaient, furieuses.

Il avait quoi dans la tête ? Et si les flics lui tombaient dessus ?

— La voiture…

— Je m'en fous de la voiture ! aboya-t-il. Dis-moi ce que tu veux que je fasse ! Ne me dis pas que t'as tiré un trait sur nous à cause de ce bouffon !

Son allusion offensante à Alexander eut le mérite de m'énerver à nouveau.

— Ce bouffon comme tu dis, était là quand j'attendais un stupide message de ta part. Message qui, je te rappelle, n'est jamais venu.

— Tu te rends compte que je n'ai pas ton numéro ? Oui, je l'ai réalisé cette semaine lorsque j'ai voulu t'envoyer ce stupide message comme tu dis. Puis, je me suis souvenu que je te dégoûtais. Alors j'ai même pas fait l'effort de chercher.

— J'étais en colère ! braillai-je. Ça ne veut pas dire que j'ai pensé chaque mot. T'es pas connu pour être un gentleman. De plus, j'ai découvert que tu mentais à une fille. Ça a remis tout ce qu'on a vécu en question. Mais égoïstement, je souhaitais que tu me prouves qu'avec moi, c'était différent. Ton silence a été plus que parlant. T'es un connard. J'ai tourné la page. Laisse-moi tranquille !

— Mais avec toi, c'est différent !

— Pour le moment, j'ai que ta parole. Et tu m'excuseras de ne pas la prendre pour argent comptant.

Les conducteurs klaxonnaient encore après le 4×4. Les nerfs à fleur de peau, je pivotai vers la route et hurlai avec un geste excédé :

— La ferme !

Tandis que Michael rugissait au même moment :

— Vos gueules !

Quelques passants nous jetèrent des regards prudents comme s'ils avaient de sérieux doutes sur notre santé mentale.

Les chauffeurs s'interrompirent aussitôt. Un premier contourna le pick-up. Les autres suivirent. Puis, ce fut la paix. Si seulement, c'était aussi le cas, à l'intérieur de ma tête !

Michael et moi, on se refit lentement face, tous deux essoufflés à force d'avoir crié.

Il ferma les paupières pour se calmer avec une longue expiration. Lorsqu'il rouvrit les yeux, il se rapprocha d'un pas, mais je reculai. Il sembla vexé et maltraita ses cheveux de ses doigts, avant d'ancrer ses billes bleues, brillantes d'émoi, dans les miennes.

Il devait être meilleur comédien que je le croyais. Ou alors... je ne sais pas. Mais il arriva à toucher une corde sensible en moi avec sa tirade.

— Je ne t'ai jamais menti... Enfin, si une fois. Quand je t'ai dit que t'étais un personnage de ma sœur... Tu ne l'étais pas. Elle a juste pris ton nom. Mais si après cette soirée, c'était déjà difficile de ne pas penser à toi, suite à cet épisode du carnet, ça s'est avéré carrément impossible. Cependant, j'assumais pas... De plus, je ne voulais pas que tu te fasses trop d'idées. J'ai déjà fait l'erreur une fois. Je n'allais plus sous-entendre ou faire des promesses que je n'étais pas sûr de tenir. Ça n'est arrivé qu'une fois, Spark. Une, répéta-t-il en tentant à nouveau un pas dans ma direction.

Cette fois-ci, je ne reculai pas. Je crispai les paupières pour ne pas flancher. En vain. La sincérité vibrante dans sa voix. Sa proximité. Son odeur... Ma résistance rendit les armes.

Il était désormais si près que son haleine caressa ma joue lorsqu'il reprit :

— Je n'oserai jamais te mentir. Si j'ai pas été clair dès le début sur mes intentions, c'était pour t'éviter de trop grandes espérances. Je n'étais pas certain de mon attirance pour toi à ce moment-là. Je ne voulais pas te jurer l'amour éternel et ensuite te briser le cœur. Mais il faut croire, que ça, je n'y peux rien. Je blesse toujours les gens, que je le veuille ou non, termina-t-il dans un murmure.

Pourquoi il me faisait ça ? Je voulais dire, pourquoi mettre mon ego à genoux de la sorte pour lui rappeler que devant lui, il n'était rien ? C'était la vérité, mais elle était aussi douloureuse que... libératrice.

J'avais pardonné Michael à l'instant où il m'avait rattrapée sur ce trottoir. Là, je pleurais à chaudes larmes sous les coups d'œil intrigués des passants. Cependant, si quelqu'un me demandait pourquoi, je serais incapable de répondre. Ce maelstrom de sentiments qui me tenaillait n'était juste pas convertissable en mots.

— Je te veux, souffla-t-il en m'exposant toute la vulnérabilité de son âme.

Il leva une main pour toucher ma joue, mais il s'interrompit au dernier moment, comme s'il ne s'en sentait pas le droit. Je regardai avec regret son bras retomber le long de son corps, mais il récupéra vite mon attention en enchaînant sur le même ton :

— J'ai essayé de me convaincre du contraire, mais j'ai échoué. J'ai encore quelques appréhensions, mais s'il faut les mettre de côté pour te conquérir. OK. Considère que c'est fait. Pars avec moi ! Je ne sais pas… Peu importe la destination. Allume la radio sur tes chansons ringardes. Chante aussi faux que tu veux… Mais viens avec moi. Je veux te prouver que je suis plus qu'un connard… Ce n'est pas sûr, rectifia-t-il en détournant le regard avec un petit haussement d'épaules impuissant. Mais j'ai envie d'être plus qu'un connard pour toi.

Là, c'était officiel. J'étouffais. C'était le genre de situation que je savais imaginer dans ma tête… dans mes fantasmes les plus fous. Mais apparemment, ceci n'avait pas préparé mon cœur pour l'encaisser dans la réalité.

Personne sur Terre ne saurait me faire ressentir ce feu d'artifice d'émotions béatifiantes, enivrantes et à la fois explosives… Personne. Il n'y avait et n'aurait que lui. J'aimais Michael Cast. Je me consumais d'amour pour lui. Je mourais.

Deux minutes passèrent, pendant lesquelles je ne fis que pleurer sans donner de réponses. Le fait était que j'étais incapable de donner des réponses.

Malheureusement, il l'interpréta d'une autre façon. Sous mes yeux, petit à petit son espoir se mua en déception et il hocha la tête, les lèvres pincées.

– Je vois.

En le voyant s'éloigner en direction de sa voiture, je trouvai enfin la force d'articuler d'une voix étranglée :

– Michael… Ce n'est pas…

– Ne me dis surtout pas que c'est pas de ma faute, rugit-il en pivotant à mi-chemin, la mine aussi blessée qu'assassine. Je crèverais si tu me disais que tu me repousses à cause de tes sentiments pour ce bouffon. Ne le dis surtout pas… Sinon, je retourne à cette librairie et je donne pas cher de ses articulations.

– Je…

– Il a peut-être été là quand je ne l'étais pas. Mais il ne ressent pas pour toi ce que je ressens. Je te le promets.

Je rêvais ou ses yeux étaient humides ! Pourquoi ne m'avait-il pas au moins laissé terminer ?

En quelques enjambées, il avait déjà regagné le gros 4×4. Mais il était hors de question que je le laisse partir après tout ce qu'il m'avait dit. Je courus et ouvris l'autre portière de justesse avant qu'il ne file en trombe. Une fois à l'intérieur du véhicule, je me laissai aller contre le siège passager en soufflant de soulagement.

Il m'interrogea du regard, ses doigts crispés sur le volant comme s'il avait peur de tomber en morceaux s'il le lâchait.

– On ne t'a pas appris à ne pas interrompre les gens lorsqu'ils parlaient ? le narguai-je.

Il arqua un sourcil, silencieux comme une tombe, sans lâcher sa bouée.

– J'allais dire que je te trouvais complètement stupide.

Il parut confus et je développai :

– Je veux dire, un road trip, ça se prépare. C'est pas la voiture adéquate. De plus, on n'a rien. Et ma mère, je dois la prévenir. Il faut

70

un tas de trucs… On peut pas partir au soleil couchant comme dans un Western.

Sa bouche s'entrouvrit, mais aucun son n'en sortit. Cependant, je compris, puisqu'il n'y avait même pas cinq minutes, j'étais dans le même état.

Par contre, la larme qui roula sur sa joue après même qu'il eut lutté pour la retenir en basculant sa tête en arrière, me fit émettre un petit rire assez pathétique doublé d'un sanglot.

– Tu…

Je hochai la tête comme une idiote, un sourire niais scotché au visage.

– On reprend là où on en était, confirmai-je.

Il épongea sa joue, incrédule et il lui fallut un bon moment avant de parvenir à prononcer un merci à peine audible. Sa gratitude me toucha au plus profond de mon être et je le remerciai à mon tour.

On ressemblait à deux attardés à se dévisager de la sorte, excités, soulagés, reconnaissants… amoureux.

J'avais l'impression de nager en plein rêve. Je me pinçai discrètement la cuisse pour le vérifier. Il le remarqua et ses lèvres parfaites s'incurvèrent en un rictus sardonique que je ne connaissais que trop bien.

– Oui, je suis là, ma chérie… Si ma mémoire est bonne, on avait tout mis sur pause par terre dans la forêt…

Sa voix se fit plus rauque et son regard plus intense tandis qu'il embrayait :

– J'avais tellement envie de toi, ce jour-là. Si Ashton n'était pas arrivée… je n'aurais eu aucun scrupule à te prendre par terre, dans la neige… Alors, si on veut reprendre là où en était, ici n'est pas le bon endroit, conclut-il avec un clin d'œil lourd de sous-entendus.

Il démarra sous mon faux regard choqué et mit fin à la nouvelle chorale de klaxons.

Il m'avait tellement manqué !

Quelques secondes plus tard, il reprit cependant avec plus de sérieux :

— Je déconnais. Je n'y peux rien si tu fais de moi ce gars-là. Je te promets d'y aller en douceur. Je ne vais rien précipiter. Je veux que tu saisisses que le but principal n'a jamais été de te mettre dans mon lit.

Mon cœur fondit. Il allait finir par me tuer, c'était sûr.

— Mais si tu veux abuser de moi, ajouta-t-il avec un sourire de guingois. Te gêne pas. Je suis ta chose.

Je roulai des yeux en laissant échapper un soupir las.

— Je me disais bien que la phrase précédente, n'était pas… comment dire… assez *Michaelique*.

Il s'esclaffa. Je l'imitai. Et un sentiment de pure plénitude m'envahit. C'était comme si après cette longue semaine, je revivais enfin. Comme si j'étais enfin à ma place. Enfin chez moi…

Chapitre 11.
Le jaloux

— Ashton, j'aurai besoin de toutes tes économies, de ta voiture et…

— Et de mon âme ?

Michael avait activé le haut-parleur de son téléphone afin d'avoir les mains libres pour conduire.

Je ris sous cape tandis que mon chauffeur marmonnait des insultes dans sa barbe à l'encontre de sa cousine… qui n'était pas vraiment sa cousine.

— Je t'attendrai près du vieux musée, décida-t-il, suite à une longue expiration.

— Et pourquoi tu ne viens pas plutôt à la maison ? C'est à deux pas.

— Je suis pressé. Et tu sais que si Sofya me voit elle ne pourra pas s'empêcher de parler de son enfance avec maman, du cancer, de… bref, soupira-t-il comme lassé d'avance. J'ai rien contre ta mère, Ash, mais je ne suis pas d'humeur.

La concernée émit un petit rire compatissant, mais sans joie.

— Pauvre de toi ! Et pauvre de maman. Par contre, vu son état ces jours-ci, je ne suis pas sûre pas qu'elle t'aurait rabâché quoi que ce soit.

Le front de Michael se plissa, animé d'un franc intérêt.

— Elle va si mal que ça ?

— T'en fais pas, éluda la blonde. Pourquoi tu veux ma voiture, t'as sacrifié qui, cousin ?

Derrière son ton badin planait néanmoins une sincère inquiétude. Avec un petit sourire en coin, je me fis la réflexion qu'ils se comportaient comme de vrais membres d'une famille.

— Je ne suis pas ton cousin ! martela quand même Michael en bifurquant vers la gauche.

— OK. Alors, pourquoi je t'apporterais mes biens les plus précieux, *Edward* ?

— Parce que tu volais mes goûters.

— T'étais gras ! objecta la blonde que j'imaginai rouler des yeux.

— Je devrais donc te remercier, fil de fer ?

Ils ne s'arrêtaient donc jamais ? Je ne parvenais toujours pas à rire de leurs piques sur le poids et teint de l'autre. Mais ça devait être une tradition chez eux, car juste après, Ashton, nullement atteinte, gloussa et annonça avec bonne humeur :

— Bouge pas. Je te les apporte. Mais je préférais baguette.

— Comme tu veux, grogna mon chauffeur avant de raccrocher.

Puis, il se tourna vers moi et décréta « NON », avant que j'aie le temps d'articuler quoi que ce soit. Je devenais si prévisible que ça ?

Peu importait. Je formulai quand même ma phrase pour la énième fois.

— On peut nous éviter tout ça. Suffit juste que tu me laisses retourner chez moi.

Il ne prononça rien cette fois, mais la réponse pouvait clairement se lire sur son visage. Quel têtu !

— Tu me fais pas confiance ? me vexai-je. Tu penses que je vais me dégonfler et rester ?

— Ça n'a rien à voir, assura-t-il. Je te rappelle que j'ai une défenestration qui me pend au nez... C'est mal. Mais il vaut mieux que ta mère l'apprenne quand t'es assez loin. Tu l'as dit toi-même, elle rentre plus tôt ces derniers temps parce que c'est Noël. Tu crois qu'elle te laissera partir ?

Il y avait une certaine logique dans son raisonnement. Mais il y en avait aussi dans le mien. Je n'avais pas envie de le laisser gagner. D'autant plus que faire demi-tour nous faciliterait la vie à tous.

Je laissai cependant tomber pour l'instant, car il m'avait intriguée avec quelque chose d'autre.

— Ma maman t'a menacé de te défenestrer ?

Je m'étais doutée qu'elle l'eût menacé au téléphone, lorsque j'avais découché après avoir séché les cours avec Michael. Mais une défenestration ? Ce n'était tellement pas le genre de ma mère ! Pourquoi Michael ne me l'avait pas dit avant ?

Une défenestration ! Petit à petit, la scène se constitua dans mon esprit et je n'eus bientôt pas d'autre choix que d'exploser de rire.

— Ouais, soupira Michael. Je ne lui inspire pas du tout confiance et j'ai intérêt à me tenir à carreau. Je ne pense pas qu'emmener sa fille, je ne sais où pour une durée indéterminée soit me tenir à carreau. Je crois qu'il est préférable on s'en tienne à mon plan.

J'avais encore l'image de la défenestration en tête. Il me fallut donc une bonne minute pour me maîtriser avant de pouvoir articuler quoi que ce soit.

— Désolée, hoquetai-je. Je peux pas... Je...

Mon chauffeur me coula un regard noir et je posai une main sur ma poitrine pour tenter de me calmer. Cependant, Helen expulsant Michael par une fenêtre refit surface derrière mes yeux et je me pliai de rire à nouveau.

Ah ! Que ça faisait du bien, ce genre de moment !

— Vous faites quoi ensemble ? sortit mon compagnon de but en blanc quelques secondes plus tard.

J'essuyai les larmes au coin de mes yeux et m'enquis :

— Quoi ?

— Toi et le... rasta, répéta-t-il, évasif. Vous faites quoi ensemble ?

Je voyais bien qu'il s'était retenu de balancer une insulte. Pourquoi il voulait savoir ? Je lui demandais des détails sur sa relation avec Anna, moi ?

Mon hilarité envolée, je me laissai aller contre mon dossier et fixai la vitre avec la ferme intention de l'ignorer. Cependant, une microseconde après, mes yeux s'arrondirent comme des soucoupes lorsqu'une pensée me traversa. Je me redressai, horrifiée.

— Ma carte bleue ! Il faut vraiment qu'on fasse demi-tour. Je l'ai laissée entre les mains d'Alexander.

Pourquoi n'y avais-je pas pensé plus tôt ? Mais au bout du compte, je n'étais pas à cent pour cent responsable puisque Michael m'avait kidnappée. L'impassibilité de ce dernier me sortit donc par tous les orifices du visage.

— T'as entendu ce que j'ai dit ?

Il n'allait quand même pas recommencer avec son foutu silence ! Je me retenais de lui hurler dessus tandis qu'il me scrutait de la tête aux pieds, avant de se recentrer sur la route, le front plissé, l'expression pensive.

— Donc tu ne lui fais pas confiance ?

— Je ne vois pas ce que ça peut te faire, esquivai-je en sentant mon agacement grimper.

Comme si lui, il serait tranquille si une autre personne était en possession de sa carte.

— Michael, il faut vraiment que j'aille la récupérer.

— Vous vous embrassez ?

Il se foutait de moi, là ?

— C'est quoi cette question ? m'excitai-je. Je te demande ce que tu faisais avec Anna, moi ?

Je savais que ça aurait été plus simple de lui assurer qu'il n'y avait rien entre Alexander et moi, mais je ne pouvais m'empêcher de trouver cela injuste.

Il crispa ses doigts sur le volant en gardant ses mirettes sur la route. Je me tournai vers la vitre, furieuse, les bras croisés sous ma poitrine comme une gamine.

L'ambiance était désormais électrique dans la voiture. Ma carte bleue n'arrivait plus à sortir de ma tête. Et l'indifférence de Michael me faisait voir rouge. Il pouvait toujours courir s'il croyait que j'allais lui révéler quoi que ce soit à propos d'Alexander. De toute façon, ça ne le regardait pas.

On roula en silence pendant une dizaine de minutes. Je croyais qu'il avait laissé tomber lorsqu'il recommença en posant sur moi un regard intense :

— Je veux vraiment savoir. Qu'est-ce qui se passe entre vous ?

— Anna... envoyai-je comme un rappel.

— Ça marchera pas cette fois. Tu l'aimes ?

— Pourquoi tu veux savoir ?

— Tu veux la vérité ?

— Parce que t'es chiant ? assenai-je.

— Parce que je suis jaloux.

Chapitre 12.
Les marques

Ma colère fondit comme neige au soleil.

Michael se gara dans un quartier pratiquement inanimé rempli d'anciens bâtiments. Puis, il m'accorda toute son attention.

— Je ne te cacherai plus rien. Je te l'ai promis. Si je te demande tout ça, c'est pour mesurer le nombre d'os que je vais lui briser.

— Tu ne le toucheras pas ! l'avertis-je avec moins de fermeté que j'aurais souhaité.

— Il t'a caressé la joue devant moi.

— Tu as embrassé Anna en me regardant droit dans les yeux, crachai-je avec toute l'amertume que ce souvenir m'avait insufflée.

Il claqua la langue, agacé.

— Tu sais bien que je te détestais. Ça faisait tout juste deux ans que ma sœur était morte. Je voulais juste être seul. Mais je n'avais même pas deux minutes à l'école que tu me rentrais dedans exprès. Je te défie de nier que c'était un accident, Spark ! J'ai compris que je te plaisais, alors ce baiser m'arrangeait bien et cadrait totalement avec mes projets de torture.

– D'accord, fis-je en hochant la tête. Bien ! Je t'ai fait mal, tu me l'as rendu. Mais le monde ne tourne pas autour de toi. Il avait le droit de me caresser la joue.

– J'inclus ses bras dans la liste alors.

Son talent pour me faire passer par toutes les émotions en un laps de temps aussi court me surprendrait toujours.

– J'ai dit « il avait », fumai-je. J'ai accepté de monter dans cette voiture avec toi. J'ai accepté d'être...

Je déglutis, incapable de terminer. Je n'avais jamais été la copine de personne, ni rien qui s'en rapprochait. Ce mot me faisait un peu peur. D'ailleurs, je ne savais même pas ce qu'on était tous les deux, lui et moi. Je ne voulais pas me gourer.

Mon compagnon chopa mon menton entre son pouce et son index de façon à ce que je ne puisse plus fuir ses saphirs pénétrants.

– Dis-le !

Il se rapprochait, tentateur, aussi beau qu'une créature surnaturelle avec sa peau diaphane, ses lèvres roses et son double piercing à la narine gauche.

– Dis que tu m'appartiens ! susurra-t-il, dominateur.

– D'accord. Mais que si tu m'appartiens aussi.

Ma voix n'était désormais plus qu'un souffle. J'avais l'impression d'être de la pâte à modeler dans ses mains. Un contact et j'étais déjà toute molle.

– J'aime quand tu es butée, sourit-il d'un air amusé en frottant son nez contre le mien. Tu peux être tranquille. Tu m'as à toi toute seule, ma petite vicieuse.

– C'est bon à entendre.

Il rigola doucement, puis effleura ma joue du dos de sa main en embrassant mon visage du regard comme s'il s'agissait de quelque chose de fascinant.

– Tu m'as tellement manqué, chuchota-t-il à seulement quelques centimètres de mes lèvres.

Et moi donc ? Mon cœur faisait n'importe quoi dans ma poitrine. J'avais la bouche sèche. Les mains moites. Et mon regard de droguée n'arrêtait pas de glisser sur ses lèvres malgré mes efforts pour le garder sur son visage. Ce mec me rendait totalement dingue.

— Ah bon ! le narguai-je alors même que j'implosais de désir.

— Ouais. Toi et ta peau magnifique. Dorée... Parfaite. Ton odeur de printemps, de champagne... de vie...

Sa voix s'était faite de plus en plus basse à mesure qu'il parlait. Moi, la mienne s'était depuis longtemps fait la malle. Ma bouche s'était entrouverte en un « Ah ! » pantois sans qu'aucun son ne vienne l'accompagner.

Il poursuivait en me torturant de ses effleurements sur mon visage :

— Par ailleurs, sais-tu ce qui, plus que tout, m'a empêché de fermer les yeux la nuit ? Tes lèvres pleines et délicieuses... Je souffrais à l'idée de ne plus pouvoir les goûter.

J'en avais marre qu'il embrase mes sens de la sorte sans sauter le pas. Ce fut moi qui fonçai sur sa bouche, avant de m'agripper à ses cheveux raides comme à une bouée... Il le fallait. Je craignais sinon de défaillir.

Une supernova capable de faire baver d'envie la NASA s'était opérée derrière mes paupières closes à l'instant où nos lèvres s'étaient touchées. Haletante, grisée, je frissonnai de la tête aux pieds tandis que des particules brûlantes de désir brut se diffusaient dans chacun de mes vaisseaux.

La question était comment un simple baiser arrivait à provoquer chez moi autant d'effets.

Même si la réponse risquait d'être fort intéressante ; sur le moment, je ne pouvais penser à rien d'autre qu'à nos soupirs qui se mélangeaient à la danse de nos langues. À ses mains chaudes qui s'étaient posées de manière possessive sur ma nuque avant de glisser plus bas, jusqu'à ma taille pour m'attirer à califourchon sur ses cuisses. À son toucher ferme. Son goût divin. À la bosse sous mes fesses. Et sa façon de tirer sur ma queue-de-cheval afin de pencher ma tête en arrière pour m'embrasser le menton, la joue, le cou...

J'étais ivre de lui. Sans que je ne me rende compte, je m'étais mise à onduler sur son érection.

— Putain, Spark, grogna-t-il en me pressant encore plus dessus.

C'était si bon. Si exquis. En gémissant, je fourrageai dans ses cheveux de jais et tirai dessus tandis qu'il me mordillait la lèvre inférieure.

— Tu me rends fou, ahana-t-il. Dire que tu es à moi.

— Bêcheur, soufflai-je entre deux baisers.

— Que t'adores.

— Pff!

Je trouvais notre petite conversation erratique tellement sexy.

— Avoue ! ordonna-t-il.

Il fit courir sa langue sur mon cou. Doucement. Lentement. Je fermai les yeux pour savourer, mais il s'interrompit trop vite à mon goût.

— Vas-y. Dis-le !

— Non, souris-je, joueuse tout en l'attirant pour qu'il reprenne ce qu'il avait mis sur pause.

Il s'attaqua plus fort à mon cou. Je hoquetai sous la morsure de ses dents qu'il vint vite soulager avec sa langue. Je ne retenais même plus mes gémissements. Et mes ondulations s'étaient accentuées, car la flamme dans mon bas-ventre s'était désormais muée en un énorme brasier.

Je le voulais de toute mon âme. Lui, le seul capable de provoquer chez moi un désir aussi puissant.

D'ailleurs, alors même que je le croyais impossible, il l'attisait encore en s'acharnant sur mon cou, m'arrachant alternativement cris de douleur, puis de plaisir.

Il allait à coup sûr me laisser des suçons. Malheureusement, cette idée fit remonter un souvenir qui me refroidit tout d'un coup. Je me raidis sur lui et il s'en aperçut.

– Quoi ?

Je secouai la tête, mais il ne fut pas dupe.

– Que se passe-t-il, Spark ?

Je fus bien obligée de tout avouer malgré mon embarras.

– C'est la voix de Ninon qui vient de me revenir. Ce jour-là, elle a dit qu'elle ne connaissait personne d'autre qui marquait les cous comme toi... J'ai pensé à ces autres filles... Et tu... mon cou. Bref, oublie. C'est nul.

Il contracta les mâchoires et le feu dans son regard fut remplacé par un autre de nature différente.

Génial ! Je l'avais mis en pétard !

– Et ?

– Et rien. C'était tout bête, répétai-je avec un petit rire contraint.

Je me dégageai ensuite de ses cuisses et me recroquevillai sur mon siège en me maudissant d'avoir plombé l'ambiance.

Tout était si parfait un instant plus tôt ! Le silence gênant qui s'ensuivit me picota de partout. Je crus qu'il n'allait jamais prendre fin, mais Michael s'exprima d'une voix atone quelques secondes plus tard, les yeux épinglés au pare-brise :

– Je suis loin d'être puceau. Tu le sais... J'ignore si je t'ai donné l'impression que j'allais passer ma vie à ramper pour quelque chose que je regrette et pour lequel je me suis déjà excusé. Si c'est ce que tu crois, tu te goures. J'ai menti à Anna. Mais t'es la chose la plus vraie que j'ai vécue jusque-là. J'ai pas hésité à mettre mes sentiments à nu... C'est toi que je veux. Je suis là avec toi et prêt à tout pour te satisfaire. Si ça ne te suffit pas... je crois qu'il vaut mieux pour nous deux qu'on garde une certaine distance.

Chapitre 13.
Le cousin

— Pourquoi cet empressement ? T'as tué qui, vampire ?

Les deux véhicules se faisaient face et leurs propriétaires se tenaient entre eux comme lors d'un deal.

Ashton, les cheveux en pique comme la dernière fois que je l'avais vue, venait de débarquer, il y avait juste quelques secondes, les boucles et les chaines de ses habits tintant à chacun de ses mouvements. Moi, je les suivais depuis mon siège, les bras enroulés sur mes jambes repliées.

Je savais bien qu'il faudrait descendre de la voiture tôt ou tard, mais pour l'instant je n'étais pas d'humeur. Et apparemment, mon compagnon non plus, car un agacement palpable filtra dans son ton lorsqu'il répliqua à sa cousine :

— Donne ce que je t'ai demandé qu'on en finisse.

Pour ma part, avec un langage pareil, il n'aurait eu que dalle. Ça me fit plaisir de voir Ashton souligner ce point en balançant :

— Sans le mot magique ? Tu rêves ! Je vais te prêter ma voiture pour aller je ne sais où. Un peu de respect pour commencer ne serait pas de refus. D'ailleurs, essaie s'il te plaît de ne pas l'abîmer. J'y tiens. C'est le dernier cadeau de mon géniteur avant de partir.

Je savais bien qu'il y avait une arnaque quelque part. Vois-tu...

— File-moi ton arbre généalogique tant qu'on y est, maugréa Michael. J'ai tout mon temps.

— Tu te fous de moi là ?

Le bougre fourragea dans ses cheveux de jais, réalisant à coup sûr son impolitesse. Ses larges épaules bougèrent ensuite de haut en bas sous une profonde respiration. Puis finalement, il avoua à Ashton avec plus de respect :

— Je ne suis pas content. Ce n'est pas toi le problème. Merci de me prêter ta voiture. Je te revaudrai ça.

Beaucoup mieux ! applaudis-je. La blonde du même avis, hocha la tête d'un air compréhensif avant de soupirer :

— Eh ben ! Robyn a dit que t'étais plus ronchon que d'habitude cette semaine. Je me demandais comment une chose pareille pouvait être possible. Mais là...

Robyn ? Michael s'était donc réconcilié avec son frère ? J'étais sincèrement heureuse pour eux.

Asthon embrassa ses clés comme pour un dernier adieu. Puis, elle les passa à son cousin avec une liasse de billets.

— Tiens ! Quand tu me rendras l'argent, je veux le double. Et aussi le réservoir de mon bébé à ras bord. Je sais pas pourquoi ma voiture et pas la tienne, mais je devine que tu t'en vas loin... Mais minute ! Seth voulait que tu aies ton diplôme avant de partir, non ?

— Oui. Et j'ai promis de le faire. Je reviendrai bientôt... Attends ! Tu blagues, Ashton ? Six cents dollars ? s'offusqua Michael après avoir vérifié le montant. Ça ne va pas suffire. J'ai zappé ma carte bancaire et je ne peux plus faire demi-tour.

— Désolée de ne pas être riche, ironisa la gothique en roulant ses yeux cerclés de noir. Ce sont toutes mes économies. Mais bon sang, où vas-tu ? Qu'est-ce qu'il y a de si urgent ? Rentre chez toi, et va te servir sur ton énorme compte en banque.

Les épaules de Michael se crispèrent. Quelque chose me disait que la blonde s'était aventurée sur un terrain miné. Je ne voulais pas qu'ils se disputent à cause de l'argent.

Si seulement ce têtu m'avait écoutée !

— Je ne toucherai pas à cet argent, gronda-t-il.

— C'est stupide ! opina Ashton. Il te revient de droit. C'est ce que moi et Robyn n'arrêtons pas de te dire.

Les deux étaient trop absorbés par leur discussion animée pour remarquer que j'étais à quelques pas d'eux. L'agacement de Michael avait désormais rappliqué puissance dix et ce dernier s'exprimait avec des gestes furieux.

— C'est à cause de cette... voleuse que tout a commencé. Son fric m'a peut-être servi à obtenir mon indépendance, mais je n'y toucherai jamais. Tu perds ton temps. Fous-moi la paix !

— Sérieusement, Michael ? Elle n'a... Chub ! se figea la blonde, les yeux écarquillés, comme si j'étais une apparition fantomatique.

Pour en avoir le cœur net, je vérifiai derrière moi au cas où, mais il n'y avait rien. C'était donc moi qui l'avais mise dans cet état.

Son expression abasourdie me mit mal à l'aise. Et ça empira lorsque ses mirettes se mirent à voyager entre Michael et moi à une vitesse hallucinante.

— Salut, miaulai-je avec un petit geste de la main.

Elle déglutit et cilla pour se reprendre. Ensuite, elle me répondit avec un sourire hésitant.

— Hey !

Comme quoi la gêne de la dernière fois ne s'était pas tout à fait dissipée. Pourtant, c'était Michael seul qui avait piégé Anna et Ashton avait assuré s'y être opposée dès le début. Donc je ne lui en voulais pas vraiment.

— Je vous ai entendu discuter argent, me lançai-je. Moi aussi, je lui ai suggéré de faire demi-tour. Mais il ne veut entendre que dalle.

Michael s'éloigna pour fumer. Les émeraudes d'Ashton s'illuminèrent quelques secondes plus tard, à l'instar de quelqu'un qui avait mis le doigt sur quelque chose.

— Alors vous partez tous les deux ? s'excita-t-elle. Où ça ?

— Je...

— C'est pas tes affaires, intervint Michael plus loin, avant de retourner dans le pick-up.

Ashton continua cependant de me questionner du regard, mais je ne savais pas quoi lui dire.

Par chance, mon compagnon émergea assez vite du véhicule avec une liasse de papiers. Il n'en garda qu'un seul et tendit le reste à Ashton en plus de ses clés.

La blonde les parcourut du regard et l'informa :

— Les miens sont dans la boîte à gants...

Son correspondant hocha la tête, prêt à lui dire au revoir, mais la gothique le coupa d'un air sournois en nous dévisageant tour à tour :

— Je crois aussi que vous n'aurez pas à vous en faire pour des préservatifs. Vous en trouverez plein au même endroit.

Mes joues s'enflammèrent et je bégayai quelque chose d'inintelligible, tandis que Michael la rabrouait en contractant les mâchoires :

— On ne va pas coucher ensemble.

C'était ce que j'essayais de dire... Enfin, je crois. Cependant, le ton de Michael m'avait vexée. Il était donc sérieux pour ne plus me toucher, juste parce que j'avais bloqué tout à l'heure ?

Ash nous jaugea tous les deux avec un intérêt renouvelé. Je détournai le regard. Elle articula un « d'accord » suspect.

Mais encore une fois, lorsque son cousin entreprit de déguerpir, elle le stoppa du plat de la main, et plissa des yeux, songeuse.

— Vous n'allez pas coucher ensemble. Soit. J'ai juste une question, Michael. Un road trip, ça peut être long. Toi qui te branles si souvent, comment tu vas faire ?

— Va te faire foutre ! lui cracha le concerné.

La blonde se bidonna en s'appuyant sur ses cuisses et je secouai la tête d'amusement. J'avais oublié à quel point cette dernière n'avait aucun filtre.

Michael, furieux, m'empoigna l'avant-bras pour me conduire à notre nouvelle voiture, mais je me dégageai de sa poigne et y allai toute seule.

Ashton hilare, cria par-dessus nos épaules :

— Il se branlait tout le temps à l'époque. Et c'était gênant, car il ne savait pas retenir ses gémissements. Un cauchemar pour moi et Sky dans la chambre d'à côté.

Après cette nouvelle révélation, j'éclatai de rire malgré moi et échouai à le cacher.

Pour ne pas jeter de l'huile sur le feu, j'attendis de m'être calmée avant de grimper à mon tour dans l'intérieur design et High-tech de la Jeep agrémenté de la signature punk de sa propriétaire sur le volant et les sièges.

Si je ne me trompais pas, il s'agissait là d'un modèle Grand-Cherokee. Je me souvenais qu'on m'en avait présenté un semblable lorsque j'étais allée me choisir une voiture. Ce jour-là, j'avais trouvé celle-ci trop grande et sophistiquée à mon goût, mais je devais avouer que pour un road trip, c'était le véhicule idéal.

On attacha nos ceintures. Puis, Michael fit un doigt d'honneur à sa cousine à travers le pare-brise avant de démarrer dans un crissement de pneus.

— Fais gaffe, connard ! gueula cette dernière.

Il était clair qu'ils ne s'arrêtaient jamais.

On reprit la route tandis que les mots d'Ashton tournoyaient encore dans ma tête. Je me mordis l'intérieur des joues pour tenter de garder mon sérieux, mais je finis par craquer. Au bout d'une minute d'hilarité ininterrompue, Michael claqua la langue, agacé.

– J'avais quoi ? 12, 13 ans ! Tous les mecs se branlent beaucoup au début.

– Et maintenant ?

Chapitre 14.
Le récit

Il incurva son sourcil piercé et je regrettai tout de suite ma question. Je détournai les yeux et essuyai les larmes au coin de mes paupières pour me donner contenance.

– Je ne veux pas savoir.

– Non. Tu ne veux pas savoir, plussoya-t-il.

– Enfin si, lâchai-je une minute plus tard, sans oser affronter son visage.

– Tu me demandes à quelle fréquence je me branle ? énonça Michael avec une pointe d'amusement.

– Non... oui.

Je soutenais désormais son regard qui se faisait de plus en plus brillant à chaque seconde qui passait.

Ce n'était pas de ma faute s'il faisait ressortir ce côté-là de ma personnalité. Avec lui, je me sentais libre de faire ou de dire des choses que je n'oserais jamais en temps normal.

Donc oui, je voulais savoir. Et pas que quand il le faisait, mais aussi comment et à quoi il pensait.

– D'accord ! s'exclama-t-il avec un large sourire. Je vais tout te dire. Mais en échange, moi aussi, je veux savoir. Car tu te touches, Spark, assura-t-il dans un murmure. Je le sais.

91

Je fis fi de la chaleur qui se diffusa dans mes joues et le narguai d'un air malicieux, bravache :

— Ah bon ! Comment tu sais ?

J'adorais la nouvelle atmosphère qui régnait dans la voiture. Michael tapota le volant de son index, les yeux dirigés sur la route.

— Voyons. T'es à peine complexée. T'es pas timide. Tu adores rigoler. Et je te l'ai dit dès le premier soir : tu m'as l'air d'être une petite vicieuse.

Était-ce normal que mon souffle s'accélérât de la sorte juste pour ça ?

— Oui. Je me touche, admis-je dans un élan de bravoure en fixant la vitre.

Et pourquoi ne pouvais-je pas me débarrasser de ce sourire niais ?

— Comment ?

— Pardon ? m'étranglai-je en pivotant d'un coup vers lui.

— Tu te touches comment ?

— Tu te rends compte que ta question est... indiscrète ?

— Je veux savoir comment.

J'avais toujours adoré l'éraillement à peine perceptible de sa voix. Cependant lorsqu'il murmurait, celui-ci se faisait plus manifeste, et autant dire que c'était le pied.

Il voulait savoir ? Qu'est-ce qui me retenait ? D'ailleurs, il avait raison : j'avais toujours été à l'aise pour me toucher dès l'âge où j'avais découvert que je pouvais me donner du plaisir. Après tout, pourquoi pas ? Ça faisait un bien fou et je ne blessais personne.

— D'accord, cédai-je après une longue inspiration pour me donner du cran. Je vais te le dire. Mais après je veux tout savoir aussi... en détail.

Ses iris n'avaient désormais rien à envier à des boules à facettes. Bizarrement, son « entrain » déclencha un frisson le long de ma colonne vertébrale et je me lançai, mes pupilles rivées sur la route.

— La dernière fois que c'est arrivé, j'étais excitée en plein milieu de la nuit. J'ai pris une douche pour... faire passer ça. En vain. Pourtant, je ne devais pas être dans cet état, parce que...

C'était durant la semaine où il me persécutait. J'étais bien confortablement installée dans mon lit, sur le point de m'endormir, lorsque des images toutes plus osées que les autres de lui et moi avaient inondé mon esprit.

Je savais qu'il ne ratait pas une miette de ce que je disais, vu les coups d'œil répétés qu'il jetait à mon profil. En jubilant, je pris tout mon temps avant de poursuivre :

— Après ma douche, je faisais les cent pas dans mon dressing à cause de mon... problème. Puis, en posant les yeux sur mon miroir, j'eus une idée. Je me suis approchée de la glace... J'ai fait tomber l'unique tissu qui me recouvrait, à savoir mon peignoir...

Ma voix n'était plus qu'un murmure rauque. J'étais plongée dans mon souvenir. Cependant, du coin de l'œil je pus voir mon chauffeur déglutir en serrant le volant.

Mon visage se fendit d'un sourire fier.

— Je me suis assise par terre. J'ai écarté les jambes. Puis, je me suis... Je...

— Dis-le ! chuchota-t-il.

— J'ai imaginé que quelqu'un était assis derrière moi et me caressait, alors, je... l'ai fait.

Il pila au milieu de la route et je gloussai en imaginant Ashton pester pour ses pneus.

Il souffla par la bouche, se rangea sur le bas-côté et m'ordonna en m'épinglant de son regard intense :

— Continue !

J'éprouvais une audace que je ne me connaissais pas en temps normal. Les yeux ancrés aux siens, je me mordillai la lèvre inférieure et poursuivis en susurrant :

— Je me suis caressée encore et encore, jusqu'à ce que ma respiration se transforme en halètement. J'avais l'impression de devenir vraiment... vilaine. J'ai imaginé que cette personne m'ordonnait de sucer mon doigt trempé, alors je l'ai fait.

Je ne cachai même pas ma satisfaction de le voir se tortiller sur son siège pour masquer la tension de son pantalon. Je me sentais si puissante. Et ça m'excitait de savoir qu'il n'était pas le seul à pouvoir me troubler.

— Continue, intima-t-il d'une voix étranglée.

— Pourquoi ? le provoquai-je, joueuse.

— Parce que j'aurai besoin de la vision exacte pour me branler bientôt.

Ma bouche s'arrondit en un O muet, tandis que mon cœur s'emballait. Il me faisait perdre la tête, c'était clair. Une tension sexuelle des plus crépitantes avait investi chaque molécule d'oxygène présente dans l'habitacle. On s'était rapproché sans que je ne me rende compte, et je crevais de plus en plus d'envie qu'il pose à nouveau ses lèvres sur les miennes.

— T'auras pas... besoin de te branler, soufflai-je lentement à quelques centimètres de ses lèvres.

L'invitation était assez évidente comme ça d'après moi. Il y avait un vrai truc entre nous. Je le sentais. Donc pour mon compte, cette idée de garder nos distances était juste stupide.

Il crispa les paupières un peu trop longtemps à mon goût. Je me dégonflai et reculai en balbutiant :

— Si tu... Si tu veux pas...

— Non, me rassura-t-il en me caressant la joue du dos de sa main. J'ai vu un soupçon de doute dans tes yeux tout à l'heure. Tu n'es pas prête. J'ai envie de toi... Oh putain, que j'ai envie de toi. Mais si on le fait, je ne veux pas que tu regrettes même une seconde. Je ne suis pas un gentleman. C'est la chose la plus chevaleresque que je puisse te proposer. Et crois-moi, il m'en coûtera. Mais on ira doucement.

Je veux que tu aies confiance en moi avant de franchir ce pas. Maintenant peux-tu s'il te plaît reprendre ton récit ?

Alors, c'était ça l'amour ! Le vrai ! Ces papillons dans l'estomac. Le cœur qui fondait toutes les deux secondes. L'envie de serrer l'autre dans ses bras pour l'éternité. S'il voulait ma confiance, en tout cas, il était parti sur le bon pied. Je l'aimais tellement que j'avais envie de pleurer.

— Où en étais-je ? repris-je, en me raclant la gorge, rassérénée.

— Au point où tu me rendais jaloux de tes doigts et de tes lèvres, soupira-t-il en caressant ses dernières de son pouce. T'as goûté ta cyprine.

Je m'empourprai légèrement et emprisonnai sa main dans les miennes, car son toucher me troublait trop pour poursuivre.

— Ah d'accord. C'était pas dégueu, m'étonnai-je encore en plissant les yeux à ce souvenir. Je ne savais pas à quoi je m'attendais, mais c'était pas désagréable. Ensuite, dans ma tête, j'ai vu la personne me demander si j'aimais. J'ai dit oui. Alors il m'a traitée de vicieuse. Puis, il a repris ses caresses plus bas en m'intimant de me regarder dans le miroir.

— Tu vas me tuer.

S'il n'avait pas capté que je parlais de lui... Je crois que là, il n'y avait plus aucun doute. C'était lui qui aimait me traiter de vicieuse.

— C'était si bon, racontai-je en fermant les yeux tandis qu'un soupir m'échappait. Ses doigts... mes doigts me faisaient de ces choses... Je lui ai obéi et me suis contemplée jusqu'à ce que mes yeux en soient incapables, car ils se révulsaient à cause de mon plaisir. Puis enfin, je me suis écroulée tremblante, haletante, devant mon miroir avec la vision de... toi qui m'embrassais la joue en me murmurant que j'étais magnifique quand je jouissais.

Voilà, j'avais terminé.

Suite à cela, on resta silencieux tous les deux, immobiles comme des statues, la voiture uniquement animée par le bruit de nos respirations erratiques alors même qu'on n'avait rien fait.

La lueur au fond des iris de mon compagnon était animale, vorace. J'avais l'impression qu'il ne ferait qu'une bouchée de moi s'il me touchait. Et ça, ça me faisait me sentir si... femme.

— Je suis sûr que tu es magnifique quand tu jouis, finit-il par articuler d'une voix enrouée. Mais tu veux savoir ce qui ferait de moi le mec le plus heureux de la Terre ? Je crève de voir ton corps s'arquer, et tes doigts s'agripper aux draps ou à tout ce qui passera sous ta main lorsque je m'enfoncerai en toi. Puis, quand je commencerai à te baiser comme si je te haïssais, je veux contempler ton beau visage qui pleurera et jubilera en même temps. J'ai envie de t'entendre me supplier d'arrêter juste avant de m'implorer de continuer. Et enfin, je veux admirer l'étonnement dans tes yeux quand tu te demanderas comment ton corps fait pour supporter un si haut voltage de plaisir, juste avant de basculer... Ça, susurra-t-il en caressant mes lèvres du gras de son pouce. Ça, c'est la vision qui me tient éveillé la nuit.

Chapitre 15.
Les courses

La Pacific Coast Highway. L'une des plus belles routes au monde. Tous les amants de road trip l'avaient empruntée au moins une fois ou en avaient rêvé. Pour ma part, je faisais partie de la deuxième catégorie.

Alors lorsque Michael avait demandé où j'aimerais aller ; je n'avais pas hésité une seconde. Il fallait que mon rêve de cheveux au vent le long de la California Dream Road prenne enfin vie.

Mon chauffeur avait acquiescé et entré notre destination dans le GPS. Ensuite, moins de dix minutes nous avaient suffi pour dénicher sur Internet les attractions qui vaudraient le coup d'œil sur notre trajet le long de la côte californienne.

On allait donc vraiment le faire !

J'étais excitée comme une puce. Il m'en coûtait de ne pas crier toutes les cinq secondes « *je pars pour un road trip avec mon crush, oh yeah !* ».

On avait quitté Portland depuis un moment. Désormais, on était dans une petite ville de l'Oregon dont je ne me rappelais plus le nom difficile. En tout cas, tout ce que je savais, c'était que son centre commercial déchirait.

Après maints débats, Michael et moi, on s'était mis d'accord pour rembourser Ashton ensemble. C'était important pour moi. L'idée de me faire entretenir tout le long de notre parcours me donnait la migraine.

À l'heure qu'il était, on avait entre autres, une trousse de premiers soins et une autre de toilette. La seconde était pliable avec un miroir et un petit crochet trop mimi. Je les avais rangées dans le coffre. Mais pour interrompre mes réflexions macabres alimentées par le silence du parking désert, je retournai à l'arrière de la voiture et entrepris de ranger nos produits cosmétiques dans la deuxième trousse.

Je fus vite détendue par cette activité. Et au final, ça me rendit toute chose de placer nos deux brosses à dents côte à côte. C'était là un truc de... couple quand même !

Oh mon Dieu !

Mon esprit s'emballa et je me mis à voltiger en tournoyant sur moi-même comme une folle. Cependant, moins d'une minute plus tard, je me figeai en surprenant une vieille qui trottinait vers sa voiture en me couvrant d'un regard désapprobateur.

Gênée, je lui adressai un sourire contraint, accompagné d'un geste de la main. Cette mégère m'ignora et poursuivit son chemin en bougonnant quelque chose à propos de la jeunesse. L'instant d'après, elle disparaissait dans son antique *Fiat Panda*.

Elle était sûrement aigrie de ne pas aller faire de road trip avec son crush. Ouais, c'était ça.

Ma bonne humeur nullement émoussée ; de nouveau seule sur le parking, je tentai un *twerk* désastreux en priant que Michael ne fût pas sur le point de revenir. Je ne pouvais pas contenir ma joie, mais j'aurais honte jusqu'à la fin de mes jours s'il me surprenait en train de me casser le dos de la sorte.

Cinq minutes plus tard, je me calmai, essoufflée. Puis, je rangeai le reste de nos achats qui n'occupèrent même pas un quart de l'espace du gigantesque coffre.

Michael et moi, nous étions séparés après notre approvisionnement en eau et snacks. Il avait prétexté d'autres courses à faire, même si je ne voyais pas trop quoi.

J'avoue que l'idée que c'était peut-être là sa façon de se défiler m'avait effleurée. Et puis, je m'étais dit que c'était stupide. Après tout, il m'avait quand même confié les clés de la voiture.

J'avais de sérieux progrès à faire niveau confiance.

Mon compagnon tardait à arriver. Assise dans le coffre, les pieds pendouillant dans le vide, j'eus tout le temps pour réfléchir. Et plus je pensais, plus mon enthousiasme s'amenuisait pour laisser place à l'effroi.

Ma mère allait me tuer ! Elle était cool, mais pas à ce point-là.

Je commençais à paniquer grave lorsque Michael sortit enfin du centre commercial avec une... boîte de rangement. Mais pourquoi ?

Il arriva très vite à ma hauteur et déposa la caisse transparente dans le coffre à côté de moi. Je descendis de mon perchoir et remarquai aussitôt qu'il portait aussi un sac à dos.

Il allait faire quoi avec tout ça ?

— J'ai réfléchi, débuta-t-il devant ma mine interrogatrice.

— Oui.

— On sera vite à court d'argent si on se nourrit principalement dans des restaus. De plus, on ne pourra pas partager les repas, je suis végan. Le mieux, c'est qu'on fasse des stops cuisine. Voilà, on a deux casseroles pliables, un camping-gaz à deux brûleurs, énuméra-t-il en sortant une mallette en métal de sa boîte.

— C'est un réchaud ça ?

— Oui, un deux brûleurs. Je te l'ai dit : il est pliable. Tout ça n'a même pas coûté cent dollars. J'ai pris entre autres, des légumes. Du poisson et des crevettes en conserve pour toi. T'aimes ça, non ?

— Merci de l'attention. Mais Michael, je ne sais pas cuisiner.

Il se statufia quelques secondes, dérouté, pantois.

– Je comptais sur toi. Moi non plus, je ne sais pas cuisiner.

– Qu'est-ce qu'on va faire ? m'inquiétai-je avec un certain amusement.

Notre voyage s'annonçait... intéressant.

– On se débrouillera, promit-il l'air peu convaincu.

Il poussa la grosse boîte au fond du coffre, les sourcils froncés, la mine pensive comme s'il cogitait à propos d'une autre solution.

– Mais pourquoi tu ne m'en as pas parlé ? m'enquis-je.

– Parce que j'ai fait cette analyse qu'en sortant du magasin de vêtements.

Il enleva son sac à dos et je me tapai le front de ma paume.

– Merde ! J'avais oublié ce détail. Tu sais, pour un road trip... planifié, on n'y aurait jamais pensé.

Il me passa la valise et m'adressa un clin d'œil façon « c'est moi l'alpha, je me suis occupé de tout ».

Je roulai des yeux, mais fus quand même reconnaissante envers lui. Surtout après cette petite attention :

– Pour le jean, la dernière fois, je ne savais pas pourquoi ça te grattait. C'était peut-être l'élasthanne. Bref, je t'en ai pris du cent pour cent coton. Tu risques rien.

Avais-je déjà mentionné que j'étais folle de lui ? Il y avait quelque chose de sexy dans le fait qu'il m'achetait des vêtements. Je l'imaginai traîner dans les rayons filles, le front plissé, les cheveux coincés derrière ses oreilles, et je ne pus m'empêcher de fondre.

– Merci.

Un autre clin d'œil de sa part fit suite à ma réponse. Il était de bonne humeur apparemment. Le voyage l'excitait-il donc autant que moi ?

En plus du jean, il m'avait pris une petite robe mi-cuisse, une chemise à carreaux, deux débardeurs et un short.

– J'ai remarqué que t'avais une chemise à carreaux. Elle te va bien... Alors...

Je rêvais où ses joues avaient rosi ?

— Je ne crois pas qu'on ait besoin de plus de vêtements, poursuivit-il en coinçant une mèche rebelle derrière une oreille. On pourra faire la lessive à tour de rôle dans les motels où on dormira. Je ne sais pas pour toi. Moi, ça me dérange pas de remettre les mêmes fringues, tant qu'elles sont propres.

— Ça me dérange pas non plus, assurai-je avec ce sourire niais qui avait de plus en plus de mal à me quitter. Et merci. J'aime tout ce que t'as pris.

Il voulait vraiment qu'on fasse ce road trip et ça me touchait à un point inimaginable. Pour me retenir de lui sauter au cou, je continuai à fouiller dans le sac, et je découvris deux tee-shirts noirs à manches longues pour lui et un jean de rechange de la même couleur. J'allais lui demander s'il ne portait jamais autre chose, lorsqu'il me devança en m'annonçant :

— Les sous-vêtements sont dans l'autre poche.

Au ton qu'il avait employé, je flairai tout de suite l'entourloupe. Et j'avais raison.

— Quoi ? feignit-il l'innocence. J'ai pris couleur nude comme tu aimes.

Je lui avais fait cette confidence le jour où il avait été obligé de me déshabiller près de la chute. Ça faisait plaisir qu'il s'en souvienne.

— Oui, mais des strings ? le grondai-je.

Il haussa les épaules avec nonchalance.

— C'est joli, les strings.

— Ouais, pour un pervers comme toi, j'en doute pas. Mais j'allais pas les mettre pour toi.

Sa bouche s'incurva en un rictus libidineux.

— Je sais... La dernière fois, j'ai sous-estimé ton cul et t'ai pris un jean trop serré. Ton postérieur a très bien su capter mon attention, Spark. Et je dois t'avouer que depuis il m'obsède.

Il s'interrompit pour adresser une œillade flatteuse au concerné. Ensuite, il tendit la main pour le toucher, mais je le fis dégager d'une tape.

Son sourire s'élargit en même temps que ses pupilles qui ne laissaient planer aucun doute sur la nature de ses pensées.

— T'as un cul magnifique, susurra-t-il tout près de mon visage. Tu mettras peut-être pas ces culottes pour moi. Mais si au cours du trajet, on s'embrouille ; je n'aurai qu'à penser à tes fesses d'enfer moulées dans un string juste à côté de moi... Crois-moi, ça me remettra vite de bonne humeur.

Oh Michael ! Que vais-je faire de toi ?

Je n'avais jamais trouvé mon cul exceptionnel. Pour moi, il était juste... normal. Du coup, j'avais un peu de mal à me faire à sa nouvelle obsession. Mais elle devait être réelle, car il essaya à nouveau d'empoigner mes fesses.

Je le repoussai, mais le regard noir que je lui jetai ne fut pas aussi noir que j'avais espéré.

Oui, parce qu'au fond, t'aimes ça.

Son expression narquoise ne le quittait plus. Je lui passai les clés et regagnai ma place dans la voiture en marche arrière pour qu'il ne puisse pas profiter de la vue.

Il s'esclaffa et me promit qu'il avait tout le temps pour le faire. Et bizarrement, cette pensée me réjouit.

On attacha nos ceintures, mais les strings continuèrent de tournoyer dans mon esprit. Je n'en avais jamais porté avant.

— T'imagines si j'ai mes règles, réfléchis-je à haute voix tandis que Michael passait le contact. Tu crois que ces ficelles supporteront mes serviettes ?

C'était surprenant, la facilité avec laquelle je parlais de n'importe quoi avec lui.

— T'auras qu'à mettre un tampon, suggéra-t-il en enclenchant la marche arrière.

Puis d'un coup, il pila et se tourna dans ma direction comme s'il venait d'avoir une révélation.

– Attends ! Tu peux mettre un tampon, non ? Certaines filles ont peur d'en mettre quand elles sont... Tu... T'es pas... Tu l'as déjà...

Je me crispai et il le remarqua, car le froncement de ses sourcils augmenta. Il attendait une réponse. Et moi, je n'osais plus dégrafer mon regard du pare-brise.

Moi qui détestais tellement aborder ce sujet...

Chapitre 16.
Le chantage

J'avais appuyé ma tête contre la vitre tandis que Michael reprenait la route en silence. Cependant, au bout d'un moment, je finis par en avoir marre de ses coups d'œil répétés et m'exclamai :

– Quoi ?

Comme s'il s'était retenu depuis un moment, il s'empressa de répondre avec urgence et gravité :

– Il s'est passé un truc, Spark. Je sais que tu ne me fais pas entièrement confiance, mais j'aime écouter. Alors, si tu veux en parler...

N'importe qui aurait pu percevoir la sincère empathie dans son regard. Cependant, ça ne me décida pas à me confier pour autant.

– OK, murmurai-je.

Je déposai à nouveau ma tête contre la vitre froide et moins d'une minute plus tard, il recommença à m'épier d'un air circonspect.

– Quoi ? m'agaçai-je en me redressant. J'ai dit OK. J'ai pas dit qu'on allait en parler aujourd'hui ou dans une semaine... Eh puis toi, t'es toujours comme ça. Tu penses que j'ai pas compris ton petit jeu ? Tu me pousses à parler, mais tu dis rien sur toi. Je ne suis pas la seule à avoir un problème de confiance ici, Michael. Tu n'es pas le mieux placé pour exiger que je te révèle quoi que ce soit.

Seul le ronronnement du moteur vint donner suite à ma tirade. Mon compagnon me jaugea pendant de longues secondes comme s'il essayait de résoudre une énigme.

Ce comportement me sortait par les oreilles. Au moment où j'allais lui cracher que son stupide silence ne m'avait pas du tout manqué, il fronça les sourcils et déglutit l'expression grave, presque solennelle.

– Spark, est-ce que quelqu'un a...

J'avais capté à quoi il faisait référence avant même qu'il ne termine.

– Non. Non, non, non, me sentis-je obligée d'accentuer en secouant la tête de gauche à droite. On n'a pas abusé de moi. C'est autre chose.

Il se détendit, mais à peine. Ses œillades répétitives reprirent de plus belle et je décidai de tout déballer, autant par agacement que résignation.

– Bon, OK. Voilà, soupirai-je en gardant la tête droite pour éviter de croiser son regard. J'étais censée aller avec Teddy au bal de promo... Malheureusement, ce dernier est tombé malade à la dernière minute. Everly était à New York pour un mariage. J'y suis donc allée seule. C'était une belle soirée, mais je m'ennuyais grave. Et puis ce garçon d'un autre lycée est venu s'installer à ma table. Il avait été invité par l'une des Seniors de l'année dernière, mais celle-là s'était réconciliée avec son copain à la soirée et l'avait planté. Il m'a vite paru sympathique. Et il m'intriguait. Ses cheveux étaient courts, mais ils étaient aussi noirs que...

J'hésitais à poursuivre. Et au bout du compte, je décidai de ne pas préciser que Jace lui ressemblait trait pour trait. Ça ne servirait à rien, à part me faire passer pour une folle à ses yeux.

– Il était drôle, charmant, embrayai-je les yeux dans le vague. On a un peu abusé du champagne tous les deux. Et ce soir-là... au lieu de rentrer chez moi. Je... je lui ai suggéré qu'on aille chez lui de préférence. J'étais saoule. Je m'étais dit que c'était pas mal. Cliché, mais pas mal. Perdre sa virginité le soir du bal de promo avec un joli garçon... ça me semblait bien... C'était stupide.

Michael n'avait pas menti : il savait vraiment écouter. Il ne me pressait plus avec ses regards insistants. Il ne commentait pas, ne jugeait pas. Mais je savais qu'il ne ratait pas une miette de ce que je disais.

— On est arrivés chez lui. Il n'y avait personne. On s'est déshabillés. On a...

— Pourquoi tu regrettes ?

Ah ! Il ne voulait pas de détails. C'était normal. Qu'est-ce qui m'avait pris d'ailleurs ? J'expirai un long coup, puis me croisai les bras sous la poitrine pour me réconforter, car cette partie de l'histoire était particulièrement douloureuse.

— Je te l'ai dit. J'étais pas prête. Ça a fait mal... J'ai pleuré. J'ai désaoulé d'un coup. Ça ne pouvait plus continuer... Ce n'était pas lui que je voulais. Pas comme ça... Par chance, il ne s'est pas froissé. Il a arrêté. Il s'est retiré, m'a consolée. Mais le mal était déjà fait, relatai-je d'une voix faiblarde.

Je me demandais quand j'arrêterais de ressentir ce goût amer dans la bouche à chaque fois que je repenserais à cet épisode. Je basculai la tête en arrière et fermai les yeux en inspirant de toutes mes forces. Si seulement je pouvais remonter le temps !

— Tu sais, je ne suis pas croyante. Ce n'est pas le fait d'avoir perdu ce petit bout de chair qui me dérange, me sentis-je obligée de me justifier en croisant le regard de Michael. Je suis juste déçue de moi-même. Je préfère dire que je suis à demi-vierge. Qu'il est juste tu sais... entré, pouffai-je tristement. On a pas eu de vraie relation sexuelle, après tout... Je sais. C'est stupide ! Mais ça fait trop mal d'accepter que j'ai fait cette bêtise. Je n'étais pas prête pour ça.

Rien ne serait arrivé si Jace n'était pas son sosie. Niveau caractère, ces deux-là étaient le jour et la nuit, car le premier était d'un naturel doux. Mais la ressemblance physique était bluffante.

Jace était parti à UCLA cette année-là et j'avais préféré ne garder aucun contact.

107

Personne ne m'avait forcée. J'étais entièrement responsable de cette mésaventure. C'était moi qui étais obsédée depuis toujours par un type asocial les trois-quarts du temps ; bagarreur, acariâtre... au point de me faire son sosie.

Parfois, je me demandais si Michael valait vraiment tout ce que je ressentais pour lui.

Mais lorsqu'il faisait des choses comme me tendre la main parce qu'il n'avait pas trouvé de mots pour me consoler, toutes mes appréhensions disparaissaient. Il y avait quelque chose qu'il me faisait ressentir que je ne trouvais nulle part ailleurs. Cette chaleur vivifiante, enivrante qui envahissait tout mon corps à son contact. J'en étais devenue dépendante.

Mes doigts s'entrelacèrent aux siens. Il me coula un petit sourire rassurant, puis il manœuvra le volant d'une main dans ce silence apaisant qui régnait dans l'habitacle. Pour être honnête, j'étais plutôt contente qu'il n'ait pas commenté. Et je ne savais pas pourquoi, mais lui en parler m'avait fait du bien.

Fascinée par le contraste entre l'encre noire de ses tatouages et la peau diaphane de ses phalanges, je restai pendant longtemps à les fixer. Puis, au bout d'un moment, dans un élan de gaminerie, je serrai les dents et exerçai une pression sur ses doigts noués aux miens.

Je jouais souvent à ça avec Teddy quand on était gosse. Les doigts entremêlés, l'un compressait les siens pour faire mal à l'autre. Puis ensuite, s'ensuivait une bataille de compression pour déterminer qui avait plus de force.

Je ne m'attendais pas vraiment à une réaction de Michael. Ça m'était juste monté comme ça.

D'ailleurs, à part jeter un bref coup d'œil en direction de nos mains liées, mon compagnon ne donnait pas l'impression d'accorder de l'importance à mon geste.

Mais j'aurais dû me rappeler que j'avais affaire à un sadique. Sans quitter la route des yeux, quelques secondes plus tard, il serra si fort mes doigts que je n'eus plus d'autres choix que de hurler.

— Michael, tu me fais mal !

Il m'ignora et garda sa tête orientée devant lui. Cependant, il ne réussit pas à cacher l'ébauche de sourire satisfait qui incurva ses lèvres parfaites. Ce malade compressait de plus en plus fort. Toute ma main m'élançait désormais. Je me pliai près de mon membre broyé en geignant, suppliante :

— Michael, pitié. Aaaaaaah. Je ferai tout ce que tu veux. Arrête !

— Tout ce que je veux ? souffla-t-il, sardonique en se tournant enfin dans ma direction.

Malgré ma douleur, je me redressai un peu pour le fusiller du regard.

— T'as pas un truc cochon en tête, quand même ? Aaaaaaah. Tu vas nous tuer ! Concentre-toi sur la route. Je voulais juste jouer. Michaeeeelll.

Je pleurais, mais aucune larme ne m'accompagnait. Les traîtresses !

C'est peut-être aussi parce qu'au fond, t'aimes ça.

— J'ai le contrôle sur le volant, assura mon chauffeur d'un air joueur. Un truc cochon ? Non mais quelle vicieuse ! T'arrêtes jamais de penser au cul, Spark ? Tu me dégoûtes.

C'était l'hôpital qui se foutait de la charité là, non ?

— Je voulais juste jouer, putain ! braillai-je.

— Moi aussi, je joue, gloussa-t-il en exerçant une nouvelle pression tortionnaire. T'as pas envie de savoir ce que je veux ?

— Connard ! crachai-je.

Il serra plus fort et je criai, mais je n'arrivais toujours pas à sangloter pour autant.

— Je te hais. Aaaaaaah ! Demande, merde !

— Romps avec Méduse !

— Quoi ? me figeai-je. On ne sort pas ensemble. Et il ne s'appelle pas Méduse. C'est raciste !

— Il le sait que vous ne sortez pas ensemble ?

Il avait diminué la compression sans pour autant l'éliminer.

– Oui... Je... Oui. Il le sait, bégayai-je, mitigée.

Enfin, j'espérais. C'était vraiment macho de la part de Michael, mais je n'arrivais pas à être en colère contre lui. Peut-être était-ce parce qu'il m'avait confié être jaloux. Ou peut-être parce qu'il avait l'opportunité de demander autre chose, mais qu'il avait demandé ça.

– Romps avec lui, insista-t-il. Je veux pas que quelqu'un d'autre te considère comme sienne. T'es à moi tout seul.

Là encore, je luttai pour réveiller ma colère, mais malgré mes quelques appréhensions, cette dernière m'ignora. Après tout, Michael m'avait affirmé être à moi aussi, non ?

– Je ne peux pas rompre avec lui puisqu'on... Aaaaaaah ! Arrête ! gueulai-je en tentant de m'extraire de l'étau de ses doigts.

En vain.

– Je peux continuer encore longtemps, tu sais ?

– C'est du chantage ! m'enflammai-je.

– Dans la vie, on se sert de ce qu'on a.

Je le rabrouai du regard, mais ne relevai pas cette fois. En fait, j'étais trop absorbée par mes pensées. Cependant, une énième pression vint me rappeler à qui j'avais affaire. Alors je clamai, résignée :

– D'accord ! Passe ton tél. De toute façon, c'était nul comme je l'ai planté. Je lui dois des excuses. Et je dois aussi lui parler au sujet de ma carte.

– Attends, tu connais son numéro par cœur ?

Mes A consécutifs en Maths pouvaient l'attester. Les chiffres étaient mon domaine. J'avais la capacité de mémoriser n'importe quel numéro après seulement un ou deux visionnages. Donc, oui, appeler Alexander n'était pas un problème pour moi.

– Donne le téléphone, m'impatientai-je.

Michael libéra ma main sans plus de questions. Je secouai mon membre endolori en le massacrant du regard. Il me passa son portable déverrouillé avec un large sourire sarcastique avant d'exiger :

– Sur haut-parleur !

Vu ce qu'il venait de m'infliger, je ne voyais pas l'intérêt de me disputer avec lui pour si peu. Je levai les yeux au ciel, mais obtempérai.

— OK. Mais tu ne parles pas. Je dois régler ça toute seule. Je ne veux pas le faire souffrir.

Mon compagnon haussa les épaules, évasif, et je ne sus pas trop comment l'interpréter. Malheureusement, je n'eus pas le temps de m'en appesantir, car Alexander venait de décrocher après la deuxième détonation.

— Alex, c'est Megan.

L'appréhension faisait battre mon cœur beaucoup plus vite. J'avais tellement à lui dire. Mais par où commencer sans le blesser ?

— Meg ! C'est quoi ce numéro ? Je te cherche depuis un moment. Où t'es ? T'es partie avec Michael Cast ? Il t'a fait du mal ?

Le concerné avait commencé à rouler des yeux depuis que j'avais appelé Alexander par son surnom. Même s'il n'y avait pas grand monde sur la route, à ce rythme-là, on risquait peut-être un accident.

Je lui coulai un regard noir lorsqu'il grommela « *bouffon* » d'un ton peu flatteur. Il roula des yeux une énième fois et articula « *grouille* » à mon intention. Excédée, je le gratifiai d'un doigt d'honneur. Ensuite, il haussa des sourcils, mi-impressionné, mi-amusé comme si ça venait de lui donner une idée.

Et le connaissant, ça ne pouvait en aucun cas en être une bonne.

— T'es là, Meg ? s'inquiéta Alexander. T'es où ?

J'avais honte de répondre à cette question vu que je lui avais assuré qu'il n'y avait rien entre Michael et moi. Je choisis donc de régler le problème de la carte.

— S'il te plaît, peux-tu...

Mais c'était sans compter sur Michael qui avait décidé d'intervenir à cet instant précis :

— Elle est avec moi. On va faire un road trip. Rien que tous les deux. Ensemble dans une voiture. Elle et moi. Seuls...

— On avait compris, explosai-je.

111

Chapitre 17.
La gentillesse

J'entrepris de désactiver le haut-parleur, mais Michael m'arracha le téléphone.

– Écoute, Méduse. Ça m'épluche la langue, mais merci d'avoir été là pour elle cette semaine. J'espère seulement que tu ne t'es pas fait trop d'illusions. Parce qu'elle et toi, c'est mort. Au cas où t'aurais toujours pas capté... Elle t'a planté pour me suivre. C'est assez parlant, non ? Maintenant, veux-tu bien ramener sa carte chez elle au risque de perdre quelques dents dans le cas contraire ? Cordialement, quelqu'un qui ne t'aime pas.

Ma mâchoire se décrochait et se remettait tour à tour en place sans qu'aucun son ne s'échappât de ma bouche.

Je voulais attraper le cou de Michael et serrer, serrer... Je voulais... Argh !

– Je ne parlerai qu'à Megan, annonça Alexander d'une voix blanche.

– Donne le téléphone, Michael, grinçai-je, les poings serrés.

– T'as capté ? renchérit l'intéressé auprès de mon ami, comme si je n'existais pas. S'il manque un seul dollar...

– Donne le téléphone ! hurlai-je.

Il me le rendit. Mais non sans avoir levé les yeux au ciel de façon théâtrale.

J'avais trop envie de le tuer.

— Alex, je suis désolée. Je suis vraiment désolée.

Et je me sentais trop mal. Si seulement ce gros... connard avait fermé son clapet ! Si... enfin... J'entamai une longue respiration, car ruminer attisait mes envies de meurtre. Je fermai ensuite les yeux et me massai le front à l'endroit où ma migraine se réveillait.

Le silence d'Alexander me torturait et je ne savais pas quoi lui dire.

De toute façon, il était déjà blessé. Comme Michael l'avait si bien pointé : les faits parlaient d'eux-mêmes. Je l'avais planté pour suivre un connard qui m'avait ignorée une semaine entière pendant laquelle, lui était là pour moi.

Je m'imaginai ne serait-ce qu'un instant à sa place et je me sentis comme une merde.

Je me massai le front plus fort. Mais il n'y avait plus rien à faire. Il valait mieux que je règle ce problème de carte qu'on en finisse.

— Peux-tu s'il te plaît ramener ma carte chez moi ? Tu peux la donner à Juliette ou...

— T'as peur que je te vole, pas vrai ? cingla-t-il.

— Non. Non. Non. Ce n'est pas...

— Arrête, Megan ! J'ai compris. Je ne suis pas assez friqué pour toi. Je ne peux pas t'emmener là où il peut...

L'amertume contenue dans ses mots me poignardait.

— Nooon, Alexander. Ça n'a rien à voir. Je te le jure. Je ne suis pas comme ça. C'est plus compliqué que ça en a l'air. S'il te plaît, pardonne-moi.

Cette conversation était un supplice pur et dur. Je l'avais blessé. Et ça faisait trop mal. J'avais compris qu'il avait des problèmes d'argent. Je n'avais pas pu m'empêcher de douter de lui. Mais en aucun cas, ce détail n'avait influencé mon choix.

J'avais encore les paupières closes et mon corps tendu par l'appréhension. Alexander se taisait à l'autre bout du fil, comme s'il avait besoin du temps pour assimiler mes paroles. Michael aussi la fermait, et c'était tant mieux. Après ce qu'il avait fait, je doutais de pouvoir supporter une deuxième vague sans partir en vrille.

— Alexander, soufflai-je. Parle-moi, s'il te plaît.

— C'est parce que je suis noir ?

— Que racontes-tu ? m'insurgeai-je avec un geste de la main comme s'il allait le voir. Non, non, non. Ça n'a rien à voir.

— C'est parce que je suis noir, répéta-t-il convaincu. Je ramène ta carte chez toi. Merci pour la leçon, Megan. J'espère bien que Michael Cast te brisera le cœur.

Puis, il raccrocha, me laissant la bouche grande ouverte et des larmes silencieuses ruisselant sur mes joues.

Je jetai le téléphone sur Michael sans un regard dans sa direction.

C'était nul que ça se termine comme ça avec Alexander. J'aurais pu limiter les dégâts. Désormais, il me croyait raciste. Tout ça à cause d'un connard dont tout le monde était persuadé qu'il finirait par me briser.

— Spark...

— T'avais pas le droit, braillai-je en me tournant vers lui. Il comptait pour moi.

Son regard fuyant n'arriva pas à m'attendrir.

— Spark...

— Il n'y a pas de Spark qui tienne ! Tu l'as insulté. T'aimes, toi, quand on te traite de vampire ?

Il haussa les épaules et tenta de plaisanter :

— Je m'en fous. Et vampire ça reste quand même plus stylé que...

J'abattis ma paume sur le tableau de bord, fulminante et en larmes.

— Tu t'entends ? Est-ce que tu t'entends, bordel ? Tu te dois de respecter les gens auxquels je tiens, sinon ça va pas le faire. Je t'ai dit de ne pas intervenir. Je t'ai dit de me laisser gérer ça ! Il y avait un autre moyen de régler ça.

— Lequel ? s'énerva-t-il. Tu allais lui mentir ? Si tu t'attends à ce que j'affirme que je regrette, tu perds ton temps. Si tu l'aimais tu ne serais pas remontée dans cette voiture avec moi. C'est la vie, Megan. Ça arrive qu'on rende pas leur affection aux gens. Et ceux-là doivent vivre avec. T'es aussi fautive que moi dans cette histoire, sauf que moi, je ne me mens pas… J'ai envie d'être là avec toi. Je suis là avec toi. Et si une autre fille m'appelait pour me proposer quoi que ce soit, je l'enverrais chier, parce que je m'en foutrais. Et je ne lui rendrais pas service en lui faisant croire le contraire. Tu ne lui aurais pas rendu service à ce bouffon en lui laissant de faux espoirs.

— Eh bien, je ne suis pas toi ! criai-je.

Non, sa petite déclaration ne m'avait pas échappé. Je n'approuvais tout simplement pas sa façon de voir les choses. Ça ne m'apporterait rien d'envoyer balader les autres quand il y avait d'autres façons de faire.

— Bien sûr que non, t'es pas moi, pouffa-t-il avec dédain en fixant la route devant lui. Moi, je ne suis pas esclave de l'approbation des gens.

— Je ne vis pas pour l'approbation des gens ! éructai-je. J'essaie de ne pas leur faire de mal inutilement. Ça s'appelle la gentillesse. Tu devrais essayer un de ces quatre.

Il se tourna vers moi, le visage grave.

— Non, Megan. Ça s'appelle mentir. Combien de fois t'as accepté de faire quelque chose dont t'avais pas envie juste pour être « gentille » ? Combien de fois t'as dit oui quand t'avais envie de dire non ? Je n'ai pas à t'envier ta « gentillesse ». Je préfère dire la vérité. Je préfère être libre.

Je n'avais plus envie de me disputer avec lui. Il était trop obstiné. Il trouverait toujours une raison à son impolitesse.

Je me débarrassai de mes baskets, ramenai mes cuisses contre ma poitrine avant d'enlacer mes jambes de mes bras. Ensuite, je laissai mon front aller contre mon jean et je pleurai.

En réalité, je pleurais plus à cause du rejet d'Alexander qu'autre chose. C'était la deuxième personne importante que je perdais à cause de Michael. Je commençais à me demander si ça en valait la peine.

– Hey, murmura le coupable quelques minutes plus tard.

– Ne me parle pas ! bondis-je. Pour être honnête, l'époque où tu la fermais me manque déjà.

Il pinça les lèvres, vexé ; se recentra sur la route et contracta les mâchoires.

– Tu devrais appeler ta mère, me dit-il quand même.

Chapitre 18.
Le dilemme

Je donnerais tout pour faire un bond dans le futur et être très loin de ce moment-là.

L'estomac noué, je portai l'appareil à mon oreille et soufflai :

– Maman.

– Meg ? Où est ton téléphone ?

Au fond de moi, je savais que cette conversation ne pourrait pas bien se terminer. Je n'entrevoyais même pas un moyen de limiter les dégâts.

– Je ne l'ai pas. Maman, je dois te dire quelque chose.

À mon ton, elle dut comprendre que quelque chose clochait, car je l'entendis suggérer à Sawa, son assistante, de la laisser seule. Je l'imaginai ensuite pivoter sa chaise face à la baie vitrée de son bureau et froncer les sourcils.

– Je t'écoute.

Le moment de vérité était arrivé. Même si j'en avais besoin, je ne quêtai même pas un peu de soutien du côté de Michael, puisque j'étais toujours en colère contre lui.

Après avoir rassemblé tout mon courage via une longue inspiration, je comptai un, deux, trois dans ma tête et me lançai :

— Maman. Je suis partie avec lui pour un moment. On a déjà quitté Portland.

Voilà, j'avais tout déballé d'une seule traite. Je n'avais même pas eu besoin de préciser de qui je parlais. À mon avis, elle avait saisi.

Désormais, le niveau de tension de mon corps surpassait de loin celui d'un arc en utilisation. Et le silence qui s'ensuivit n'arrangea en rien mon état. Une goutte de sueur perla à mon front tandis que je marmonnais :

— Maman...

— Tu sais, je suis un peu responsable que ton père m'ait trompée, énonça-t-elle enfin d'une voix nuageuse.

De quoi parlait-elle ?

— Il m'aimait. Je savais qu'il m'aimait. Mais c'était un soldat ; j'en ai fait un homme de bureau. Je voulais qu'il soit le mari de mes rêves. Je me suis tellement efforcée de le changer... qu'au final il me fuyait. J'aime diriger, j'aime contrôler. Je n'y peux rien... Pourtant, avec toi, je me suis dit que je n'allais pas répéter les mêmes erreurs qu'avec Jensen ; que j'allais te laisser ta liberté, parce que moi aussi, j'ai été jeune. J'ai lutté pour te traiter comme une adulte. Et tu sais quoi, Megan ? Tu ne le méritais pas.

Ça faisait plus mal qu'un uppercut dans l'estomac.

— Maman...

— Réalises-tu à quel point, c'est irrespectueux ? cingla-t-elle. Tu quittes la ville ? Tu quittes la ville sans me prévenir avec un garçon avec qui t'as couché et qui t'a ensuite laissé végéter pendant une semaine ? J'ai remarqué que tu allais mal. Pas besoin de nier. T'as quoi dans la tête ? Tu pensais quoi ? Qu'il suffirait de m'appeler pour que tout soit OK ? Pour que je te laisse aller faire je ne sais quelle bêtise en compagnie d'un garçon qui a une mauvaise influence sur toi ?

Sa voix montait de plus en plus dans les aiguës tandis que moi, je me tassais dans mon siège. J'aurais donné tellement pour pouvoir disparaître !

— Maman, écoute, couinai-je au bord des larmes.

— T'es mineure, fuma-t-elle. Sous ma responsabilité. Et je t'ordonne de rentrer à la maison sur-le-champ, Megan Jennifer Spark ! Tu me déçois énormément.

À l'école élémentaire, il y avait deux Jennifer. Moi et une autre que les élèves surnommaient La Jolie Jennifer.

J'avais par la suite exigé que plus personne n'utilise ce prénom pour me désigner. D'ailleurs, très peu de gens étaient au courant de son existence.

Même si j'avais désormais appris à m'aimer et à m'accepter, Jennifer n'était jamais très agréable à mes oreilles.

Et ça, tous mes proches le savaient.

Ma mère devait être plus que furieuse.

Elle coupa l'appel sans plus de cérémonie, mais le téléphone resta collé à mon oreille tandis que je luttais pour contenir mes larmes. En vain.

C'était la première fois qu'elle me qualifiait de déception. Quand les psys n'avaient rien pu faire pour mon ablutophobie. Quand j'avais eu des mauvaises notes à cause de ma dyslexie. Quand on passait notre temps à nous crier dessus. Quand j'achetais des tas de choses inutiles, juste parce que je ne pouvais m'en empêcher ; elle n'avait jamais formulé cette phrase.

Et là, je réalisais que l'entendre était l'un des pires coups de fouet au monde. Je me tournai vers Michael avec mon regard embué et décidai que non, il ne valait pas tout ça.

— Je veux que tu...

— J'ai menti ! s'exclama-t-il sitôt. Ça me complexe.

Je ne savais pas de quoi il parlait et je n'avais pas la force de demander. Je voulais juste rentrer chez moi. Avec un soupir las, je m'apprêtais à lui demander encore une fois de faire demi-tour, mais il m'intercepta d'une voix nerveuse :

— Ma peau. Ça me complexe. Tu sais quand t'es gosse, il y a des choses que tu remarques pas. Ma maman était pareille, Sky aussi. Je ne pensais pas que c'était un problème. Enfin, je ne pensais pas que les autres le considéreraient comme tel. J'ai compris que j'étais vraiment blanc lorsque mes camarades rentraient de vacances et venaient comparer leur peau avec moi ou ma sœur pour vérifier à quel point ils avaient bronzé...

Il parlait en tapotant le volant de la voiture comme pour évacuer un trop-plein d'émotions.

— On demandait constamment à notre mère si on était malade. On a eu aussi plein de surnoms chiants comme cachet d'aspirine, bonhomme de neige et je sais plus... Ça me tourmentait. Je n'arrivais pas à bronzer. Par contre, je devenais rouge pour un oui ou pour un non. Au fil du temps, j'ai appris à contrôler ça, mais malgré tout, les moqueries ont continué un bon moment. Je me suis renfermé sur moi-même. Ça nous a encore plus rapprochés Sky et moi. On ne parlait plus qu'entre nous. Puis, on a grandi en gardant notre asociabilité. Et ce, même lorsque les autres ont arrêté de se payer notre tête puisque je m'étais mis à défoncer tous ceux qui osaient le faire. J'étais une vraie boule de nerfs. Sky était celle qui calmait le jeu et nous évitait les problèmes... Elle avait toujours été la plus mature de nous deux.

Il ferma les paupières un bref instant. Puis, il embraya sans interrompre les tapotements sur le volant.

— Maintenant, ça passe. Enfin, la plupart du temps. Mais si je suis dans un mauvais jour, la dernière chose dont j'ai envie, c'est d'entendre Robyn ou Ashton m'appeler *Edward Cullen*.

— Mais ta peau est magnifique ! protestai-je.

Il ne répondit pas, mais je pouvais presque apercevoir les vagues de doutes qui émanèrent de lui. Se regardait-il au moins dans un miroir parfois ?

— T'as jamais pensé à devenir mannequin ?

Il fit la moue.

— Je n'aime pas vraiment toute la visibilité qui va avec. Et au cas où tu ne l'aurais pas remarqué, exposer mon corps n'est pas vraiment l'un de mes hobbies.

Instinctivement, mes yeux glissèrent sur ses bras qui comme d'habitude étaient cachés. Je me sentais coupable de vouloir découvrir les conséquences de son tourment, mais c'était plus fort que moi.

— Les magazines s'arracheraient pour t'avoir, opinai-je avec sincérité. Je ne savais même pas que t'aimais passer inaperçu. Dans ce cas, je suppose que ça doit être un cauchemar au quotidien, car on ne peut pas s'empêcher de te regarder, Michael Cast. Pour ma part, tu me fascines depuis que toi et ta sœur vous avez passé la porte du lycée il y a deux ans et demi.

— Je bronze jamais, Spark, martela-t-il en plantant ses billes bleues dans les miennes.

Au début, je pensais qu'il avait balancé tout cela pour m'attendrir. Mais là, je croyais vraiment à son complexe. J'imaginais que c'était une confession qui devait lui en coûter, car je le voyais mal s'ouvrir comme ça avec quelqu'un d'autre.

Robyn m'avait déjà communiqué ce truc à propos de son bronzage. Cependant, à mon avis, il n'était au courant que parce que Michael était son frère. C'était clair que ce dernier n'aimait pas se confier.

Je ne savais pas pourquoi, il avait partagé cette information avec moi. En tout cas, ça m'avait touchée plus que nécessaire. Surtout que j'étais moi aussi complexée et tout comme lui, les autres ne devaient pas le deviner à première vue. Je haussai les épaules en esquissant un léger sourire à son intention.

— Tu ne pouvais pas tout avoir ! Mais je te le dis de tout cœur, t'as rien à envier à ceux qui peuvent bronzer. Ta beauté est différente, et c'est ce qui la rend unique. Je crois que ceux qui se moquaient de toi et ta sœur étaient juste jaloux.

Il rit doucement et replaça une mèche derrière son oreille.

— Robyn n'est pas jaloux. Juste chiant.

— On sait jamais. Les cheveux bruns et peaux hâlées sont partout. Le mélange des tiens par contre est exceptionnel et fascinant.

Suite à cette phrase, il délaissa la route pour me fixer avec une telle intensité au fond de ses yeux que mes joues s'enflammèrent. C'était comme s'il se demandait d'où je venais. Et pour être honnête, je ne savais pas trop comment l'interpréter.

Il se rangea ensuite sur un bas-côté de la route. Puis, il se tourna vers moi, le front plissé, l'expression indéchiffrable. Ayant déjà expérimenté son lunatisme, je me mis sérieusement à paniquer.

— J'ai dit quelque chose qu'il ne fallait pas ?

— Non, me rassura-t-il en me caressant la joue.

Ensuite, il se rapprocha vers mon oreille tandis que je crispais les paupières sous la décharge d'électricité qu'il avait provoquée dans tout mon corps.

— Merci pour ce que t'as dit sur mon teint, susurra-t-il. Mais arrête de me draguer, Spark. Je sais ce que tu essaies de faire, petite vicieuse. Et je n'en ai pas envie en ce moment.

Je rouvris les yeux et le repoussai d'une bourrade. Il explosa de rire. Je le fusillai du regard.

— Connard !

— T'inquiète, rigola-t-il, gouailleur. Tu m'auras dans pas longtemps. Il faut juste qu'on règle deux trois trucs avant.

Je ne m'en offusquai pas, car j'étais désormais habituée à son humour particulier. Cependant, sa dernière remarque m'avait ramenée à la réalité. Celle dans laquelle ma mère exigeait – non, ordonnait – que je rentre à la maison. Celle dans laquelle j'étais partagée entre suivre la voie de la peur ou celle de la folie. Celle dans laquelle j'étais complètement paumée...

Serais-je donc assez folle pour désobéir à ma mère et rester ? Pourquoi me posais-je même la question alors que je devrais être sur le chemin de retour ?

Michael retrouva une mine sérieuse et m'implora comme s'il avait intercepté mes récentes pensées.

— Reste avec moi, s'il te plaît. Je... Ta mère ne m'aime pas. Je sais. C'est égoïste de te demander ça, mais reste. Je ferai de mon mieux. J'ai même envie de te dire que je regrette d'avoir un peu blessé... Alexandrine, mais je n'aime pas mentir.

— Il s'appelle Alexander, m'excitai-je. Et c'était méchant.

— Je suis comme je suis.

— Ça, c'est pas une raison ! Tu dois respecter les gens que j'aime même si toi tu ne les aimes pas.

Il réfléchit et haussa les épaules d'une façon qui ne voulait dire ni oui ni non.

— Ça dépend de qui tu aimes.

— Ramène-moi chez moi, m'agaçai-je.

Il balaya l'habitacle d'un regard aussi vide que paniqué.

— Je veux que tu restes, Spark... Je te dirai tout ce que tu veux savoir.

— Tout ?

Il déglutit tandis que ses yeux se faisaient fuyants, mais je compris. Je trouvais déjà noble qu'il l'eût proposé pour me garder, si on tenait compte de son passé. En tout cas, je commençais à avoir de moins en moins de raison de douter de lui. Et aussi surprenant que ça pût paraître, ça m'effrayait.

— D'accord. Je reste, décidai-je.

Ma conscience tenta de protester, mais je l'enfermai dans une cage et jetai la clé de toutes mes forces dans un champ de blé.

Michael hocha la tête et me pressa la main en signe de reconnaissance.

— Je t'aurais bien embrassée si j'étais sûr de pouvoir me contrôler. Mais on a un accord. On va y aller doucement. Sache juste que l'envie de te dévorer les lèvres est là. Elle ne me quitte jamais, Spark.

— Moi aussi, j'ai envie de t'embrasser, Cast.

Chapitre 19.
La cohabitation

— C'est le lac le plus profond des États-Unis, m'informa Michael d'un air satisfait. Et l'un des plus purs au monde.

Il m'avait promis qu'il y avait un endroit qui valait le coup d'œil avant de quitter l'Oregon. J'avais été réticente au début lorsqu'il avait mentionné un lac. Mais, il m'avait suggéré de lui faire confiance. Et là, je ne regrettais pas d'avoir craqué.

On était à l'observatoire de Phantom Ship, comme me l'avait indiqué mon chauffeur.

Contrairement à lui, qui était appuyé contre le capot de la voiture ; j'étais restée à l'intérieur et admirais ce panorama digne d'une carte postale depuis le toit ouvrant.

Je crois que tout le monde devrait contempler cette merveille au moins une fois dans sa vie.

Au centre d'un cratère caractérisé par ses versants abrupts et enneigés, Crater Lake était le plus bel endroit que j'avais vu jusque-là. Bordé de l'extérieur par quelques conifères, le lac était immense et d'un bleu si foncé et en même temps si limpide qu'on avait du mal à croire qu'il était réel.

On était en début d'après-midi. Le soleil n'avait pas encore disparu. Pourtant un léger brouillard nous environnait. Il faisait très froid, vu l'altitude et la saison. Cependant, rien que la petite île en forme de bateau fantôme auquel notre observatoire devait son nom, valait mille fois le détour.

— Passe ton téléphone, pressai-je Michael.

Il obtempéra et je pris un tas de photos que je projetais de m'envoyer plus tard. Je voulais être sûre d'avoir vraiment vu ce lieu magique.

Pour rigoler, je capturai aussi un cliché de mon compagnon de dos. Mais sans se retourner, l'intéressé me promit de l'effacer bientôt.

Quel rabat-joie !

— Cet endroit est magnifique, répétai-je pour la énième fois, extatique.

— T'as déjà voyagé ? me questionna soudain Michael d'un air intéressé, en s'accoudant au capot de la voiture.

Je mis le téléphone sur veille et hochai la tête.

— Oui. En Afrique quand j'avais 8 ans avec mes parents. C'était pour un voyage humanitaire. On est aussi allé en Europe pour les vacances. Mais je ne suis plus partie nulle part depuis que mon père est mort. Et toi ?

Il ignora ma question et se contenta de scruter les alentours d'un air grave avant d'annoncer :

— Rentre ! Le *Rim Drive* compte plus de trente points d'observation. Ce n'est que le premier.

Je m'assis et fermai le toit ouvrant parce qu'il commençait à faire de plus en plus froid. Je n'avais aucune intention de laisser Michael se défiler cette fois. Et je comptais bien lui en faire part lorsqu'il me cloua le bec, en me répondant juste avant de passer le contact.

— Ma famille est allée au Canada quand j'avais 9 ans. Ça reste l'un de mes plus beaux souvenirs. Malheureusement à cause de Sky, on n'est plus jamais allé nulle part. Cette brindille avait le mal de tout.

D'avion, de voiture. De mer. C'était chiant. Moi, je voulais repartir. Je suppliais ma mère de m'emmener ailleurs à nouveau, mais elle ne voulait pas complexer Sky. J'ai détesté cette dernière pendant un bon moment. Puis au final, j'avais décidé que je m'en irais tout seul quand je serais grand. J'étais qu'un gosse, pourtant, je le répétais tellement souvent que tout le monde dans notre entourage était au courant. Ce rêve ne m'a jamais quitté. J'ai été tenté de le réaliser à plusieurs reprises, mais j'ai donné ma parole à mon oncle de terminer mes études avant. Je le respecte beaucoup. Par sécurité, je ne suis donc jamais sorti de l'Oregon, parce que j'avais l'impression que si je partais, je ne reviendrais plus jamais.

— Ah, soufflai-je, captivée. Mais on quitte l'Oregon là, non ?

Il secoua la tête et planta ses yeux dans les miens.

— C'est différent. Considère-toi comme ma boussole, Spark.

Comme neige au soleil, je fondis. Je devenais chiante avec cela, mais je l'aimais trop. Il avait toujours les mots qu'il fallait, c'était fou.

Le reste du trajet se déroula dans un silence agréable. On s'arrêta à deux autres points d'observation le long de la route panoramique, et j'en fus à chaque fois plus qu'émerveillée.

— Le soleil se couche, observa Michael en grimpant à nouveau dans la voiture. Si on repart maintenant, il y a des chances qu'on atteigne des villes comme Grants Pass pour passer la nuit. J'ai vérifié. Elle est assez près de Redwood, notre première destination avant la Pacific Coast Highway. Ou alors, on peut dîner ici à un autre point d'observation du Crater Lake et y dormir. Je ne l'ai jamais visité, mais je crois qu'il y a le village pas loin.

— Ah ! Mais attends, on va dîner quoi ?

— Je ne sais pas. Il y a du guacamole et des chips. On peut aussi se faire un sandwich. On a du jus. Tu décides.

Je gloussai sans faire exprès. Ça faisait un petit truc là, dans ma poitrine de l'entendre dire on.

— Je ne vais pas cuisiner, me prévint-il. Si c'est ce que tu suggères en chinois.

Un petit peu, j'avoue. On avait bien décidé que le lendemain serait mon jour, non ?

— Chips et guacamole donc, éludai-je. Je vote pour.

Je levai la main et il me surprit encore une fois en topant dedans.

— Cool ! m'exclamai-je. Je suis pour qu'on mange et qu'on reprenne la route. Comme ça on arriverait plus vite à Redwood. Ensuite, on pourra voir le légendaire Pacific Coast Highway et rentrer.

Il me jaugea un moment et estima :

— C'est ta mère ?

— Oui, admis-je. Elle n'est vraiment pas contente. J'ai choisi de lui désobéir, mais je ne veux pas pousser le bouchon trop loin non plus. On rentre avant le Nouvel An, en tout cas. Vers le 27, t'en dis quoi ?

— J'en dis que beaucoup de choses peuvent arriver en huit jours.

Son ton était lourd de sous-entendus. Mais plus sérieux, il ajouta devant ma mine réprobatrice :

— Je suis content que tu sois là.

— Moi aussi, lui souris-je.

On s'arrêta finalement pour dîner à un point d'observation plus boisé que les précédents. On s'installa à une distance plus que respectable du lac, mais avec une vue tout aussi spectaculaire. À l'ombre des conifères, on étala le drapeau de pirates d'Ashton qu'on avait trouvé dans le coffre, puis on s'y assit avec notre goûter.

Panorama magnifique, mec magnifique. Qui était la meuf la plus heureuse sur Terre à cet instant précis ?

— Il nous faut une chaise pliante, opina le mec en question quelques minutes plus tard.

— Euh, d'accord. Mais pourquoi une ? m'intriguai-je en me tournant vers lui, la bouche pleine.

— Pour moi.

— Et moi ? me vexai-je.

Son clin d'œil pervers me donna une idée des possibilités qu'il entrevoyait pour mon cul et je lui jetai une chips au visage.

Avant de partir, on avait aussi réalisé qu'il nous faudrait une glacière isothermique pour les légumes et les boissons. Comme quoi le destin voulait nous rappeler chaque seconde que ça avait été bête de se lancer dans ce road trip sans préparation.

On se remit en route comme prévu. Et je réalisai que je m'étais endormie, uniquement lorsque je me réveillai devant un bâtiment de deux étages orné de lumières de Noël, tout comme son enseigne à néon « Motel ».

Je m'étirai et me frottai les yeux, un peu désorientée. Puis, je m'immobilisai en surprenant deux billes bleues scintillantes de malice braquées sur moi.

— On est arrivé depuis un moment, m'informa leur propriétaire. J'ai déjà transporté nos effets dans la chambre. J'allais te réveiller, mais je trouvais ça trop drôle de te regarder baver.

La honte colora mon visage en rouge. Je ne bavais pas d'habitude. Pourquoi il avait fallu que cela arrive maintenant ?

Le regard fuyant, je risquai une main nerveuse vers ma bouche, mais je ne trouvai rien d'alarmant. Je toisai Michael en réalisant qu'il m'avait bernée et le sourire de ce connard s'élargit.

— Viens, souffla-t-il ensuite. On va dormir. Une longue journée nous attend demain.

— Euh... dormir... dormir, genre... euh... dormir ?

Ce n'était pas pour savoir, savoir, mais juste pour savoir. Bref...

Michael exagéra un soupir harassé.

— Oui, Spark. Dormir. Pas baiser. Je nous ai pris une chambre avec deux lits. Tu me dégoûtes à ne penser qu'à ma queue. J'ai des sentiments, putain !

Comme si lui n'y avait pas pensé aussi ! J'étais fatiguée. Ma libido n'était pas à son paroxysme. Mais comme je l'avais dit, c'était juste pour savoir.

Je roulai des yeux et ouvris la portière pour descendre. Cependant, tout de suite après, je renonçai à utiliser mes jambes, car je ne pouvais pas marcher. Enfin si, je pouvais. C'était juste que je ne pouvais pas.

J'étais exténuée, OK ? Même si je n'avais pas fait grand-chose de la journée.

Je pivotai vers mon chauffeur qui ne m'avait pas lâchée du regard une seule seconde.

– Tu peux me porter, s'il te plaît ?

J'aimais bien qu'on me porte. Surtout quand j'étais aussi crevée.

Michael arqua son sourcil piercé et me dévisagea pendant près d'une minute en laissant planer la réponse silencieuse « lol ».

Pourtant, au moment où j'allais le conspuer en disant de laisser tomber, il haussa les épaules en mode « pourquoi pas » et contourna la voiture pour venir me chercher.

– D'accord. Je vais te porter. Mais par devant.

Comme il voulait. Tant qu'il ne me traînait pas sur l'asphalte.

Je me laissai soulever et nouai mes jambes et mes bras tout contre lui, avant d'enfouir ma tête au creux de son cou. Il sentait si bon ! Je n'eus aucun scrupule à le humer à plein nez et bizarrement, il ne formula aucune objection.

Il verrouilla la voiture à distance. Ensuite, je fermai les yeux au doux oscillement de son corps quand il se mit à escalader les escaliers.

Mais un instant plus tard, je faillis avaler ma langue lorsqu'il manqua de me lâcher au beau milieu des marches.

Je m'agrippai à son sweat tandis qu'il s'esclaffait, le connard. Je voulais le crucifier.

– Attends, dit-il. Si j'avais une meilleure prise sur tes fesses...

Il enfonça ses doigts dans ces dernières et recommença son ascension.

– Voilà !

Je me nichai à nouveau au creux de son cou sans riposter, parce que non, je ne voulais pas me disputer avec lui pour si peu. J'étais fatiguée. De plus, il me portait gratuitement. Ce n'était pas une raison pour molester mon cul, mais qui avait dit que je n'aimais pas ça ?

On arriva à notre chambre toute simplette. Et Michael fit son Michael. Il m'expédia sur le lit comme un sac de patates et il rigola devant mon atterrissage peu élégant.

Je grognai en levant un majeur mou dans sa direction. Lui me répondit par un sourire sarcastique.

Après cela, j'aurais pu dire qu'il me rejoignit et qu'on fit l'amour jusqu'à pas d'heure. J'aurais pu raconter aussi qu'il avait accompagné son sourire d'une remarque lascive et qu'on avait continué ainsi pendant longtemps, mais je mentirais.

Je faisais partie de ces gens qui pouvaient s'assoupir en une seconde. Ces mêmes qui t'envoyaient un message à 22h22 et qui ronflaient déjà à 22h23.

Je m'endormis donc comme la masse que Michael avait jetée sur le lit. Et je me réveillai le lendemain dans les mêmes vêtements.

Non pas que je m'attendisse à ce qu'il me change. Même si je trouverais ça trop romantique. Ce goujat m'avait laissée avec mes baskets quand même !

Il n'était même pas là pour que je le toise. Je me déshabillai en gardant uniquement mes sous-vêtements. Ensuite, en me dirigeant vers ce que je supposais être la salle de bains, je me figeai en captant le bruit étrange que la douche n'avait pas réussi à masquer.

Mon cher compagnon se faisait plaisir.

Chapitre 20.
Les voyageurs

Il pleuvait des cordes lorsque Michael et moi embarquâmes pour quitter Grants Pass. Et on avait bien fait, car une ville plus tard, nous retrouvions déjà ce bon vieux soleil.

Par deux fois, nous pûmes donc en profiter pour faire un stop et admirer quelques-uns des panoramas à couper le souffle de l'Oregon. On vivait vraiment dans un pays magnifique.

Sur le trajet, on s'était aussi arrêté dans un centre commercial pour compléter nos achats. Désormais, nous avions une table et nos chaises pliantes ultralégères qui pouvaient se rétracter en de petits sacs. Mais aussi, la glacière isothermique pour garder nos provisions au frais, plus quelques vivres – et pommes – supplémentaires obtenues pour trois fois rien.

C'était ça l'avantage de faire les courses dans les petites villes.

Sur la route, on passa l'heure suivante à se chamailler pour la musique. Puis vers midi, Michael décida qu'il était temps de s'occuper de notre repas.

On fit escale dans une zone inhabitée, où on découvrit une clairière peuplée de chênes, et dont la forêt se situait juste après un cours d'eau. Une fois à terre, Michael s'installa de suite face au ruisseau et se perdit dans son téléphone, me laissant me débrouiller toute seule pour faire à manger, comme le gentleman qu'il était.

Je savais bien que c'était mon jour, mais quand même !

J'exagérais mes soupirs en déchargeant les ustensiles nécessaires de la voiture, mais Michael n'en eut rien à carrer. Ou peut-être qu'il était juste trop absorbé par ce qu'il tapait à vitesse grand V sur son smartphone pour prêter attention à moi.

Dans tous les cas, ce n'était pas sympa.

Même si je rechignais un peu à l'idée de tout préparer toute seule, ça n'amoindrissait pas tant que ça mon bien-être. De toute façon, il m'était impossible d'être de mauvaise humeur entourée par la senteur apaisante des sous-bois, le bruissement de l'eau sur les roches et le pépiement lénifiant des oiseaux au-dessus de nous.

Cet endroit était un vrai petit coin de paradis.

Il y avait une voix dans ma tête qui jubilait toutes les deux secondes que je vivais comme une grande. J'étais à cent pour cent d'accord. Si Michael ne risquait pas de se moquer de moi jusqu'à la fin des temps au cas où j'atterrirais sur le menton, j'aurais très probablement fait la roue.

Comme prévu, pour éviter de se casser la tête sur ce qu'on allait consommer à chaque repas, on avait pioché toute une liste de plats simples, sur des blogs de road tripers.

Les pizzas à la poêle que j'avais décidé de préparer ce jour-là dégageaient une excellente odeur sur le feu. Puisqu'on les avait achetées toutes faites au supermarché, j'avais juste eu à rajouter des champignons, des tomates, des herbes aromatiques, plus des crevettes pour ma part.

Ça ressemblait à un beau bordel, mais ça sentait bon. Je n'avais pas à m'en faire, si ?

Une fois terminée, j'éteignis le réchaud à gaz, servis nos plats, puis m'assis face à Michael qui s'était détourné du ruisseau.

Mon compagnon jaugea son assiette d'un œil critique quelques secondes, puis commenta d'un air peu flatteur :

— Après toi.

— On vit ensemble. On s'empoisonne ensemble, jouai-je avec gravité.

Michael hocha tête, complice. Puis, on attrapa chacun une tranche de pizza. On y croqua ensemble. Ensuite, on mâcha lentement tous les deux, les yeux dans les yeux.

Je voyais qu'il se retenait de rire depuis le début. Pour ma part, je ne pus m'empêcher de faire remarquer avec une grimace :

— Ça a un arrière-goût de carton.

Mon compagnon craqua et se plia en deux. Il rit jusqu'à en avoir des larmes aux yeux. Je finis par l'imiter, malgré ma déception. Au moins, il prenait assez bien mon échec cuisant – sans mauvais jeu de mots.

— Comment t'as pu rater ça, Spark ? ahana-t-il. C'était si simple.

— Mais j'ai fait que suivre les instructions que j'ai trouvées sur Internet, moi ! C'est les pizzas qui étaient déjà dégueus. De toute façon, tu manges ta part. Rien ne dit que ta cuisine sera meilleure demain.

À ma grande surprise, il obtempéra sans débattre. Mais ça ne l'empêcha pas de rigoler après chaque bouchée. Je lui jetai pas mal de cailloux, agacée. Cependant, je finissais quand même par rire aussi.

Ça encore, c'était un moment à épingler parmi mes préférés : nous, la nature, notre goûter au goût de carton. Il fallait tellement peu pour être heureux.

Ce jour-là, on dit adieu à l'Oregon et bonsoir à la Californie. Je ressentais un tel niveau de bonheur que je me demandais comment j'avais fait pour survivre sans pendant tout ce temps.

On visita le Redwood National Park avec ses séquoias millénaires qui feraient paraître n'importe qui sur Terre nain. C'était là que se trouvaient entre autres, les arbres les plus hauts au monde. On pouvait se sentir si minuscule dans cet immense espace vert, et à la fois si grand de faire partie de quelque chose d'aussi beau.

Avant, je savais voir des arbres, mais toujours en arrière-plan. Cependant, là, impossible de faire attention à autre chose. Pendant que Michael roulait sur la route scénique qui traversait la forêt, j'abaissai la fenêtre, fermai les yeux, et inspirai à plein nez l'air délicieux.

J'avais l'impression d'être dans un rêve.

On descendit de la voiture à l'entrée du cœur de la forêt, et Michael dut me rappeler à plusieurs reprises de contrôler où j'allais. Ce n'était pas vraiment de ma faute. Entre le canyon des fougères géantes et les séquoias millénaires, je ne savais plus où donner la tête.

Je fermai à nouveau les yeux, écartai les bras et tournai sur moi-même comme une gamine. J'étais tout sourire en rouvrant les paupières. Et à cet instant-là, en surprenant le doux regard de Michael sur moi, toute ma culpabilité due au fait d'avoir désobéi à ma mère s'évapora. Ce serait comme se sentir coupable de vivre, après tout.

On prit pas mal de photos avant de partir. Enfin, je pris pas mal de photos. J'en capturai quelques-unes de Michael pendant qu'il visitait l'arbre géant avec le trou au milieu. Puis, je fis des tas de selfies grimaçant avec lui en arrière-plan.

Tout était trop parfait.

On aurait pu dormir sur la plage ou dans l'un des campements du parc comme beaucoup d'autres visiteurs, mais on ne possédait pas de tente. On passa donc la nuit dans un motel, puis le lendemain tôt, on atteignit la fameuse California Dream Highway.

Excitée comme une puce, je sortis par le toit ouvrant sous ce ciel bleu limpide, en face de l'Océan Pacifique infini pour hurler : « je suis là », avant de rigoler toute seule comme une folle.

Si je m'étais coupée à cet instant-là, j'étais certaine de saigner du bonheur. Ce sentiment de pure plénitude de voir son rêve prendre vie dans la réalité, n'avait pas de prix.

Après avoir crié tout mon soûl, je me réinstallai à côté de Michael qui m'adressa un sourire satisfait. C'était comme si me voir heureuse faisait son bonheur. Et je trouvais ça trop romantique.

– Ça va, maintenant ? Fini de bêler ?

Mais bon, c'était Michael quoi !

– Connard !

La suite de cette journée fut une succession d'évènements tout aussi parfaits. Et le lendemain aussi lorsqu'on se réveilla dans la mythique ville de San Francisco.

Je commençais un peu à paniquer parce que je trouvais cela trop beau de vivre un rêve. Puis ensuite, je me raisonnai en pensant qu'on devait être très peu à avoir cette chance.

Alors, pour profiter de chaque miette de bonheur, j'enfouis encore une fois mon nez au creux du cou de Michael tandis qu'il me portait pour la quatrième fois dans notre chambre pour la nuit.

Ce petit exercice s'était rapidement intégré à notre routine.

On se réveillait. On improvisait un petit-déj. Puis, Michael se faisait bougon jusqu'à une certaine heure parce que son café lui manquait. On roulait, en se posant de temps en temps pour faire les touristes, parce qu'il y avait tellement à voir en Californie. Puis ensuite, on cuisinait. On mangeait nos merdes en rigolant. Après, on reprenait la route. On se chamaillait pour la musique. On finissait par ne pas écouter de musique. Puis, on discutait.

Et ça, c'était toujours l'un de mes moments préférés de la journée, car nous apprenions tellement sur l'autre. Je savais par exemple, qu'essayer de finir le premier livre de sa sœur avait été un échec. Il avait été publié quand même, juste parce que Sky avait déjà une grande visibilité en ligne ; ce qui attirait les maisons d'édition comme des fourmis par le miel.

Les critiques avaient été terribles. Il avait failli abandonner. Mais aujourd'hui il ne s'imaginait plus faire autre chose.

Toutefois, il n'avait pas envie que je lise ses livres, parce qu'il pensait que ça le gênerait. J'avais arrêté d'insister pour avoir son pseudo puisque je le découvrirais tôt ou tard.

Je connaissais aussi très bien ses habitudes depuis. Il fumait au moins trois cigarettes par jour. Les *Oreos* étaient sa faiblesse. Il se prenait pour *Spiderman* – il aimait vraiment escalader des trucs. Je ne comptais même plus le nombre de fois où il m'avait fait de ces frayeurs lors de nos randonnées.

Quand je lui faisais un sale coup et qu'il donnait l'impression de s'en foutre, c'était qu'il s'apprêtait à m'en faire un pire. Comme cette fois, où il s'était rangé sur le côté de la route pour me fourrer dans la bouche un emballage d'*Oreo* que je lui avais jeté à la gueule vingt minutes plus tôt.

Il aimait m'emmerder. Sinon comment expliquer sa jubilation en m'immobilisant pour me forcer à ouvrir la bouche ? Et j'aimais qu'il le fasse même si je finissais toujours en hurlant. Sinon comment expliquer pourquoi je le cherchais constamment ?

Il y avait un autre truc chez lui que j'avais remarqué pendant ces quatre jours. Il était vraiment passionné par mon postérieur. Genre vraiment. J'avais arrêté de compter le nombre de fois où je l'avais surpris à le reluquer lors de nos promenades. Et ses petites pressions surprises dessus, alors même qu'il savait que j'allais le taper.

Mais ça, c'était pour la forme. Au fond, j'aimais bien qu'il malmène mes fesses.

Autre point intéressant à souligner à propos de ce road trip : la tension sexuelle entre nous était insupportable.

Michael se réveillait toujours avant moi. Je l'avais entendu se branler à plusieurs reprises. C'était comme s'il voulait que j'écoute. Mais lorsqu'enfin, j'avais eu le courage de tourner la poignée pour le rejoindre, j'avais été surprise de trouver celle-ci verrouillée.

Il faisait toujours ses blagues perverses. Je lui répondais de façon explicite désormais. J'avais plus qu'envie de lui et je me doutais que lui aussi. Cependant, aux moments où on était toujours sur le point de se jeter dessus, il se débrouillait pour trouver le moyen de changer de sujet.

Je ne savais pas à quoi il jouait.

Les soirs, après m'avoir portée et balancée sur mon lit comme un sac, il sortait toujours avec comme prétexte de me laisser prendre ma douche. Ensuite, il rentrait si tard que la plupart du temps, j'étais déjà en plein sommeil.

Je l'avais bien sûr questionné sur ses destinations nocturnes. Il m'avait confié qu'il partait courir. Comme quoi nos journées folles ne le fatiguaient pas assez !

Ce soir-là, je somnolais déjà lorsqu'une lumière tout près vint éclairer notre chambre. Alarmée, je me redressai et allumai la lampe de chevet entre les deux lits. Moins d'une seconde plus tard, je fronçais les sourcils en réalisant que c'était le téléphone de Michael qui m'avait dérangée.

Il avait dû l'oublier sur la commode. Bien entendu, je fis fi de ma conscience et ne résistai pas à l'attraper pour consulter la notification.

Elle n'avait qu'à ne pas interrompre mon sommeil.

« *Tu as manqué à quatre heures et à six heures.* »

Je me figeai devant le numéro et cillai plusieurs fois pour être sûre de bien voir. Pourquoi Michael recevait-il un message de ma mère ?

De plus en plus intriguée, je composai le code. Je l'avais demandé à Michael la veille pour faire une recherche, et il me l'avait filé, juste comme ça. Autant dire que mon cœur avait dansé la bachata de joie.

Pour tenter de comprendre, je remontai la conversation avec Helen jusqu'au premier message parce qu'il y en avait plusieurs. Et j'en restai bouche bée.

« Il fallait qu'on parte. Mais puisque ça vous a rassurée la dernière fois de savoir si elle allait bien toutes les deux heures, alors... »

Il communiquait nos destinations à ma mère. Et à chaque fois, il y joignait une photo de moi.

Au début, Helen ne répondait pas. Jusqu'à ce que Michael rate un rendez-vous et qu'elle demandât pourquoi il n'y avait pas de messages.

Mon compagnon avait continué ainsi chaque jour. Dans certaines photos, on me voyait me tordre de rire, ou manger, ou grimacer... N'importe qui remarquerait à quel point j'étais heureuse. Je ne savais même pas quand il avait pris tous ces clichés.

J'essuyai les larmes d'émotion sur mes joues et reniflai comme une mauviette.

Je l'aimais. Il avait désenvenimé la situation avec ma mère sans même m'en parler. Mon cœur explosait d'amour.

Il était minuit moins une lorsqu'il rentra ce soir-là, en nage dans son tee-shirt et son nouveau pantalon de jogging. Je l'attendais assise dans le fauteuil au coin. Il s'étonna de me voir encore debout.

– Pourquoi tu dors pas ?

– Je t'aime.

Chapitre 21.
Les perdants

— Je veux que tu le saches, embrayai-je avec émotion en me levant. Je t'aime depuis toujours. Je... mon cœur se consume quand je dis ça. Je suis folle de toi. J'en ai marre de cette distance que tu instaures entre nous. J'ai envie de plus.

Ma voix n'était plus qu'un murmure désespéré à la fin. Mon cœur battait à tout rompre. J'avais les mains moites d'anticipation. Cette fois, j'avais été plus que claire quant à mes intentions. La balle était désormais dans son camp.

Michael resta planté devant la porte aussi muet qu'une carpe. Son impavidité dura tellement longtemps que je finis par me dandiner, mal à l'aise.

Il savait bien que j'avais des sentiments pour lui, non ? Je doutais fort qu'il devait sa réaction – ou plutôt, son absence de réaction – au choc. Alors c'était quoi le souci ? J'ignorais ce que j'escomptais en lui confiant tout cela, mais en tout cas, ce n'était pas cette réponse morne et distante :

— Je dois prendre une douche.

Il attrapa le sac à dos et la trousse de toilette sur la commode. Puis ensuite, il disparut dans la salle de bains.

Ma vexation muta très vite en irritation. Comment avait-il pu oser ? J'avais mis mon cœur à nu. N'était-ce pas assez pour Sa Majesté de mes deux ? Je fis les cent pas pendant toute la durée de sa douche en triturant ma queue-de-cheval et mon nouveau tee-shirt trop long. J'eus tout le temps pour préparer des et des discours tous plus cinglants que les autres. Je n'arrivais pas à croire qu'il eût craché de la sorte sur mes sentiments !

Il sortit de la salle de bains un quart d'heure plus tard, dans un pantalon de jogging noir et un tee-shirt à manches longues de la même couleur. Puis, il chemina vers son lit sans même daigner me jeter un regard près de la commode.

– Tu te fous de moi, là ? explosai-je.

Ses épaules montèrent et descendirent sous une longue et profonde respiration. Ensuite, il pivota dans ma direction la mine lasse.

– Spark...

– Je m'ouvre à toi, fumai-je en le pointant du doigt. J'arrête pas de te faire comprendre encore et encore que... j'ai envie de toi. Que veux-tu de plus, bordel ? Je suis amoureuse de toi. Tu m'entends ? Je t'aime. Et je sais... que toi aussi, tu ressens un truc.

Mon discours n'avait pas été aussi acerbe que j'avais escompté, mais c'était la dernière remarque qui m'avait ramollie. À plusieurs reprises, j'avais en effet surpris cette lueur dans ses yeux lorsqu'il me regardait. Et je connaissais Michael depuis assez longtemps pour savoir qu'il n'était pas comme ça avec les autres filles.

C'était peut-être idiot, mais je lui faisais désormais confiance à cent pour cent. Je n'avais même plus peur de clamer qu'il avait des sentiments pour moi.

Donc à mon avis, cette distance qu'il tenait à garder entre nous tirait sa cause ailleurs.

– Je ne veux pas que tu regrettes, souffla-t-il comme pour me donner raison.

– Je ne vais pas regretter.

— Qu'est-ce que t'en sais ?

— Et toi, t'en sais quoi ?

Il bascula sa tête en arrière, puis malaxa ses cheveux encore humides. Lorsqu'il replongea ses iris dans les miens, ce fut un gamin vulnérable et fatigué que j'eus à écouter.

— C'est vrai. J'en sais rien. Mais je sais qui je suis. Plus je passe du temps avec toi, plus je me dis que j'aurais mieux fait de te laisser tranquille. T'es trop bien pour moi, Spark ! Ça m'étonne encore que tu ne l'aies pas remarqué.

Ce n'était que des conneries ! Des conneries pures et simples !

— Tu penses que je veux seulement le joli ? braillai-je avec énergie. J'accepterai tout, Michael. Mon amour le peut. Je le sais ! Arrête avec ces fichues barricades ! Touche-moi ! Embrasse-moi ! Je veux tout. Je t'aime.

Une larme roula sur sa joue et il fuit mon regard en serrant les lèvres.

— Quatre jours avec toi et tu ne me laisses même pas apercevoir ton corps, désespérai-je.

— Parce qu'il vaut mieux pas. Je veux pas que tu voies...

Sa voix s'émoussa et il fixa la moquette avant d'expirer un long coup par la bouche. Il semblait si torturé.

N'avait-il donc rien capté dans tout ce que j'avais dit ?

D'un pas furieux, je me plantai juste en face de lui parce que j'en avais marre de répéter la même chose. J'enlevai ensuite mon tee-shirt, ma culotte, et je lui offris ma nudité alors même que mes mains me démangeaient de couvrir mes seins trop petits.

— Tu fais quoi ? s'intrigua-t-il.

— Je me montre sous toutes mes coutures. Me voici. Avec ce que je trouve joli ou moche. Je les partage avec toi. Demande-moi ce que tu veux, je te le dirai. Tout ce que je veux en retour, c'est que tu partages avec moi aussi, tout ce qui est joli ou moche.

Il se mordit fort la lèvre inférieure, mais malgré tout, ça ne freina pas son sanglot. C'était la première fois que je le voyais pleurer autant. Je conclus donc que d'une manière ou d'une autre, mes mots l'avaient touché. Il secoua néanmoins la tête de gauche à droite en entamant un pas en arrière lorsque je levai une main pour toucher son visage inondé.

– C'est pas beau à voir.

C'était donc si dur pour lui ? Je pouvais presque sentir sa peine et sa lutte pour me garder à l'écart. Mais c'était déjà trop tard pour faire demi-tour. Je voulais un nous. Il avait aussi des sentiments pour moi. J'en étais certaine. Alors s'il fallait que je brise ses remparts les uns après les autres, je le ferais.

– Je t'aime.

Je comblai la faible distance qui nous séparait et posai mes doigts sur le bas de son tee-shirt, en levant les yeux en quête d'un assentiment de sa part.

– Je ne te jugerai pas.

Je fis doucement glisser le vêtement sur ses abdos. Il ne réagit pas tout de suite. Mais au bout d'un moment, d'un coup, il m'arracha le tee-shirt et l'enleva, avant de le jeter dans un coin, furieux.

– Régale-toi, Spark !

Et je le vis enfin. Ce corps dont j'avais rêvé et imaginé à m'en donner la migraine dépassait de loin toutes mes espérances.

Grand, fin, mais musclé. Son physique de nageur sexy était à tomber. De plus, les multiples dessins encrés sur sa peau diaphane terminaient de faire de lui une œuvre d'art vivante.

Le premier tatouage à me captiver fut la griffure réaliste juste au-dessus de l'endroit où se situait son cœur. À mon avis, il l'avait dessiné en hommage à sa sœur.

Je poursuivis mon exploration et m'attardai sur ses bras, où étaient dessinées deux ailes vraiment spectaculaires. Celle de droite était angélique et la gauche démoniaque. Apparemment, elles partaient de ses omoplates. Elles lui caressaient ensuite les épaules, lui recouvraient les biceps et s'arrêtaient juste avant ses avant-bras. J'étais fascinée.

Plus bas, sur ses côtes, il y avait un paragraphe rédigé dans une écriture penchée, rassemblée à l'intérieur d'une sorte d'ovale. Magnifique.

Mon préféré restait quand même le signe de l'infini situé sur sa hanche étroite. Il était formé par l'union de la phrase « Un mot après l'autre », et d'une plume tachée d'encre.

Je l'effleurai de mon pouce et Michael tressaillit.

Je retardais l'inévitable en m'émerveillant de ses tatouages. Mais ce qui devait arriver arriva. Mes yeux échouèrent sur ses avant-bras nus et un frisson me parcourut de la tête aux pieds.

Il avait raison : ce n'était pas beau à voir. Des marques de toutes sortes. De brûlures. Des coupures. Des... Je détournai le regard et réalisai que j'avais retenu mon souffle pendant tout ce temps. Je n'en revenais pas qu'il endurât cela !

Comme lors d'un accident sur une route, même avec de la volonté, nos yeux finissaient par s'y aventurer. Mes mirettes se portèrent sur ses cicatrices à nouveau, mais cette fois, il y déroba ses bras, indisposé, et se maltraita les cheveux d'un geste nerveux.

— Je me suis promis de les recouvrir, plus tard. Quand je trouverai une raison de le faire... Tu peux me juger et dire que t'es dégoûtée. Je m'en fous.

C'était faux. J'avais l'impression que sa prochaine respiration dépendait de ma réaction. Mais il n'avait aucun souci à se faire. Comme je lui avais promis, je n'avais pas l'intention de le juger. Mais je ne savais pas ce qu'il saisit dans mes yeux, car ses mâchoires se contractèrent et il envoya d'une voix agressive :

— Tu ne sais pas ce que j'endure. Des fois, ma peine est tellement omniprésente qu'elle m'empêche de respirer. Je fais ça pour ressentir autre chose. Tu n'as pas...

– Il n'y a aucune marque récente, le coupai-je.

Il fronça les sourcils, décontenancé.

– Sur ta peau, répétai-je. Il n'y a aucune marque récente.

Je me plantai encore une fois, car ses pupilles rétrécirent et ses narines frémirent. Cependant, je ne fus pas dupe de son stratagème pour camoufler sa souffrance.

– Je te dis que je me mutile pour oublier la douleur de m'être retrouvé seul du jour au lendemain, grinça-t-il. Ma mère est morte d'un cancer. J'ai trouvé ma sœur étalée dans une mare de sang. Le sien et celui de son bébé. T'as rien à faire avec moi ! Comment peux-tu parler de marques récentes ? Au cas où t'aurais toujours pas capté, je ne suis pas le prince charmant qu'il te faut, princesse.

Sa détresse, sa colère, son besoin secret d'être compris, son mal-être... je pus tous les voir défiler sur son visage. Et ça ne fit que renforcer mon désir d'être là pour lui.

Il appréhendait mon jugement. Cependant, on dirait qu'il l'aurait préféré à ma compréhension. C'était quelqu'un de vraiment complexe. Je voulais lui faire comprendre que ça ne le rendait ni moins fort ni moins génial à mes yeux. On avait tous nos démons. D'ailleurs, je le respectais pour avoir enduré tout cela. Il se trompait s'il croyait que ça suffirait à me faire fuir.

Je levai le menton et répondis avec un calme et une maturité qui me surprirent moi-même.

– Moi, je vois le bon côté des choses. T'as trouvé un moyen de gérer toute cette merde. C'est peut-être pas le bon. Mais qui suis-je pour te juger ? J'aurais pas pu supporter ce que t'as enduré. Quatre-vingt-dix pour cent des gens n'auraient pas pu. Alors désolée si je préfère louer la force qu'il a fallu pour terminer les livres de ta sœur. Survivre seul. Tenir bon et être ce mec si génial avec moi. T'es fabuleux, Michael. Et je t'aime. Je ne veux pas d'un prince charmant, mais de toi. Toi uniquement.

Il me scruta longtemps, comme s'il se demandait d'où pouvait venir une idiote pareille. Je ne m'en offusquai pas. Au contraire, je repensai à ces jours qu'on venait de passer et j'eus encore plus de conviction pour lui dire :

— Je t'aime, Mich...

Mes mots s'évanouirent sur mes lèvres lorsqu'il fonça sur celles-ci avec une telle fougue que je fus obligée de reculer pour garder l'équilibre.

Il empoigna ensuite mes cheveux et tira dessus pour avoir plus d'accès et me dévorer la bouche. Ce baiser animal m'électrisa, me retourna les sens et embrasa ce désir au centre de mon être qui ne s'éteignait jamais complètement en sa présence. On anhélait tous les deux, s'accrochant à l'autre comme une bouée.

Nos lèvres affamées. Nos langues enfiévrées. Nos souffles soulagés.... Il avait rendu les armes. Je le savais à sa façon de m'embrasser avec une intensité qui ne laissait plus de doutes sur son engagement. On avait perdu. Nos sentiments avaient gagné, faisant de nous les perdants les plus comblés de l'histoire.

Je n'allais pas le lâcher. Même s'il croyait le mériter. Je l'aimais avec ses bons et mauvais côtés.

Je gémis lorsqu'il me poussa sans douceur contre le mur. Il s'appuya sur un avant-bras près de mon visage et caressa ma joue en me regardant, haletant, avec des yeux de noyé.

— Comment arrives-tu à faire disparaître tout le reste ? Pourquoi tout est toujours si facile avec toi ? Je ne respire jamais autant que lorsque je suis avec toi. Je ne vais jamais te laisser partir. J'espère que tu le sais. Jamais. Et je suis un putain d'égoïste. Je briserai les os de quiconque t'approchera de trop près.

— Oui, seigneur, jouai-je d'une voix rauque en faisant courir ma langue sur ma lèvre inférieure. Je suis toute à vous. Prête à satisfaire vos moindres fantasmes pervers. On commence par quoi ?

Rares étaient les sentiments dans ce monde qui égalaient celui de se savoir désirée par un mec aussi sexy. Son regard brûlant sur mon corps, me faisait pousser des ailes et réveillait cette Megan que lui seul connaissait.

Il colla son front contre le mien et verrouilla mes bras au-dessus de ma tête. Je me tortillai et il empoigna l'un de mes seins dans sa paume chaude.

— Tu me rends fou, Spark. Fou au point de vouloir te baiser si fort que je risque de faire disjoncter ton corps.

— Où dois-je signer ?

J'en avais plus que marre d'attendre. Son souffle s'accéléra et ses yeux étincelèrent d'une lueur animale. Sans libérer mes bras, il fit courir son index sur ma poitrine, puis sur mon ventre. Puis, plus bas...

Je hoquetai de surprise et de plaisir mêlés lorsqu'il le fit glisser sur mon intimité déjà trempée. Satisfait de ma réaction, il grogna près de mes lèvres juste avant de s'abattre sur celles-ci.

— Prie pour tes jambes, Spark. En fait, prie pour tout ton adorable petit corps. Tu sais pas dans quoi t'as mis les pieds en me faisant tomber amoureux.

Chapitre 22.
La frustrée

Il tira le fauteuil près de son lit et m'invita à poser un pied dessus. J'obéis sans poser de questions parce que je n'étais plus qu'une masse de désir brut, convoitant désespérément le plaisir que le regard de félin de Michael me promettait.

Il me cloua ensuite au mur, me saisit par la gorge et m'embrassa comme si la fin du monde était toute proche.

Il pouvait faire de moi ce qu'il voulait, tant qu'il me restait assez de souffle pour gémir sous son toucher ferme. Tant qu'il me donnait l'impression que j'étais la seule fille au monde. Tant qu'il continuait de grogner de la sorte lorsque je l'attirais contre moi en enfonçant mes doigts dans son dos.

— T'es si douce, anhéla-t-il.

Sa paume délaissa ma gorge, sillonna mon corps, pétrit mes seins et mes fesses, m'arrachant moults râles de plaisir.

Puis ensuite, alors qu'il empoignait ma chevelure de son autre main, la première disparut entre mes jambes écartées, et une seconde plus tard, l'air de mes poumons se faisait la malle.

Les yeux écarquillés, je m'agrippai à ses cheveux tandis qu'il dévorait mon cou, décuplant ainsi les sensations de ses doigts magiques dans mon vagin trempé.

— Michael, suffoquai-je lorsqu'il atteignit un point particulièrement sensible.

Son pouce chatouillait mon clitoris tandis qu'il me fouillait de son index et son majeur recourbé. C'était divin !

Je ne retenais plus mes gémissements. J'ondulais sans réserve sur ses doigts experts, tout en le griffant, le mordillant, l'embrassant...

Des petites bulles de plaisir explosaient dans mon corps, à des endroits que j'avais toujours ignorés jusque-là. Cependant, je savais d'avance qu'elles ne seraient rien, comparées à la grosse bombe dont le minuteur n'indiquait plus que quelques secondes avant la détonation.

Mon cœur et ma respiration s'étaient emballés comme jamais. Je haletais ; mordais sans délicatesse l'épaule de mon compagnon, ses lèvres, son menton. J'avais de plus en plus de mal à tenir sur ma jambe.

J'allais jouir. Et ce serait le plus gros orgasme que j'aurais eu jusque-là.

Des petites secousses avaient commencé à me parcourir de la tête aux pieds. J'avais fermé les paupières, anticipant la suite.

Mais au moment où je m'apprêtais à basculer, d'un coup... plus rien. Une sensation effrayante de vide et de frustration avait pris le dessus sur tout le reste, et je me retrouvai à cligner des yeux, complètement désemparée.

Michael avait enlevé ses doigts et reculé de deux pas ; ses lèvres plus roses que jamais recourbées en un sourire malicieux, ses cheveux de jais rabroués... Il était beau comme un dieu. Mais nul n'avait besoin de se creuser la tête pour deviner que c'était celui du sadisme.

Je posai mon autre pied par terre et secouai la tête de gauche à droite, hystérique.

– Non, non, non, débitai-je au bord des larmes. J'y étais presque. Tu peux pas faire ça.

Ce connard suça paresseusement son index trempé et me sourit, ses flammes bleues plus vives que jamais. J'avais envie de le tuer.

Ma voix n'était plus qu'un mélange de frustration, de colère et de... désir lorsque je repris :

– Michael, je t'en prie. Pourquoi tu t'es arrêté ?

Je devais avoir l'air pathétique. Mais c'était un crime que de m'avoir laissée dans cet état. C'était vraiment sadique de sa part. J'étais à deux doigts d'éclater en sanglots.

– Pourquoi pas ? rétorqua-t-il cependant, avec nonchalance. On a toute la nuit, après tout.

Il se rapprocha ensuite de moi, les yeux étincelants de lubricité, et il fit courir son majeur humide de mon jus sur mes lèvres.

J'aurais voulu le repousser, cogner contre son torse, lui hurler de me rendre l'orgasme qu'il m'avait volé. Pourtant, au lieu de cela, je fermai les yeux comme un petit chiot en manque d'affection et savourai sa caresse.

– Vois-tu à quel point t'es succulente ? susurra-t-il en étalant les vestiges de ma cyprine sur ma bouche.

C'était le truc le plus sexy que j'avais eu à vivre jusque-là.

Michael attrapa ensuite ma nuque et m'embrassa avec gourmandise.

Son goût, mon goût, plus mon goût, explosèrent sur ma langue et le même désir brut reprit possession de moi. Cependant cette fois, il était décuplé, car plussoyé de ma frustration. Ce mec savait parfaitement comment me rendre folle. Complètement folle.

Mes mains impatientes partirent à la conquête de son pantalon, mais il les fit dégager.

– Quoi encore ? m'agaçai-je en laissant ma tête aller contre son torse dur.

153

Je le voulais. Tout de suite. Je n'en pouvais plus.

Il m'incita à croiser son regard grave en posant une paume chaude sur ma joue.

– Tu veux la vérité ? Je suis nerveux. C'est la première fois que je me préoccupe de ne pas foirer. Je veux que ce soit inoubliable pour toi.

– Mais ce sera inoubliable !

Je n'avais aucun doute là-dessus. Il y avait ce truc spécial entre nous. Il le savait, non ? Pourquoi doutait-il ? Devant son silence tortionnaire et ambigu, j'insistai, désespérée :

– Michael. J'en peux plus.

Il s'appuya au mur, à côté de mon visage et colla son front au mien.

– Vas-tu me laisser faire ce que je veux de toi ?

– Oui, soufflai-je sans hésitation.

– Tu me fais confiance pour te donner du plaisir ?

– Oui.

– Merci.

Il était tellement bizarre !

Je le sentis reprendre confiance, et cette fois, il ne me stoppa pas lorsque j'attrapai l'élastique de son jogger tendu pour le faire descendre. Mes mains tremblaient autant d'impatience que de nervosité.

C'était moi qui avais à m'en faire de ne pas le satisfaire. Car je n'avais pas vraiment d'expérience dans le domaine. Cependant, je choisis de faire confiance à ce « truc » entre nous et me répétai que tout allait bien se passer.

Je décidai qu'il était au tour de son boxer de rejoindre son pantalon de jogging sur ses mollets. Mais encore une fois, il m'interrompit en emprisonnant mes poignets d'une main.

– Quoi ? m'excitai-je.

– Je dois te dire un dernier truc.

C'était quoi son but ? Me pousser à abuser de lui ?

— Je n'ai pas envie d'entendre ton truc, grinçai-je, le regard dur.

Il libéra mes mains avec un petit sourire et frotta son nez contre le mien.

— T'es si sexy quand t'as... faim. Je ne regrette pas de t'avoir privée de ton orgasme. Et quelque chose me dit que toi aussi tu vas me remercier de l'avoir fait.

Affamée, oui, je l'étais. Il était tordu, mais j'étais prête pour tous ses petits jeux, tant que ça incluait qu'il soit en moi ; à cet endroit qui requérait désespérément sa présence.

Il repoussa de nouveau ma main cupide de son boxer et il s'amusa lorsque je le gratifiai d'une expression assassine.

Il se débarrassa lui-même de son sous-vêtement et le jeta dans un coin avec son jogger.

Ensuite, il se dressa devant moi, majestueux, vêtu uniquement de l'encre sur sa peau ; son membre prêt et parfait, érigé entre nous.

C'était ma première vraie confrontation avec un pénis. La première fois que je m'étais retrouvée nue avec un garçon, je m'étais bouché le visage pour ne pas regarder.

Comme si j'avais besoin de preuves supplémentaires que je n'avais pas été prête !

Cependant, mon état d'hébétude actuel n'était pas dû à la virilité impressionnante de Michael. C'était juste que je venais de comprendre pourquoi il avait voulu me prévenir tout à l'heure.

— J'ai essayé de t'informer de sa présence, fit-il avec un soupçon de nervosité que son ton badin n'était pas arrivé à dissimuler. Mais tu étais trop impatiente.

Je levai les yeux vers lui, encore ébaubie, pour croiser sa mine circonspecte. De toute évidence, ma réaction l'importait. Il toucha les deux anneaux fins à sa narine et énonça, un peu maladroit :

— Je me suis fait piercer le nez l'année dernière. Et la pierceuse a fini par me convaincre de sauter le pas. Ça te dérange ?

Non, pas du tout. Ça me confirmait tout simplement sa folie. Après tout, les jeunes de notre âge qui se faisaient piercer le pénis devaient se compter sur le bout des doigts.

Ça avait dû faire très mal. Mais en même temps, c'était si parfait. Il me démangeait de m'agenouiller et de l'embrasser. Seule la peur de ne pas savoir quoi faire ensuite me stoppait.

Michael avait vraiment un bel engin, que les deux petites boules de métal émergeant en haut et en bas de son gland rendaient unique.

— C'est magnifique, soufflai-je, fascinée.

— Ça ne va pas te faire mal, promit-il. Au contraire. Certains se font un Apadravya juste pour le surplus de plaisir qu'il apporte des deux côtés. Mais si tu veux pas, ça ira. Je peux m'occuper de toi autrement.

Hors de question !

Je le lui avais dit : je lui faisais confiance. Et qu'il fût prêt à se priver de plaisir pour moi, me faisait l'aimer encore plus. Sa folie, son Apavatruc... Je l'aimais en entier.

D'ailleurs, je hasardai un doigt prudent sur la partie supérieure de son piercing et je le vis tressaillir, puis déglutir. Encouragée, j'osai y poser ma main, avant de la refermer sur son sexe lisse, parfait et chaud.

Son souffle s'emballa et un brasier dansa dans son regard électrique. Ça me faisait tout chose de le sentir battre sous ma main. J'entamai instinctivement un lent va-et-vient en espérant que ça lui fasse du bien. Je ne m'y attendais pas, mais ses réactions alimentèrent les pulsations de mon clito entre mes cuisses.

Je me sentis toute puissante lorsqu'il gémit et s'affala contre le mur sur ses avant-bras, en juxtaposant son front au mien.

— C'est bon ? hasardai-je.

Je voulais en être sûre. Je voulais confirmer que moi aussi, je pouvais lui donner du plaisir.

Il ne formula pas de phrases, mais la réponse à ma question fut plus qu'évidente dans son baiser langoureux. Il encadra mon visage et aspira goulûment mes lèvres, avant de me pincer les mamelons avec force. Je criai et serrai sans faire exprès son sexe tout dur. Cependant, je ne m'attendais pas à ce que cela eut autant d'effets sur lui. Sa respiration devint sifflante. Il grogna au creux de mon cou et je vis un liquide perler au bout de sa virilité.

Il aimait donc ça !

Je le branlais désormais à deux mains, tout en imprimant de temps en temps des petites pressions qui le mettaient dans tous ses états.

C'était vraiment quelque chose de voir quelqu'un comme Michael à ma merci. Je n'arrivais même pas à décrire ce truc qui s'était installé dans ma poitrine et qui se nourrissait de ses halètements et de ses regards enflammés.

Tout ce que je savais, c'était que j'étais déjà prête à signer afin de remplacer ses mains sous la douche pour ses petites séances matinales.

Je pompais avec de plus en plus d'énergie. Mon compagnon me faisait étalage de sa culture en gros mots, tout en me maltraitant le cuir chevelu et m'embrassant comme un forcené. Au bout d'un moment, je le sentis trembler sous mes paumes, mais il se dépêcha de reculer avant qu'il ne fût trop tard.

— Désolé, formula-t-il d'une voix nuageuse. Mais je ne peux pas te laisser faire ça. Pas encore.

Ça ne m'étonnait même pas. C'était Michael après tout.

Il me guida vers le lit, m'y allongea, puis alla récupérer son portefeuille dans la poche de son pantalon de jogging. Son cul était à se damner.

Je me surpris à me demander ce qui chez lui, était imparfait, sans trouver de réponses.

— Il n'y a qu'une capote, annonça-t-il en revenant me trouver avec l'objet en question.

Je me redressai sur mes coudes.

— Ashton a dit qu'elle en avait. Non ?

— Oui. Dans la voiture. Mais toi et moi, on ne va nulle part.

Il déballa le préservatif et m'asséqua la bouche en le déroulant sur son sexe puissant. Comment diable faisait-il pour rendre un truc presque banal aussi sensuel ?

Je me rallongeai sur le dos lorsqu'il s'agenouilla entre mes cuisses. J'écartai largement celles-ci pour le laisser voir à quel point j'étais offerte. Mais au lieu de s'installer entre elles comme je l'escomptais, il prit mes jambes les unes après les autres, les baisa, puis se contenta de m'embrasser le corps du regard, sans se presser.

— Tu es prête cette fois ? voulut-il confirmer.

— Oui.

— C'est exactement ce que tu veux ?

— Michael, j'en ai marre de parler, m'excitai-je. Tu m'as dérobé un orgasme. Maintenant, j'ai pas envie de toi. J'en ai besoin. Alors peux-tu s'il te plaît arrêter tes conneries et me baiser ?

Chapitre 23.
L'Amour

Ses iris étincelèrent de bestialité et je sus que les choses sérieuses avaient commencé.

Les paumes à plat sur le lit, Michael verrouilla mes jambes en l'air en se soutenant sur ses bras derrière mes mollets. Puis ensuite, en prenant appui sur ses genoux écartés, son visage situé juste au-dessus du mien, il s'enfonça enfin en moi. Lentement. Divinement. Jusqu'à la garde.

Le monde s'arrêta de tourner. Ma respiration se bloqua. J'échouai à soutenir son regard brûlant, car mes yeux avaient roulé dans leurs orbites. Tout autour de moi avait disparu pour ne laisser que cette sensation d'exaltation, comme si chacune de mes cellules avait soupiré en chœur : « enfiiiiin ».

Il me remplissait tellement que je le ressentais jusque dans mon cœur et dans ma tête. Mais une fois mon intimité brûlante habituée à sa présence envahissante, je réalisai que n'avais jamais, jamais, jamais, dans ma vie connu quelque chose d'aussi délicieux.

Je qualifiais le sexe de délicieux. C'était ce qui arrivait quand les neurones de quelqu'un se transformaient en gelée.

Et j'avais l'impression que Michael au-dessus de moi, beau comme un dieu avec son rideau de cheveux noirs autour de son visage, n'était pas mieux. Son souffle était haché. Il avait le front plissé, et le visage choqué d'une personne qui venait de se faire *taser*.

C'était exactement cela, on avait été frappé par le *taser* du plaisir.

Mon amant baragouina quelque chose qui m'échappa. Puis, il se retira avant de me pénétrer plus fort, avec l'expression de quelqu'un qui voulait être sûr d'avoir bien saisi.

Il débita ensuite un chapelet de jurons tandis que je m'arc-boutais, gémissante, pantelante...

Le courant avait donc encore frappé des deux côtés. Mais plus jamais je ne voulais qu'il s'éloigne. Je pressai ses fesses magnifiques et ondulai sous lui malgré ma faible marche de manœuvre.

Il m'embrassa avec fougue, d'un baiser électrisant chargé de promesses.

– T'es tellement parfaite, grogna-t-il en s'actionnant enfin. Tu me rends fou, Spark. Je ne vais vraiment pas te ménager. Mais je sais que tu vas pas te plaindre.

Et il avait raison. Dès l'instant où il s'était mis à me baiser, au sens le plus littéral du terme, mes cris de plaisir avaient envahi la chambre, comme lui l'avait fait avec mes cinq sens.

Le front plissé, les yeux brillants d'une lueur animale, il s'enfonçait en moi comme s'il n'était jamais assez loin ; me pilonnant avec une force qui ne me laissait plus d'autre choix que de recevoir et de le laisser me donner.

Tout cela était tellement bon que c'en était douloureux. Son piercing titillait mes points G ; A, et même ceux qui n'avaient pas encore été découverts. C'était presque trop de sensations pour mon pauvre corps.

Il m'embrassait de temps en temps ; mordillant mes lèvres, tirant dessus, me maltraitant la langue de la sienne. Cependant, je devinais qu'il préférait de loin me regarder gémir, supplier, rire, débiter des phrases sans queue ni tête et crier sous ses coups puissants de boutoir. Je pouvais clairement voir dans ses billes bleues que ça l'excitait. Et moi, son regard fou et brillant me faisait perdre la tête.

Il me prenait de plus en plus fort, me rendant mille fois plus atteinte, mille fois plus accro. Je le voulais toujours plus près pour le respirer, le sentir, l'embrasser... Toujours plus profond, alors que c'était carrément impossible. Je m'agrippais à ses cuisses, mes cheveux, ses bras, mes seins, les draps, l'air... J'en pouvais plus.

Enfin, oui, je pouvais. Je voulais tout, tout, tout, pour toujours. Mais je commençais à m'inquiéter pour mon cœur. J'avais l'impression que celui-là n'allait pas tenir, surtout lorsque Michael laissait échapper ce genre de râles terriblement sexy contre mes lèvres.

– Oh, mon Dieu, m'exclamai-je au bord de la limite. Michael... Je... Oui... Putain... Oui !

Mais mon amant avait de toute évidence d'autres projets. Il se retira de moi d'un coup ; me laissant insatisfaite, pantoise et sans repère.

Je me tortillai sur le lit et pleurai comme une gamine.

Mon corps n'en pouvait plus de ces brusques variations de plaisir et de frustration. Si son but était de me rendre dingue, il avait réussi haut la main.

Je me fis happer au bord du lit. Et comme la petite vicieuse qu'il clamait depuis le début que j'étais ; lorsqu'il me souleva, je nouai mes jambes sur sa taille au lieu de protester pour ce qu'il me faisait.

– Je note que t'as pleuré pour ma queue, s'amusa-t-il. Je suis flatté.

– Je te hais, Michael Cast.

Il rigola et me plaqua contre le mur. À ma grande surprise, le choc éperonna mon excitation. Fiévreuse, je l'embrassai à pleine bouche en encadrant son visage de mes mains. Je le détestais, mais je l'aimais tellement ! Lui, son regard brûlant et sa voix rauque lorsqu'il me souffla entre deux baisers :

— On a qu'une capote, Spark. J'ai trop rêvé de ce moment pour que ça se termine maintenant.

Oui, oui, oui. Tout ce qu'il voulait. J'étais prête à tout pardonner tant qu'il me donnait ma dose...

Voilà, ce qu'il avait fait de moi.

— Baise-moi, Michael !

Il ne se fit pas prier et s'inséra en moi en me coinçant contre le béton froid pour recommencer à me prendre avec cette intensité capable de dérégler mes yeux dans leurs orbites.

Ivre de plaisir, je tirai sur ses cheveux raides. Il redoubla d'ardeur en malaxant mes fesses, me dévorant les lèvres et plantant ses dents dans la zone sensible de ma jugulaire jusqu'à ce que je hurle.

— T'es trop bonne, haleta-t-il au creux de mon cou. J'arrive pas à tenir.

Je sentais déjà mon orgasme poindre à nouveau. Cependant Michael tituba jusqu'à la commode, m'y installa et recula pour reprendre son souffle ; me laissant vide et frustrée une troisième fois.

Le claquement de ma gifle retentit sur sa joue avant même que je prenne conscience de ce que je faisais. Et honnêtement, je m'en foutais. Je savais juste que je n'en pouvais plus d'être malmenée de la sorte.

Ces violentes montées alternatives de plaisir et de frustration me faisaient perdre la tête.

Michael se figea et on se dévisagea tous les deux dans ce silence rythmé par nos respirations erratiques. Moi, énervée, pantelante. Lui, à ma grande surprise, amusé et à peine choqué.

Une ébauche de sourire incurva ses lèvres parfaites tandis qu'il se réinstallait entre mes jambes écartées, sa bouche juste en face de la mienne, ses paumes à plat sur le bois, de part et d'autre mon corps.

Il balaya mon anatomie d'un regard avide et douloureusement sensuel. Ensuite, il me déposa un petit baiser sur la joue et souffla avec une sincérité bouleversante :

– Je t'aime, Spark.

Je détestais ce pouvoir quasi absolu qu'il détenait sur mes émotions. C'était la première fois qu'il prononçait ces mots de façon explicite. Mon cœur avait effectué un salto de plus de trois mètres. Et je déglutis pour tenter de masquer mon trouble, même si d'après moi, ce dernier devait transparaître par tous les pores de mon visage soumis.

Je voulais lui crier dessus, le frapper, le repousser de jouer avec mes nerfs de la sorte. Cependant, je me cambrai et enfouis mes doigts dans sa tignasse dès qu'il enroula sa langue sur mes mamelons enflammés.

– Qu'est-ce que tu me fais ? ahanai-je d'une voix nuageuse, à peine articulée.

Il bobina mes cheveux autour de son poing et sema un chapelet de baisers sur ma clavicule, mon menton et la ligne de ma mâchoire. Lentement, il remonta ensuite vers mon lobe, lécha celui-ci et murmura à mon oreille d'une voix enrouée qui me liquéfia sur place :

– Je t'aime comme un dingue, Spark. Je sais que c'est réciproque. Que je ne devrais pas redouter de te perdre de la sorte, mais j'y peux rien. Je t'ai dit que je suis un putain d'égoïste. Alors je te pousse, car je sais que personne d'autre ne va oser le faire. Et ça me rassure. Personne d'autre ne découvrira à quel point t'es une vicieuse. Personne à part moi, saura que tu pleures quand t'es vide. Je veux que toute cette frustration que tu ressens se mélange à ton plaisir et à tes sentiments, pour qu'au moment de l'explosion, tu n'aies rien à envier aux supernovæ. Et quand on en aura fini, j'ai envie que tu trouves le sexe fade si ce n'est pas comme ça. J'ai envie que tu trouves le sexe ennuyeux si ce n'est pas avec moi.

Mon cœur se résigna à l'idée d'imploser ce jour-là à cause du trop-plein d'émotions. Je pleurai et l'enlaçai aussi fort que je le pouvais. Jamais, au cours de ma courte existence, je n'avais ressenti un tel niveau d'amour.

— Je t'aime, Michael, sanglotai-je sur son épaule tatouée. Je t'aime comme une folle. Je suis à toi depuis le premier jour et je le serai aussi longtemps que tu voudras de moi.

Il m'embrassa la clavicule et je frissonnai.

— Et désolée pour la gifle, ajoutai-je, gênée.

Je ne voyais pas son visage, mais je pus deviner son sourire lorsqu'il me rassura :

— Mais ça fait rien. Ça prouve juste que j'ai réussi. Il n'y a que moi que tu giflerais dans un moment pareil. Que moi.

C'était tordu, mais il avait raison.

Jamais je ne rencontrerais quelqu'un comme lui. Je n'avais même pas l'intention de chercher. Je me débrouillerai coûte que coûte pour garder l'original. Coûte que coûte.

Mes jambes et mes bras noués contre lui, deux larmes ruisselèrent le long de ma joue, lorsqu'il se glissa en moi à nouveau, ses yeux bleus enflammés ancrés dans les miens.

J'aimais son regard fou qui me donnait l'impression que ce qui se passait entre nous le dépassait aussi. Au fond, ça me soulageait. Il aimait diriger et je l'avais laissé faire. Cependant, ça m'aurait beaucoup embarrassée d'être la seule à en profiter.

Mon amant m'enlaça fort en intensifiant ses va-et-vient dans mon antre chaud et accueillant pour lui. Il me mordilla l'épaule, me molesta les fesses, et susurra d'une voix étranglée :

— Je t'aime.

Ma réponse se noya dans son baiser glouton. J'ondulai contre lui et réalisai qu'à chaque fois qu'il me frustrait pour recommencer à me satisfaire, le plaisir n'en devenait que deux fois plus puissant, plus grisant.

J'avais du mal à garder les yeux ouverts. Jamais de ma vie, je n'aurais imaginé ressentir un tel niveau d'extase à m'en refiler le tournis.

Il me baisait sur la commode, me faisant trembler avec le meuble par la même occasion. Mes gémissements n'arrivaient même plus à suivre, j'étais juste là, proche d'une explosion béate : la bouche en O, la respiration erratique, les yeux révulsés, rétamée de plaisir...

Ses à-coups devenaient plus vigoureux. Il gueulait aussi fort qu'il me prenait. Je crois que lui aussi était au bord du gouffre et cette fois, il s'était résigné à sauter.

Il me dévora l'épaule, la clavicule, le cou. Puis, mes cheveux enroulés autour de son poing, il tira ma tête en arrière et m'embrassa à l'instar d'un naufragé.

Le magma qui me faisait office de sang bouillait de plus en plus dans mes veines, annonçant l'éruption.

– Je t'aime, ahanâmes-nous l'un après l'autre. Je t'aime. Je t'aime.

Et on le répéta encore et encore. Entre deux halètements, deux baisers enfiévrés, deux regards énamourés...

Si jusque-là, il avait demeuré une petite excavation de doute dans mon esprit, Michael l'avait désormais remplie de son amour.

Et à partir de ce jour-là, j'avais intégré le club de ceux qui pouvaient clamer qu'ils l'avaient connu.

Ce truc que des tas de gens passaient leur vie à chercher. Cette saveur contenue dans le baiser de mon amant lorsqu'il avala mon cri bestial provoqué par l'orgasme le plus violent que j'avais eu à expérimenter.

Ce truc qui avait inspiré tant de films. Cette intonation dans le « Spark » de Michael lorsqu'il jouit à son tour, en me serrant à m'en briser les côtes.

Ce truc dont on avait l'impression qu'il était réservé aux héroïnes. Ce sentiment qui vous envahissait la poitrine avec une telle ampleur qu'il vous faisait mal.

Oui, ce truc-là. L'amour avec un grand A.

Mon corps s'était arc-bouté contre le sien comme possédé. Mes ongles s'étaient violemment plantés dans son dos. Des feux d'artifice m'avaient parcourue de la plante des pieds jusqu'au cou. Puis enfin, le bouquet final s'était opéré derrière mes yeux. Kaléidoscope. Supernova. Septième Ciel.

C'était le plus beau jour de ma vie.

Des répliques nous secouèrent longtemps tous les deux tandis qu'on luttait pour reprendre notre souffle, affalés sur l'épaule de l'autre.

Ensuite, ce fut retour à la réalité. Paradis terrestre. Un baiser sur ma clavicule. Un je t'aime dans mon oreille. Des larmes de gratitude roulant de mes yeux. Mon corps et mon âme dépassés. Dodo immédiat, sourire aux lèvres... L'amour avec un grand A.

L'idée de le perdre m'effrayait plus que tout. Mais si par malheur tout cela s'achevait le lendemain, je pourrais au moins clamer que j'étais l'une des rares à avoir vu, désiré et touché le cadeau de Cupidon. Je pourrais au moins dire que pendant un instant, j'avais été l'héroïne d'une vraie histoire avec un bad boy.

Et ça, ça n'avait pas de prix.

Chapitre 24.
Le couple

– Tu te rends compte que tu utilises plus de baume à lèvres que moi, par jour ?

Michael haussa les épaules d'un air nonchalant et empocha l'objet en question. Il m'encadra ensuite de son bras droit et on reprit notre promenade dans cette rue colorée et enchantée de Vegas.

– Les cigarettes m'irritent les lèvres. J'aime pas la sensation.

– La question est pourquoi tu fumes, dans ce cas.

Je n'avais jamais présenté d'objection à son addiction. Je n'avais pas vu l'utilité de jouer les moralisatrices. Après tout, il devait avoir déjà entendu des centaines de fois que fumer tuait, non ?

Par ailleurs, si ça ne lui plaisait pas tant que ça, j'étais intriguée de savoir pourquoi il le faisait.

– Pourquoi pas ? répliqua-t-il, évasif.

– Pourquoi, pourquoi pas, au lieu d'une vraie réponse ?

– Pourquoi pas, pourquoi pas ? s'amusa-t-il.

Je le cognai dans les côtes et il s'esclaffa sans me relâcher. Après tout, mon coup de poing avait eu l'impact d'un boulet de papier.

Je finis par laisser tomber le sujet des cigarettes, car il se débrouillait pour esquiver mes questions à chaque fois.

Je me contentai de savourer ses baisers sur ma tête tandis qu'on déambulait jusqu'à la destination indiquée par le GPS de son téléphone.

Cette deuxième et dernière journée dans la Ville du Péché marquerait la fin de notre road trip. Dans moins de quarante-huit heures, on devrait déjà être de retour à Portland, des souvenirs de la côte Ouest dignes d'être adaptés en film, plein la tête.

Je n'avais pas envie de rentrer. J'avais peur que là-bas, tout soit différent.

Du coup, je devenais de plus en plus chiante, car je voulais profiter de lui au maximum. À croire que je n'en aurais plus jamais l'occasion.

— Porte-moi ! râlai-je quelques mètres plus loin.

— Oui bien sûr, ironisa Michael.

— Pitié !

Je lui barrai le chemin en me plantant devant lui, suppliante.

Sa main, précédemment sur mon épaule, retomba le long de son corps, juste avant qu'il n'en lisse ses cheveux attachés à l'instar des miens.

— Je ne vais pas te porter, Spark.

— Je suis fatiguée.

On avait eu une matinée chargée. Las Vegas était juste... fabuleux, comme le clamait la fameuse enseigne à néon à l'entrée de la ville.

Depuis la veille, on avait à peine eu le temps de souffler entre les différentes attractions toutes plus abracadabrantes que les autres.

Par contre, Michael et moi, on s'était mis d'accord pour réserver cet aprèm pour mon... rendez-vous.

— T'es tout le temps fatiguée, soupira mon compagnon en roulant des yeux.

— J'étais pas fatiguée à Noël, pointai-je triomphante.

— Oui. Parce qu'on a passé la journée au lit. Étonnant, non, comme ta fatigue est sélective !

Ce souvenir me titilla de l'intérieur et je sentis une délicieuse chaleur envahir mes joues. Ça avait été le meilleur Noël de ma vie. Et pas seulement parce que j'avais perdu le compte de mes orgasmes, sans jamais en refuser un nouveau.

Somme toute, Michael avait presque raison. Ma fatigue était assez sélective. Cependant, je ne l'admettrais pour rien au monde. D'ailleurs, je feignis d'être offusquée, les bras croisés sur le débardeur en dessous de ma chemise à carreaux.

— Insinues-tu donc que je mens, Michael Cast ?

Il combla les quelques maigres centimètres entre nous et laissa courir son regard espiègle sur mon visage.

— J'ai jamais dit ça.

— Et qu'as-tu dit ? Éclaire-moi !

— Juste que si tu peux supporter tout ce que je te fais, tu peux aussi supporter quelques kilomètres de plus à pied.

Je déglutis, puis ouvris et refermai la bouche, à court de répliques.

Que répondre à cela ?

Il était vraiment inventif au lit. Et moi, je ne pouvais m'empêcher d'en vouloir plus. Toujours plus.

Oui. J'étais en effet une vicieuse, comme il se plaisait à le dire. Mais j'aimais aussi qu'il me porte. Ce n'était pas de ma faute si je n'arrivais pas à choisir. Et pourquoi d'ailleurs devrais-je le faire ?

Je ne savais pas combien de temps je serais restée la bouche grande ouverte, s'il n'avait pas pris mon visage en coupe pour m'embrasser à m'en liquéfier sur place.

Avec un naturel presque troublant, mes mains trouvèrent leur route sur son tee-shirt, autour de sa taille tandis que les siennes voyageaient jusqu'à mon short, sur mes fesses.

En soupirant, je le laissai les maltraiter comme lui seul savait le faire. Puis ensuite, quelques secondes plus tard, me soustrayant de justesse à son influence déstabilisante, je fis dégager ses doigts et susurrai contre ses lèvres :

– T'as pas le droit d'y toucher si tu me portes pas.

Il recula pour me jauger, incrédule. Sans scrupule aucun, je soutins son regard et il souffla par le nez, harassé :

– On a vérifié ensemble, il y a un moment. Le GPS a indiqué que le salon est tout près. Tu peux marcher.

Je le connaissais assez désormais pour savoir qu'il était sur le point de céder. Je joignis les doigts et l'implorai :

– S'il te plaît.

Il me scruta d'un air mauvais. Mais il finit par accepter, résigné :

– OK. Je vais te porter. Mais uniquement par devant.

J'applaudis en sautillant, et me haussai sur la pointe des pieds pour l'embrasser. Il répondit d'un air bougon et tira sur ma lèvre inférieure avec ses dents comme pour me punir.

Il me pressa ensuite les fesses et me souleva tandis que je gloussais comme une folle en nouant mes bras et mes jambes tout contre lui.

Je ne pourrais jamais me passer de ça. Jamais.

Notre relation avait intérêt à durer pour l'éternité. Pour ma part, j'étais plus que prête à me battre pour ça.

– Je t'aime, murmurai-je au creux de son cou.

– Malheureusement, moi aussi, soupira-t-il, dramatique, en se remettant en marche.

– Quoi ? Toi aussi tu m'aimes comme un fou et je suis la fille la plus géniale que t'aies jamais connue ? Michael, je... je suis émue. Je ne sais pas quoi dire.

— Tu trouveras quand je t'aurai laissée t'écraser sur l'asphalte.

— Rabat-joie, grognai-je en lui mordillant le lobe.

— Fais pas ça, souffla-t-il.

Tiens, tiens.

Je recommençai, et taquine, je lui susurrai à l'oreille :

— Pourquoi pas ? Ça t'excite ?

Il grommela quelque chose d'incompréhensible, que je devinais cependant être peu cordial.

Pour moi, cela représentait plus qu'une invitation à continuer.

Je gloussai et cette fois, en posant une main sur sa joue, je lui léchai l'oreille en prenant le soin d'y faire tournoyer ma langue avec langueur.

Il me posa d'un coup sur mes jambes et me fit reculer jusqu'à un poteau, les yeux étincelants.

— Sur ma vie, Spark, si tu me files une gaule en pleine rue, je te ramène à l'hôtel pour m'occuper de toi. Et tu pourras dire adieu à ton tatouage, car je te jure que tu pourras pas marcher pendant des jours.

Il avait l'air aussi agacé que sérieux.

On se dévisagea de longues secondes, le bruit de la circulation et des passants en fond sonore.

Au moment où je le soupçonnai de croire à ma capitulation, je haussai sur la pointe des pieds et lui léchai à nouveau le lobe.

Suivit ensuite un silence pendant lequel il lutta pour contenir son hilarité, mais il échoua.

Moi non plus, je ne fus pas longue à le rejoindre. Et on rit jusqu'aux larmes tous les deux, sous les regards méfiants des piétons.

La vie était parfaite.

Chapitre 25.
Le tatouage

On passa la porte du salon de tatouage et on nous dévisagea longtemps, car Michael ne me déposa que lorsqu'il fut devant le comptoir en arc de cercle, derrière lequel siégeait une brune aux cheveux en pique.

Cette dernière s'empressa de nous demander, cordiale, pourquoi on était là. Je l'informai de mon rendez-vous et elle pianota sur son ordinateur pendant qu'on balayait notre environnement du regard.

Il s'agissait là de l'un des salons les mieux notés de Vegas.

Pour ma part, rien que pour son intérieur design, je lui refilais deux étoiles. Une troisième leur revenait à cause de leur site web, où j'avais pu réserver la veille et payer d'avance en entrant le numéro de ma carte de crédit.

Il leur restait juste à gagner les deux dernières étoiles grâce à mon tatouage. Même si vu la qualité de leurs œuvres observées sur le web, je ne devrais pas trop avoir de soucis à me faire.

Une fois la brune satisfaite des informations sur son écran, elle me désigna l'artiste qui s'occuperait de moi.

C'était un barbu massif dont le seul carré de peau vierge apparent était son visage.

Askip, il était l'un des meilleurs tatoueurs du salon. Par contre, il ne devait pas faire partie des plus chaleureux.

— Tu peux encore renoncer, m'assura Michael d'un air sage.

Je le gratifiai d'un petit sourire, puis me haussai sur la pointe des pieds pour l'embrasser sur la joue, avant de le laisser seul dans la salle d'attente.

J'avais peur de me dégonfler si je rajoutais quoi que ce soit.

J'emboîtai le pas au barbu. Et quelques minutes plus tard, j'étais dans une autre pièce, allongée sur un fauteuil, sans mon short ; ma culotte coincée au-dessus de ma hanche... C'était ça ou l'enlever.

Le tatoueur lui, avait enfilé des gants en latex après avoir préparé son poste de travail. Ensuite, il s'était rapproché sur une chaise roulante, l'air fermé et professionnel.

Oh putain, j'allais vraiment le faire !

L'artiste vaporisa du désinfectant sur ma peau et je crispai les paupières en frissonnant. Le moment de vérité était arrivé. Et si je regrettais ?

Non. J'allais le faire. J'en avais envie.

Mais et si...

— C'est ton premier, petite ? s'enquit l'homme qui devait avoir détecté mon trouble.

Petite. Le rappel qui faisait plaisir.

Cependant, j'avais failli pouffer malgré tout, car la voix aiguë du tatoueur ne correspondait pas du tout à son physique de dur à cuire.

Rien que ça évacua un peu de mon stress. J'acquiesçai après une profonde respiration.

— Ça va bien se passer, promit-il. On m'a refilé la calligraphie que tu as choisie. C'est très facile à réaliser. Par contre, tu devras peut-être te dispenser de petites culottes quelque temps.

— Hein ? me troublai-je.

Je n'arrivais pas à capter s'il était sérieux ou s'il s'agissait là d'humour de tatoueur.

Il prit le modèle et pressa le transfert sur mon aine avant de m'inviter à regarder via un petit miroir. Le résultat était parfait. J'avais désormais plus que hâte d'avoir ce mot encré sur moi pour de vrai.

Et pour toujours.

C'était un risque à prendre. Il le fallait. Je ressentais comme un besoin de marquer ce stade de ma vie d'une certaine façon. Et quoi de mieux qu'un tatouage ?

Et si je finissais par le regretter ? Eh bien, ce petit mot serait quand même là pour me rappeler que j'avais, une fois, fait partie de ces chanceuses à avoir connu le genre d'amour qu'on ne rencontrait que dans les livres.

Et malgré la boule dans ma poitrine qui accompagnait cette réflexion, je trouvais que ce serait déjà pas mal.

C'était le piercing de Michael qui m'avait donné cette idée de tatouage assez intime. Bon ok. C'était aussi l'idée que ma mère puisse me défenestrer si je me faisais marquer à un autre endroit plus visible.

Toutefois, une fois la séance – beaucoup moins douloureuse que je l'avais craint – terminée ; en me rapprochant de la psyché dans un coin de la pièce, ma culotte toujours dans la même position ; je pleurai en même temps qu'un sourire béat incurvait mes lèvres.

« Héroïne » encré avec la police *Good Vibes* se découpait sur le hâle de ma peau d'habitude caché par l'anse de ma culotte.

Il était si magnifique, si moi... Je n'avais jamais été aussi fière.

— C'est parfait, articulai-je la gorge nouée d'émotions.

Je l'avais fait. Et je ne parlais pas que du tatouage. J'avais réussi.

Le barbu attendit que je termine de me contempler pour me mettre du baume, me faire un pansement et me prodiguer les conseils pour éviter que mon bébé ne s'infecte.

— Il vaut mieux aussi s'abstenir de pantalons et sous-vêtements trop serrés les premières semaines.

— Ah, d'accord. Merci encore. Je l'adore.

Il me fit un petit salut militaire. Et je me rhabillai pour sortir rejoindre Michael qui pianotait comme un malade sur son écran dans la salle d'attente.

Ses yeux s'illuminèrent lorsqu'il me vit. Et mon cœur fondit lorsqu'il se leva pour me retrouver, ignorant toutes ces filles qui le dévoraient du regard sur le canapé en L.

Je n'en revenais toujours pas de ma chance ! Souvent, je me réveillais à côté de lui en me demandant si tout cela était bien réel.

D'ailleurs, lorsqu'il fut assez près, je le pris dans mes bras et le serrai plus longtemps que nécessaire en le humant à plein nez.

Suspicieux, il finit par me faire reculer, le front plissé.

— Ça va ?

— Oui !

Je devais avoir l'air d'une droguée avec mon sourire jusqu'aux oreilles. Mais je n'y pouvais rien, moi, si de la joie brute avait remplacé ma moelle osseuse.

Le tatouage. Lui. La vie. Tout était parfait.

— Okaaaaay, formula Michael, circonspect. Tu as fini vite. Ça te plaît, au moins ? Tu ne vas toujours pas me dire ce que c'est ?

— Il est magnifique, piaillai-je. Tu le verras bientôt et tu comprendras. Je ne voulais pas que tu me prennes pour une folle.

Et aussi j'avais eu peur que sa réaction n'influençât ma décision.

176

Je vivais un rêve. Ce tatouage représentait beaucoup pour moi. Mais comment lui expliquer que depuis toujours j'avais voulu être l'héroïne d'une histoire d'amour avec un mauvais garçon : lui ?

J'avais vite décidé que le mieux serait qu'il le découvre après.

— Je le sais déjà que tu es folle, Spark, grimaça-t-il. Mais si ça te rend si heureuse, j'ai hâte que tu me surprennes encore. On y va ?

Lorsqu'il m'embrassa sur la joue, je ne parvins pas à m'empêcher de lorgner en direction des meufs sur le canapé.

Un sourire aux coins des lèvres, je quittai le salon, sous leurs regards envieux et jubilatoires, le bras de Michael autour de mes épaules.

Aaaaaaaaaaaaaaaah !

En chemin, mon compagnon et moi discutâmes de ma nouvelle expérience. Je lui racontai tout. Mon stress. Mon soulagement. Mon émerveillement...

Cependant, ce connard estima et soutint que j'avais à coup sûr pleuré durant la séance parce que je n'étais qu'une mauviette.

Vexée, je lui assenai un autre de mes coups de poing en carton dans les côtes. Mais cette fois, il ne laissa pas couler. Il me serra fort à m'en déboîter l'épaule, sous prétexte que je lui avais fait mal.

Je le haïssais, le menteur !

Une séance de pelotage contre un mur plus tard, on avait fait la paix. Et on était presque arrivés à notre motel, main dans la main lorsqu'il souleva d'un air espiègle :

— Attends ! Si je comprends bien. Pas de sous-vêtements les prochains jours ?

— Pas de sous-vêtements serrés, corrigeai-je.

Cependant, je ne pus retenir mon sourire en croisant son regard dans lequel brillait une lueur perverse. Lueur qui s'intensifia lorsqu'il s'arrêta au beau milieu du trottoir pour me faire face et me chuchoter :

– Pour plus de précautions, pas de culottes du tout. On veut quand même pas foirer ton tatouage, hein ?

Il m'embrassa le bout du nez et je gloussai, le cœur débordant d'amour :

– Michael, des gens nous regardent.

En effet, on était les stars de ce bas-côté de la route. Ça ne me dérangeait pas tant que ça. Michael se foutait toujours de tout. Avec lui, j'avais l'habitude.

Cependant, cette fois, une femme voilée à la peau foncée sur ma droite m'empêchait de me laisser aller.

Contrairement aux autres piétons qui nous examinaient avant de décider qu'ils avaient mieux à faire, la femme qui devait se situer dans la trentaine, n'avait pas cessé de nous dévisager. Et ce depuis qu'elle s'était immobilisée, comme frappée par une illumination.

– C'est bien l'un des jumeaux de Johnny et Michelle ? finit par s'exprimer l'inconnue en plissant des yeux.

Michael pivota vers la voix et se crispa lorsqu'il reconnut sa propriétaire.

Si au fil des jours, j'avais compris comment il réagissait avec moi, avec les autres gens par contre, je ne pouvais jamais prévoir ce qui allait se passer.

Cependant, ça ne laissait pas beaucoup de suspens, car il était toujours soit muet. Soit antipathique. Soit les deux.

Les secondes s'égrenaient et il n'avait toujours pas eu d'autre réaction à part cligner des yeux, le visage fermé. À ce stade-là, je pouvais confirmer qu'on aurait affaire au Michael taciturne.

Pour meubler le silence, j'intervins avec un sourire contraint.

– Bonjour.

La femme m'ignora et s'approcha encore plus de sa connaissance.

– T'as trop grandi, s'extasia-t-elle. Tu ne te souviens pas de moi ? J'habitais à côté. Lorsque je suis partie, tu devais avoir quoi ? 9 ans.

Mais ces yeux, ces cheveux... Je ne peux pas me tromper. Comment va l'autre ? Skylar, non ? Et Michelle ? Et ton... père ?

La voix de la voilée s'était émoussée à la dernière phrase, comme s'il s'agissait là d'un sujet épineux. Michael confirma cette théorie en me grognant :

– Partons !

La femme cligna des yeux, déconcertée et bégaya :

– Mais...

Michael me traîna sans délicatesse. Je parvins cependant à m'extirper de sa poigne quelques pas plus loin.

– Je ne sais pas ce que tu as. Mais tu ne me touches pas comme ça !

Il contracta les mâchoires. Mais devant son regard de naufragé, toute ma colère s'évapora.

– Allons-y. S'il te plaît.

– D'accord, soufflai-je. Mais dès qu'on arrive à l'hôtel... je veux tout savoir.

Chapitre 26.
Confession

Chargés de notre dîner, on venait de rentrer lorsque le téléphone de Michael se mit à sonner.

L'expression hostile, il libéra ses mains et attrapa l'appareil avant de me le passer deux secondes plus tard.

Mon estomac se replia sur lui-même lorsque je réalisai pourquoi. Cependant, bon gré, mal gré, je libérai mes mains à mon tour et frottai celles-ci sur mon short pour récupérer le portable.

– Maman, soufflai-je.

– Tu rentres demain, assena tout de suite celle-ci d'une voix dure. Je me fiche de l'endroit où tu te trouves. Je me fiche de ce que tu fais. Je veux te voir à la maison demain.

Puis sans me laisser le temps d'en placer une, elle raccrocha.

– Elle veut que je rentre demain, annonçai-je à Michael, les épaules lourdes.

On avait décidé de ne plus s'empoisonner les derniers jours puisqu'on allait repartir et qu'il restait encore pas mal d'argent. Nous avions donc pris notre petit-déjeuner dans un Starbucks et notre goûter dans un restaurant local assez sympa.

Perso, j'avais déjà faim. Cependant, Michael lui, ignora son dîner et s'allongea sur le lit les bras derrière la tête, le regard dans le vague.

— C'est possible qu'on arrive demain ? réitérai-je.

Helen ne plaisantait plus. Je n'allais pas risquer ses foudres pour une journée supplémentaire de liberté.

De toute façon, on aurait quand même repris la route tôt dans la matinée. Désormais, nous aurions juste à avorter les stops qu'on avait prévus afin d'être plus vite rentrés à Portland.

Michael m'avait ignorée de nouveau. Agacée, je lui crachai :

— T'as entendu ce que j'ai dit ? On pourra pas s'arr...

— On le fera la prochaine fois. Fin de la discussion. Maintenant fous-moi la paix ! Je n'ai pas envie de t'entendre ou même de m'entendre. Tu me files la migraine.

Ma mâchoire toucha ma poitrine de vexation.

— Pardon ?

Il se redressa sans un mot de plus et chaussa l'une de ses bottes. J'arrachai la deuxième de sa portée et il se leva fumant, pour m'affronter. Je soutins son regard sans broncher.

— Quoi ? Qu'est-ce que tu vas faire ? Me frapper ? Je comprends que tu ne sois pas d'humeur. Mais je suis ta petite amie...

Je frémis un peu en prononçant ces mots. Mais il n'avait jamais laissé planer aucun doute sur ce qu'on était à présent. On sortait ensemble. Il fallait assumer chaque petit détail que cela impliquait. Et je parlais pour nous deux.

— Avant tout, je suis aussi humaine, enchaînai-je. Il suffisait d'être gentil : *je n'ai pas envie de causer, Megan. Excuse-moi ! Je vais me coucher.* Je t'aurais écouté et me serais allongée à tes côtés en silence. Dans le cas où tu voulais vraiment être seul, je t'aurais laissé la chambre sans débattre... Je ne trouve plus ton comportement macho sexy, car je préfère de loin l'autre Michael. Mais je suis quand même prête à supporter tes humeurs de merde. En échange, ce que je te demande, c'est juste du respect.

Je ne saurais citer toutes les émotions qui traversèrent ses billes bleues à ce moment-là. Je pouvais juste rapporter qu'à la fin, ses mirettes étaient humides et emplies d'une grande vulnérabilité.

— Tu... tu pensais tout ça ? articula-t-il d'une voix faiblarde.

— Tout, confirmai-je.

Il expira fort par la bouche comme pour empêcher ses larmes de couler. Mais il échoua. Je laissai tomber sa botte et essuyai ses joues de mes doigts.

Il ferma les yeux, puis m'enlaça à m'en briser les côtes.

— Je t'aime, promit-il dans mes cheveux. Je t'aime. Et sache que je préférerais perdre ma main plutôt que de la lever sur toi.

Je le croyais. Je le croyais de toute mon âme. Et c'était l'un des sentiments les plus béatifiants en ce bas monde.

— Moi aussi, je t'aime, soufflai-je en me collant à lui autant qu'il était humainement possible. Je t'aime avec tout ce que j'ai comme force.

Il me baisa le front. Puis, on s'allongea ensuite, en restant collés l'un à l'autre... Son souffle dans mes cheveux. Ma tête sur son cœur. Son odeur si unique dans mes narines. Son bras autour de moi. Plus rien d'autre n'existait.

— Tu te rappelais de cette femme, pas vrai ? finis-je par hasarder en traçant des motifs invisibles sur son tee-shirt. Mais tu n'es vraiment pas obligé de répondre. D'accord ?

Il le fit cependant, même après s'être crispé sous moi.

— Je me souviens d'elle.

— Elle ne sait pas ce qui est arrivé à ta famille, renchéris-je alors plus confiante.

Ce n'était pas une question, mais j'espérais qu'il m'aiderait à y voir plus clair.

C'était évident. La femme avait connu un autre Michael. Plus jeune et surtout plus heureux.

À mon avis, c'était pour ça que ce dernier avait réagi de la sorte. Le rappel de tout ce qu'il avait perdu avait dû faire mal.

— Tout s'est passé après son départ, admit-il, confirmant ainsi mes théories.

— Et que s'est-il passé ?

Les battements de son cœur s'accélérèrent sous mon oreille. J'aurais peut-être dû arrêter mon interrogatoire à la première question.

Le silence s'étira sur plusieurs minutes. J'avais perdu tout espoir de réponses lorsqu'il entama d'une voix nuageuse :

— J'ai encore du mal à comprendre comment tout ça a pu nous tomber dessus d'un coup. Le cancer de ma mère. Ma famille qui perd tout. Mon père qui...

Il bloqua. Et je me fis la réflexion que c'était courant quand il s'agissait de son paternel ; alors qu'il pouvait parler de sa sœur et sa mère sans problème.

Je nouai mes doigts aux siens pour lui manifester mon soutien. Et ça dut faire effet, car il poursuivit :

— L'une des associés de mon père l'a trahi. Il s'est retrouvé sans le sou du jour au lendemain... Des fois, je me dis que tout aurait pu mieux se finir si cette femme n'avait pas foutu nos vies en l'air. Maman aurait peut-être pu avoir des soins plus... coûteux. Elle ne serait peut-être pas morte. Et lui n'aurait pas disjoncté. Johnny Cast avait toujours été quelqu'un de brillant en société, mais en privé, c'était une toute autre histoire. Ses soucis de... personnalité nous causaient à tous de la peine. Cependant, maman et... moi, on pouvait gérer. Je ne comprendrai peut-être jamais, mais même au milieu de ses crises, il nous écoutait toujours tous les deux.

« *Je comprends pourquoi il t'aimait, toi, et pas moi et Sky* ». Cette phrase que Robyn lui avait adressée lors de leur dispute prenait un peu sens. Son père était donc malade !

— À la mort de celle qu'il aimait, il a déraillé. Il débitait des trucs sans queue ni tête. Il se prenait pour une sorte de justicier. Il parlait de punir les injustes... J'évitais d'en informer d'autres gens pour pas qu'on l'enferme... Je l'aimais. Je l'ai toujours aimé.

Il énonça cela avec un tel niveau d'amertume, que j'enserrai mes doigts encore plus aux siens, comme pour lui communiquer un peu de force.

— Je ne l'ai jamais dit à Robyn, mais je suis allé lui rendre visite à sa prison de fous. Et j'aurais sûrement continué s'il ne m'avait pas avoué qu'il était content que Sky ait compris qu'elle n'aurait jamais dû exister.

Sa voix se cassa. Et je l'entendis renifler.

— Je n'arrive toujours pas à comprendre pourquoi elle. Je sais juste que ça a débuté après la mort de maman. Lui et moi étions proches avant ça. Puis tout à coup, je n'avais plus de moment à lui consacrer. Je venais quand même de perdre ma mère ! Je ne communiquais qu'avec Sky. Je m'isolais et passais le plus clair de mon temps libre en dehors de la maison. Ça ne l'a pas ravi. Mais il ne s'en est pas pris à moi. Il a accusé Sky de me monter contre lui. Et il... il l'a punie.

Sa voix reflétait le martyre que ces souvenirs lui infligeaient.

— Le pire, c'est que quand ça a commencé, Sky m'a tout raconté... Mais je ne l'ai pas crue.

Il peinait désormais à continuer à travers ses larmes. Il se redressa et posa les pieds par terre en se tenant la tête entre les mains.

Il me tournait le dos, mais sa souffrance n'en fut pas moins perceptible pour autant.

— Je ne l'ai pas crue, elle. Ma sœur. J'ai nié ce qui se passait sous mes yeux parce que je ne voulais pas qu'on l'enferme, lui...

Il tira sur ses cheveux entre deux sanglots et mon cœur explosa en un millier de morceaux. Je craignais que cette culpabilité ne le suive toute sa vie. J'avais si mal pour lui. Si mal pour sa sœur.

— J'aurais voulu qu'il me haïsse aussi... Sky s'est tuée parce qu'elle n'en pouvait plus. Ce bébé a été la goutte d'eau de trop. Elle a enduré toute cette merde en silence par ma faute. Après tout, si moi, je ne l'avais pas fait, elle a dû se convaincre que personne d'autre ne la

185

croirait. Elle ne méritait pas de mourir. Ça aurait dû être moi... Mais il y a cette fichue lettre. Elle m'ordonne de vivre pour elle. Pour nous... Je l'ai trahie. Et elle veut que je vive... C'était elle la meilleure de nous deux. J'aurais dû mourir à sa place, conclut-il dans un souffle.

Je ne savais pas quoi faire ni dire. D'ailleurs, je m'étais mise à pleurer aussi en me demandant comment il arrivait à tenir debout.

Il était vraiment fort. J'espérais au moins qu'il le savait.

– Je vais aller marcher, renifla-t-il. J'ai besoin d'air.

Il enfila ensuite ses bottes et sortit sans un mot de plus.

Chapitre 27.
Le retour

Michael ne rentra que vers 1h du matin. Je l'entendis ensuite prendre une douche. Après, il se glissa à mes côtés.

Comme il ne prononça pas un seul mot, je choisis de l'imiter et je m'endormis dans son étreinte chaude.

Le lendemain, on fit nos bagages dans ce même silence. Cependant, avant qu'il ne monte dans la voiture, je l'attrapai par l'avant-bras.

– Je voulais que tu saches que ça ne change rien pour moi. Je regrette que tu aies eu à vivre ça. Mais ça n'affecte en rien mes sentiments. Au contraire. Je t'admire et te respecte encore plus. Et tu devrais faire pareil. T'as fait une grosse erreur, mais la personne que tu es devenue mérite toutes les deuxièmes chances et tous les pardons du monde ; en commençant par les tiens. Je t'aime, Michael. T'es quelqu'un de génial, ne l'oublie jamais.

Il ne parla pas. Cependant, son baiser sur mon front me communiqua toutes les réponses dont j'avais besoin. S'il lui fallait du temps, j'étais prête à lui en donner.

Il me laissa conduire lorsque je lui proposai. On fit le plein une dernière fois et c'était parti pour rentrer.

Le trajet fut silencieux et teinté de nostalgie. Nous nous arrêtâmes uniquement pour deux pauses pipi et deux goûters. Vers 13h, on avait déjà atteint l'état de l'Oregon.

C'était donc vraiment fini ?

Je me mordis une lèvre pour tenter de faire refluer la boule de tristesse que je sentais grossir en travers de ma gorge. Michael, lui de son côté bougeait sa tête, les yeux dans le vague sur la chanson de Post Malone en bruit de fond.

D'un clic sur l'écran tactile de l'autoradio, je coupai la musique et il arqua un sourcil à mon intention en mode : « tu te fous de moi, là ? ».

Comme si lui n'aurait pas fait pareil !

Avait-il déjà oublié qu'il arrêtait toujours un son dès que je lui montrais trop d'intérêt ? Ce n'était que partie remise après tout.

Environ deux minutes plus tard, il rallumait l'appareil avec un long soupir. Il fit ensuite défiler toute une série de chansons avant de porter son choix sur *Oh Cecilia* des Vamps et Shawn Mendes.

C'était un coup bas.

Il savait que j'adorais ce groupe. D'ailleurs, je luttai de toutes mes forces pour rester impassible afin de le dissuader de faire taire l'autoradio. Cependant, le ridicule de la situation finit par me faire éclater de rire.

Mon compagnon craqua lui aussi quelques secondes après. Mais il coupa quand même la musique.

– Je te hais, Michael Cast !

– Tu es sûre ? fit-il avec un sourire espiègle.

– Oh, tu ne sais pas à quel point !

– D'accord, dit-il d'un air étrange.

Puis, il se laissa aller contre le dossier de son siège, mystérieux. Je me demandais ce qu'il devait bien avoir à l'esprit. Mais je n'eus pas à chercher longtemps, car il me surprit dix secondes plus tard en gémissant d'une voix plus aiguë :

— Oui Michael... Je t'aime. Plus fort...

Il m'imitait, là ? Le rouge me monta violemment aux joues.

— Stop ! m'écriai-je.

— Qu'est-ce que tu me fais ? Oui. Oui. Je t'aime. Anh. Le meilleur baiseur de tous les temps...

Mon hilarité se disputait fort avec ma gêne. Il était tellement ridicule ! Je ne savais pas si je devais rire ou pleurer devant ses mimiques censées me représenter.

— J'ai jamais dit ça ! m'offusquai-je. Arrête !

— Oui ! Étrangle-moi. Oui, juste comme ça. Oui. Jeg t'aigme...

— Michael, aaaaaah ! On va avoir un accident. Tu vois, je me bouche les oreilles avec les mains. Tais-toi ! C'est malaisant. Aaaaaah.

— Je vais exploser. Oh. Oh. Oui. Je t'aaaaaiiiime...

Il se contorsionna ensuite sur son siège comme quelqu'un qui faisait une crise d'épilepsie et je le tapai encore et encore pendant qu'il se marrait.

— Megan, putain, on va crever ! s'exclama-t-il en parvenant à s'extraire de mes coups.

Il redressa le volant et je freinai tout de go en manquant de peu une chèvre sur la route déserte.

La pauvre rescapée détala comme si elle avait la mort aux trousses. Michael et moi, on se dévisagea sous le choc, dans un silence tendu.

Lorsque je me ressaisis enfin, je pointai mon compagnon du doigt.

— C'est de ta faute !

— Oui. Bien sûr.

Je me rangeai sur le bas-côté de la route pour calmer les battements effrénés de mon cœur.

— Je crois qu'il est temps pour moi de prendre le relais, opina Michael.

Je lui refilai les clés sans débattre, mais avant de descendre, je me retournai pour une dernière question.

189

– Attends, je jouis pas comme ça, hein ? Je suis plus... élégante, pas vrai ?

Un grand sourire fendit son visage.

– Spark, si tu penses à l'élégance pendant que tu jouis, c'est que tu jouis pas.

– Mais je fais pas... ça, insistai-je avec un geste évocateur.

– T'en es pas loin.

Ma mâchoire se décrocha toute seule.

– T'aurais pas pu me mentir ?

Il se rapprocha plus sérieux, et caressa mes lèvres de son pouce.

– Pourquoi, alors que j'adore ça ? J'aime te voir perdre le contrôle... Exploser en des millions de particules sous mes yeux... Te laisser complètement aller. Si c'est autrement, je le veux pas.

Bordel de bordel ! J'avais fait quoi pour mériter ce mec ? Il avait les mots pour tout. Ce n'était pas possible !

Je fus tentée de m'inquiéter devant tout le pouvoir qu'il avait sur moi. D'ailleurs, suite à ses mots, ma bouche s'était faite toute sèche tandis que quelque part d'autre, je m'humidifiais.

– La route est déserte. Les vitres sont teintées et tout, mais tu penses que c'est sage de le faire ici ? susurrai-je en dévorant ses lèvres roses du regard.

Son visage s'illumina et ses longs doigts passèrent de mes lippes à ma nuque. Il m'embrassa ensuite avec passion et grogna en même temps :

– Tu sais que je suis fou de toi ?

– Oui. Mais je veux l'entendre encore et encore.

– Alors viens-là.

Avide, je basculai sur ses cuisses et ses mains trouvèrent rapidement un chemin sous ma robe.

Avant que ma conscience ne se fasse submerger par le flux puissant de mon désir, j'eus une dernière petite pensée à l'égard d'Ashton.

J'espérais pour son bien qu'elle n'apprenne jamais ce qui se passa dans sa voiture, ce jour-là. Jamais.

***

Il était 4h de l'après-midi lorsque Michael me réveilla.

Je me frottai les yeux et réalisai qu'on était devant chez moi.

Le sang quitta mon visage et la panique me figea sur mon siège.

— Tu veux que je vienne avec toi ? proposa mon compagnon, la mine affable.

— Oui.

Au moins comme ça, j'étais rassurée à l'idée qu'Helen n'aurait pas la force de nous défenestrer tous les deux.

Et plaisanterie mise à part, je voulais que ma mère comprenne que c'était sérieux. J'étais prête à accepter la punition, peu importe laquelle, mais je resterais avec Michael qu'elle le veuille ou non.

Je découvris assez tôt que la femme d'affaires avait changé le code du portail. C'était sûrement pour que je n'aie que le choix de l'affronter en revenant.

Après avoir rassemblé tout mon courage, je m'annonçai dans le visiophone. Mais ce fut Juliette qui vint ouvrir.

— Megan !

Elle me serra dans ses bras et ça me fit chaud au cœur.

— Je ne sais même pas quoi te dire ! soupira-t-elle.

— Dis rien, pitié, l'implorai-je, un chouïa gênée. Où est maman ?

Je reculai et la rousse me détailla à nouveau comme pour être certaine que j'étais en un seul morceau.

— Oh ! Elle t'attendait, m'informa-t-elle avec une petite grimace. Mais t'as eu de la chance. Elle s'est fait enlever tout à l'heure par ce beau mâle aux yeux gris.

Yeux gris ? Elle parlait là de monsieur Scott ? Depuis quand ce dernier était-il un kidnappeur ? J'étais larguée.

– Quoi ?

– J'exagère bien sûr. Mais j'ai suivi la scène. Je crois que ta mère filtrait ses appels ou un truc du genre. Il a insisté dans le visiophone jusqu'à ce qu'elle vienne lui ouvrir. J'ai trouvé ça trop mignon. Et au moment, où Helen allait lui sortir une autre excuse, il l'a embrassée. Comme ça. Tout simplement. J'ai tapé dans mes mains. Ça faisait un moment qu'il lui fallait un homme qui sache ce qu'il...

Elle remarqua à cet instant Michael derrière moi et s'interrompit. Son regard méfiant passa de lui à moi et inversement.

– C'est lui qui t'a...

– C'est avec lui que je suis partie, de mon plein gré, oui.

Elle pinça les lèvres et hocha la tête. Je pris la main de mon compagnon et le guidai à l'intérieur.

Je me sentis coupable de ne pas être plus heureuse en retrouvant ma chambre, mon lit de princesse et mon doudou *Ariel*.

Je laissai courir mes doigts sur la soie de mes draps tandis que mon esprit vagabondait à mille lieues de là. Un sourire nostalgique incurva mes lèvres. Mais je m'intriguai en réalisant que Michael, lui n'avait pas bougé devant la porte.

Il s'était statufié sous les caresses de Calendar à ses pieds.

– Quoi ? m'enquis-je.

– Tu peux le faire partir ? m'implora-t-il.

– T'aimes pas les animaux ?

– Je suis allergique aux poils de chat.

– Ah ! Viens là, Calendar !

Sans surprise, le félin resta aux pieds de son élu et m'ignora.

– Il aime tout le monde sauf moi, me lamentai-je.

Je pris le traître et l'emmenai doucement dehors. Ce dernier me toisa une fois sur ses pattes, puis il s'en alla sans un regard en arrière.

Parfois, je me demandais ce que j'avais pu faire pour mériter autant de mépris.

Je fermai la porte avec un soupir et invitai Michael à s'asseoir. Mais contrairement à moi qui m'étais posée sur le lit, il préféra se promener.

— Ça joue les invincibles, mais c'est allergique aux poils de chat, me moquai-je.

— Ta chambre est énorme, éluda-t-il.

— Oui, soufflai-je, mal à l'aise. Je vais prendre une douche. Tu viens ?

Il refusa et me dissuada d'insister. Déçue, je me dirigeai seule dans la salle de bains, les lèvres pincées.

Une fois terminée, je trouvai mon invité dans le dressing.

— Le fameux miroir ! observa-t-il en désignant l'objet en question.

On échangea un sourire coquin, mais avant que je ne réplique quoi que ce soit, Juliette toqua à ma porte.

— Megan.

— Oui.

— Teddy est là. Je le fais monter ?

Un ange passa, puis deux. L'expression de Michael se durcit.

— Megan ! reprit la rousse.

— Je descends. Dis-lui que j'arrive !

J'enfilai les premiers vêtements à me tomber sous la main, à savoir une culotte et une petite robe sac.

Michael, les bras croisés sur son torse ne me quitta pas du regard une seconde.

— Il vient foutre quoi, là ?

— Tu penses que je sais ? Mais c'est mon meilleur ami. Ça fait un bail qu'on s'est pas parlé. Je suis heureuse qu'il soit là.

Je décidai de laisser mes cheveux humides détachés et je quittai la chambre sans lui laisser le temps de riposter. En fait, j'étais trop excitée que mon ami d'enfance veuille me reparler. J'attendais ce moment depuis qu'il m'avait brutalement avoué ses sentiments à cette fête chez Stacy avant de me souhaiter d'avoir le cœur brisé.

Je lui avais pardonné parce qu'il était en colère, mais aussi parce que je m'en voulais de ne pas avoir su plus tôt.

Les émeraudes inquiètes de Teddy m'examinèrent de la tête aux pieds. Et avant même que j'atteigne la dernière marche, il s'exprima :

— Meg. Je sais que tu dois me détester. Mais Everly t'appelle depuis deux jours. Et moi depuis hier. Je voulais...

Mon étreinte lui coupa le souffle. Cependant, il me la rendit et gémit de bien-être.

— Tu es là, miaulai-je contre son torse musclé.

— Oui. Et je suis tellement désolé...

Il se tendit contre moi et un coup d'œil vers les escaliers me suffit pour savoir qui en était la cause.

— Il fait quoi, là ?

Je me grattai la tête, car je ne sentais pas trop la suite.

— En fait, j'étais pas là... avec lui... Longue histoire.

— Qui ne le regarde pas, compléta Michael qui nous avait rejoints sous le lustre.

— Ça va ! le conspua Teddy. C'est toi qui l'as, Cast. J'ai compris. Moi, je suis là pour récupérer mon amie d'enfance.

— Ou pas.

— C'est à moi de choisir, objectai-je en fusillant Michael du regard.

Les deux garçons se dévisagèrent, hostiles. Et puis, ce fut Teddy qui reprit la parole en premier en envoyant d'un air sadique :

— Comment va ton père, Michael ?

Ce dernier contracta les poings, puis rétorqua d'une voix traînante qui n'augurait rien de bon :

– Bien, je suppose. Et monsieur le procureur ? Toujours à fourrer son nez dans les affaires des autres sans savoir que son fils se drogue sous son nez ?

– Pardon ? m'étranglai-je.

Chapitre 28.
La punition

Teddy se décomposa et maltraita ses cheveux qui pointaient déjà dans tous les sens, comme d'habitude.

– Meg... Tu n'aurais pas dû l'apprendre comme ça. Je peux t'expliquer.

Michael roula des yeux et claqua la langue avec dédain.

– Vas-y ! Surprends-nous avec tes talents d'inventeur !

Le rouquin se concentra sur moi pour ne pas perdre son sang-froid. Ses émeraudes implorèrent ma clémence.

– Tu te rappelles quand il voulait des infos sur toi ? Il a utilisé... ça comme moyen de pression. Mais je te jure Meg, que ce n'est pas aussi grave que tu croies.

– Tout ce pathétisme me donne envie de gerber, commenta Michael. Et ça t'étonne qu'elle n'ait jamais craqué pour toi ?

J'étais encore sous le choc de cette révélation de drogue. J'assistais donc à cet échange de venin, la bouche grande ouverte, comme une hébétée.

– Tout le monde préfère quand tu fermes ta gueule, Cast, cracha Teddy.

Michael s'avança vers lui, d'un pas menaçant.

— Tu préfères donc quand je laisse parler mes poings ?

Le basketteur contracta les siens, prêt lui aussi à en découdre. Cela suffit à me sortir de ma transe.

— Stop ! m'écriai-je en me plaçant entre eux, une paume sur chaque torse. Teddy, je suis avec Michael, OK ? Je l'aime. Tu dois respecter ça, qu'il te plaise ou non.

Je m'en prenais à lui en premier parce que c'était lui qui avait commencé avec la petite pique sur son père. Mais ça ne voulait pas dire que Michael n'y aurait pas droit non plus.

D'ailleurs, je me tournai vers celui-ci et formulai avec autorité :

— Et Teddy, c'est mon ami d'enfance. Je ne tolère pas qu'on le vexe. Personne ne va se battre ici. On fait pas de mal à ceux que j'aime !

Le rouquin se mordit la lèvre inférieure, contrit. Michael, lui par contre tourna les talons après nous avoir toisés tour à tour.

Je le regardai, consternée, passer la porte d'entrée. Ted se rapprocha et me toucha la main dans un geste désolé.

— Ça va, le rassurai-je sans en penser un mot.

Être sur la route me manquait déjà.

Au fond de moi, je savais qu'à notre retour, ça n'aurait jamais été pareil, mais je ne m'étais pas encore préparée pour ce genre de claque « retour à la réalité ».

— Je crois que j'ai des excuses à te présenter.

Mon ami me ramena au moment présent. Et je me recentrai sur lui pour croiser ses sourcils broussailleux anxieux.

— Cinéma ? proposai-je pour détendre l'atmosphère.

Il acquiesça. Et quelques minutes plus tard on était dans le cinédom, un grand bol de popcorn devant nous, un soda pour moi, et un jus de fruits pour lui sur la table basse.

Mater des *Try Not To Laugh* sur *YouTube* avec Michael me manquait déjà. Et ça ne faisait que commencer.

— Star Wars ? vérifiai-je auprès de Teddy.

— Et comment !

On échangea un sourire complice comme au bon vieux temps. Certaines choses ne changeaient jamais...

Par contre d'autres oui. Par exemple, ce malaise entre nous lorsque je rejoignis le rouquin dans le sofa en arc de cercle qui faisait face à l'énorme écran plasma... Il n'existait pas avant.

Et le générique du dernier volet de la célèbre saga qu'on affectionnait tous les deux ne parvint pas à le dissiper.

— Euh, du coup. C'est vrai ? hasardai-je.

J'installai le bol de popcorn sur mes cuisses pour me donner contenance et pensai que nos plats tout pourris avec Michael me manquaient déjà.

Mon ami d'enfance saisit ce à quoi je faisais référence et il soupira :

— Oui. Mais c'est arrivé que trois fois. Je regrette, Meg. Je te promets que je ne développerai pas d'addiction.

Je lui passai le bol et gardai mes yeux rivés à l'écran. Je n'avais pas la force de croiser son regard.

Comment avait-il pu me cacher cela si ça datait d'avant notre break ?

— Hum ! Et pourquoi t'as commencé ?

— On avait perdu deux matchs consécutifs et Adam a annoncé qu'il avait trouvé une solution qui devrait rester entre nous autres, les quelques membres de l'équipe desquels il était le plus proche...

Je m'étais redressée d'un coup et je le fusillai de mes yeux écarquillés.

— Vous auriez pu vous faire disqualifier, et même virer de l'équipe ! Tu sais bien qu'on ne pardonne pas ce genre de choses dans le milieu sportif. T'aurais été forcé de dire adieu à ton rêve de jouer un jour pour les *Trail Blazers* ! Tu te rends compte ?

— Je sais. Je sais, Meg. Je ne veux pas parler de ça.

Au moins, il était mal à l'aise. C'était bon signe, non ?

— D'accord. Dis-moi juste comment Michael, lui il sait, vu qu'il n'est pas l'un des vôtres.

Le rouquin bascula la tête en arrière et expira longuement.

— Je crois que t'es au courant pour son addiction à l'adrénaline. À une époque, il participait à ces courses clandestines où traînent pas mal de types louches. Il nous a reconnu Adam et moi avec le dealer... Mais c'est fini, OK ? J'ai refusé lorsque les gars m'en ont proposé les fois suivantes. Fais-moi confiance ! Cette erreur n'a pas duré. J'ai cédé au chantage de Michael en partie parce que mon père pourrait me tuer s'il apprenait... Je ne veux vraiment plus en discuter. Dis-moi plutôt ce qu'il y a de neuf de ton côté.

Comme il donnait l'impression d'être torturé par le sujet, je laissai tomber... pour l'instant.

Je haussai les épaules.

— Bah, j'ai pas fait pas grand-chose.

Il arqua un sourcil incrédule. Je finis par craquer parce qu'à ma place tout le monde aurait eu envie de partager les trucs fous qu'il venait de vivre.

— J'ai fait un road trip, confiai-je en essayant de ne pas trop m'emballer. Et j'ai un tatouaaaaage...

La vanne était désormais ouverte.

Je parlai de la Pacific Coast Highway. De San Francisco. De L.A. De Vegas... Je débitais tout cela en prenant à peine des pauses, jusqu'à ce que je m'interrompe en surprenant l'intensité mystérieuse du regard de mon ami.

— Désolée, me dégonflai-je. Je n'aurais pas dû. Je suis au courant pour tes sentiments et j'étale ma belle vie comme ça. Je...

— Non.

Il me prit la main avec tendresse.

— Tu es heureuse. Même un aveugle le verrait. Ce serait égoïste de ne pas être content pour toi. Je... je vais mieux. Et je ne veux plus te perdre. Vas-y, raconte-moi ! Mais évite de lui jeter trop de paillettes, hein ! Je ne suis toujours pas son fan numéro un.

— Tu es sûr ? Je ne veux pas...

— Megan !

Il écarta un bras et je me blottis contre lui en humant son odeur citronnée si apaisante.

— Tu m'as tellement manqué, soupira-t-il.

— Toi aussi. Je t'aime, Teddy.

Il ne répondit pas et m'embrassa le haut du crâne.

Au final, je me fis la réflexion que c'était peut-être mieux comme ça.

***

Mon téléphone n'était nulle part.

J'avais découvert ma carte de crédit dans mon tiroir et m'étais sentie mal un moment en pensant à Alexander. Par contre, mon téléphone lui, demeurait invisible.

Juliette ne savait pas où il était, ni la femme de ménage.

J'attendis Helen tard ce soir-là pour lui demander, mais cette dernière ne rentra pas.

Je dormis mal dans mon grand lit vide. J'avais envie – non, besoin – de parler à Michael. Il me manquait trop.

6h du mat, j'étais déjà douchée, habillée et prête à partir chez lui. Sauf qu'en dévalant les marches du double escalier, je tombai sur ma mère qui rentrait, ses talons à la main, comme une ado le lendemain d'une grosse soirée.

Elle émit un petit cri d'effroi en me découvrant et laissa échapper une sandale dans la foulée.

– Ha, toi, soupira-t-elle après.

Elle se racla ensuite la gorge et lissa le chemisier blanc qui accompagnait son jean pour se donner contenance.

Je parcourus les dernières marches, puis oscillai, mal à l'aise en arrivant à sa hauteur.

– Bonjour, maman.

– Oui, fit-elle le visage fermé. Tu allais sortir ? Déjà ? Je suis quoi pour toi, Megan ?

Je fus tentée de mentir, mais avortai.

– Je voulais juste...

– Tu voulais quoi ?

Elle se croisa les bras. Mais bizarrement, il me fut impossible de la prendre au sérieux, les pieds nus, avec son talon en main et son énorme suçon au cou.

D'ailleurs, elle réalisa que je fixais la preuve de sa nuit mouvementée et elle fit mine de se gratter pour la cacher.

– Tu es... hum… punie.

Son téléphone vibra à ce moment-là dans la poche de son jean. Elle ne résista pas à le déverrouiller pour découvrir un message qui fit naître un sourire des plus béats sur ses lèvres.

Ce n'était pas vrai ! Je ne l'avais jamais vue comme ça ! Il y avait donc un vrai truc entre les deux !

En se souvenant de ma présence, elle fronça les sourcils et répéta :

– Tu es punie.

Je n'avais plus aussi peur d'elle. Mais j'avoue que je fus ébranlée lorsqu'elle s'avança vers moi pour son... inspection.

Elle me palpa comme le ferait un policier ; allant même jusqu'à remonter les longues manches de ma robe. Elle sonda ensuite mes pupilles en tenant mon menton entre ses doigts.

Une minute de malaise plus tard, satisfaite, elle laissa échapper un soupir de soulagement sans pour autant se départir du pli au milieu de son front.

— Pas d'excès ?

— Euh... non.

— Pas de problèmes avec la police dont on me fera part plus tard ? embraya Helen.

— Non.

Michael et moi, on ne s'était jamais fait contrôler. Et à part violer les limites de vitesse une ou deux fois, on n'avait rien fait d'illégal.

— Tu t'es protégée ?

Tiens, maintenant qu'elle en parle...

En plus de l'argent qu'elle nous avait prêté, on aurait à rembourser autre chose à Ashton. Car pour être honnête, on avait pas mal épuisé son stock de préservatifs.

Ma mère pouvait dormir sur ses deux oreilles. D'ailleurs, mes règles s'étaient manifestées le matin même.

— Oui, maman, soufflai-je en fixant le lustre au-dessus de nos têtes. Je me suis protégée.

— C'était quand même très immature, Megan. Tu n'imagines pas le nombre de fois que j'ai pensé à dépêcher un professionnel pour te ramener. Plus tard, on aura une conversation très sérieuse. Et je veux qu'il soit là.

Puis, elle me laissa seule, soulagée et en même temps perplexe. Elle avait été plus que cool, compte tenu de la situation. Merci monsieur Scott.

Je n'avais pas été défenestrée, c'était déjà ça. Mais est-ce que ça m'octroyait le droit de sortir ?

Comme si elle avait su lire dans mes pensées, elle rajouta depuis le balcon :

— Et tu ne sors pas.

203

Elle voulait que Michael soit là, non ? Comment allais-je le contacter sans téléphone ?

Et vu qu'elle avait verrouillé sa chambre, je devinais qu'elle s'était allongée avec ses *Boules Quies* vissées aux oreilles et qu'elle n'entendrait rien même si je m'acharnais sur la porte.

Je n'avais pas d'appétit. La seule chose que je goûtai ce jour-là fut la moitié d'une pomme. Il fallait que je voie Michael. Que je lui parle. Il me manquait trop.

Mon niveau d'addiction m'inquiétait quelque peu. Mais je n'y pouvais rien.

Juliette me conseilla de m'asseoir, de me détendre, car faire les cent pas n'allait rien régler. En vain.

Pourquoi Michael n'avait-il pas Instagram, ou Facebook ? Pourquoi ?

Sur la route, je m'étais envoyé les photos que j'avais prises, via son portable. Mais je ne connaissais pas son numéro. Il était donc plus qu'urgent que ma mère me rende mon téléphone. C'était elle qui l'avait. J'en étais certaine.

Vers midi, cette dernière finit par nous rejoindre dans la cuisine, vêtue d'un peignoir en satin. Je bondis de mon tabouret et contournai l'îlot à sa suite.

– Maman, tu as mon téléphone ?

– Peut-être, répondit-elle, évasive.

– Je peux le récupérer, s'il te plaît ?

– Non.

Elle attrapa le mug « My mom is a queen » que je lui avais offert quand j'étais petite et qu'elle affectionnait tant. Ensuite, elle m'adressa un large sourire sarcastique.

– Maman, c'est urgent, l'implorai-je.

– Dommage... C'est vexant, hein, de parler à quelqu'un qui s'en fout de tes sentiments ?

J'étais au bord des larmes. Et ma génitrice, impitoyable, se servit du café sans se départir de son sourire.

Juliette m'adressa un regard compatissant.

Et puis comme le soleil après la pluie, la voix de Michael dans la platine intérieure du visiophone désagrégea une partie de la grosse boule que j'avais en travers de la gorge.

Je manquai de tomber en courant jusqu'au salon pour être sûre de ne pas rêver. Et je fis un bruit pathétique en reconnaissant son visage piercé et ses cheveux noirs rassemblés en un chignon bas.

Il était revenu. Je lui manquais aussi. Alléluia !

Un bruit de verre brisé interrompit mon bond vers la porte d'entrée.

Helen qui m'avait emboité le pas venait de laisser tomber son mug préféré. Et mon sang se glaça lorsque je surpris son regard figé sur l'écran responsable de sa stupeur. Ou devrais-je dire, de la personne sur l'écran responsable de sa stupeur.

Quelque chose me disait que la suite n'allait pas trop me plaire... Pas du tout.

Chapitre 29.
L'accusateur

— Maman. Qu'est-ce qui se passe ?

— C'est le fils de Johnny, prononça-t-elle d'un air absent.

Chaque nouvelle seconde, la boule d'angoisse dans ma gorge gagnait en circonférence.

Ce fut donc d'une voix faiblarde, à peine audible que je fis le lien, tout en me sentant plus conne que jamais :

— Tu es l'associée qui a trahi son père.

J'aurais dû capter depuis le moment où Ashton avait été choquée d'apprendre qui était ma mère.

— Il a dit ça ? s'exclama Helen, en se détournant enfin du visiophone.

Je hochai la tête, la mine patibulaire.

Ma génitrice se passa les mains sur le visage et émit un soupir las, comme si elle avait déjà dû répéter cette tirade un nombre incalculable de fois.

— Je n'ai pas trahi son père, même si lui et moi, on avait souvent du mal à s'entendre. Tu sais ce qui s'est passé, Megan. Je ne t'ai rien caché à ce sujet. Je me suis fait avoir comme tout le monde. Et malgré tout, après ma libération, j'ai entrepris de rembourser tous ceux qui ont perdu leur argent. C'est comme ça que j'ai appris pour Johnny. Après, j'ai cherché ses enfants. Je n'ai trouvé que celui-là. J'ai découvert récemment qu'il y en avait un autre. Mais à lui, poursuivit-elle en pointant l'écran. J'ai versé plus d'argent qu'il ne pourrait en dépenser... Pourtant, il est venu à mon bureau, me crier que je ne pourrais pas l'acheter... que j'avais foutu en l'air sa fami...

Elle s'interrompit car la voix de Michael s'était de nouveau élevée du visiophone. Ce dernier s'impatientait.

Pour ma part, j'avais un début de migraine et l'impression que mes muscles du cou étaient faits de béton. Je tentai quand même un pas abattu en direction du vestibule, mais ma mère me stoppa.

— Megan... il est peut-être, lui aussi... instable.

— Tu ne le connais pas ! braillai-je.

— Hélas, non ! Mais j'essaie de te pointer qu'il s'était écoulé 8 ans de collaboration entre son père et moi, et que ce dernier avait quand même réussi à me cacher sa psychose maniacodépressive.

— Traduction ?

J'étais plus tendue que la corde d'un arc en plein tournoi. Ma mère le remarqua, car elle enchaîna d'un ton plus prudent après avoir secoué ses longs cheveux moka :

— Johnny était atteint d'un trouble bipolaire de type un. On n'en sait rien. Mais et si par hasard, lui aussi...

— Ne termine même pas cette phrase ! martelai-je en la fusillant du regard.

Puis ensuite, je tournai les talons sans aucune idée de ce que j'allais faire.

Chacun de mes pas pesait une tonne. Je sortis et m'empressai de refermer la barrière derrière moi.

Michael sembla soulagé de me voir.

— Pardonne-moi ! Je me suis emporté hier. Je ne voulais pas...

Je me jetai sur lui et le fis taire d'un baiser.

Celui-ci fut tellement désespéré, tellement pressant qu'au bout d'un moment, il me fit reculer, alarmé.

– Ça va ?

– Partons, s'il te plaît !

Il plissa les yeux, déconcerté.

– Quoi ?

– Dans la voiture, je t'expliquerai.

Il jaugea ma détresse quelques secondes interminables. Mais il finit par hocher la tête quoique méfiant.

On rejoignit ensemble le pick-up. Je contournai le véhicule, puis y grimpai comme si on avait la mort aux trousses.

– Démarre ! harcelai-je ensuite mon petit ami en jetant un regard nerveux vers la maison quelques mètres plus loin.

– Non, là Megan, tu m'inquiètes. Dis-moi au moins ce qui se passe !

– S'il te plaît, démarre.

Mon cœur rata un battement lorsque ma mère émergea à ce moment-là derrière le portail coulissant, en pantoufles et peignoir malgré la neige.

Je m'empressai d'attraper le visage de Michael en coupe avant qu'il ne la remarque.

– Tu me fais confiance ?

Ma voix n'était plus qu'un murmure chevrotant. Je redoutais le pire. Jamais de ma vie, je n'avais eu l'estomac aussi noué.

Celui que j'aimais à en mourir nageait en pleine confusion. Je ne pouvais l'en blâmer. Mais en même temps, je lui en voulais tellement de ne pas m'obéir sans résistance et de nous éloigner de cette apocalypse.

– Je te fais confiance. Mais Spark, éclaire-moi ! Tu me files la trouille.

Helen m'interpella et je dus maintenir une pression sur le visage de Michael de mes mains tremblantes pour qu'il ne tourne pas la tête.

– Hey ! Regarde-moi. Je t'aime. Je ne veux pas que quoi que ce soit se mette entre nous. Promets-le-moi !

– Spark…

– S'il te plaît, promets-le-moi !

Mon expression urgente finit par avoir raison de lui.

– Je te le promets.

Mais je n'en fus pas plus rassurée pour autant.

– Tu voulais partir, non ? insistai-je. Tu m'as dit que t'avais toujours rêvé d'aller voir le monde. Partons ! Je sais toujours pas quoi faire de ma vie. Peut-être que mon destin est de partir avec toi.

J'avais de la peine à contrôler les secousses de ma voix. Mes yeux étaient embués. J'étais désespérée. Il suffirait qu'il tourne la tête et… je ne voulais pas y penser.

À bout de nerfs, je fondis en larmes et échouai comme une larve sur le torse de Michael. Il me caressa les cheveux et me souffla avec une sincérité qui décupla mes sanglots désespérés :

– Je t'aime. Tu peux tout me dire. Tu le sais, non ?

– Megan ! Tu descends immédiatement de cette voiture.

Helen s'était rapprochée et ce qui devait arriver arriva.

Mon compagnon se tendit sous moi. Et je me relevai, le visage baigné de larmes, comme dans un film d'horreur au ralenti.

Les yeux scandalisés de Michael passèrent de moi à ma mère. Il déglutit ensuite, paumé, et descendit de la voiture, à l'instar de quelqu'un qui venait de se faire gifler.

Je me pris la tête entre les mains et tirai sur mes cheveux en espérant me réveiller avant ce cauchemar imminent.

– Vous ! l'entendis-je souffler d'une voix cassée en arrivant à la hauteur d'Helen.

Cette dernière se croisa les bras sur son peignoir et lui adressa sa meilleure expression neutre.

La boule au ventre, je m'extirpai de l'habitacle et contournai la voiture en m'avançant d'un pas prudent vers Michael.

— J'ai une idée de ce que tu dois ressentir, mais peut-on juste faire un trait sur cette histoire ? Ni toi, ni moi, n'y sommes pour quelque chose, après tout. Notre relation n'a pas à en souffrir.

Mon compagnon m'adressa un long regard que je ne sus pas trop comment interpréter. On aurait presque pu croire qu'il me voyait pour la première fois.

Je sentis mes jambes faiblir lorsque son souffle s'accéléra en se recentrant sur Helen, sans me faire de réponse.

— Vous lui avez tout pris, grinça-t-il à l'intention de la femme d'affaires.

— Ton père était déjà malade avant le crash de la boîte, riposta ma mère du tac au tac. Je me suis renseignée. Ta famille a eu tort de le protéger de la sorte… Je suis désolée pour ce qui t'est arrivé. Mais c'est toujours nous, les responsables de nos actes, pas les circonstances. Blâmer celles-ci est peut-être plus facile que d'accepter la réalité, mais ça ne fait que nous empêcher de guérir.

Le brasier qui s'alluma dans le regard déjà haineux de Michael me fit froid dans le dos. Et mon espoir s'effrita un peu plus lorsqu'il serra ensuite les poings si fort que ceux-ci tremblèrent.

J'étais persuadée que si le mépris avait un visage, ce serait le sien à ce moment-là.

— C'est ça que vous vous répétez pour dormir la nuit ? Après avoir ruiné la vie de tant de gens ?

Ma mère expira un long coup et lui suggéra d'une voix aussi dure que sage :

— Rentre chez toi, gamin !

— Je vis quelque part, mais je n'ai plus de chez-moi. Par ta faute, tempêta le cadet de Robyn. Au moins, je vois que tu as fait bon usage de l'argent que t'as volé, rajouta-t-il toisant notre maison.

Helen s'énerva et s'avança près de lui en le pointant du doigt.

– Je t'interdis ! Que sais-tu de ma vie ? J'ai grandi pauvre. À la maison, on passait parfois un mois entier sans électricité. Je connais la misère. Je sais ce que ça fait d'être sans le sou. Alors pourquoi ? Dis-moi pourquoi j'aurais privé les gens de leurs biens alors que j'en avais déjà assez ?

Les paupières closes, sanglotant, je me laissai glisser contre la voiture jusqu'au sol, malgré le froid. J'avais craqué. Je n'avais désormais plus la force de regarder Michael m'échapper. C'était juste atroce comme douleur.

Il la détestait trop pour que je pusse me permettre d'être optimiste. Ajouté au fait que moi, je croyais à l'innocence d'Helen… le désespoir me consumait.

Je ne soutenais pas la femme d'affaires parce qu'elle était ma mère, mais plutôt parce que je la savais trop intelligente pour commettre l'acte dont on l'accusait. Mais comment le faire comprendre à Michael ? Il était tellement convaincu que toutes les péripéties de sa famille partaient d'elle.

– Tout s'achète de nos jours, entendis-je embrayer ma génitrice avec verve. J'aurais pu sortir de prison le jour même où je suis entrée. Mais je ne l'ai pas fait. J'ai accepté de faire confiance au karma et à un système pourri pour prouver mon innocence. J'ai attendu pendant quatre ans, martela-t-elle. Quatre longues années. Je suis désolée pour ta famille, mais je ne suis pas responsable des agissements de ton père. Je sais ce que ça fait de se sentir trahi par quelqu'un qu'on aime. Accuser Dieu, le monde, les éléments… Tout ça est plus facile. Mais il faut se résigner et regarder la vérité en face. Parfois les gens, y compris ceux qu'on croit connaître sont mauvais. Il n'y a pas de mais. Pas de… justifications. Pas d'autres coupables. Ils sont juste mauvais.

S'ensuivit ensuite un long silence pendant lequel mon cerveau me tortura de la pire des façons…

Au bout de quelques secondes, je m'autorisai à y croire à nouveau. Je rouvris les yeux et me redressai de façon maladroite pour m'accrocher au regard embué de Michael dans lequel se livrait une bataille des plus violentes.

De mon côté, je laissai mes joues larmoyantes plaider pour toutes les causes impossibles à formuler par ma gorge obstruée.

J'étais consciente qu'il n'allait pas pardonner à ma mère. Je le connaissais assez pour ça.

Mais notre histoire n'avait pas à en pâtir. C'était tout ce que je demandais.

Je me sentis mourir lorsqu'au final son visage se ferma et qu'il souffla d'une voix morne qui eut cependant l'effet d'un coup de poignard :

— Oui parfois les gens sont juste mauvais. Ça ne sert à rien d'essayer de comprendre pourquoi. Mais parfois aussi, on tombe sur les enfants de ces mauvaises personnes. Et même s'ils n'y sont pour rien, on ne s'imagine pas leur pardonner les erreurs de leurs géniteurs. On ne s'imagine pas leur pardonner d'avoir mené la vie qu'on aurait pu avoir si leurs parents n'avaient pas foiré la nôtre.

Chapitre 30.
La faille

Non. Non. Non. Je ne pouvais pas. Je refusais. Je n'allais pas accepter cette information.

La vision brouillée par mes larmes, je secouai la tête de gauche à droite de façon hystérique. Il n'avait pas le droit de me faire ça. Pas comme ça. Pas maintenant que j'étais aussi accro à lui.

Rassemblant mes dernières forces, je m'avançai vers lui et me cramponnai à sa veste en collant mon front contre son torse.

— Michael… je me suis toujours foutu de l'argent. Tu n'as pas à être jaloux de moi. Tu m'as promis que rien ne se mettrait jamais entre nous. Tu me l'as promis. Ne fais pas ça. Je…

Je m'étouffais.

— Megan, c'est stupide de le supplier, intervint ma mère. Je ne le leur ai pas volé. En plus, tu ne sais pas…

— Laisse-moi ! aboyai-je entre mes sanglots. Laisse-moi tranquille !

Je m'en foutais qu'elle pense que je n'avais pas d'ego. Ce que je ressentais pour Michael surpassait tout le reste. Et puis, à quoi mon orgueil m'aurait-il servi ? À panser mon cœur brisé ? Non. Alors il pouvait brûler.

Je portai une main tremblante à la joue de mon amoureux en l'implorant du regard. Jamais avant ce jour-là, il ne s'était autant fermé à moi. Jamais avec lui, je n'avais eu l'impression d'être face à un étranger.

— Je partirai avec toi, lui jurai-je. Maintenant. Tout de suite. Si ça t'aide à tourner la page.

Au bout d'un moment, mon Michael finit par émerger de cette façade glaciale. Et ça me déchira de constater à quel point il souffrait.

Une larme faillit lui échapper, mais il la stoppa en basculant la tête en arrière, avant de s'exprimer d'une voix éraillée ; ses yeux brillants hantés par un maelstrom d'émotions contradictoires :

— Tous les jours je me demande ce qu'aurait pu être ma vie s'il n'y avait pas eu cette femme… J'étais le préféré de mon père, mais il n'aurait jamais fait du mal à Sky avant. Malgré son problème, il n'était pas violent. Et puis, il a tout perdu. Ensuite, les charges médicales ont commencé à s'empiler. Je l'ai surpris à deux reprises en train de pleurer… On a dû vendre tout ce qu'on possédait pour prendre soin de maman. Mais malgré tout elle est morte, emportant ce qui restait de la lucidité de son mari avec elle… Il a changé à jamais. Il a abusé de ma sœur, Spark. Mon père. Il a violé sa fille pendant des années. Dis-moi… Dis-moi sincèrement, comment suis-je censé pardonner ça ?

— Je n'ai jamais volé cet argent, contesta Helen. Ton père et sa maladie sont les seuls responsables de ses actes.

Michael l'ignora cette fois et m'adressa le même regard vulnérable que ce jour-là dans le couloir du lycée. Le même que ce soir-là, dans la chambre à San Francisco…

Un poids énorme comprimait ma poitrine en prévision de la suite. Au fond de moi, j'avais conscience qu'il voulait que je comprenne. Plus encore, il voulait que je le soutienne. Et à mon grand dam, je ne savais pas si j'en étais capable.

— Tu crois qu'elle n'a rien fait à ma famille ?

– On peut partir, éludai-je entre deux sanglots. On ne reviendrait plus. Michael… On devrait s'en foutre de tout ça, non ? S'il te plaît…

Je n'avais pas répondu à sa question, mais il avait capté. Et son hochement de tête blessé me meurtrit à l'intérieur.

Il évita ensuite mon regard, déglutit, puis ferma les paupières.

Je refusais de reconnaître ce que cela impliquait. Je le suppliai encore et encore en m'accrochant à lui comme une bouée.

Notre relation n'avait pas à en pâtir. Il suffirait juste qu'il tire un trait sur le passé.

Cependant, je compris assez vite qu'il n'en avait pas l'intention.

Lorsqu'il rouvrit les yeux, il avait de nouveau enfilé son masque polaire. Il décolla mes mains de son tee-shirt. Puis, sa voix cassante me percuta comme une massue tandis que je titubais en arrière.

– Bien, débuta-t-il. Je crois que c'est le moment où je te dis au revoir. Je sais que tu ne voudras pas abandonner… que tu vas vouloir lutter. Mais écoute-moi bien, Megan. N'essaie même pas ! N'essaie pas, car je ne veux plus revoir ton visage. Tu m'entends ? Plus jamais. Nos chemins n'auraient jamais dû se croiser. Toi et moi, ça a été une erreur. Une grossière erreur.

Puis, il remonta dans sa voiture, et partit sans un regard en arrière, pulvérisant tout ce qu'on avait vécu sous ses gros pneus.

Je ne pleurai pas les premières secondes.

Remarquez que personne ne pleurait après un coup de couteau dans le cœur. Personne.

On clignait des yeux. Encore et encore. Dans un état second. Comme si notre cerveau faisait son possible pour nous projeter ailleurs et nous éviter de confronter l'horrible vérité.

Le problème était que cette petite manœuvre ne durait jamais longtemps. La réalité nous rattrapait toujours. Brutale. Impitoyable.

Si on était chanceux, on mourait sur le coup ; terrassé par cette douleur sans nom.

Par contre, si on était malchanceux comme moi, on survivait… Et on le regrettait.

Je hurlai, mais aucun son ne traversa ma gorge ; rendant la scène encore plus macabre.

Personne ne devrait connaître un sentiment pareil. Personne.

Mes jambes plièrent, mais ma mère se précipita pour me soutenir.

Je ne saurais dire où je trouvai cette force, mais je la repoussai et lui hurlai au visage :

— Comment ils ont pu avoir ton ordinateur ? Pourquoi tu n'avais pas ton ordinateur ?

Le désespoir qui avait animé mes cordes vocales me fit trembler de la tête aux pieds. Je pleurais toutes les larmes de mon corps.

Ma mère expulsa un soupir aussi harassé que résigné.

Elle m'avait déjà tout raconté encore et encore. Mais je voulais donner raison à Michael, cette fois. Je voulais être de son côté. Je voulais m'accrocher à quelque chose. Une faille. N'importe quoi. C'était pathétique, mais je refusais d'entrevoir ma vie avec ce trou dans la poitrine.

Je ne m'en sentais pas le courage.

— On subissait des pertes depuis quelques mois, énonça Helen. Pour sauver la boîte, certains d'entre nous, dont Johnny, ont décidé de placer tous nos avoirs dans un nouveau projet. On ne voulait pas laisser périr l'entreprise, car elle avait une valeur sentimentale pour nous tous… On était une équipe. Pour ma part, j'ai toujours été loyale avec eux. La seule chose que j'ai faite qui pourrait s'apparenter à une trahison, c'était de leur cacher que j'élargissais mes horizons. Je voulais avoir plusieurs sources de revenus. Mais je ne sais pas pourquoi… je n'en ai parlé à personne.

Elle inspira profondément en arrivant à la partie la plus douloureuse.

– Un jour, je suis partie de mon bureau à 17h, comme d'habitude. Puis, vers 17h45, quatre-vingt-dix pour cent de notre capital avait été détourné depuis l'adresse IP de mon ordinateur portable vers une série de comptes offshores au Panama. De virement en virement, il n'a fallu que quelques heures avant que toute trace de cet argent ne disparaisse à jamais. J'ai été tout de suite déclarée coupable. Tout jouait en ma défaveur : l'adresse IP ; l'accès au compte réservé à un groupe restreint, dont tous les autres membres avec des alibis en béton… Le mien était vraiment piteux en comparaison.

Elle hocha la tête avec dépit, les yeux dans le vague comme si elle revivait tout cela.

– Tu étais sortie avec ton père. Juliette était déjà rentrée chez elle. Personne ne pouvait confirmer que je n'étais pas à la maison au moment du délit. C'était toutes ces évidences contre ma parole et celle du SDF, qui bien sûr a été jugé sénile et inapte à témoigner que j'étais en sa compagnie dans ce quartier malfamé. Je n'ai jamais détourné cet argent, Megan. Et j'aimerais vraiment qu'on arrête de douter de moi, malgré la preuve de mon innocence. Tu n'as aucune idée d'à quel point, c'est épuisant.

Elle disait la vérité.

Il y avait eu un braquage le jour même dans une supérette du fameux quartier. Et en réétudiant les vidéos de surveillance des années plus tard, un inspecteur avait remarqué la femme d'affaires qui échangeait en effet avec un sans-abri, à l'heure même où s'était opéré le transfert.

Certains pourraient trouver cela bizarre, mais moi, je l'avais déjà vu faire : discuter avec des tarés parce qu'elle soutenait qu'il y avait à apprendre de tout le monde.

Il n'y avait pas de failles dans son histoire. Il n'y en avait jamais eu.

Le ciel me tomba sur les épaules en plus de ma désillusion.

Michael ne reviendrait pas. Michael n'avait plus envie de moi dans sa vie… Et par ailleurs, je n'arrivais pas à en vouloir à ma mère.

Ma tête explosait. Mes larmes n'arrivaient plus à se tarir. J'exerçai une pression de mes paumes sur mes tempes et reculai, reculai…

Je quittai la chaussée. Helen s'affola.

– Megan, une voiture peut arriver à tout moment. Arrête de te comporter comme une gosse ! C'est qu'un garçon !

Elle n'était pas à ma place. Elle n'avait pas désiré le garçon en question pendant deux ans. Elle n'avait pas vécu notre histoire. Et surtout, elle n'endurait pas ce que j'endurais.

Elle ne comprenait donc pas. Personne ne pourrait comprendre. Personne.

– Megan ! hurla ma génitrice.

Personne.

Chapitre 31.
Les renforts

Cela faisait une demi-heure que je fixais le miroir de la salle de bains sans vraiment me voir.

Il s'agissait peut-être là de mon quatrième moment d'absence de la journée, et je doutais que ce serait le dernier. Après tout, ça n'avait commencé que quatre jours plus tôt. Et j'avais constaté que depuis, les choses n'allaient pas en s'arrangeant.

Mon reflet fronça les sourcils en me remarquant enfin. Ou alors était-ce l'inverse. Mais quelle importance ?

On avait tous les deux du mal à reconnaître cette personne aux cheveux en bataille et au teint cireux en face de nous.

— Tu fais pitié, commentai-je de cette voix morte qui était devenue la mienne.

Ce charmant monologue n'eut cependant pas l'occasion de s'approfondir, car quelqu'un avait capté mon attention en cognant à la porte de ma chambre.

Pourtant, je ne bougeai pas d'un centimètre ; me contentant de faire ce que je faisais le mieux ces derniers jours après pleurer toutes les larmes de mon corps. Cligner des yeux.

Je n'avais pas l'intention d'aller ouvrir. J'étais presque sûre qu'il s'agissait de Juliette qui voulait jouer aux mamans poules.

Helen, elle, m'avait promis de me laisser tranquille comme je le souhaitais, tant que je descendais me nourrir… À moins qu'elle eût fait un tour dans la poubelle et découvert mon dîner, je doutais que ce fût elle.

– Megan !

Ah merde ! Il ne manquerait plus que je me fasse aussi gronder.

– Megan, ouvre-moi !

Non !

Ses deux tentatives supplémentaires n'obtinrent pas plus de succès. J'entendis alors la serrure tourner. Et moins d'une minute plus tard, elle débarquait dans la pièce ivoire, ses talons claquant sur le marbre veiné.

Elle se plaça derrière moi et posa deux mains compatissantes sur mes épaules en me scrutant dans le miroir.

– Tu devrais enlever ce pyjama. Ça va faire deux jours.

Je me douchais à peine et alors ?

– Ce soir, c'est le Nouvel An, renchérit-elle devant mon absence de réaction. Tu peux sortir avec tes amis comme l'année dernière. Tu peux même conduire ma Range Rover si t'en as envie.

– Que veux-tu ?

Le moindre bruit me refilait la migraine. Je le lui avais dit. Et elle avait promis de respecter ma solitude. Là, elle débarquait en petite robe noire, son manteau sur les bras, pour me répéter les mêmes choses qu'il y avait trois jours.

Elle n'avait qu'à admettre sa culpabilité de partir faire la fête tandis que je végétais, et on n'en reparlerait plus.

Pour ma part, je m'en foutais pas mal. En fait, je m'en foutais tout court, même si je l'enviais quelque peu.

Mais ça n'avait rien de surprenant. Ces derniers temps j'enviais tout le monde ; y compris les personnages de ces séries que je matais pour tenter de me soustraire à ma douleur. En vain.

– Je veux te voir aller mieux, affirma ma mère, bienveillante.

Je pouffai avec ironie. Cependant mon visage bougea à peine.

La quadragénaire soupira, puis vint alors s'appuyer au comptoir pour me faire face.

J'évitai ses yeux bruns.

J'avais remarqué que les regards pitoyables se situaient en haut des éléments déclencheurs de mes crises de larmes. Je préférai donc fixer mon allure de déterrée dans le miroir en priant pour que le faible tremblement de mes lèvres se dissipe très vite.

Je n'avais pas envie de m'effondrer tout de suite même si les paroles de ma mère m'y poussaient.

– On croit toujours que la première déception amoureuse est la pire ; qu'on ne va pas y survivre. Mais l'Univers ne surestime jamais notre force. Ça va aller. Je te le promets. La première étape, c'est de vouloir que ça s'arrange. Ensuite, il faut faire les efforts pour.

Elle ne comprenait pas. Elle ne comprenait que dalle.

Dans ma situation, des conseils sur comment être optimiste étaient les dernières choses que j'avais envie d'entendre. C'était même un miracle si mon cœur continuait de battre après ce que Michael lui avait infligé. J'étais qu'une putain d'humaine et j'avais plus que le droit d'être dans cet état.

J'avais envie de crier à Helen que tout le monde n'était pas une superhéroïne comme elle. Et que pour nous autres, les pauvres terrestres, tout ne se résolvait pas à coup de Yoga, de méditation et d'affirmations positives.

Elle n'avait pas versé une seule larme à l'enterrement de son propre mari – son amour du lycée. Avait-elle besoin de preuves supplémentaires de notre différence ?

Une rivière silencieuse alimentée par ma frustration, ma colère et ma douleur s'était mise à inonder mes joues, malgré mon effort pour la retenir.

La femme d'affaires se redressa, la mine compatissante et les lèvres pincées.

– D'accord. Je te laisse tranquille. Je sais qu'au fond de toi, tu m'en veux quand même pour votre… rupture. Et je ne t'en tiens pas rigueur. T'as le cœur brisé après tout.

Elle déposa ensuite mon téléphone à côté du lavabo et s'éloigna après avoir ajouté de façon un peu maladroite :

– Je suis désolée de ne pas te l'avoir rendu plus tôt… Je… ne rentrerai pas ce soir. Mais tu ne seras pas seule. J'ai appelé du renfort.

Quoi ? Quel renfort ?

Ma perplexité dura une bonne minute après son départ, jusqu'à ce qu'un bruit confus dans ma chambre m'interpellât.

Je déboulai dans le dressing et me figeai en tombant sur une Stacy aux cheveux courts, désormais brune, moulée dans un pantalon en vinyle, et un haut minuscule. C'était l'hiver ! Personne ne lui avait passé le mot ?

L'intruse s'évaluait au calme devant mon miroir avec l'une de mes robes plaquées sur son buste.

– Excuse-moi ! l'apostrophai-je, les sourcils froncés.

La sorcière de renom me jeta un regard vague par-dessus son épaule.

– Tu m'avais pas dit que t'étais une accro du shopping, Jennifer !

– Je ne te l'ai pas dit parce qu'on n'est pas amies. Qu'est-ce que tu fous chez moi ?

Ce n'était quand même pas ma mère qui avait fait l'erreur de l'inviter ! Ça n'avait aucun sens. Je n'avais jamais traîné avec Stacy et sa bande.

L'importune ignora ma question en posant devant la psyché. Ce n'était vraiment pas le jour pour me provoquer.

Les gloussements dans l'autre pièce accaparèrent cependant mon attention et m'évitèrent de lui gueuler dessus, les nerfs à fleur de peau. J'étais plus que curieuse de savoir quelle autre mauvaise surprise m'attendait.

Ma mâchoire manqua de toucher ma poitrine en arrivant dans la chambre.

Entre Tris et Lana qui sautaient sur mon lit et Teddy et Everly qui leur hurlaient de descendre, mes yeux écarquillés n'avaient pas de répit.

La métisse fut la première à me remarquer et elle s'avança vers moi d'un pas prudent.

— Désolée, c'est de ma faute. J'étais chez Stacy quand ta mère a appelé et… ils sont venus aussi.

Je ne savais pas quoi répondre.

Stacy Hunting et ses acolytes dans ma maison, en train de se mettre à l'aise, avaient quelque chose de tellement absurde que mon cerveau avait un peu de mal à digérer.

Teddy me réveilla un peu de ma transe en venant me serrer dans ses bras.

— Pourquoi tu m'as menti ? Tu m'as dit sur *Twitter* que tout allait bien.

— Je ne voulais pas qu'on ait pitié de moi, soufflai-je en sentant mes larmes rappliquer.

Surtout que lui m'avait prévenue pour Michael. Je n'avais pas eu envie d'entendre quoi que ce fût qui s'apparenta à des « je te l'avais dit ».

Cependant, désormais qu'il était là, avec son torse musclé et sa chaleur rassurante, j'étais reconnaissante envers ma mère de l'avoir appelé.

— Stacy, sa chambre est trois fois plus grande que la tienne, couina Lana.

Par contre, j'étais moins reconnaissante que ceux-là fussent dans le lot.

— Et t'as pas vu le dressing ! s'exclama la vipère non loin avec un soupçon d'envie. Ta mère a fait appel au décorateur des Kardashian ou quoi ? Tris, elle a toutes les palettes en édition limitée dont tu rêves. Jennifer, tu suces quelqu'un chez *Kylie Cosmetics*. Avoue !

J'avais des envies de meurtre.

Ses deux acolytes descendirent de mon lit tout excités et partirent rejoindre leur reine sans même me saluer.

Teddy m'embrassa l'oreille et me souffla avant de me relâcher :

— Ignore-les !

Je ne savais toujours pas quoi dire. Je craignais de laisser mes mots dépasser mes pensées si je m'exprimais. Ajouté au fait que je redoutais de mettre Everly – qui se sentait responsable d'eux – encore plus mal à l'aise.

Elle se tordait les mains à quelques pas et n'osait pas s'approcher de moi.

— Vraiment désolée, murmura-t-elle. Pour tout.

Sans un mot, je levai les bras en guise d'invitation et elle vint tout de suite m'enlacer.

— Je suis désolée, répéta-t-elle avec sincérité en me serrant à m'en briser les côtes.

— Arrête de t'excuser. J'ai les nerfs à vif. Je vais chialer.

D'ailleurs, j'avais à peine fermé la bouche que je fondais déjà en larmes, mais de bonheur cette fois. Ça faisait du bien de la retrouver.

— D'accord, je vais arrêter, renifla ma meilleure amie. Désolée.

— Everly, putain !

On gloussa, puis on recula enfin. Elle avait les yeux humides et moi aussi. Elle m'avait tellement manqué !

— T'as changé, la détaillai-je. Tu m'as l'air plus… resplendissante.

Elle n'était pas devenue svelte par miracle. Elle avait toujours été magnifique comme elle était. Mais désormais, c'était comme si sa beauté avait été rehaussée par un phare intérieur.

Elle embrassait ses rondeurs d'une façon plus sexy… plus assurée. La preuve : elle portait un body à manches longues et un jean boyfriend près du corps. J'avais bien dit près du corps. J'étais fascinée.

— C'est ce que j'arrête pas de lui dire, plussoya Teddy. Ça lui fait du bien de reprendre contact avec sa mère.

Avec un pincement au cœur, je repensai à notre dernière dispute. Tellement de choses avaient dû se passer depuis. Teddy ajouta avant que je n'eusse le temps de m'informer :

— De plus, je crois que la peste a un bon effet sur elle.

— Je vous entends, bande de ringards, s'époumona la concernée depuis le dressing.

— Merci, sourit Ev. Je cours un peu. Et Stacy…

— Stacy et toi, vous faites de l'exercice extra, brailla la cheerleader. Beaucoup d'exercices.

La peau caramel d'Everly ne cacha en rien son malaise

— Elle est toujours aussi gênante ? envoyai-je.

— Et tu n'as rien vu ! soupira Teddy. Elle veut que tout le monde sache qu'Ev est prise. Elle a même menacé une femme, car elle trouvait son regard trop insistant sur sa meuf. La pauvre n'a rien compris.

— Je suis désolée, grimaça Everly.

— Tu n'y es pour rien, la consolai-je. On aime parfois les mauvaises personnes.

— Heee ! objecta la concernée depuis l'autre pièce.

— Mais elle n'est pas toujours comme ça. Je te promets que la plupart du temps elle est géniale, la défendit sa petite amie avec un sourire que je reconnus tout de suite.

Il s'agissait du même que celui que j'avais en regardant Michael. Il s'agissait du sourire que j'avais perdu.

Mes yeux s'embuèrent malgré ma morsure sur ma lèvre inférieure pour me contrôler. En vain.

Everly se tordit les doigts, perplexe. Teddy se rapprocha et posa une main rassurante sur mon épaule.

– Hey ! Tu tiens le coup ?

Un bruit dans le dressing m'évita de mentir.

Je m'y rendis d'un pas pressant avec mes meilleurs amis sur les talons. Et en arrivant dans la pièce lumineuse, je me fis la réflexion que s'il n'y avait pas eu Everly, j'aurais tout de suite viré Stacy et sa bande de chez moi.

Lana avait fait tomber mon parfum préféré. Et dans mon espace make-up, Tris volait sans scrupule mes produits *Kylie Cosmetics*.

Je ne voulais pas jouer les paranos, mais comment expliquer son ventre et ses poches carrés sinon ?

J'allais péter un câble ! J'avais envie de hurler. Ma migraine était revenue puissance mille.

Je me pris la tête entre les mains et psalmodiai, hystérique :

– Je veux crever. Je veux crever.

Stacy jeta la nouvelle robe qu'elle tenait et s'avança vers moi.

– T'as une sale gueule, remarqua-t-elle en arrivant à ma hauteur. En plus tu pues.

Tris et Lana gloussèrent, tandis que Teddy balançait :

– Fous-lui la paix, Hunting !

– Quoi ? On n'a plus le droit de dire la vérité ? La rupture ne lui réussit pas. Et si tu veux remplacer Michael, Ed Sheeran, vaut mieux être honnête avec elle. Les filles aiment les mecs qui savent les… malmener de temps en temps, conclut-elle avec un sourire en coin lourd de sous-entendus.

Un malaise des plus poisseux s'installa dans la pièce. Pour ma part, je me retenais d'étrangler la responsable. Everly se cachait le visage comme un parent désolé du comportement de son gosse.

Je n'avais pas le courage de lorgner en direction de Teddy, mais je savais que lui aussi était gêné.

Pourtant, malgré tout, Stacy enchaîna en lissant ses cheveux courts comme si de rien n'était :

— Va prendre un bain ! Après on planifiera la soirée.

— Je n'irai nulle part avec toi ! la conspuai-je.

Elle claqua la langue et roula les yeux d'agacement.

— C'est quoi ma devise de vie, les gars ?

— No broken heart in the club ? suggéra Tris.

La cheerleader se figea, une main sur la hanche, en mode diva exaspérée.

— Quoi ?

— C'est Lana qui l'a dit, se défendit l'androgyne.

— Tu te fous de moi, là ? chargea l'Asiatique.

— Bah, elle adore cette chanson. Que veux-tu que je te di…

— Silence tous les deux, clama Stacy. Vous me fatiguez. Bref ! Je voulais dire que je ne tolère pas les gens tristes près de moi. Ça me refile des boutons. Va prendre une douche. La soirée va être géniale. Tu vas vite oublier que tu t'es fait larguer comme une vieille chaussette.

Qu'est-ce qui me retenait au juste d'égorger cette garce ?

— Stacy. Laisse-la tranquille, intervint enfin Everly.

La peste perdit tout de suite son air altier et pinça les lèvres comme une enfant qui venait de se faire gronder.

— Je veux juste aider.

Avant que je ne pusse rétorquer quoi que ce soit, Teddy posa une main sur mon épaule.

— Vas-y, souffla-t-il lorsque je me tournai vers lui. Je vais m'assurer qu'ils ne touchent plus à rien.

– Donc tu soutiens aussi que je pue ?

– Voilà ! acclama Stacy, triomphante, avant de se rétracter sous le regard réprobateur de sa petite amie.

– OK. J'y vais, soupirai-je.

Si c'était là le seul moyen de me débarrasser de cette plaie, même un court instant ! Je disais oui.

Par contre, me foutre la paix ne devait pas être dans ses projets à elle, car une fois sortie de la cabine de douche, je faillis chuter de stupeur en la découvrant sur le comptoir.

Elle pianotait sur son téléphone en balançant avec nonchalance ses pieds dans le vide.

– Qu'est-ce que tu fous là ? crachai-je.

Elle déposa son portable et m'adressa un large sourire sarcastique.

– Il y a deux trois trucs qui m'intéressent dans ta relation avec Michael.

Chapitre 32.
La jalouse

Je resserrai ma serviette pour prendre le temps de me remettre de ma surprise et calmer les battements fous de mon cœur.

– Alors, que s'est-il passé ? rechargea Stacy en descendant de son perchoir.

– Je ne crois pas qu'Everly serait contente d'apprendre que tu t'intéresses à ce point à quelqu'un d'autre.

– Everly sait que je l'aime.

– Sait-elle aussi que t'as pas encore tourné la page de Michael ? rétorquai-je.

Sur ce, je m'approchai du miroir et ignorai son regard mauvais tandis que je jouais avec mes cheveux humides.

Cette conversation m'avait pompé le peu de forces que j'avais.

Je n'étais pas jalouse. Loin de là.

Pour cause, je connaissais Michael. Quand il en avait fini avec quelque chose ou quelqu'un, c'était pour de bon. Et je savais qu'il en avait fini avec Stacy.

Ce qui m'écorchait, c'était l'éventualité que désormais, j'étais dans la même case que la peste, qui d'ailleurs n'avait toujours pas répondu à ma question.

J'avais donc vu juste !

Son téléphone sonna à ce moment-là et elle soupira à s'en fendre l'âme avant de décrocher.

– Quoi ? Tatiana… La, tu commences à me fatiguer. Est-ce que je suis une idiote ?

Son interlocuteur dut répondre par la négative, car elle leva le menton.

– Bien ! Alors si je te dis que ça va marcher, ça va marcher. Arrête de tourner autour du pot. Dis-lui ce que tu ressens. Tu veux une confidence ? Je l'ai vu te reluquer à ma dernière fête… Qu'est-ce que tu crois ? s'adoucit-elle. Je remarque toujours tout. Maintenant, va dire à cette fille que tu l'aimes ou je me fâche !

Elle mit ensuite fin à l'appel après un dernier soupir, puis s'agaça devant mon regard surpris.

– Quoi ? Depuis le bal tout le monde me prend pour la psy de service. Stacy, je craque sur la bizarre, que faire ? Stacy, Stacy, Stacy…

Elle roula des yeux.

– Ev est la seule raison pour laquelle je supporte tout ça. Elle croit que c'est une bonne façon de me racheter. Des fois, je regrette tellement de l'aimer autant !

J'étais impressionnée. Je n'avais vraiment pas les mots. Si ma tristesse ne m'en avait pas empêchée, j'aurais même pu ressentir un peu de respect pour elle pour la première fois de ma vie.

Stacy Hunting, altruiste ! Décidément, on aura tout vu.

Lorsque je fus sur le point de partir, elle me barra cependant le passage, les bras croisés sous la poitrine.

– Quoi encore ? soufflai-je en levant les yeux au ciel.

– On n'en a pas fini, Jennifer, cingla-t-elle. Je peux toujours faire de la vie de quiconque un enfer sans même ruiner ma manucure. Je veux savoir ce qui s'est passé entre vous, bordel ! Je veux savoir tout de suite !

On se dévisagea en silence de longues secondes. Elle, agressive. Moi, blasée.

— Tu ne vas rien me dire, pas vrai ? soupira-t-elle ensuite, aussi agacée que résignée.

— Non, confirmai-je. Par contre, je suis de plus en plus tentée de raconter cette conversation à ta copine.

Je bluffais.

À part lui faire de la peine, ça aurait rapporté quoi à Everly d'être au courant que Stacy en pinçait encore pour Michael ? Elle allait si bien désormais. De plus, je peinais à l'avouer, mais je doutais de moins en moins des sentiments de la reine des pestes pour mon amie.

Je voulais juste que cette vipère s'éloigne de mon chemin. Ce qui de toute évidence ne faisait pas partie de ses projets immédiats, car elle posa une main sur sa hanche, après notre deuxième duel de regard. Et aussi bizarre que cela pouvait paraître, son expression passa de glaciale à admirative.

— T'es une solide petite garce, opina-t-elle en plissant des yeux. C'est vrai, t'as le potentiel et tout. J'ai toujours trouvé que t'avais ça dans le sang… Par contre, j'ai jamais compris ton animosité envers moi. D'habitude, on me déteste parce qu'on m'envie, ou alors parce qu'on… m'envie.

Elle sourit, l'expression fière et satisfaite, avant de poursuivre avec plus de sérieux :

— Mais pas toi. C'est autre chose. Ce que je trouve étrange, parce que je ne me rappelle pas t'avoir déjà fait vraiment mal.

— Me tirer les cheveux quand on était petite ne suffit pas à ton goût ? m'excitai-je.

Elle plissa de nouveau les paupières un moment, pensive. Puis ensuite, lorsqu'elle capta enfin, elle arqua les sourcils comme si j'exagérais.

— Tout ça pour ça ? pouffa-t-elle. Je te tirais les cheveux et alors ? Ils étaient trop beaux. T'as pas vu les miens ? J'ai le blond le plus terne de la galaxie. J'ai coupé mes cheveux pour les laisser pousser au naturel, mais l'unique vue de mes racines me file la grattelle. D'après toi, pourquoi je me teins autant les cheveux ? En plus, ils sont si fins. D'aussi loin que je me rappelle, je les ai toujours détestés. Alors quand je te voyais souriante, avec tes deux petites couettes parfaites, je me souviens très bien que la tentation était trop forte.

J'avais un peu de mal à y croire. Elle avait fait de mes années de maternelle un enfer, tout ça parce qu'elle était jalouse !

— Et t'as quelle excuse pour m'avoir dit en primaire que personne ne m'aimait, et que par conséquent si tout le monde était venu à ma fête et non à la tienne, c'était parce que ma maman les avait payés ?

— Moi ? Jamais je n'aurais sorti quelque chose d'aussi affreux ! joua-t-elle, les yeux écarquillés, une main sur le cœur.

Devant mon regard assassin, elle finit cependant par laisser tomber la comédie et claqua la langue.

— Tu veux la vérité ? Je ne m'en souviens même pas. Mais c'est possible que j'aie balancé ça si j'étais blessée. Je dis pas mal de choses méchantes quand je suis blessée. C'est comme ça !

— Moi, ça m'a hantée, crachai-je avant de déglutir difficilement à ce souvenir. À part Teddy, j'ai soupçonné tout le monde d'en avoir après la fortune de ma mère. Je pouvais me mentir autant que je le voulais, mais cette phrase n'est jamais sortie de ma tête. J'ai même changé d'école pour être certaine qu'on pouvait m'apprécier sans savoir pour mon argent.

— Bah, dis-moi merci ! T'en es là aujourd'hui grâce à moi. Écoute, formula-t-elle soudain d'un air sage que je ne lui connaissais pas. Everly tient à toi. Je tiens à Everly. Je veux faire les choses bien pour elle. Tourne la page ! J'ai pas envie d'être forcée de te faire du mal à l'avenir. Alors…

Elle me tendit la main en signe de paix.

Je la toisai. Mais tout de suite, quelque part dans ma tête, une petite voix me demanda à quoi ça m'avait servi de lui en vouloir toutes ces

234

années. Elle avait raison après tout. Cette phrase m'avait conduite à ma vie actuelle, que je n'échangerais pour rien au monde, malgré les épreuves que j'avais traversées.

— Allez ! m'encouragea-t-elle. C'est connu de tous. Il vaut mieux m'avoir comme amie, Jennifer.

Je roulai des yeux, mais acceptai quand même sa poignée de main.

Je n'avais pas oublié toutes les horreurs qu'elle avait faites. Ma rancœur à son égard ne disparut pas non plus comme par magie, mais désormais, je ne la retenais plus. Et à mon avis, c'était déjà ça.

La cheerleader me gratifia d'un petit sourire en coin et caressa ses cheveux plaqués avant de tourner les talons.

En arrivant cependant devant la porte, elle se pivota une dernière fois pour clarifier :

— Si j'étais curieuse de savoir ce qui s'était passé entre toi et le vampire, c'était juste… pour savoir… On n'était pas amoureux, mais on a pris pas mal de bon temps ensemble avant qu'il ne décide qu'il en avait marre de moi. Je veux le détester. Je te le jure. Mais je ne peux m'empêcher de m'intéresser à tout ce qui a rapport avec lui. C'est comme ça, reconnut-elle en haussant des épaules impuissantes. Tu dois bien me comprendre, non ? On ne peut pas oublier Michael Cast. Jamais… J'ai cru capter que vous avez vécu un truc fort tous les deux. J'espère que tu survivras.

Chapitre 33.
Les messages

J'enfilai le premier jean suivi du premier tee-shirt à me tomber sous la main.

— Attendez-moi en bas ! m'écriai-je ensuite. J'arrive.

Ma tête douloureuse entre mes paumes au milieu du dressing, je fus moi-même surprise que ma voix n'eût pas tremblé.

Ma certitude s'émoussa cependant très vite, car Teddy dans la pièce d'à côté sembla soupçonneux.

— Meg, ça va ?

— Oui, oui. Un truc à faire. Je descends tout de suite.

Cette fois, je m'étais concentrée pour mentir avec le plus de conviction possible. Et cela dut fonctionner, car ils acquiescèrent tous avant de quitter ma chambre.

— On n'est pas loin. D'accord ? communiqua quand même Everly d'une voix douce, comme alertée par un sixième sens.

Cela me toucha beaucoup. Cependant, ça ne m'empêcha pas de céder au truc mentionné plus tôt. Ou plutôt, ça ne l'empêcha pas de me submerger.

Il y avait une limite à la douleur que je pouvais condenser en quelques heures.

Je m'engouffrai dans la salle de bains, verrouillai la porte et m'écroulai contre celle-ci. Je me roulai ensuite en boule par terre, puis laissai enfin libre cours à mon désespoir.

Mes sanglots m'étouffaient presque. Je ne voyais plus rien à travers mes larmes. Mon corps était pitoyablement secoué par mes pleurs… Ce que je ressentais était juste horrible !

Il fallait que ça s'arrête. Je n'en pouvais plus. Je n'en pouvais vraiment plus.

Je ne saurais préciser combien de temps je serais restée par terre, dans cet état. Peut-être jusqu'à ce que quelqu'un vienne m'y découvrir. Mais cela ne se déroula pas de cette façon.

Mon téléphone, que j'avais oublié depuis qu'Helen me l'avait rendu, émit un bip qui m'incita à me lever.

Faiblarde, à quatre pattes, je me traînai jusqu'au comptoir et récupérai l'appareil. Après m'être assise sur mes talons, je découvris que le nouveau message n'était autre qu'une pub de mon opérateur réseau.

Agacée, je l'effaçai sans hésiter.

Par contre, tout de suite après, mon cœur rata un battement en remarquant les autres notifications non consultées.

Le pouce tremblant, j'appuyai sur la barre du numéro sans nom duquel j'avais reçu deux-cent-quarante messages. Et là, toutes les photos que je m'étais expédiées au cours du road trip via le téléphone de Michael popèrent sur mon écran.

Un sourire brisé et nostalgique en travers du visage, je caressai la vitre en espérant gratter un peu du bonheur contenu dans les images.

Mais bien vite, d'autres clichés que je ne m'étais pas envoyés captivèrent mon attention.

Michael.

S'il me restait quelques doutes quant à son obsession pour mon postérieur, là ils venaient de se dissoudre.

Ensuite, non seulement, il m'avait capturée dans des situations improbables, mais il m'avait aussi prise en photo endormie, emmêlée dans les draps.

Un sanglot mêlé d'un gloussement m'échappa à la réflexion que je ne connaissais personne d'aussi taré.

Je m'installai par terre et m'adossai ensuite au comptoir avant d'activer la synthèse vocale, pour lire les textos.

Je fermai les yeux. Puis, je laissai ma tête aller contre le bois poli, en remplaçant dans ma tête, la voix robotique de l'appareil par celle de Michael, traînante et partiellement écorchée.

La lecture du SMS joint à ma photo empêtrée dans les draps avait débuté ; obstruant par la même occasion ma gorge d'une boule d'émotion.

« Tu me fais faire des choses que je trouverais idiotes de la part d'autres gens. Déjà, me voici à te contempler comme un gros pervers dans ton sommeil ! Mais j'y peux rien. T'es si belle. Avec ta bouche entrouverte... T'as aucune idée d'à quel point je dois lutter pour ne pas t'y fourrer un truc trouvé par terre, ou l'une de mes chaussettes sales... Rien qu'imaginer ta gueule en te réveillant me fait bander. »

Il ne bandait pas vraiment. C'était sa façon de dire que ça l'amusait.

Je ris à travers mes larmes tandis que le prochain texto enchaînait. On était tellement unique, tous les deux !

Nous connaissant, je voyais trop comment la scène aurait pu se passer s'il avait osé.

Je me serais réveillée furieuse et me serais jetée sur lui pour le rouer de coups pendant qu'il aurait rigolé. Au bout d'un moment, je sais qu'il aurait fini par m'immobiliser.

Je l'aurais ensuite traité de connard. Il se serait moqué de moi. Mais après, il m'aurait à coup sûr embrassée, et je n'aurais pas pu résister.

Puis au final, ça se serait conclu par une séance de réconciliation sur l'oreiller…

La boule dans ma gorge prenait des proportions démesurées pendant que ces pensées défilaient dans ma tête. Je tentai alors de me concentrer sur le message, mais ça n'y changea que dalle.

« Je ne cède pas à la tentation juste parce que je sais que t'es fatiguée. Je veux dire vraiment fatiguée, pour une fois. Mais je t'aurai bientôt, promis. Comme je disais avant que ta bouche divine vienne me tenter, je suis fou de toi. C'est bizarre. J'ai peur de me réveiller tous les matins et de réaliser que tout ceci n'était qu'un rêve. Mais non, à chaque fois, il y a ta grosse tête sur mon torse, m'empêchant de bien respirer et tes cheveux sur ma langue… »

Je ramenai mes jambes contre ma poitrine tandis que le besoin de hurler me tenaillait de plus en plus. Le manque que je ressentais en écoutant ses mots n'aurait même pas dû être humainement tolérable.

« Je me répète toujours ensuite que je suis un putain de veinard. Et puis, je souris… Après bien sûr avoir recraché tes cheveux… que j'ai toujours trouvés magnifiques, en passant… Enfin, sauf quand tu t'es fait cette horrible frange. Je supporte pas que tu caches ton beau visage. T'imagines pas comme je suis content qu'elle repousse. Bien que te connaissant, t'es capable de la recouper juste pour me faire chier. Et comme je t'aime, je fermerai ma gueule… ou alors, je te la raserai pendant ton sommeil. Je sais pas encore… Finalement, ça me plairait si tu la refaisais. »

J'essuyai mes larmes et me mordis la lèvre.

« Je rigole tout seul comme un débile dans la chambre. Tu viens de bouger dans ton sommeil. Si belle et si à moi. Tu sais, dans des moments pareils, je ne peux m'empêcher de me voir dans un road trip à vie avec toi. Putain, Spark, qu'as-tu fait de moi ? »

Je mis la lecture sur pause et hurlai contre mon jean. Je m'en foutais d'être entendue. Je m'en foutais de tout s'il n'était plus là.

Cette souffrance était insupportable.

Et absurde.

Je l'aimais. Il m'aimait. Je le savais tout au fond de mon âme. Il avait ses défauts, mais il m'aimait.

Ses dernières paroles trois jours plus tôt refirent aussitôt surface dans mon esprit. Cependant, aussi mal qu'elles aient pu me faire, je me dépêchai de les envoyer brûler au même titre que mon ego.

Déterminée, j'attrapai le téléphone et fis ce que j'aurais dû faire depuis des jours.

Je n'allais pas m'asseoir en attendant que ça passe. Ça ne passerait pas. Michael était trop profondément ancré en moi.

Mon cœur rata un battement lorsqu'il décrocha à la quatrième sonnerie.

– Michael ?

Quelqu'un émit une longue expiration à l'autre bout du fil, comme harassé. Je m'accrochai au rebord du comptoir et me relevai tremblante et pitoyablement pleine d'espoir.

– Je t'aime, ânonnai-je. Je t'aime… Je lis les messages que t'as envoyés à mon insu et je… On peut pas laisser ça mourir. Michael. Je t'en prie, dis quelque chose.

J'attendis plus d'une minute, mais je n'eus pour réponse que le silence.

Il avait décroché. Et il n'avait toujours pas mis fin à l'appel. Il ne s'en foutait donc pas autant que ses dernières paroles pouvaient le laisser croire. Il fallait juste que je trouve les bons mots.

Je me mis à faire les cent pas dans la salle de bains en tirant sur mes cheveux.

– Écoute. Je sais que tu m'aimes. Je le sais. Et je ne te croirais pas si tu niais. Tu m'aimes et c'est la meilleure chose qui aurait pu m'arriver. Je t'ai remarqué depuis le premier jour où t'as passé la porte de l'école avec ta sœur. Tu n'avais pas de piercings à l'époque. Juste ton tatouage de rune. Je peux te citer la date exacte de chaque fois qu'il y a eu un truc de changé chez toi. T'as commencé à laisser pousser tes cheveux en Mars et je ne t'ai jamais trouvé aussi magnifique… Je dis tout ça pour que tu mesures à quel point je suis obsédée par toi. Il n'y en a jamais eu d'autres. Alors imagine ce que je ressentais à chaque fois…

Ça le fait pas ! Ça le fait pas !

Je racontais n'importe quoi ! Jamais je n'allais le convaincre de la sorte ! Furieuse contre moi-même et désespérée, je m'excitai avec des gestes de la main comme s'il était capable de me voir :

– Je ne suis pas toi, OK ? Je ne suis pas toi qui as toujours les mots parfaits. Je suis juste ta mauviette, ta vicieuse et tout ce que tu veux que je sois d'autre… Je suis juste cette fille qui t'aime plus que quiconque sur Terre ne pourrait un jour t'aimer… Cette même pauvre fille qui te supplie de ne pas la laisser tomber. S'il te plaît, Michael. On peut trouver une solution.

Un reniflement à l'autre bout du fil fit suite à mon sanglot. Mes mots l'avaient donc atteint.

Je m'accrochai au téléphone comme à une bouée en croisant mon regard de noyée dans le miroir. J'avais désormais la certitude qu'il pleurait. Pourtant, il n'en demeura pas moins silencieux.

Je fus déçue. Mais je ne me décourageai pas pour autant.

— Tu sais quoi ? Je vais venir chez toi. Je m'en fous de ce que t'as dit. Je vais voir si t'auras le courage de me repousser encore et encore.

Puis, je coupai l'appel.

Je me nettoyai le visage, pris le temps de me maquiller. J'attrapai ensuite un manteau et faussai compagnie à mes invités que j'entendais rigoler dans l'une des pièces du rez-de-chaussée.

Pour une fois depuis quatre jours, je me sentais vivante. J'avais un but. Une mission.

Je venais de sortir ma voiture du garage lorsque je remarquai Teddy sous le portique, appuyé contre la porte d'entrée, les mains dans les poches.

La culpabilité me pinça le cœur et au lieu de passer le portail, je descendis de la citadine et allai dans sa direction.

— Tu vas le voir, devina-t-il avant que je ne prononce quoi que ce soit.

J'ouvris la bouche, mais les mots ne vinrent pas.

— Tu ne peux pas comprendre, finis-je par souffler en secouant la tête.

Les émeraudes de mon ami miroitèrent tour à tour de la déception, de la pitié, puis ensuite quelque chose que je n'arrivai pas à interpréter.

Cependant, malgré tout, quelques secondes plus tard, je me retrouvais compressée contre son torse musclé.

— Tu n'as pas à te faire rejeter, dit-il d'un ton suppliant. Tu mérites plus. Tu verras, la douleur passe avec le temps. Reste !

J'avais compris que ses sentiments pour moi ne s'étaient pas éteints. Mais je n'y pouvais rien. À mes yeux, il resterait toujours mon meilleur pote. Il devait accepter mon choix, parce que je n'en démordrais pas.

D'ailleurs, je ne réussis même pas à lui rendre son étreinte.

– C'est le temps qui me fait peur, admis-je d'une voix blanche. Je préfère tenter le tout pour le tout. Ce que je ressens est horrible, Ted. S'il te plaît, comprends.

Il expira un grand coup, puis me serra plus fort avant de me relâcher, résigné :

– D'accord. Appelle au moindre problème. Tu sais que tu peux compter sur moi, Meg.

– Merci, prononçai-je avec gratitude. Tu comptes beaucoup pour moi, Teddy. Et ce sera toujours le cas.

Puis, je partis, sous son sourire contraint, récupérer celui que j'aimais.

Sans hésiter, je m'acharnai sur la sonnette en arrivant chez Michael d'où fusaient les fous rires de plusieurs personnes.

Curiosité, anticipation, stress… on additionnait tout ça après les avoir élevés au carré, et on m'obtiendrait, moi.

Deux minutes plus tard, nul ne s'était pointé. J'entrepris de frapper à la place, mais j'obtins le même résultat qu'avec la sonnette.

Je décidai alors d'extirper mon téléphone de mon jean et de rappeler Michael. J'avortai cependant mon geste, car la porte s'ouvrit enfin sur Ashton qui gueula « *enculé* » derrière elle, avant de froncer les sourcils à ma vue.

– Choub ?

– Salut, miaulai-je avec un petit geste de la main.

Elle me mettait mal à l'aise avec son regard inquisiteur.

– Que fais-tu là ?

Dans mes souvenirs, elle était beaucoup plus sympa.

Son cousin l'aurait-il informée de notre petite activité dans sa voiture ? M'en voulait-elle pour ça ?

Les joues colorées, j'évitai de croiser son regard en répondant :

– Michael n'est pas là ?

– C'est ce que je ne comprends pas, énonça-t-elle. N'était-il pas censé être avec toi ?

Je me figeai plusieurs secondes. La perplexité d'Ashton était réelle ; ce qui intensifia la mienne.

– Avec moi ? bégayai-je. Comment ça ? Pourquoi tu croyais ça ?

– Ça fait deux jours qu'il n'est pas rentré.

Chapitre 34.
Le grand frère

Point de vue de Michael

— Tu m'étonnes d'être ici, s'amusa Robyn quelque part sous l'arbre.

J'avais une vue d'ensemble sur la cour boisée, l'aire de jeu, et la bâtisse de deux étages au milieu. Par contre, mon cher frère, quelques mètres plus bas, m'était invisible à cause des puissants branchages du chêne sur lequel j'étais posé.

Et je ne fis rien pour changer ça.

Si j'avais eu envie de compagnie, je ne serais pas venu jusqu'ici, sur cette propriété déserte qui avait été à une époque chez moi. Mais ça, on dirait que cet enfoiré ne captait pas. D'ailleurs, comment diable s'était-il souvenu que j'affectionnais ce chêne ?

C'était le premier truc que j'avais escaladé de ma vie.

Si je me concentrais, je pouvais presque entendre ma mère crier et mon père rigoler en me découvrant suspendu aux branches noueuses de l'arbre. Si je me concentrais, je pouvais presque à nouveau être ce petit garçon dont le seul souci était de se faire traiter de vampire à l'école.

— Michael ! réitéra Robyn.

247

Mais c'était comme si tout s'était ligué contre moi pour m'arracher mes souvenirs les plus précieux.

— Bien, soupira mon chieur de frère devant mon indifférence. Je vais m'asseoir là et parler tout seul. Tiens, je ne me rappelais pas que l'herbe était si belle ici en hiver.

Lorsque maman s'était fait interner, on avait habité un endroit plus modeste quelque temps. Mon père avait dû vendre cette maison à cause des frais médicaux exorbitants. Mais oncle Seth l'avait rachetée avant son départ pour Seattle parce qu'elle appartenait à la famille depuis trop longtemps.

Quelqu'un était payé pour l'entretenir. Robyn, Seth et moi, on possédait une clé chacun. Cependant, la propriété demeurait constamment vide.

Je venais très peu ici, car avant, je ne pouvais supporter d'y être sans m'effondrer. Il était donc presque ironique de m'y réfugier au moment où j'avais l'impression que le ciel m'était tombé sur la tête.

— Tu te souviens de l'époque où tu me demandais ce que ça faisait de coucher avec une fille ? balança Robyn. Je devine que t'as dû coucher avec un paquet depuis. Et que tu te crois être un bonhomme pour ça.

Il pouffa comme si la suite allait être trop marrante.

— Tu n'es pas un bonhomme, Michael. T'es même pas encore un homme. La preuve, tu t'embrouilles avec une fille, tu te caches dans un arbre.

Le besoin d'envoyer chier ce salopard me démangeait de plus en plus. Cependant, je m'en abstins, car je m'étais tendu et avais crispé les paupières à l'évocation de Megan.

Elle avait donc tenu sa promesse de se rendre à la maison !

— Tu n'es jamais allé aussi bien que quand t'es rentré, enchaîna Robyn d'un ton mûr que je ne lui connaissais pas. T'étais différent...

Grognon, mais d'une autre façon… Depuis le jour où cette fille a dormi à la maison, j'avais pressenti que ce ne serait pas comme avec les autres. Je l'ai prévenue que t'allais foirer, mais elle est quand même restée avec toi. Je savais que t'allais lui pomper sa joie de vivre, et voilà, c'est ce qui est arrivé. Tout à l'heure, je l'ai vue, et je pouvais presque toucher sa peine. Pourtant, malgré tout, elle était là pour toi. Ashton m'a briefé sur la situation. Je vais être honnête, je crois pas que tu la mérites, mais t'as pas le droit de te défiler alors qu'elle est prête à tout donner. Et c'est quoi ton excuse ? Sa mère, c'est Helen ? Sérieusement Michael ?

Cet enculé ne comprenait rien ! Je savais que je la faisais souffrir et ça me tuait. Mais la retrouver n'arrangerait pas la situation… pas en ce moment. Je l'aimais. Par contre, avec toute cette amertume en moi, je ne ferais qu'empirer les choses entre nous.

Le problème, c'était moi, pas elle. Ce serait malsain de vouloir lui faire payer pour un crime qu'elle n'avait pas commis.

Le mieux c'était de rester loin d'elle. Par ailleurs, je ne me sentais pas le droit de lui imposer d'attendre que j'aille mieux. Pas alors que mon cher frère venait si brillamment de me rappeler que je ne la méritais pas.

Comme si je ne le savais pas déjà !

Dans ma tête, c'était le bordel. Vu de l'extérieur, ça devait avoir l'air si simple : régler les choses avec Megan et basta ! Mais personne n'était à ma place. C'était elle contre des souvenirs que j'avais protégés pendant des années.

C'était beaucoup plus difficile qu'il n'y paraissait ! Et de loin.

— Laisse-moi deviner ce que tu te racontes dans ta tête ! relança Robyn avec une ironie mordante. Chut, dis rien ! Alooors… Il était une fois, toi et ta famille parfaite qui viviez dans une grande maison… Ton père était toc-toc, mais il y avait ta douce mère pour lui rappeler de prendre ses médocs. Ta sœur était souvent mise à l'écart et tu le savais. Mais ça fait rien. La vie était belle à *Égoïsteland*.

Par contre ça, c'était jusqu'à ce qu'une horrible sorcière arrive et chamboule tout. Elle priva ton père de son argent. Et depuis lors, le malheur s'abattit sur ta famille…

– Va te faire foutre, Robyn !

Je l'entendis se remettre debout sous le chêne.

– Pourquoi, alors que ça devient à peine intéressant ? Tu te rends au moins compte que tu réfléchis encore comme un gamin de 10 ans ?

– Ah bon ? m'excitai-je. Ça te dérangeait pas pourtant quand je devais te récupérer ivre mort à tes foutues soirées.

À ce point-là, lui fermer sa grande gueule avec mon poing avait dépassé le stade de la tentation.

– Mouais, me nargua-t-il. Mais que dirais-tu de descendre et de me le dire en face ? Moi aussi, j'ai deux trois trucs à t'avouer en te regardant droit dans les yeux. Comme par exemple que ta version de l'histoire est complètement erronée.

– Comment va Suzan, Rob ? cinglai-je en crispant les mâchoires. Elle t'a pas appelé pour te présenter ton quinzième beau-papa du mois ? Avec tout ce qu'elle se mange, j'imagine qu'elle doit galérer toute seule à L.A. Pourquoi tu n'irais pas jouer les caissiers là-bas, au lieu de rester ici à me les casser ?

La mère de Robyn était une alcoolique et une toxicomane. Mais surtout, c'était une ancienne prostituée qui refusait de comprendre qu'elle vieillissait.

Ce sujet était très sensible chez mon demi-frère. J'en étais conscient. Mais sur le moment, je m'en branlais ferme. Je voulais juste qu'il me foute la paix avant que les choses ne déraillent entre nous.

D'ailleurs, comme je l'escomptais, ça avait eu le mérite de lui fermer le clapet. Je l'entendis s'éloigner et je me décrispai sur ma branche en fixant le vide.

Je n'aurais malheureusement pas dû crier victoire aussi vite. Robyn était loin d'en avoir fini.

Moins d'une minute plus tard, un sifflement suivi d'un choc violent faillit me faire chavirer de l'arbre.

Une pierre venait de percuter ma tempe gauche ; et en un rien de temps, une migraine des plus horribles avait envahi tout mon crâne.

Ma vision se brouilla sur les doigts tremblants, désormais couverts de sang, que j'avais portés à ma tête.

Le pire dans tout cela était que ce fils de pute avait reculé pour faire partie de mon champ de vision, un sourire sinistre sur le visage et de la buée s'échappant à travers ses lèvres fines.

— D'autres commentaires à faire sur ma mère, petit con ?

Je voulais l'étrangler. Non ! J'avais envie de lui trancher la gorge et lui arracher la langue avec mes mains.

Les poings crispés et la respiration proche de celle d'un taureau, je lui coulai un regard des plus meurtriers.

Cependant, dans un dernier élan de lucidité dû à notre lien de sang, j'eus peur de descendre de cet arbre. À mon avis, les choses risquaient de très mal se terminer… pour nous deux.

Il devait s'en douter aussi. Pourtant, ça ne le dissuada pas de lancer une deuxième pierre, que je ne réussis à esquiver qu'en me laissant tomber de ma branche.

Ce salopard était mort !

Chapitre 35.
L'autre version

Malgré mon léger vertige, je me rattrapai avec adresse à une autre branche. Et je me répétai la même chose jusqu'à atterrir sur la pelouse enneigée.

— Celui-là, c'est pour te rappeler de me respecter en tant qu'aîné ! siffla Robyn en décochant son troisième projectile.

Ce dernier me manqua d'à peine quelques millimètres.

Bouillonnant de rage, je fonçai sur lui sans lui laisser l'occasion de m'en jeter un autre.

En arrivant à sa hauteur, j'effaçai son expression sarcastique d'un violent coup de poing en plein milieu du visage, qui projeta sa tête en arrière comme un ressort.

Il tituba de deux pas, complètement désorienté. Puis ensuite, il se plia en tenant son nez, gueulant :

— Putain de bordel de meeerde !

Cependant, moins d'une seconde plus tard, avant même que j'eusse le temps de le frapper à nouveau, il me chargea brutalement à la manière d'un footballer.

J'atterris sans souplesse sur le dos avec un gémissement sourd. Puis, mon cher frère s'installa sur mes hanches, un sourire ensanglanté, mais satisfait sur les lèvres.

J'avais du mal à reprendre ma respiration suite au choc. La faute à ma tendance à oublier le passé de sportif de Robyn.

— Cette triple fracture du tibia est loin derrière moi, on dirait, s'amusa-t-il en épongeant vaguement sa narine suintante.

Son rictus macabre me sortait par tous les orifices du visage.

Malgré la douleur qui irradiait désormais dans ma tête et mon dos, je lui crachai dans les yeux. Et pendant qu'il s'essuyait en jurant, je parvins à inverser nos positions avant d'écraser mon poing trois fois de suite sur sa gueule.

— Bravo, Michael, ironisa-t-il entre deux séances de crachats de sang. T'as un crochet du droit de winner ! Quel bonhomme ! Ton papounet serait fier.

Il voulait que j'atterrisse en taule. C'était la seule explication. J'enrageais à un point pas possible. Je le cognai encore plus fort en grognant. Mais cette fois, il sembla s'énerver pour de bon.

Il réussit à me refoutre au sol et il s'installa sur moi en me pressant la gorge, tout en prenant bien soin de coincer mes bras sous ses genoux.

— Maintenant arrête de faire le con ! grinça-t-il. Tu vas m'écouter. Personne n'a rendu ton père mauvais. Ce fils de pute l'a toujours été. Que t'a-t-il dit quand j'ai arrêté de venir vous voir ?

Sa poigne sur mon cou devenait de plus en plus intense. Je n'arrivais plus à respirer, et en toute honnêteté, je commençais à paniquer.

— Réponds et je te relâche ! maugréa-t-il.

À l'époque, mon père m'avait affirmé que c'était la mère de Robyn qui l'empêchait de garder contact avec nous.

J'avais la tête qui tournait. Le sang battait furieusement à mes oreilles. Je voyais trouble. Mais mon frère se fourrait le doigt là où je pensais s'il croyait que j'allais tenter de répondre dans cet état-là.

— Putain, pourquoi t'es comme ça ? fulmina-t-il.

Il me relâcha suite à un juron supplémentaire, et il se laissa tomber sur les fesses en essuyant son nez et ses lèvres en sang.

Libéré, j'inspirai comme un naufragé en me massant le cou, étendu sur le gazon humide à l'instar d'une larve.

Je n'arrivais même plus à me relever.

— Un jour, il est passé à la maison, relata soudain Robyn d'une voix nuageuse, comme s'il s'enfonçait dans ses souvenirs. Je l'ai entendu avec ma mère discuter argent. On n'était pas au courant pour sa maladie, mais il a toujours été radin et brutal avec nous. À un moment donné, ça s'est gâté. Il a frappé maman. Je me suis interposé. Il m'a battu jusqu'à ce que je perde connaissance. Plus jamais je ne pourrai jouer au football. C'était tout ce que j'avais dans la vie. Il s'est débrouillé pour que personne ne nous croie. Et tu veux le scoop ? Ta mère était encore vivante.

— Tu le détestes, toussai-je en me tournant sur le côté pour mieux respirer. T'es capable de tout inventer. Il n'était pas comme ça quand elle était là.

— Regarde-moi dans les yeux, rugit-il. Regarde-moi et ose affirmer que je mens !

— Pourquoi tu ne l'as jamais dit sinon ? ripostai-je sur le même ton. Pourquoi tu m'as laissé te traiter de raté ?

— Parce que je savais que tu tenais à lui. T'avais déjà tout perdu. À quoi ça t'aurait servi de savoir ça ?

Je parvins enfin à me redresser et lui coulai un regard haineux.

— Parce que là, ça me sert à quelque chose ?

— Oui, si t'es pas con, envoya-t-il. Ça devrait servir à te réveiller ! Pourquoi tu veux pas accepter la vérité, bon sang ? Tourne la page, merde !

— Parce que toi tu l'as fait ? gueulai-je. Te foutre en l'air. Enchaîner meuf sur meuf. C'est ça que t'appelles tourner la page ? Je devrais suivre ton exemple par hasard ?

Je le connaissais. Il n'aurait jamais inventé tout ce qu'il m'avait raconté. Ça me fendait le cœur d'avoir été dans le faux pendant tout ce temps.

Cependant, je ne trouvais pas mon cher frère assez qualifié pour me parler de tourner la page.

Il essuya son nez humide du dos de la main.

– J'essaie de guérir comme je peux. C'est différent de toi qui fuis la vérité. Sky s'est suicidée. Ton père l'a violée. De son propre gré. Tout est de sa faute. Il a toujours eu le choix. C'est lui seul le coupable. Accepte-le et arrête de relire ce foutu chapitre encore et encore, ou alors de chercher des moyens de l'éditer !

C'était la première fois que quelqu'un d'autre énonçait ce qui s'était passé à haute voix. Et ce fut pour moi comme une violente claque.

Sa faute…

Je revoyais l'homme, la copie conforme de Robyn, qui m'avait élevé et m'avait toujours encouragé.

Sky était une première de classe. Moi, je m'en foutais des cours depuis le début. Alors que ma mère me grondait pour me pousser à imiter ma sœur, lui au contraire me chuchotait à l'oreille qu'on s'en foutait.

Il m'avait toujours donné l'impression que seul mon bonheur comptait et qu'il me soutiendrait quoi qu'il arriverait.

Et là, les mots de son fils aîné venaient de forcer la porte de ces souvenirs que j'avais si précieusement gardés… et ils les souillèrent.

Avec horreur, je réalisai que j'avais en effet vécu à *Égoïsteland*, comme Robyn l'avait pointé.

Tout ce à quoi je m'étais accroché ces dernières années me revint, mais sous un jour tout à fait différent.

Les périodes où mon père hurlait et cassait la vaisselle. Les plaisanteries méchantes à l'encontre de Sky. Les regards étranges qu'ils s'échangeaient et que je faisais semblant de ne pas remarquer…

Le filtre que j'avais sur mes yeux s'était évaporé, et la réalité m'apparut comme elle l'avait toujours été : cruelle et sale.

— Putain, tu m'as vraiment pété la gueule, entendis-je pester Robyn.

Sa voix me semblait si lointaine alors qu'il se trouvait à moins d'un mètre. J'étais figé, la mine épouvantée. Mon cerveau luttait encore pour refuser l'information. En vain.

— J'ai un rendez-vous ce soir avec la plus belle fille de la Terre, embraya mon frère. Qu'est-ce qu'elle va penser de moi en me voyant avec cette gueule-là ? T'as une cigarette ?

— Va te faire foutre !

Je cillai plusieurs fois pour me reprendre. Puis, je me relevai pour m'éloigner le plus possible de lui… Une autre tentative désespérée de ma part pour rejeter l'horrible vérité.

— Tu te fous de moi là ? explosa Rob. Je suis le plus âgé. Tu viens de salement m'amocher. Je suis cool. Toi, tu boudes ? Tu penses pas que le monde irait mieux si tu faisais moins la gueule ? Passe la clope, merde !

Je l'ignorai et quittai la cour d'un pas chancelant. J'avais mal au crâne. Ma blessure à la tempe saignait encore. J'étais à deux doigts de m'écrouler.

— Tu pourras pas conduire, entendis-je brailler l'autre tête de con. Je ne suis pas venu en voiture. Attends-moi !

Il pouvait crever.

Ça me gonflait qu'il prenne tout aussi bien. Et je ne parlais pas que de la scène de tout à l'heure.

Il ne m'avait jamais expliqué la raison pour laquelle il avait arrêté le football. Mais désormais que je le savais, je lui en voulais à mort. Comment faisait-il pour être cool à ce point ?

Moi, j'avais l'impression d'être une belle merde. Peu importait le nombre d'efforts que j'empilais pour aller mieux, une simple brise, et tout s'effondrait.

En arrivant dans la voiture, je pris l'un des tee-shirts dans le sac que j'avais ramené et tamponnai le sang sur mon visage.

Un coup d'œil dans le rétroviseur intérieur me confirma que ce fils de pute m'avait quand même infligé une entaille assez moche. Je doutais qu'elle nécessite des points de suture, mais j'avais envie de retourner dans la cour pour terminer ce que j'avais commencé avec le nez de ce bâtard.

Ivre de rage, je décidai cependant de démarrer. Par contre, je ne parvins à tenir que quelques maigres kilomètres.

Suffocant, au bord de la crise, je pilai au beau milieu de la route. Puis ensuite, suite aux coups de klaxon furieux des autres conducteurs, je décidai de me ranger sur le bas-côté, car il m'était impossible de continuer avec mes yeux embués.

Me fichant de la douleur sur mon front, je cognai ma tête contre le volant et je craquai.

Rien n'allait. Je laissai libre cours à mes larmes. J'avais mal. Je sanglotais à m'en fendre l'âme. J'avais vraiment mal. J'étouffais. L'appel de ma lame devenait de plus en plus pressant malgré ma promesse…

Je m'étais toujours répété que je recouvrirais toutes ces merdes sur mes bras avec la raison qui me pousserait à arrêter de les faire. Et j'avais eu l'impression de l'avoir trouvée.

Spark. Mon évasion. Ma source d'inspiration.

Je l'aimais tellement ! Cependant, je commençais à avoir des doutes. Et si malgré tout, ça ne suffisait pas ? Et si je n'arrivais jamais à guérir ?

Quelques minutes plus tard, je finis cependant par me calmer. J'essuyai ensuite mon visage du dos de la main et lui téléphonai.

Toutefois, je raccrochai avant même que ça sonne.

Je n'étais pas prêt. Elle n'avait pas à m'endurer comme ça.

D'une part, j'avais besoin d'elle. Je savais que tout serait plus simple à ses côtés. Mais de l'autre, je me sentais coupable de l'avoir blessée alors qu'elle n'avait rien fait d'autre que m'aimer.

Et si je recommençais ? Et si au final elle était mieux sans moi et mes problèmes ?

Je fermai les paupières en pressant ma tête douloureuse sans faire gaffe à ma blessure qui bien sûr, se remit à saigner.

Je maudis toute la descendance à venir de Robyn en me tamponnant à nouveau avec le tee-shirt.

J'étais complètement paumé. J'aurais tout donné pour être un gamin à nouveau. Je n'avais plus de famille ; plus de souvenirs auxquels me raccrocher. C'était comme si on n'arrêtait pas de m'arracher des morceaux de mon âme et c'était juste horrible.

Pourquoi avais-je eu droit à cette vie-là ? Qui avait dit que j'étais prêt à être livré à moi-même ? Qui avait décidé que j'étais assez costaud pour cette existence à la con ?

— Qui ? soufflai-je, découragé, en me laissant aller contre l'appui-tête.

Mais comme d'habitude, je n'obtins pas de réponses.

Au contraire, à la fin de la journée, après le drame, je ne terminai qu'avec une question supplémentaire. Déchirante. Accablante. Mais on ne pouvait pas dire qu'on m'avait laissé le choix. On ne pouvait pas nier que le destin m'avait poussé à bout avec ce nouveau fardeau…

Au final, pourquoi vivre ?

Chapitre 36.
Grandir

La forêt avait perdu de sa fraîcheur. Il ne faisait plus aucun doute ; l'été était là. Pourtant, il y avait à peine un mois, on pouvait encore courir sans avoir l'impression de se déshydrater toutes les deux secondes.

Ça semblait si loin désormais.

Nos bras et nos cous étaient luisants de sueur dans nos débardeurs qui accompagnaient nos pantalons d'airsoft.

Ashton sangla son sac à dos. Je terminai ma bouteille d'eau. Puis, on entreprit de quitter l'aire de jeu.

On n'avait pas grand-chose à transporter puisqu'on ne s'était servi que de quelques armes de poing.

Je m'amusais à faire tournoyer ma réplique entre mes doigts. On cheminait en silence à travers les arbres, jusqu'à ce que ma compagne marche sur une brindille et se tourne vers moi, pensive.

— Tu l'as enfin dit à ta mère ?

— Non, soupirai-je en évitant son regard.

Elle m'exhortait à sauter le pas depuis un moment. Mais je n'avais toujours pas trouvé le courage.

— Et à tes amis ?

— Stacy croit encore que je les suivrai à New York. Teddy essaie de me convaincre de rester ici avec lui.

Je n'avais jamais eu comme rêve d'aller à la fac. À la base, j'avais postulé parce que c'était ce que tout le monde faisait. Et puis, manque de bol, mon dossier avait été accepté à l'Université d'État de Portland comme Teddy, mais aussi à celle de New York avec Everly.

Stacy, elle irait étudier la mode à la FIT, et avait suggéré qu'on prenne un appart toutes les trois dans la ville qui ne dormait jamais.

Je ne savais toujours pas comment leur annoncer que tous leurs beaux projets, ce serait sans moi.

Ma mère se doutait que quelque chose clochait puisque je me défilais à chaque fois qu'on abordait le sujet. Elle n'avait juste pas encore réussi à me coincer.

Dans l'ensemble, je savais que personne ne jugerait longtemps mon choix. Mais je n'arrivais quand même pas à le confier.

Ce n'était pas comme si j'arrivais à confier grand-chose après tout !

Je parlais très peu. Plus d'une personne m'avait pointé l'analogie avec Michael.

Stacy avait même fait une blague, comme quoi elle n'aurait jamais deviné que le mutisme était sexuellement transmissible.

Tris et Lana avaient rigolé. J'avais soufflé du nez. La discussion avait repris son cours. Et j'avais continué de faire semblant ; continué de prétendre que tout revenait petit à petit à la normale.

Quelque chose en moi s'était brisé à jamais. J'avais changé. Et la nouvelle Megan préférait la compagnie d'Ashton. Everly n'avait pas cessé de s'épanouir depuis que sa mère avait fait la connaissance de Stacy. Désormais, elles déjeunaient ensemble toutes les deux semaines. C'était à l'insu de monsieur Jean. Mais ça semblait suffire amplement à Ev que sa mère la soutienne pour une fois dans sa vie.

J'étais contente pour elle. Mais je n'y pouvais rien. Le bonheur de son couple me fichait la migraine.

C'était pareil pour Teddy qui s'envoyait au moins une fille par semaine.

Quasiment rien n'avait changé de leur côté. Moi, j'essayais encore de me débarrasser des décombres de mon monde dévasté. C'était triste à dire, mais je ne me sentais plus à ma place parmi eux.

Ce n'était pas de leur faute.

Les deux premiers mois, ils m'avaient témoigné un soutien incommensurable. Ils avaient supporté mes crises de larmes, de nerfs ; mes sautes d'humeur, tout… Everly m'avait fait la lecture de tous les livres de Michael encore et encore, même si elle les trouvait trop moroses. Teddy s'était transformé en mon babysitter attitré. Mais plus le temps passait, plus j'avais senti leur patience s'amenuiser.

Ils étaient adorables. Même Stacy évitait au max ses commentaires sans tact… Ils avaient fait de leur mieux. Mais ils étaient humains après tout, avec leur vie à côté.

Ils ne le diraient jamais, mais je savais qu'ils en avaient eu marre.

En comprenant cela, j'avais commencé à mentir. J'avais fait semblant d'aller mieux ; devenant ainsi une professionnelle dans l'art de porter des masques. La plupart du temps, j'arborais celui de l'impassibilité. Mais de toute évidence, il les dérangeait moins que celui de la mélancolie.

À force de contenir toute cette amertume et cette colère à longueur de journée, je me serais probablement déjà effondrée si Ashton ne m'avait pas une fois invitée à jouer avec elle.

Depuis, je ne la lâchais plus.

Elle était non seulement facile à vivre ; et en plus, elle n'était pas en couple. C'était un peu malsain de ma part, mais ça ne me déplaisait pas qu'elle se fût fait larguer par son sexfriend.

Ce dernier s'était engagé dans une relation sérieuse avec une autre fille. Ashton le vivait assez mal parce qu'elle s'était rendu compte qu'elle l'aimait.

Et vu que le sexfriend en question était Donavan, le meilleur ami de Cal et Robyn, pour l'éviter, elle ne traînait plus trop avec ses anciens potes. Pour mon plus grand bonheur.

— Tu devrais leur dire, opina-t-elle d'un air sage pour la énième fois. Il reste combien de jours ?

— Deux semaines.

— La vache ! C'est proche. Tu vas vraiment me laisser toute seule avec Cal et Ninon ? Tout est différent depuis… Robyn, tu sais.

On observait tous cette petite pause à l'évocation de Robyn désormais. La blessure était encore trop récente pour être considérée comme normale.

— Mais bon, pars ! enchaîna Ashton de façon dramatique. Pars avec ma solitude sur ta conscience !

Je lui tirai la langue. Elle allait tellement me manquer !

— Ça va, soufflai-je. Je t'ai promis qu'on garderait contact.

On venait de quitter la forêt et approchait l'aire des bungalows. Ma gothique préférée me fit face pour évoluer en marche arrière.

— Arrête, Chubbygan ! Je ne suis pas en sucre. Déjà, vous avez le droit de passer des appels là-bas ? Tu vas pas m'appeler. Tu ne vas appeler personne. Pas parce que tu ne penseras pas à nous. Mais c'est comme ça. Tu n'appelleras pas… en tout cas, pas pendant un bon bout de temps.

Voilà pourquoi je traînais avec elle désormais. Alors que tout le monde attendait le retour de leur Megan enjouée ; elle était la seule à accepter que j'eusse changé et qui s'en était accommodé. J'aimais trop cette fille !

— Tu peux toujours venir avec moi, suggérai-je, même si je connaissais déjà sa position à ce propos.

Elle fit la moue sans interrompre sa progression en marche arrière.

— Nan ! Tu sais, moi, l'airsoft me comble. J'ai pas envie que ce soit plus sérieux. Il n'y a plus qu'à attendre que la chaîne *YouTube* décolle, et tout sera top. T'en fais pas pour moi ! Je sais que ce n'est pas digne de mes 20 ans qui approchent à grands pas, mais je veux juste jouer et rigoler.

— Et qui peut t'en blâmer ?

Je respectais sa décision. On devait tous choisir notre voie, et ceci qu'elle paraisse sensée ou non.

Ma proposition était pour la forme. Je savais déjà ce qu'elle allait répondre. Tout comme je devinai à son changement d'expression, le sujet de sa phrase avant même qu'elle ne la formule :

— Si Michael…

— Je ne veux pas en parler, tranchai-je.

— Et s'il…

Agacée, j'arrêtai de faire tournoyer ma réplique et mine de rien, je lui tirai une bille dans la jambe.

Elle gueula en atterrissant sur les fesses et je me sentis un peu coupable, car je savais que sa grimace de douleur n'était pas feinte.

Mais c'était un peu de sa faute aussi ! Elle devrait arrêter de trafiquer la puissance de ces armes si elle ne voulait pas que ça fasse autant mal.

— Désolée, mentis-je éhontément. C'était un accident.

Ashton, pas dupe, me coula un regard assassin. Et pour être honnête, avec ses yeux cerclés de noir, c'était assez déstabilisant.

Je me grattai la tête et pinçai les lèvres.

— Finalement, c'est mieux que tu t'en ailles, pesta-t-elle en frottant son tibia. T'es une bombe à retardement. Tu peux à tout moment commettre un meurtre.

— Désolée, l'implorai-je. S'il te plaît, oublie !

Là, je me sentais vraiment mal. Le pire, c'était qu'il ne s'agissait même pas de mon premier « accident ». Ça m'arrivait avec tout le monde ces derniers mois.

En même temps, je n'y pouvais rien ! J'essayais, mais j'avais toute cette rage en moi qui profitait de la moindre occasion pour fuiter. J'étais désespérée.

— T'as de la chance que j'aie plus de munitions, grommela ma compagne en tentant de se remettre debout.

Je lui tendis la main pour l'aider. Elle hésita. Mais elle finit par accepter, à mon grand soulagement.

J'aurais dû flairer l'arnaque. Elle pardonnait assez vite, mais n'aimait rien laisser impuni.

Elle me fit perdre l'équilibre en tirant sur ma main et une seconde plus tard, je me mangeais le sol à côté d'une Ashton hilare.

— Désolée. C'était un accident, envoya-t-elle.

Je la gratifiai d'un doigt d'honneur en me retournant sur le dos avec un soupir de douleur. Elle rigola et me tira la langue à son tour. La connasse !

Je m'étais écorché les coudes, mais malgré tout, je souhaitai que mes relations avec les autres fussent aussi faciles.

Si seulement ils arrêtaient tous de tantôt me prendre en pitié et tantôt agir comme si rien n'avait changé !

Je ne redeviendrai plus jamais la même. Et ça, ils avaient du mal à le saisir.

Le lendemain, à la fin des cours, je me cachai dans les toilettes pour ne pas avoir à les accompagner au restau.

C'était notre dernière semaine au lycée et ils passaient pratiquement tout leur temps ensemble. Je les trouvais mignons. En tout cas, on ne pouvait pas du tout accuser leur petit groupe de ne pas être soudé.

Oui. Leur groupe. À Stacy, Lana, Tris, Everly et Teddy. Pas à moi. Je ne me sentais plus à ma place nulle part désormais.

C'était fou comme certaines choses changeaient en cinq mois.

Je quittai les toilettes après un dernier message de mon rouquin préféré. Ils étaient partis sans moi et m'attendraient au restau.

Ils risquaient d'attendre longtemps, les pauvres.

Comme je n'avais pas de programme particulier, je décidai de me balader dans les couloirs où j'avais créé tant de souvenirs.

Je laissai mes doigts courir sur les murs et les casiers, nostalgique de la moi qui circulait toujours en sautillant, dans ce même bâtiment.

Qu'est-ce que ça me paraissait loin désormais !

Je continuai de marcher, en faisant un adieu silencieux au lycée, avec une profonde tristesse.

Même si je n'étais pas fan de certains cours, j'avais toujours kiffé venir à l'école. Et voilà que dans une semaine tout ça serait terminé.

J'arrivai à un dernier couloir et soupirai en balayant les murs d'un regard maussade.

– C'est pas comme si j'allais vous manquer.

Je m'adressais à du béton.

D'autres filles naïves viendraient vite me remplacer. Et comme moi, elles craqueraient sur des mecs qui finiraient par leur briser le cœur.

Malheureusement, elles devraient vivre avec. Elles devraient grandir et accepter que la vraie vie n'était pas comme les fictions. Et ce, qu'elles le veuillent ou non.

Je ravalai la boule d'amertume dans ma gorge et tapotai le mur froid.

– Vous ne risquez pas de manquer de distractions.

Il était temps pour moi de partir.

Et c'était ce que j'étais sur le point de faire, jusqu'à ce que je fusse obligée de me figer devant les vestiaires des garçons.

Quelqu'un avait mentionné mon nom.

Chapitre 37.
Le cavalier

Je me collai à la porte en fronçant les sourcils.

— ...oui, derrière Megan en Maths. Cette petite chienne est une bombe ! Elle veut rester vierge pour une connerie de religion ou je sais plus. Par contre avec son cul et sa bouche, elle n'a aucune limite. On l'a baisée tous les trois. Demande à Stefen. Cette salope a adoré.

Je reconnaissais cette voix. Et des propos aussi dégueulasses étaient bien la marque de fabrique de son propriétaire.

Adam !

Moi qui pensais qu'il aurait plus ou moins changé après l'épisode d'Anna ! Ce type était désespérant.

J'avais deviné de quelle fille il parlait, et honnêtement, j'étais déçue que cette dernière fût tombée aussi bas. Comme quoi, il y avait encore des idiots pour croire que ce connard d'Adam savait tenir sa langue.

Je m'apprêtais à repartir, dégoûtée, lorsqu'un autre joueur balança après leur fou rire collectif :

— En passant, tu la trouves pas super bizarre, Megan ?

— Oui, plussoya Adam. Même si elle est une chieuse. Avant je fantasmais sur elle à mort. Elle était vivante et tout. Là, on dirait un zombi.

Je ne prenais plus aucun plaisir à me maquiller. Et Stacy s'était découragée de vouloir me teindre les cheveux ou de me faire porter autre chose qu'une queue-de-cheval.

J'avais presque la même gueule tous les jours. Et j'avais bien remarqué que mon changement n'avait pas échappé à mes camarades. Mais surtout, j'avais remarqué que je n'en avais rien à foutre.

Le commentaire d'Adam ne me fit donc ni chaud ni froid. Par ailleurs, j'étais curieuse de savoir quel prochain tour prendrait la conversation.

Je fis semblant de refaire mes lacets devant le regard inquisiteur d'un prof, qui devait se demander ce qu'une fille faisait appuyée contre la porte du vestiaire des garçons.

Par chance, son attention fut vite accaparée par autre chose, et je pus retourner à mon espionnage.

— Je me suis toujours demandé ce que ça ferait d'embrasser Megan. Mais là, je crois que c'est mort. Il y a une rumeur comme quoi son comportement a rapport avec Cast, énonça Stefen de son ton railleur caractéristique.

Sa voix aussi me fut facilement reconnaissable. Pour cause, je n'arrêtais pas de croiser sa blondeur et son sourire en coin partout ces derniers temps.

Jusque-là, je n'avais eu aucune idée de ce qu'il voulait puisque je ne lui avais jamais laissé l'occasion d'en placer une. Et j'avais eu raison.

— Au fait, il est passé où, Cast ? souleva quelqu'un d'autre.

— Personne ne sait, répliqua Stefen.

Oui, c'était ça. Personne ne savait. Il s'était évaporé comme ça. Pouf !

Et j'avais arrêté de m'inquiéter pour lui parce que j'avais eu la preuve qu'il ne lui était rien arrivé. Les fantômes ne pouvaient pas passer d'appel.

Le lendemain de mon anniversaire de 18 ans, j'étais avec Ashton lorsqu'il avait téléphoné. Il lui avait téléphoné, à elle, et pas à moi.

Cela faisait trois mois qu'on attendait désespérément un signe de sa part. Le choc avait donc figé Ashton en reconnaissant sa voix. Et malgré ses efforts, elle n'avait pas réussi à me cacher qu'il s'agissait de lui.

Je n'avais pas attendu la fin de la conversation pour m'enfuir en pleurant. Et ce fut à partir de ce jour-là que mon désespoir avait commencé à se muer en rage.

Robyn s'était pris une balle dans la tête cinq mois plus tôt dans une supérette, alors qu'il voulait juste s'acheter des cigarettes.

Un braquage qui avait mal tourné. Une autre personne innocente au mauvais endroit au mauvais moment. Un sale coup supplémentaire de la vie au cas où on aurait tendance à oublier qu'elle était injuste.

Ça nous avait tous dévastés.

Je n'avais pas revu Michael depuis notre dispute devant chez moi. J'étais allée à l'enterrement de son frère, mais lui n'y était pas. Je n'oserais même pas prétendre que j'avais une idée de ce qu'il devait ressentir.

Ashton était la dernière à l'avoir croisé et elle avait vraiment eu peur pour lui.

Il n'avait pas cessé de répéter que tout était de sa faute. Apparemment, il croyait que s'il avait donné une cigarette à Robyn, ce dernier ne se serait jamais retrouvé dans cette supérette.

Il semblait au bord du suicide, alors Ashton avait appelé son oncle. Elle m'avait aussi appelée. Mais à notre arrivée, Michael était déjà parti.

On avait essayé de le retrouver, sans succès. Et le fait qu'il eût laissé sa voiture ne nous avait pas du tout facilité la tâche.

On s'était rendu à tous les endroits où il serait susceptible d'aller.

J'avais passé des heures à attendre, désespérée, toute seule à la chute, au Mont Tabor Park et même à Crater Lake.

Helen ne m'avait pas autorisée à chercher plus loin. Mais j'avais fait tout ce qui était en mon pouvoir.

Pendant une semaine, je lui avais téléphoné au moins cinq cent fois par jour. Au bout d'un moment, il avait fini par désactiver son téléphone.

J'avais fini par joindre son éditrice dont j'avais appris le nom via le portable de Michael au cours de notre road trip. Il m'avait fallu deux jours pour la convaincre de me communiquer la moindre information sur lui. Et quelle information ? Un dernier mail de notre fugitif qui stipulait qu'il abandonnait tout.

La jeune femme avait eu l'air aussi inquiète que nous. Michael venait à peine de décrocher son contrat de traduction.

Le mail avait été envoyé le lendemain du drame. Le jour où il avait disparu.

Son adresse IP avait indiqué qu'il était encore à Portland à ce moment-là. C'était la dernière piste qu'on avait eue sur lui jusqu'à ce maudit appel.

J'avais pleuré jusqu'à n'en plus pouvoir. D'impuissance. De détresse. De dépit. Et puis de rage…

J'avais vécu un enfer à me demander chaque minute ce qu'il était advenu de lui.

De temps en temps, je me consolais à l'idée qu'il lui fallait du temps pour faire son deuil. Je me devais d'être patiente. Il avait tout perdu après tout. Je n'avais pas le droit d'être égoïste.

J'avais lutté tous les jours pour ne pas penser au pire. J'étais devenue un zombi comme l'avait si bien souligné Adam. Pas une seconde, je n'avais arrêté de penser à lui.

Et puis, trois mois plus tard il allait assez bien pour téléphoner à quelqu'un d'autre, mais pas à moi.

Ça m'avait démolie.

Le pire était que malgré ma colère, j'avais quand même attendu deux semaines supplémentaires que mon téléphone sonne. J'y croyais fort.

Malgré tout, cette fois, je m'étais interdit de l'appeler. Je méritais qu'il pense à moi. Je méritais ce premier pas.

Mais son nom n'était jamais apparu sur mon écran. Et ce fut à ce moment-là que j'avais décidé de laisser tomber.

J'avais interdit à Ashton et à quiconque de parler de lui, quitte à perdre mon amitié. Je n'avais pas envie de savoir ce qu'il disait dans ses appels. Je ne voulais plus entendre parler de lui.

Je ne vivais désormais que pour moi.

Deux mois de plus, je me répétais encore la même chose, mais il y avait encore cette lueur d'espoir en moi. Au fond, je m'accrochais encore à l'idée qu'il revienne ; qu'il s'excuse et qu'on sauve notre relation.

Pourtant, il était évident qu'il avait fait son choix, non ? Il ne voulait plus de moi. Alors je devais arrêter de vouloir de lui aussi. Il fallait que ma foi en notre relation meure.

Et je venais d'avoir une idée de comment y arriver.

— Moi je vous parie qu'après une bonne partie de jambes en l'air, Megan retrouvera sa joie de vivre, ricana Adam. J'arrive pas à croire que Teddy ne l'a jamais baisée. Putain, maintenant que t'en as parlé, j'ai son petit cul en tête. Je m'imagine trop le démonter pour ensuite gicler sur son petit visage tout mignon. Après ça, c'est sûr qu'elle retrouvera le sourire.

Les autres rigolèrent et je ravalai la bile dans ma gorge.

Adam avait toujours été une grosse merde. Je l'avais méprisé depuis le premier jour où j'avais croisé son chemin. Et à cet instant précis, j'en voulais à Michael de lui avoir uniquement explosé l'arcade sourcilière l'année dernière. Il méritait tellement plus.

Michael le haïssait. Jamais il ne me pardonnerait ce que je prévoyais de faire. Jamais non plus je ne me le pardonnerais, mais c'était la seule façon d'arrêter de me faire souffrir avec mes expectations.

Michael ne méritait pas que j'endure cet enfer. À mes yeux, il ne le méritait plus.

Qu'il finisse par revenir ou non, ça ne devrait plus avoir d'importance. J'étais trop loyale pour m'accrocher encore à notre histoire si j'allais jusqu'au bout de mon plan.

Et justement, j'avais l'intention d'aller au bout de mon plan.

Je m'éloignai des vestiaires et me dirigeai d'un pas décidé vers le parking.

Je vais nous dégoûter tous les deux, Michael. Et à cause de toi, je n'ai presque aucun remords.

Adam arriva un quart d'heure plus tard, encadré de Stefen et de deux autres joueurs de l'équipe qui m'étaient vaguement familiers.

Ils échangèrent des regards perplexes entre eux en me découvrant assise sur le capot du petit bijou d'Adam.

Le principal concerné s'avança un peu trop près de moi à mon goût. Puis, il m'adressa un sourire mielleux que les autres filles devaient trouver charmant.

— Je peux te déposer quelque part, beauté ?

274

J'avais une telle envie de le gifler et de lui enlever son air confiant. Mais à la place, je me composai une expression aguicheuse digne d'un Oscar.

Les autres ne rataient pas une miette de la scène.

Suite à mon battement de cils à la Stacy, les yeux du capitaine de l'équipe de basket brillèrent et il passa une main fébrile dans ses cheveux ras décolorés avant de la poser sur ma cuisse.

— T'aurais besoin d'un… service particulier, Megan ?

Je ravalai ma bile et fus fière que ma voix ne trahisse pas mon dégoût en prononçant d'un air désinvolte :

— Peut-être.

Je poussai sa main de mon jean et glissai du capot.

— On verra peut-être ça après le bal.

Je tournai les talons et comme je l'avais escompté ses copains l'encouragèrent en chuchotant quelque chose en rapport avec de la chance.

Adam s'empressa de me rattraper d'un air aussi méfiant qu'excité.

— Je ne comprends pas… Tu ? Tu veux…

Je ne m'arrêtai ni ne le regardai pour balancer avec condescendance :

— Tu es mon cavalier pour le bal de promo, Adam.

Chapitre 38.
Le plan

*J*e *hais ce bal !*

Pas parce qu'il n'était pas bien. Non. Les premières avaient fait du beau boulot : la déco sur le thème d'Hollywood ; le menu ; la musique… tout était parfait.

Mon problème était autre chose.

Les sourires. Les regards rêveurs. L'innocence. Le bonheur. Les vrais couples… Voilà ce qui me donnait envie de gerber.

Enfin, pas autant que les mains baladeuses d'Adam sur toutes les parties de mon corps dévoilées par mon dos nu. Mais ce n'était pas loin.

Je regrettais presque d'avoir pris le temps de me rendre présentable. Peut-être que ça l'aurait quelque peu refroidi si je m'étais ramenée n'importe comment.

Quoique j'aurais par la même occasion manqué la satisfaction de trouver mon reflet joli, pour la première fois depuis longtemps.

Le noir flattait mon teint. De plus, cette fente sur côté de la robe me faisait des jambes de déesse. Mon corps affirmait de plus en plus une plastique d'adulte, pour mon plus grand bonheur.

Je m'étais même souri ce soir-là devant le miroir avant de descendre rejoindre mon cavalier, qui lui-même était très beau – je devais bien l'admettre – avec ses cheveux ras teints en blond polaire.

Ma mère m'avait soufflé un encouragement à l'oreille en me croisant dans l'escalier. Elle avait fait la conversation à Adam le temps que je termine de me préparer et elle l'avait trouvé charmant.

Pauvre Helen ! Elle voulait tellement que je tourne la page.

D'ailleurs, j'étais sûre que son oubli de m'indiquer l'heure limite n'en était pas vraiment un. Adam lui avait juste tapé dans l'œil, et à mon avis, elle nous imaginait déjà sortir ensemble.

Repauvre Helen !

Son comportement n'avait rien d'étonnant. Même sans le costume à la James Bond de mon connard de cavalier, celui-ci avait le genre d'apparence qui inspirait confiance au premier abord.

Sur moi, par contre, le charme n'opérait pas. Pour cause, je savais quelle ordure sévissait sous son visage et son corps d'égérie de *Calvin Klein*. Donc les expectations de ma mère sur une quelconque relation avec lui étaient déjà mortes avant même de prendre vie.

J'aurais d'ailleurs cédé volontiers mon cher compagnon à toutes ces filles qui n'avaient pas arrêté de me toiser avec envie. Dommage pour elles, j'avais besoin de lui. C'était la seule raison pour laquelle je m'étais tue et contentée de faire la belle toute la soirée.

Jamais de ma vie, je n'aurais imaginé posséder un tel sang-froid.

Adam était l'égocentrisme fait chair et le pire cavalier sur Terre. J'étais même prête à payer pour ne pas recevoir les clichés de nous pris au photobooth. Histoire de tout oublier plus vite.

À croire que j'étais son putain de trophée. Il ne m'avait pas lâchée une seule seconde depuis notre arrivée. Et il devenait encore plus collant dès qu'on était au centre de l'attention.

J'avais arrêté de compter le nombre de fois où je m'étais retenue de lui mettre un punch, tandis qu'il se permettait de jouer pour la énième fois, avec les mèches libres de mon chignon décoiffé.

Je méritais presque une médaille pour autant de self-control.

Teddy et Everly quant à eux avaient essayé à maintes reprises de me coincer, mais jusque-là, j'avais réussi à leur échapper.

La confusion se lisait à des kilomètres sur leur visage. Entre l'annonce de mon départ qui les avait laissés sur le cul la veille, et cette soudaine apparition au bras d'Adam, les pauvres étaient largués.

Par ailleurs, comme m'en foutre royalement faisait partie de mes nouveaux talents, je me sentis à peine coupable de les laisser dans le flou.

Au beau milieu d'une danse des plus ennuyeuses, quelqu'un parvint enfin à m'arracher à mon cavalier.

Ça m'étonna à peine que ce fût notre reine du bal dans sa longue robe aussi moulante que scintillante.

Elle me traîna à l'écart du gymnase, dans un couloir où la musique était moins forte. Ensuite, elle annonça d'emblée, la mine déterminée après m'avoir coincée contre un casier :

– Je ne vais pas te laisser faire ça.

Elle me fatiguait déjà.

– Quoi ? soupirai-je.

– Te fous pas de moi ! Tu vois très bien de quoi je parle… Adam, le roi des salopards et toi ? Tu ne traînes pas avec lui par hasard. Ne fais pas ce que tu t'apprêtes à faire, Jennifer ! Ça ne va te servir à rien.

A force de conseiller tous ces gamins, elle avait dû finir par se convaincre qu'elle était vraiment la psy de service.

Le pire, c'était qu'elle prenait son rôle très à cœur, comme en témoignait le pli au milieu de son front serti d'un diadème. J'aurais presque pu en rire si je n'étais pas un zombi.

279

— T'as couché avec lui, je te rappelle, envoyai-je.

— Justement ! s'écria-t-elle à grand renfort de gestes. Et je le regrette encore. Il s'est empressé d'aller le raconter à tout le monde. Et tu sais le pire ? J'ai même pas eu d'orgasmes, s'outra-t-elle une main sur le cœur.

— Laisse-moi passer ! m'agaçai-je.

Elle n'en fit rien. Au contraire, elle se rapprocha encore plus et sonda mon visage d'un œil inquiet.

— C'est plus grave que je ne le croyais. Il a eu tort de ne pas te l'avouer. Je suis vraiment…

— Queen Stacy ! survint Adam en avançant dans notre direction avec un grand sourire. Alors, t'es enfin partante ?

En arrivant à notre hauteur, le capitaine de l'équipe de basket posa un bras sur l'épaule de la reine. Cependant, celle-ci s'empressa de le rabrouer, les yeux mitrailleurs.

Sans se démonter, Adam clarifia avec un rictus lubrique :

— Pour le plan à trois. T'es enfin partante. Non ? T'es bi maintenant. Tu t'éclipses avec ma cavalière. Que veux-tu que je comprenne ?

Suite au regard dégoulinant de venin et de dégoût de Stacy, j'étais prête à parier qu'une personne plus faible aurait fondu en larmes, avant de se prosterner devant Sa Majesté pour implorer son pardon.

Mais Adam était Adam. Nullement atteint, ce dernier décocha un clin d'œil à sa cible, qui fit encore plus rager celle-ci.

— Je me demande souvent pourquoi j'ai pas mâché ta bite quand j'en ai eu l'occasion, grinça-t-elle. J'aurais rendu service à tellement d'êtres humains !

— Peut-être parce que t'étais trop occupée à prendre ton pied dessus, rétorqua le capitaine avec une arrogance saupoudrée de sarcasme.

— Pauvre chou ! le conspua Stacy. Dire qu'après tout ce temps, tu sais toujours pas reconnaître quand une fille simule.

— Bon ça va, dis-je, excédée, en me plaçant entre eux. Adam, on s'en va !

Je n'avais plus aucune envie de rester. Par chance, mon cavalier ne protesta pas et me prit la main, prêt à me suivre.

Je devinais que ça ne le dérangeait pas de partir parce que son ego avait pris un coup de ne pas avoir été élu roi cette année.

— Jennifer ! objecta encore Stacy. Fais pas ça.

— Désolée, mais je crois avoir atteint l'âge de prendre toute seule mes décisions, lui jetai-je d'un ton cassant.

Mon cavalier lui adressa ensuite un rictus triomphant que je feignis ne pas remarquer.

La reine abandonna. Mais son regard dépeignit autant de dépit que de chagrin. J'aurais presque pu m'en attendrir et l'écouter.

Presque.

— Il ne pensait pas à mal, l'entendis-je quand même brailler par-dessus mon épaule. Je sais que tu finiras par le savoir. Je suis vraiment désolée.

Je ne comprenais que dalle. Et mon talent de je-m'en-foutiste opéra à nouveau, car le temps d'arriver à la voiture d'Adam, j'avais arrêté de me questionner sur le sens de ses paroles.

Mon cavalier posa une main sur ma cuisse nue lorsqu'on se fut installé.

— On va où ? demandai-je en réprimant un frisson de déplaisir.

— C'est une surprise, sourit-il, confiant. Tu vas adorer.

J'en doutais fort. Mais comme je n'arrivai pas à lui rendre son sourire, je lâchai un « *cool* » censé être enjoué.

Je voulais en finir avec cette histoire au plus vite.

Le trajet se déroula en silence. Adam ne cessait de me dévorer du regard, mais je faisais semblant de ne rien voir.

Je me tournai cependant vers lui lorsqu'il s'arrêta sur une route déserte.

– Tu peux conduire jusqu'à la fameuse destination, soupirai-je. Je ne vais pas me défiler.

J'avais eu tout le temps de le faire, mais j'étais restée ferme sur ma décision. Il le fallait.

Le capitaine caressa ma joue et se rapprocha de ma bouche.

– J'ai toujours trouvé tes lè…

– Je m'en fous, Adam ! m'emportai-je.

Interloqué, il recula et me dévisagea d'un œil circonspect.

Je n'avais pas envie de palabrer avec lui. J'avais eu ma dose de conversations inutiles au bal. Je voulais juste qu'il couche avec moi.

Je sais que Michael ne me pardonnerait jamais de tomber aussi bas. Alors j'arrêterais d'espérer qu'on se remette ensemble à son retour. Et par chance, j'arrêterais de croire à ce maudit retour.

Adam plissa le front après m'avoir scrutée un bon moment.

– Tu es bizarre.

Merci, capitaine Obvious !

Mon comportement n'était pas celui d'une fille qui avait envie de quelqu'un. Il devait bien le savoir. Pourtant, ce n'était pas ça qui l'empêcherait de passer à l'action.

Voilà l'une des choses qui rendait Michael si différent.

Je fermai les yeux pour réprimer les larmes que je sentais monter. Il fallait que ça s'arrête. J'en avais marre de penser à lui à tout bout de champ en ayant eu la preuve que lui s'en foutait. J'en avais marre de laisser l'espoir me tuer à petit feu.

J'irais jusqu'au bout. Je laisserais Adam me souiller. Ensuite, je tournerais la page.

Mon compagnon haussa ses épaules d'un air indifférent en remettant le moteur en marche.

Néanmoins, avant de reprendre la route, il se tourna vers moi pour rajouter quelque chose. Il n'en eut cependant pas l'occasion, car ma portière s'ouvrit à la volée à ce moment-là.

Avant même que je saisisse ce qui se passait, quelqu'un défit ma ceinture et me chargea sans effort sur son épaule.

« On l'a baisée tous les trois. »

Ces paroles prononcées par Adam quelques jours plus tôt, plus le clin d'œil échangé avec ses potes avant notre départ m'envahirent l'esprit. Et la panique se saisit de moi.

Ce stop aurait-il donc été un piège ? Ce n'était pas ce qui était prévu. Je ne voulais pas qu'ils... Est-ce que...

Oh mon Dieu ! Dans quoi m'étais-je fourrée ?

Chapitre 39.
Le ravisseur

Je m'agitai comme une forcenée sur l'épaule de mon ravisseur et envoyai des coups dans tous les sens.

Je n'arrivai pas à croire que c'était en train de m'arriver.

Mon sang termina cependant de se glacer lorsque j'entendis Adam descendre et claquer la portière de sa voiture.

Je me mis à pleurer pour de bon sans cesser de me débattre.

— Tu peux pas faire ça ! criai-je.

Ma voix était la terreur incarnée. J'étais quasiment paralysée à l'éventualité des dénouements macabres qui fusaient dans mon esprit.

Mes jambes faillirent céder lorsque mon kidnappeur me posa sans délicatesse par terre, avant de me coincer contre son véhicule.

La nuit noire et ma vue brouillée par mes larmes m'empêchaient de reconnaître l'acolyte d'Adam en question. Par contre, je savais que ce n'était pas Stefen. Celui-ci n'était pas aussi grand.

— Je peux vous donner ce que vous voulez, sanglotai-je. Me faites pas de mal !

L'inconnu me répondit quelque chose qui se perdit entre mes hoquets et le bruit assourdissant des battements de mon cœur.

Je crus défaillir lorsqu'il m'attrapa par les épaules pour me secouer. Je ne voulais pas finir violentée. Je ne voulais pas vivre ça.

– Pitié, couinai-je en me protégeant de mes bras. Ne me fais pas de mal !

Adam ne l'avait toujours pas rejoint. Il attendait quoi ? Que son acolyte finisse pour qu'il commence son tour ? J'avais envie de mourir.

– Spark ! rugit soudain mon ravisseur, comme excédé.

Mes tremblements cessèrent progressivement. Puis, je me figeai lorsque cette voix aux assonances rauques résonna au plus profond de mon être.

J'eus l'impression que le temps se suspendait. Mes yeux désormais habitués à la pénombre finirent par m'afficher le visage qui peuplait tous mes rêves : sculpté, encadré par un rideau de cheveux noirs.

Michael.

J'hallucinais. Ça ne pouvait pas être vrai. Il était parti. Je délirais probablement sous l'effet de la peur.

Je libérai mon regard de celui soucieux du fantôme, et je crispai les paupières en souhaitant de toutes mes forces me réveiller.

Cependant, le ton furieux d'Adam me fit sursauter, et je n'eus bien vite plus rien à quoi m'accrocher. C'était bien la réalité.

– Tu te fous de moi, Megan ? fuma mon cavalier. J'ai dû refuser combien de chattes ce soir à cause de toi. Et tout ça pour que tu me tendes un piège ? T'es vraiment qu'une sale petite chienne d'allumeuse ! Tu vas le regretter. Je te le promets.

Je ne l'avais pas allumé. Je ne lui avais pas non plus tendu de piège. Mais j'étais trop sonnée pour répliquer. J'étais même trop sonnée pour me retourner et lui faire face.

Néanmoins, autant la première intervention de Michael avait agi comme un anesthésiant, la deuxième me fit l'effet d'une violente claque et tous mes souvenirs de ces derniers mois m'assaillirent comme une déferlante.

— Rentre chez toi, Adam, dit mon ravisseur d'un ton étrangement sage compte tenu la situation et l'interlocuteur en question.

Je ne m'attendais pas à une bagarre. Mais je le trouvais beaucoup trop calme. Aux dernières nouvelles, les deux se haïssaient, non ?

C'était en tout cas le cas pour le capitaine de l'équipe de basket qui fulmina en reculant vers sa voiture :

— Je vous emmerde tous les deux ! Megan, tu perds rien pour attendre, salope. C'est loin d'être fini.

J'allais devoir faire attention. Je soupçonnais ce fou capable de tout...

Ou pas.

Je me demandais s'il oserait défier Michael après la menace posée, mais tout aussi flippante de ce dernier.

— Tu touches à un seul de ses cheveux, Adam... Un seul, et je te jure sur ma vie que le bruit de tes os brisés les uns après les autres te hantera pour le restant de tes misérables jours.

La haine s'incarna dans le regard qu'ils échangèrent ensuite. À mon avis, la distance était le seul obstacle qui les empêchait d'en venir aux mains.

Le basketteur fut le premier à céder. Il nous toisa une dernière fois. Puis, il claqua la portière de sa voiture et s'en alla dans un crissement assourdissant de pneus.

Et puis, ce fut le silence. Aucun d'entre nous n'osait bouger ni prononcer le moindre mot.

Les secondes s'égrenaient et le maelstrom de sentiments qui m'habitait se concentrait en un seul et unique : la rage.

Ce fut Michael qui finit par prendre la parole en premier pour critiquer :

— Tu étais prête à aller je ne sais où avec lui alors que tu ne lui fais même pas confiance ? T'avais quoi dans la t...

Je lui fermai la gueule avec le plus violent punch dont j'étais capable en plein milieu du visage.

L'époque des petites gifles était bien loin derrière moi.

Je secouai mes articulations endolories tandis que ma victime reculait en étouffant un gémissement sourd, les mains sur le nez.

Un moment plus tard, il se relevait, une narine humide et rouge. Puis, il me considéra d'un œil nouveau et ahuri qui me donna envie de recommencer.

Il s'attendait à quoi ? Des bisous de bienvenue ?

Il finit par détourner le regard et essuya son nez avec la manche de son tee-shirt. Je me contrôlai en contractant mes poings jusqu'à avoir mal.

— Qu'est-ce que tu fous là ? martelai-je.

Michael me dévisagea avec prudence, comme s'il mesurait le risque de répondre ou non.

— Je t'ai parlé ! grinçai-je, au bord de la crise.

Ce coup ne suffisait pas. J'avais tellement plus en moi à évacuer.

— Tu m'as suivie, résumai-je avec une moue dégoûtée.

— Je te suis depuis plus d'un mois, admit-il après avoir de nouveau épongé sa narine.

Je devais avoir mal capté. Je secouai la tête et plissai les yeux d'incompréhension.

— Tu me suis comme un putain d'obsédé et t'étais pas foutu de me passer un coup de fil ?

Ça n'avait aucun putain de sens !

J'avais envie de faire un truc. C'en était trop ! Il fallait que je calme ma respiration. J'allais craquer. J'allais pleurer. Je ne voulais pas pleurer. Il ne le méritait pas.

J'avais mal au crâne. Il n'avait pas le droit de feindre une expression aussi vulnérable. Il n'avait pas le droit de m'atteindre.

Combien de fois avais-je pris le temps d'imaginer cette confrontation ? Pourtant rien ne se déroulait comme dans mes prévisions. Dans celles-ci, je n'étais pas à deux doigts de fondre en larmes aussi tôt. Dans celles-ci, j'étais beaucoup plus imperméable à lui.

— Te passer un coup de fil alors que tu m'as bloqué ? se défendit Michael avec son nouveau calme caractéristique. Ashton a dit que vu ton état, si t'as choisi de tourner la page, le mieux c'était de te laisser tranquille. Et elle avait raison, après la façon dont je t'ai traitée. Malgré tout, je voulais te voir une dernière fois avant de partir à jamais. Je suis revenu, mais mon plan est tombé à l'eau. Je ne peux pas repartir. Pas sans toi. Je ne me sentais pas le courage de t'approcher. Alors, je passe mon temps à te regarder. C'est pas bien. Mais je ne peux pas m'en empêcher.

Je scrutai les alentours, les paumes sur mes tempes douloureuses. Il n'y avait qu'un vaste champ de blé et la nouvelle voiture du menteur au milieu de la route.

Je n'avais aucune idée de l'endroit où l'on se trouvait.

Pourtant, il fallait que je m'en aille. Je devais partir avant d'être tentée de gober ses conneries. Je valais mieux que ça. Beaucoup mieux.

J'arrachai mes talons et m'éloignai d'un pas vif dans la nuit noire.

— Où vas-tu ?

J'essuyai rageusement mes traîtres de pleurs et gardai le silence pour ne pas trahir mon état. Il était hors de question qu'il me voie comme ça !

Sauf qu'il me rattrapa assez vite.

— Viens, je vais te ramener.

Plutôt crever.

– Megan !

Je craquai et fondis en larmes. Mais ça ne m'empêcha pas de lui hurler en pivotant d'un coup :

– Va-t'en ! Fous-moi la paix ! Tu aurais dû me laisser partir avec Adam.

Il contracta les mâchoires et son masque de maîtrise de soi se fissura.

– Il allait te faire je ne sais quoi !

– Et qui dit que j'en avais pas envie ? ripostai-je.

– T'en avais pas envie, certifia-t-il, son regard pénétrant ancré au mien.

Son assurance me sortit par les yeux. Je martelai son torse de coups de poing, hystérique.

– Tu ne me connais pas. Tu n'as aucune idée de la personne que je suis devenue. Tu ne sais pas ce que tu as fait de moi.

Il ne se défendit pas. Cela redoubla ma fureur. Je le poussai, puis m'écroulai par terre, vidée.

– Un appel, sanglotai-je en ramenant mes jambes contre ma poitrine. C'était tout ce que je demandais.

Il s'agenouilla près de moi, mais je repoussai ses bras.

– Je te jure que t'es la première personne que j'ai appelée dès que je me suis senti mieux. De plus, c'était ton anniversaire. Je n'aurais jamais oublié.

Je devais avouer qu'il s'était pas mal amélioré dans l'art de mentir depuis le temps.

Cependant, il aurait pu trouver mieux, non ? Je méritais au moins un mensonge bien ficelé.

Et pourquoi ne pas tout bonnement rassembler son courage pour admettre qu'il m'avait oubliée ?

– Tu dois me croire, me pria-t-il.

Je tirai mes cheveux en m'en foutant de défaire mon chignon. Je ne voulais plus entendre un mot.

De toute façon, ça ne comptait plus. Dans une semaine, tout cela serait derrière moi.

Je réussis à calmer ma respiration quelques minutes plus tard. Ensuite, j'essuyai mes yeux et me redressai après avoir récupéré mes sandales.

Manque de bol, il se mit à pleuvoir à ce moment-là et on se retrouva trempés en moins de deux.

– Viens dans la voiture ! suggéra Michael.

Je l'ignorai et tournai les talons. Je n'avais rien à faire aux côtés d'un lâche doublé d'un hypocrite.

Adam ou pas ; nous deux, c'était terminé.

Je marchai sous la pluie sans aucune idée de ma destination.

Si seulement un taxi passait par là ! Si seulement je ne commençais pas déjà à grelotter ! Et si seulement le bruit des bottes humides de Michael ne me tapait pas autant sur le système !

J'en avais marre de son attitude irrationnelle ! Il devrait vite se décider entre m'oublier ; me suivre ; me mentir et me laisser tranquille.

Que diable voulait-il en fin de compte ?

Comme cette question m'avait empêchée de trouver le sommeil pendant des jours, je décidai de la poser.

Il fallait que je comprenne où j'avais déconné. Il fallait que je saisisse pourquoi j'avais cessé de compter.

Je pivotai sitôt au milieu de la route et lui fis face.

– De quoi voulais-tu me punir ? Je veux dire… pourquoi m'infliger ça ?

Je devais presque crier pour me faire entendre par-dessus l'orage et l'averse. Ma voix sonna pitoyable à mes propres oreilles, mais je m'en foutais. De toute façon, je voulais qu'il soit confronté à la douleur sur pied qu'il avait fait de moi.

Ses yeux implorèrent ma pitié.

– Ce n'était pas contre toi. Il fallait que je parte. C'était trop à encaisser d'un coup.

Ça, je comprenais. C'était le silence qui avait suivi, comme si notre histoire n'avait jamais existé qui me déchirait.

Il secoua ses cheveux humides et enchaîna sur le même ton vulnérable :

– Je t'ai appelée. C'était le jour de ton anniversaire. Tu n'as pas décroché. Ensuite, je n'ai jamais pu te joindre. Je ne me suis pas senti le droit d'insister après…

– La façon dont tu m'as démolie ? cinglai-je avec un geste furieux de la main. Après mes nuits blanches, mes nausées, mes cauchemars incessants, mon absence d'appétit… Après m'avoir donné l'impression que j'étais ton monde juste avant de faire une fichue croix sur moi ?

Mes larmes se mêlaient aux gouttes d'eau sur mon visage. Mais il ne pouvait pas rater que je pleurais. J'espérais qu'il était fier.

– Je n'ai jamais fait de croix sur toi, affirma-t-il avec énergie. Je ne le pourrai jamais. T'es ma plus belle histoire. Et je t'aime. Je t'aimerai toujours.

– Arrête de mentir ! hurlai-je.

– Tu sais au fond de toi que ce n'est pas le cas. Tu sais que je ne te mentirais pas. J'avais besoin de temps pour moi. Il le fallait. Pourtant, pas une seconde, je n'ai cessé de penser à toi. Je t'aime. Rien ne pourra jamais te remplacer dans ma tête. Comment peux-tu même l'imaginer ?

J'avais envie de le croire. Tout mon être me suppliait de le faire. Mes sentiments pour lui étaient à deux doigts de faire céder le barrage que j'avais construit en son absence.

C'était injuste. Il méritait ma haine, pas mon amour.

On se dévisagea dans un silence lourd de non-dits, uniquement rythmé par le claquement de la pluie sur l'asphalte. Lui implorant. Moi, en conflit avec mes émotions.

— Ce n'était pas toi qui m'as bloqué, c'est ça ? devina-t-il enfin.

Non. Ce n'était pas moi. Et s'il ne mentait pas, j'avais une idée de qui était le coupable.

Les paroles de Stacy prirent tous leurs sens dans ma tête et ce fut pour moi comme un coup de poignard.

— De toute façon, rien de tout ça ne compte, pleurai-je.

Comprendre l'histoire n'avait rien arrangé. Je souffrais encore plus. J'en avais marre. Je voulais que ça s'arrête.

Je me laissai tomber de nouveau par terre, à bout de forces. J'étais lasse. Et cette fois, ma fatigue n'avait rien de physique.

Mener ce combat contre mon amour m'avait demandé trop de forces. Réaliser désormais que cela avait été vain et sans raison d'être me tuait.

— Tu vas attraper froid, observa Michael. Lève-toi !

Il m'avait appelée. Il m'avait appelée et Teddy l'avait bloqué.

Les autres étaient tous au courant. Mais ils avaient quand même passé leur temps à me plaindre et à répéter que ça finirait par aller. Ils avaient préféré me regarder mourir à petit feu… Tout ça parce qu'ils croyaient savoir ce qui était bien pour moi au lieu de me le laisser décider.

Je n'aurais jamais eu le cœur à leur faire ça. Je me sentais si trahie.

— Megan ! souffla Michael.

Je l'ignorai et levai les yeux vers le ciel, inconsolable. La pluie se mélangea à mes larmes de douleur et de désespoir.

Je m'en fous d'à qui je m'adresse. Pitié, faites que ça cesse !

293

Qu'avais-je fait pour mériter ça ?

Michael abandonna l'idée de vouloir me raisonner et il me chargea dans ses bras.

Le trou dans ma poitrine s'agrandit lorsque je me blottis, tremblant contre son torse. Rien ne serait plus jamais comme avant et ce n'était même pas à cent pour cent de notre faute. Je trouvais ça trop injuste.

– Ça va aller, me promit-il en se remettant en marche. Ça va aller.

J'aurais tellement voulu le croire. Tellement.

Chapitre 40.
Indécision

J'émergeais de mon sommeil au fur et à mesure que l'étrange impression d'être observée s'intensifiait. Ensuite, une fois réveillée, je cillai plusieurs fois pour tenter de me repérer.

Primo, je n'étais pas dans ma chambre ; c'était clair. Et secundo, je ne portais que ma culotte sous la couverture en coton.

Qu'est-ce qu…

Je me figeai lorsque tous les évènements de la veille me revinrent d'un seul coup.

Le bal. Stacy. Adam. Michael… J'avais eu une soirée plus que mouvementée.

Par contre, je ne me souvenais pas de grand-chose après que ce cher revenant m'ait conduite à sa voiture.

On n'a quand même… Non, bien sûr que non ! Je n'étais pas saoule. Je m'en serais souvenu. Et connaissant Michael, mon corps aussi…

Mes joues se colorèrent en surprenant le regard déroutant du concerné installé dans un coin de la pièce ; les jambes croisées, les chaussettes posées sur une table basse.

Je n'avais donc pas rêvé ! Il était bel et bien revenu. Et c'était lui qui m'avait conduite à l'hôtel après que je me fusse écroulée dans sa voiture… et qui m'avait déshabillée.

Mon corps n'avait plus aucun secret pour lui certes, mais j'aurais préféré qu'on évite ce genre de situations en ce moment. Ma position quant aux évènements de la veille était encore trop floue pour qu'on s'aventure sur ces pentes-là.

Je me redressai en protégeant ma poitrine avec la couverture encore imprégnée de ma chaleur. Puis, je crispai mes orteils sous le drap en balayant la chambre aux multiples rideaux du regard.

On était loin de nos motels où parfois on peinait à circuler tous deux en même temps.

Mais on était heureux dans nos petites chambres, souligna une petite voix. Tandis que là… je ne savais rien. Je ne savais plus. On était comme deux étrangers.

J'hésitais entre dire bonjour et attendre qu'il le fasse. Dans tous les cas, ce silence qui régnait dans la pièce me dérangeait. Silence auquel Michael ne semblait pas vouloir mettre fin.

Mon cœur rata un battement et je déglutis avec difficulté lorsque mes pupilles accrochèrent enfin les siennes.

J'avais failli oublier à quel point il était beau.

Sur le moment, j'eus un peu de mal à croire que j'avais eu une histoire avec un mec aussi parfait. Ses cheveux d'un noir si profond en contraste avec sa peau diaphane lui conféraient une allure presque surnaturelle.

Même de simples piercings comme les deux anneaux fins à son nez et le micro-barbell à son arcade prenaient un tout autre aspect chez lui.

C'était injuste ! Elle était où son imperfection ?

Ce n'était pas dans ses lèvres pleines et roses et parfaites et… *oh putain !*

Je réalisai qu'un gémissement involontaire m'avait échappé lorsqu'il arqua un sourcil aussi surpris qu'amusé.

Oh mon Dieu !

Ça n'avait pas été de ma faute !

J'aurais tout donné pour me rapetisser dans la seconde et disparaître sous la couverture.

Mes hormones étaient les seules responsables de cette situation embarrassante. Le sevrage avait été rude. Et vu que Michael m'avait toujours fait de l'effet, les voilà qui se déchaînaient.

J'avais trop honte !

Les joues brûlantes, je me raclai la gorge et m'empressai de me lever du lit, désorientée. Et bien sûr, l'idiote que j'étais ne se rappela de sa quasi-nudité qu'une fois debout.

En pestant, je me cachai la poitrine sous l'œil amusé de Michael qui se réajusta sur son fauteuil comme devant un film intéressant.

Je voulais le taper.

C'était le bordel dans ma tête. Je ne me sentais pas le courage de reglisser entre les draps sans avoir l'air plus ridicule.

Sur le coup, je tournai le dos à Michael. Mais je me rappelai quelques secondes plus tard de son obsession pour mes fesses, et je réalisai que c'était l'un des meilleurs cadeaux que je pouvais lui faire.

Aaaaaaaaargh !

Je me retournai sitôt et le surpris en train de se mordre les lèvres pour réprimer son sourire.

Dire que je ne voulais pas paraître plus conne !

Le dieu du ridicule m'avait revendiquée ce jour-là. C'était obligé. J'étais prête à tout pour recommencer cette matinée désagréable.

— Où est ma robe ? parvins-je cependant à demander avec un calme que j'étais loin d'éprouver.

Je n'osais plus croiser son regard. Mais ce n'était pas bien grave. Le plafond de couleur ivoire était… cool comme sujet d'observation.

– Elle était dans un piteux état, m'informa Michael. On te la rendra dans quelques heures.

Heures ?

Je n'allais quand même rester figée comme ça pendant tout ce temps ! Même si j'avais l'impression que ça ne déplairait pas trop à mon compagnon qui me dévorait du regard sans prendre la peine de le cacher, posé comme un maître dans son fauteuil.

Alors que moi en face, quasiment nue, les paumes sur les seins, j'avais l'impression d'être une stripteaseuse timide.

Par chance, il finit par se lever et il attrapa un large plateau que je n'avais pas remarqué jusque-là.

– Ton petit-déjeuner.

– Merci, soufflai-je.

Mais aucun d'entre nous ne bougea ensuite.

Pourquoi ne sortait-il pas ? Il attendait quoi ? Que j'enlève mes mains et vienne récupérer le plateau ?

Le pervers !

Je ne savais pas trop pourquoi, mais la situation ne me dérangeait plus autant. Elle ne me dérangeait pas du tout, en fait.

Foutues hormones !

Je devais penser à des trucs dégueulasses ou tristes… Ou les deux.

Et si je commençais par la raison pour laquelle lui et moi, c'était désormais impossible malgré le fait qu'il m'ait appelée ?

Comme prévu, ça calma tout de suite mes ardeurs. Et c'était tant mieux. Il fallait que je me contrôle. On avait beaucoup trop de choses à clarifier avant… rien. C'était cela. Il n'allait plus rien se passer entre nous.

– J'ai un truc à te dire, commençai-je en fixant mes pieds. Mais je peux pas maintenant… pas comme ça, les mains sur ma poitrine.

Ça gommerait tout le sérieux de ma déclaration.

– Eh bien, enlève-les ! suggéra Michael.

– Pardon ? m'étranglai-je.

Un sourire en coin incurva ses lèvres parfaites tandis que ses billes bleues affichaient une intensité que je refusais d'interpréter.

– Tu peux pas me le dire avec tes mains sur tes seins, clarifia-t-il de sa voix traînante. Enlève tes mains !

La stupéfaction passée, je luttais désormais pour contenir mon hilarité. Tout comme lui, d'ailleurs.

Ce pervers ne changerait jamais !

On finit par craquer tous les deux, et pendant un moment, entourée par le son vivifiant de nos rires, je retrouvai une étincelle de ce qu'on avait perdu.

Il me faisait tellement de bien !

Notre enjouement atténué, il me regarda comme si j'étais la personnification du bonheur. Et sans pouvoir expliquer ma décision, je laissai tomber mes bras le long de mon corps, dévoilant ainsi ma poitrine qui avait pris un peu de volume depuis la dernière fois.

Je n'étais pas devenue Emily Rata du jour au lendemain, mais j'avais dit adieu à ce cher bonnet A. Et ça représentait beaucoup pour moi.

Michael n'avait jamais alimenté mon complexe. J'avais toujours su être moi-même à ses côtés. Pourtant, je ne pus nier que je ressentis pas mal de fierté lorsque son regard s'embrasa devant mon buste dénudé.

Et cette fois, je ne pouvais même pas blâmer mes hormones.

– T'es magnifique, articula-t-il d'une voix à peine audible.

J'en doutais. Mon chignon s'était défait pendant la nuit. Mes cheveux ressemblaient probablement à un nid. Et mon visage devait être un désastre.

Pourtant, je savais qu'il pensait son compliment. À travers ses yeux, j'avais toujours su me voir comme quelqu'un d'exceptionnel.

À cette réflexion, se réveilla en moi un sentiment tellement puissant qu'il me fit mal.

— Je crève d'envie de te toucher, confia-t-il ensuite, la mine torturée.

Je crispai les paupières pour tenter de mettre de l'ordre dans mes pensées. En vain.

— M'en voudrais-tu si j'osais ? ajouta-t-il.

Bon Dieu, non !

— Oui, mentis-je dans un murmure.

Il hocha la tête et détourna le regard. Sauf que je corrigeai cinq secondes plus tard :

— Non.

Chapitre 41.
Le souhait

Le plateau s'écrasa dans un fracas sur le sol.

En moins de temps qu'il n'en fallait pour le dire, Michael combla la distance entre nous et se jeta sur mes lèvres en m'attrapant par la taille.

Ma peau s'enflamma sous son toucher. Puis, le feu se diffusa dans tout mon corps sous la puissance de son baiser.

Je revis enfin.

Je soupirai et m'accrochai à son tee-shirt pendant qu'il possédait ma bouche comme lui seul savait le faire ; butinant, suçant, léchant, à m'en faire perdre la tête.

Il m'embrassait comme si on pouvait se passer de respirer ; délaissant à peine mes lèvres, seulement pour mieux les dévorer.

Aussi, il me touchait comme s'il ne faisait pas confiance à ses sens et qu'il lui fallait plus de preuves pour se convaincre de ma présence… Beaucoup de preuves.

– T'es là, anhéla-t-il entre deux baisers.

Oh que oui ! J'étais là. Avec l'impression d'être enfin complète ; enfin à ma place.

Son émerveillement donna un coup de fouet à mon excitation. Je glissai mes paumes sous son tee-shirt et mordillai sa lèvre supérieure.

Il grogna. Puis, sa poigne se raffermit sur ma nuque et mes fesses. Je gémis de bonheur en enfonçant mes doigts dans son dos pour l'avoir plus près de moi… toujours plus près.

Je me demandais comment j'avais fait pour survivre sans la synchronisation de nos mouvements désordonnés. Plus le mariage de nos langues avides, et nos soupirs affamés…

Je bouillonnais de désir. Il finit par m'acculer contre le mur, avec des gestes de plus en plus frénétiques.

Je délaissai alors mes caresses sur sa peau chaude et partis à l'assaut de sa braguette. Sauf qu'il intercepta mes mains et les cloua par-dessus ma tête.

Oh non ! Je n'allais pas supporter ses petits jeux.

– Commence pas ces conneries ou tu finiras violé, maugréai-je en tirant sur sa lèvre inférieure avec mes dents.

Il rit contre ma bouche.

– Ça m'a manqué de te voir comme ça.

Il captura l'un de mes seins. Et des frissons me parcoururent de la tête aux pieds lorsque cet expert en frustration fit ensuite courir sa langue de la ligne de ma mâchoire jusqu'à ma poitrine, en passant par mon cou, avec une lenteur presque insupportable.

Je le voulais sur-le-champ.

Je me tortillai sous sa poigne et me cambrai contre sa bouche divine qui agaçait mon mamelon sensible.

– J'ai envie de toi, haletai-je d'une voix de droguée.

– À quel point ? me nargua-t-il en se redressant.

– Au point où c'est le déluge en bas.

Il sourit d'un air vorace, puis glissa lentement un doigt dans ma culotte sans rompre notre contact visuel. Je vibrai d'extase lorsqu'il l'enfonça dans ma moiteur et je faillis pleurer lorsqu'il l'enleva beaucoup trop vite.

– Michael, l'implorai-je au bord des larmes.

Il m'ignora et suça lentement son index humide en fermant les yeux d'un air exalté.

— Hum !

— Hum, t'as la preuve que je crève de désir et tu vas me soulager ?

— Hum, ma vicieuse m'a trop manqué.

Puis, il m'embrassa à nouveau avec fièvre, pour un mélange explosif de ma cyprine avec nos langues cupides.

Il finit par libérer mes mains pour tenir mon visage en coupe comme une œuvre d'art délicate.

— T'es divine !

— J'ai surtout la dalle.

J'adorais sentir son sourire railleur contre mes lèvres. Mais je voulais plus. À ce point-là, ma culotte risquait de s'enflammer à tout moment.

Je tentai de caresser à nouveau son entrejambe tendu. Mais il se défila à nouveau.

— Quoi ? m'énervai-je. Tu t'es fait un nouveau piercing ? Tu caches quoi ?

— Rien.

Je m'arrachai quelques cheveux d'exaspération.

— Alors, c'est quoi le souci ? J'ai envie de toi. Je te veux en moi. Je veux que tu me prennes si fort que mes yeux fassent n'importe quoi dans leurs orbites. Je veux qu'on empêche les employés de l'hôtel de travailler correctement. J'en peux plus, Michael. Baise-moi ! Tu le veux en quelle langue ?

Il recula encore de quelques pas et secoua sa crinière d'un geste nerveux et partagé.

C'était quoi son putain de problème ?

303

Je n'eus cependant pas à me questionner longtemps. Quelques secondes plus tard, il se mit à déboutonner son jean en débutant d'un ton aussi menaçant que mélancolique :

— Je voulais te faire l'amour, tu sais. Je me sens si chanceux de pouvoir te toucher à nouveau. Je voulais redécouvrir ton corps et profiter de chaque milliseconde.

Il chopa son portefeuille dans sa poche arrière. Puis, il défit sa braguette et libéra sa puissante érection de son boxer après avoir glissé son pantalon sur ses hanches fines.

Je déglutis autant d'anticipation que d'excitation en croisant ensuite son regard de pirate, tandis qu'il s'avançait vers moi.

En arrivant à ma hauteur, il attrapa ma culotte sur mes aines et l'abaissa d'un seul coup. En silence, j'en libérai mes chevilles, le cœur battant à tout rompre.

Après une brève caresse de son pouce sur mon tatouage, il se releva et regroupa mes cheveux sur une seule épaule.

— Je voulais vraiment prendre le temps d'adorer chaque partie de ton anatomie, enchaîna-t-il. Mais toi…

Il me retourna d'un coup et pressa mes seins contre le mur comme pour me punir.

Ma respiration que je retenais depuis un moment s'emballa à la seconde où il jeta son portefeuille sur la moquette, juste après avoir enfilé une capote.

Je posai mes paumes moites et tremblantes sur le mur tandis qu'il enroulait un bras autour de ma taille pour cambrer mes fesses vers lui.

Il caressa alors ma croupe d'une main, la molesta… Je crispai les paupières sous le choc lorsqu'il me mit une violente fessée.

Il m'en voulait d'avoir contrecarré ses plans. Et il allait me le faire payer. J'hésitais entre avoir peur et me réjouir. Mais j'étais un peu plus tentée par la seconde option.

Après plus d'une minute d'inactivité, à me laisser me tourmenter quant à sa prochaine décision, il finit par rapprocher son bassin de mon cul probablement rougi. Ensuite, il m'arracha un gémissement de plaisir en frottant son sexe dur et percé contre mon entrée humide.

Je ne savais plus trop où donner la tête entre toute cette frustration ; l'anticipation ; le désir, et ses derniers mots chuchotés à mon oreille d'une voix traînante :

– Toi, tu veux être baisée comme une petite vicieuse. Et quand on aime quelqu'un, on lui donne ce qu'il veut.

Puis, il me pénétra d'une vigoureuse poussée qui me coupa le souffle et créa une explosion de couleurs derrière mes yeux révulsés.

Je… Oh mon Dieu. La joue écrasée contre le mur, j'essayai pitoyablement de m'y accrocher avant de me rappeler que c'était une surface lisse.

Perdre la boule devait être un effet secondaire d'une sensation aussi puissante.

Michael, lui-même avait débité tout un chapelet de jurons en s'installant en moi. Mais il ne lui fallut pas beaucoup de temps pour se reprendre et empoigner fermement mes hanches afin de me baiser comme si j'étais sa pire ennemie.

Je ne savais pas si c'était le retrouver après cette longue absence qui décuplait mon plaisir, mais ce dernier était phénoménal. Je gémissais et pleurais en même temps.

Son piercing titillait des points précis de mon vagin et me délivrait un voltage d'extase probablement interdit par la loi.

J'avais peur pour mon pauvre cœur. C'était si bon que c'en était douloureux.

Ajouté aux vives morsures suivies des délicieux baisers de mon amant sur ma nuque et mon épaule libre, je devenais carrément folle.

– T'es si parfaite, articula-t-il d'une voix nuageuse. Si chaude.

Sans cesser de me bourrer à une allure déchaînée ; ses doigts se baladaient sur toutes les parties de mon corps à portée de sa main.

Rien n'était épargné. Mes fesses, mes hanches, mon ventre, mes seins, mon clitoris…

Je criais, ivre d'extase.

Toujours appuyée au mur, je me cambrai encore plus pour le recevoir aussi loin que je pouvais. Jamais je ne voulais que ce moment prenne fin.

Je me tortillais, me hissais sur la pointe des pieds, enfonçais mes orteils dans la moquette, éperdue de plaisir…

À un moment donné, je me sentis un peu mal de ne pas avoir plus de marge d'action. Je redoutais qu'il n'en profitât pas autant que moi.

Cependant, ses jurons et grognements gutturaux libérés au creux de mon cou eurent vite raison de mes doutes.

Il aimait avoir le contrôle. Me faire réagir à toutes les perversités qui lui passaient par la tête, c'était ça qui lui faisait prendre son pied.

D'ailleurs, un instant plus tard, il enroula sa main autour de ma gorge et fit basculer ma tête pour me susurrer à l'oreille :

– Tu disais quoi déjà ? Tu voulais que je te baise jusqu'à ce que tes yeux toupillent ?

Et c'était le cas. Mais je ne pouvais pas répondre. Il le savait très bien.

J'adorais me faire étrangler. Je n'avais jamais compris pourquoi. Ça devait avoir un rapport malsain avec mon ablutophobie. Par chance, Michael n'avait pas trouvé cela bizarre. Et il appuyait toujours assez fort pour que j'aie du mal à respirer, mais en même temps, pas assez pour m'empêcher de me libérer.

– T'aimes ça petite vicieuse. Je le sais.

Il y avait quelque chose de tellement sexy dans le fait de ne pas voir son visage tandis que sa voix et le claquement de nos corps inondaient mes nerfs auditifs.

Avais-je déjà mentionné que j'étais à deux doigts de perdre la raison ?

Je manquais d'air. Mon cœur saturait sous un trop-plein de sensations et de sentiments. De la lave pure coulait dans mes veines et des petites éruptions avaient commencé à s'opérer partout en moi. Le bouquet final n'était pas loin.

Après une douloureuse morsure sur mon épaule qu'il transforma vite en délice de plusieurs coups de langue, je basculai.

Ma bouche s'arrondit en un O muet. Une lumière vive explosa derrière mes yeux, et l'un des orgasmes les plus puissants que j'avais eu à expérimenter s'empara de moi et me catapulta hors de mon corps.

Des larmes silencieuses d'émotions dégringolèrent sur mes joues. Je perdis le contrôle de mes jambes.

Michael me rattrapa in extremis en m'enlaçant par la taille. Ensuite, il me serra fort contre lui pour me murmurer des mots doux.

En revanche, je ne saisis que dalle. Car il me fallut près d'une minute pour retrouver un semblant de lucidité.

Une fois mes spasmes calmés, mon amant me retourna et égrena des baisers tendres sur tout mon visage.

– J'espère que tu rends pas déjà les armes. Car on est loin d'avoir fini. On a encore les employés de l'hôtel à empêcher de travailler… Si tu vois de quoi je veux parler.

Chapitre 42.
Le truc

Il était putain de parfait. Je craignais fort d'arriver un jour à le haïr. Je l'aimais comme une dingue. Mais à la dernière minute quelque chose m'empêcha de le lui dire.

Je ne me perdis pas dans de vaines réflexions. À la place, je me haussai sur la pointe des pieds et écrasai mes lèvres sur les siennes. Je soupirai de bonheur lorsqu'il se saisit de mes fesses à pleines mains.

Le feu de mon désir reprenait déjà vie. Et il ne fallut que quelques caresses supplémentaires pour que je fusse totalement bouillante à nouveau.

J'interrompis cependant notre baiser en glissant mes paumes sur ses abdos.

— T'as pas joui, fis-je remarquer avec un petit pincement de culpabilité.

— Pas encore, me consola-t-il. Mais ce n'est pas fini.

Ouais. Ça, j'allais m'en assurer.

— Et t'es encore habillé.

— Pas là où il faut, rétorqua-t-il, joueur.

Mais moi, j'étais toute nue.

Avec le temps, je m'étais faite à son complexe de toute puissance sur le plan sexuel. Il était comme il était. Possessif, dominateur... La preuve : il n'était pas très fan de fellation parce qu'il avait l'impression d'être inutile. Il me l'avait dit ; il prenait plus de plaisir lorsque quelqu'un l'accompagnait.

C'était Michael Cast, unique en son genre, pour vous servir.

Ça l'amusait d'être le seul habillé. Cependant, un doute s'immisçait petit à petit dans mon esprit.

– Tu me caches encore tes bras ? hasardai-je, circonspecte.

– Non. Bien sûr que non.

– Alors enlève ton tee-shirt !

À mon grand étonnement, il obtempéra sans hésitation ; me dévoilant ses magnifiques muscles fins et sa peau encrée.

Je n'eus toutefois pas le courage de lorgner ses mains et préférai contempler ses tatouages.

– Spark ! Il n'y a rien sur mes bras. Je me suis pas... Il n'y a rien de récent.

Mes joues se colorèrent de gêne.

– Je... non. Je voulais pas...

Il prit mon visage en coupe et m'incita à croiser son regard électrique.

– Ça va. T'as pas à avoir honte d'être curieuse. Tu m'as toujours accepté tel que j'étais. Je sais que t'aurais jamais jugé.

Il vida ensuite ses poumons d'un souffle, comme si ce qu'il allait confier était particulièrement difficile.

– À chaque fois que je touchais à une lame, j'avais l'impression de vouloir blesser quelqu'un d'autre que moi. Toi... Robyn qui s'est tellement battu pour que j'arrête. J'ai pas pu vous faire ça. J'ai dû chercher des moyens de m'en sortir sans... Et j'ai aussi arrêté de fumer.

Ma poitrine se gonfla de fierté. J'étais si heureuse qu'il eût tant bien que mal réussi à tenir le coup que je faillis pleurer d'émotion.

Je me doutais un peu qu'il avait changé en bien, mais sa confirmation me réchauffa le cœur.

— T'es vraiment l'une des personnes les plus solides que je connaisse.

Il me gratifia d'un petit sourire triste.

— J'ai pas trop eu le choix.

Ouais. La vie n'avait pas du tout été tendre avec lui. Mais il s'était accroché. Et pour ça, je lui délivrais tout mon respect.

Il y avait un nouveau truc chez lui sur lequel je n'arrivais pas à mettre de mot. Quelque chose qui le rendait encore plus extraordinaire.

Seule la curiosité m'empêcha de me jeter sur ses lèvres parfaites ou de le serrer tout contre moi.

— Pourquoi ? m'enquis-je.

— Pourquoi quoi ?

— Pourquoi t'as arrêté de fumer ?

— Pourquoi pas ? sourit-il.

Il m'avait fait la même réponse lorsque je lui avais demandé pourquoi il fumait.

Certaines choses ne changeaient donc jamais !

J'ouvris la bouche pour le bombarder d'autres questions, mais il me stoppa d'un baiser sur mon front.

— Après, proposa-t-il. J'ai du mal à garder les idées claires. Mon cerveau est vide en ce moment. Le sang est concentré ailleurs.

Rien que cet aveu fit réagir une partie précise de mon anatomie. Je gloussai en déposant ma paume sur son torse tatoué tout en lui coulant un regard aguicheur.

Je n'arrivais pas à croire qu'on venait d'avoir une conversation de la sorte dans notre état. Un truc pareil ne serait jamais possible avec quelqu'un d'autre.

Je fis courir le bout de mes doigts depuis son sternum jusqu'à son bas-ventre.

— Le sang est concentré au bon endroit, minaudai-je en enroulant ma main autour de sa verge.

Il se crispa, mais se ressaisit assez vite pour m'écarter avant de me charger dans ses bras.

— Heee ! râlai-je. Je voulais jouer avec toi.

— Et moi lécher chaque centimètre carré de ton corps. Mais toi, tu voulais baiser…

Il me jeta sans délicatesse sur le lit, ses flammes bleues brillantes de promesses.

— On va baiser, mon amour.

J'étais folle de ce mec.

Je gigotai d'excitation sur le matelas et me mordis les lèvres lorsqu'il enleva complètement son pantalon. Son corps élancé se dressa enfin devant moi, nu, majestueux, parfait…

— T'es magnifique, lui soufflai-je.

Il sourit, coinça ses cheveux derrière ses oreilles. Puis, vint s'allonger entre mes cuisses pour m'embrasser.

Je nouai mes jambes sur ses fesses et mes bras derrière sa nuque pour profiter au maximum de sa chaleur. Le contact de nos peaux nues me donnait des ailes, sans parler de son odeur si particulière qui me chavirait les sens.

— Toi en moi, tout de suite, commandai-je, taquine, contre ses lèvres.

Il joua le jeu et me prévint :

— Moi, vais te démonter, sans pitié.

— Moi, vais survivre pour un autre round.

Il éclata de rire, puis se stabilisa sur des coudes et ses genoux afin de plonger son regard océan dans le mien.

– Qu'est-ce que je t'aime, petite vicieuse !

Sa phrase à peine terminée, il s'enfonça de nouveau en moi. Mais lentement cette fois, centimètre par centimètre, sans interrompre notre connexion visuelle, malgré son expression torturée.

C'était comme s'il se délectait de l'emballement de ma respiration sous l'effet du plaisir, et de la larme silencieuse que celui-ci m'arracha.

Plus rien n'existait à part nous. Cet instant était parfait, merveilleux… Et cette magie entre nous se renforça lorsqu'il cala son visage au creux de mon cou pour me glisser :

– Je t'aime.

Gémissante, je l'enlaçai plus fort, en accordant nos langoureux et enivrants déhanchements.

Moi aussi, je l'aimais. Malheureusement, il ne m'était plus aussi facile de l'exprimer comme avant.

Par chance, il ne parut pas s'en offusquer. De toute façon, il était trop occupé à jurer comme un charretier après que j'eus contracté exprès mon vagin autour de son sexe.

Je savais que ça le rendait fou. Et un sourire vicieux étira mes lèvres en le voyant peu à peu perdre tout semblant de contrôle.

Le souffle erratique, il enroula mes cheveux autour de son poing et vint ensuite m'embrasser avec tellement d'avidité que mes lèvres me firent mal.

Il remonta mes jambes. Puis, se mit à me pilonner de plus en plus fort, de plus en plus loin, jusqu'au point où chaque nouvel à-coup m'arrachait un cri qui résonnait dans toute la chambre… ou peut-être même au-delà.

Il me maltraitait le cuir chevelu. Je lui labourais le dos de mes ongles. Son pubis écrasait mon clitoris. Je lui empoignais les fesses. Il me mordillait le cou. Je tirais sur ses cheveux…

On était deux détraqués possédés par un plaisir des plus bruts.

– Michael, réussis-je à dire en pantelant entre ses assauts ravageurs.

– Hum.

– Je t'aime.

Il m'arracha une larme d'un autre coup de boutoir. Puis, il se redressa sur ses bras, haletant et incrédule, comme si je venais de le gifler.

Il me dévisagea ensuite avec tellement d'intensité, d'amour et de gratitude que je me sentis obligée de répéter d'une voix dévastée par l'émotion :

– Je t'aime.

Cette fois je n'avais pas pu le retenir. Et je ne regrettais pas une seule syllabe. C'était la vérité. Mes sentiments me dépassaient. Et sur le moment, j'en avais marre de les combattre.

Je voulais juste profiter au maximum de ce mec qui me donnait l'impression d'être le centre du monde d'un simple regard. Et à mon goût, il méritait que je lui rende la pareille.

Mon aveu le toucha plus que je ne m'y attendais. Peut-être avait-il cessé d'y croire. Peut-être qu'au fond de lui, il redoutait de m'avoir perdue à jamais.

Il me considéra comme si je lui avais fait le plus beau des cadeaux et je ne l'en aimai que plus.

Au final, le temps nous avait peut-être changés, mais ce truc entre nous qu'on ne retrouvait d'habitude que dans les fictions avait réussi à survivre.

Nous seuls détenions le pouvoir de l'anéantir.

De toute évidence, Michael, lui, était décidé à s'accrocher. Et moi, malgré tout ce que j'avais enduré… comment ne pas lui céder ?

Mon amant fondit sur mes lèvres à nouveau et les meurtrit d'un baiser aussi acharné que passionné.

Puis, il passa un bras sous ma taille et s'agenouilla entre mes cuisses. Il me posséda ensuite avec tellement de fougue que chaque secousse se réverbéra jusque dans mon crâne.

Je me tortillai dans tous les sens… agrippai mes seins, puis les draps… gémis… criai… pleurai…

C'était en même temps trop et pas assez… jamais assez.

Je voulais qu'il se fonde en moi. Et à son regard fou, je sus que la même fièvre démente nous habitait.

Il me hissa sur ses cuisses.

Je nouai mes bras sur sa nuque et posai mes pieds à plat sur le matelas. Je décrivis ensuite des cercles autour de son membre avec mes hanches, puis absorbai ses délicieux râles dans un baiser débridé. Mon cœur risquait à tout moment de démissionner.

Mais ce n'était jamais assez.

Il m'enlaça à m'en briser les côtes. On finit par retomber face à face sur le lit. Les membres emmêlés dans un putain de bordel passionnel.

Un instant plus tard, il me faisait pivoter sous lui. Et on se retrouva dans notre position initiale, essoufflés, échevelés, en transe, mes jambes verrouillées sur ses fesses.

Je pris son visage entre mes paumes alors qu'il m'embrassait et me remplissait comme s'il voulait qu'on fusionne.

Je flottais près de la limite. Nos regards s'accrochèrent avant la chute.

Un ultime coup de reins et un « je t'aime » étranglé plus tard, mon corps satura. Mon cri se coinça dans ma gorge tandis que de petites explosions, suivies de moyennes, suivies de plus grosses, puis d'une colossale, me désagrégèrent en des milliers de particules de lumière, d'amour, de plaisir et de passion…

Je rassurai mon cœur alarmé que c'était là une belle façon de mourir.

Mon enveloppe secouée de spasmes violents se cambra et se contracta autour de Michael.

Ce dernier, tendu à l'extrême, crispa les paupières comme frappé par une violente décharge électrique. Puis ensuite, il se redressa sur ses bras en poussant en moi de manière fébrile et désordonnée, tout en gémissant de plus en plus fort.

Michael qui se laissait aller était l'un des sons les plus sexy sur cette planète. Jamais, je ne pourrais m'en lasser.

Peu de temps après, il s'immobilisa et il jouit en tremblant comme je ne l'avais jamais vu auparavant.

Me remettant à peine de ma propre jouissance, je me délectai du chaos dans ses flammes bleues et de chacun de ses râles. Ce moment m'appartenait. Il n'appartenait qu'à nous deux.

Son poids m'écrasa lorsqu'il s'écroula sur moi à bout de forces, mais je m'en foutais.

Je lui caressai les cheveux longtemps pendant qu'il luttait pour dompter sa respiration.

– Je t'aime, lui murmurai-je d'une voix embrumée.

Il finit par rouler sur le côté et il m'enlaça dos contre son torse.

– Je t'aime, me glissa-t-il à son tour dans un souffle.

Enveloppée dans un cocon d'amour, de paix et de bonheur, j'étais sur le point de céder à Morphée lorsque quelqu'un cogna à la porte.

On avait rapporté ma robe. Michael dut se lever pour aller se nettoyer et récupérer le vêtement, malgré mes protestations.

Seule sur le lit, mon sommeil envolé, je me retrouvai à fixer le plafond et à reprendre petit à petit contact avec la réalité.

Je n'aurais peut-être jamais dû.

Chapitre 43.
L'annonce

Malgré les supplications de Michael, je ne partageai pas sa douche.

Il n'avait qu'à rentrer plus tôt !

J'avais déjà passé pas mal de temps sous l'eau, puisque je n'avais rien trouvé d'autre à faire lorsqu'il m'avait laissée seule pour aller je ne savais où.

Je lui tirai la langue quand il me promit de m'avoir et je le laissai seul dans la salle de bains.

En arrivant dans la chambre, je trouvai des baskets, des vêtements et un string sur le lit.

Il ne changerait jamais.

Et comme pour le confirmer, lorsqu'il finit par me rejoindre, plus beau que jamais avec ses cheveux humides, ce pervers m'informa qu'on était dans le centre-ville. Donc il aurait pu m'acheter des vêtements plus tôt. Mais il ne regrettait pas de ne pas l'avoir fait.

Je le gratifiai d'un doigt d'honneur, mais je ne pus garder mon amusement longtemps à cause de ce mauvais pressentiment qui me nouait l'estomac.

Après avoir enfilé le short et le débardeur qu'il m'avait apportés, je réunis mes cheveux en une queue-de-cheval.

Michael me montra mon nouveau petit-déjeuner. Puis, je m'installai en tailleur sur un fauteuil en face du sien avant de poser le plateau sur mes jambes.

Je ne pouvais me libérer de l'impression que quelque chose de grave allait arriver.

Au bout d'un moment, je surpris mon compagnon en train de me fixer d'un air étrange. Je supposai que mon pessimisme avait dû transparaître sur mon visage.

Je descendis une grosse gorgée de mon jus d'orange pour me donner contenance et m'enquis en évitant son regard :

– Quoi ?

Il ne répondit pas tout de suite. Cela m'incita à lever les yeux. Ses cheveux encore humides cachaient partiellement son visage. Cependant, son expression… désenchantée ne réussit pas à m'échapper.

– Que se passe-t-il ? m'alarmai-je.

Il évacua tout l'air de ses poumons dans un souffle contrarié. Puis, il déposa son plateau sur la table basse avant de se lever pour… tourner les talons ?

Il se foutait de moi, là ?

Je me débarrassai à mon tour de mon plateau et m'empressai de lui barrer le chemin, furieuse.

– Ça veut dire quoi ça ?

Il fuit mon regard et maugréa :

– Vaut mieux pas que je le dise.

– Moi, j'exige que tu le fasses, martelai-je.

Il expira fort à nouveau, fit tressauter ses mâchoires, puis plongea ses flammes bleues dans les miennes.

— Je devais juste être content que tu sois là à nouveau, mais j'arrive pas à m'enlever de la tête que t'allais coucher avec Adam.

Ce fut pour moi comme une grosse claque. D'ailleurs, je reculai de plusieurs pas en cillant à l'instar d'une vieille poupée.

— J'essaie de me convaincre du contraire, ajouta-t-il en remuant ses cheveux. Mais cette enflure n'est pas du genre à ramener des filles chez lui pour causer. Et… tu allais faire partie de cette liste !

Je plissai les yeux devant tant de dépit.

— Excuse-moi ! Mais es-tu en train de me juger, là ?

— Oui.

Après m'être statufiée une bonne dizaine de secondes, je fus prise d'un rire hystérique qui m'arracha même quelques larmes.

Combien de kilos de culot devaient bien circuler dans son système ?

— Je me fais juste la réflexion que t'aurais pu être dans son lit ce matin, s'excita-t-il suite à ma réaction. Et j'aurais pas pu le supporter.

Ça coupa court à mon hilarité et je m'énervai pour de bon.

— Oui, j'aurais pu être dans son lit. Mais seulement parce que je voulais t'oublier. Je voulais arrêter de penser à quelqu'un qui m'avait abandonnée.

— J'ai cru que tu…

— Eh bien c'est ça le problème, braillai-je. T'as cru. Tu as baissé les bras parce que t'as cru que je te repoussais. Moi, je ne me serais pas limitée à un simple appel. Moi, je me serais battue pour toi. Tu manques pas d'audace pour juger mes choix, alors que c'est à cause de toi que j'en serais arrivée là.

J'étais essoufflée à force d'avoir crié. Je n'avais pas pu m'en empêcher.

Il m'avait laissée tomber. Malgré tout, je lui avais ouvert les bras. Et il osait quand même me critiquer !

Toute cette rage concentrée en moi depuis des mois s'était réveillée et je tremblais à force d'essayer de la contenir en même temps que mes larmes.

Michael ouvrit la bouche pour répliquer, mais changea d'avis à la dernière minute.

Toutefois, le mal était déjà fait. Mes douloureux souvenirs avaient refait surface. Ce petit moment au lit était déjà loin derrière moi.

— Je suis désolé, finit-il par souffler d'un air sincère.

— Je rejoins le régiment pour intégrer l'armée de terre cette semaine après la remise des diplômes, balançai-je de but en blanc.

Plus besoin de retarder l'inévitable. Surtout pas maintenant.

Il se figea et cilla d'incrédulité.

— Tu... pars pour l'armée ? C'était pas un rêve de gosse ?

C'était en effet un rêve d'enfant. Ce qui était justement la raison pour laquelle je l'avais laissé tomber en grandissant. Mais qui avait dit que les rêves de gamine ne devaient pas être pris au sérieux ?

Jusque-là, devenir soldate était la seule chose que j'étais sûre de vouloir faire de ma vie.

— C'est ce que je veux, confirmai-je en levant le menton.

C'était devenu aussi évident le jour où je m'étais réfugiée sur la tombe de mon père après l'appel de Michael chez Ashton.

Je tombais en morceaux. J'avais atteint le summum de ma douleur à ce moment-là. Il m'était devenu vital de trouver un but à ma vie. Il me fallait quelque chose à quoi me raccrocher.

Et puis, j'avais eu comme une illumination.

Depuis, je n'avais tenu debout que grâce à cela. Postuler, réussir les épreuves, envisager un nouveau départ, voilà ce qui m'avait gardée en vie ces deux derniers mois.

Michael semblait complètement largué.

— Mais on devait partir...

Je commençais à voir de plus en plus rouge. Mes mains me démangeaient de casser un truc.

– Hellooooo ! vociférai-je avec un geste furieux. Cinq mois se sont écoulés. Cinq putain de mois ! Je trouve ça vraiment con que tu t'attendes à ce que rien n'ait changé. J'en ai bavé, Michael. J'en ai bavé. Mes sentiments sont peut-être restés intacts. Mais moi, je suis plus la même personne.

Et j'étais en train de prendre conscience que les deux n'étaient pas compatibles.

J'aurais beau l'aimer de tout mon cœur, néanmoins, on n'irait nulle part si j'avais toute cette amertume en moi.

– OK. OK, fit-il, désespéré, dans l'intention de calmer les choses. On va trouver une solution.

– Il n'y en a pas.

– On doit au moins essayer. On ne peut pas juste… baisser les bras.

– Alors pourquoi toi, tu l'as fait deux mois plus tôt ? cinglai-je.

– J'ai cru…

Cette justification me sortait par les yeux. Je ne pouvais pas l'accepter. Pas après ce qu'on avait vécu. Pas après ce que moi j'aurais été prête à donner.

Cette justification me faisait plus mal que toute autre chose.

Mes larmes finirent par m'échapper. Et avant même que Michael termine sa phrase, je fis voltiger la lampe la plus proche qui alla s'écraser dans un fracas contre un mur.

Ivre de colère, je poursuivis mon carnage en arrachant les draps du lit. Je criai en maltraitant les oreillers…

Je venais de m'attaquer aux petits-déjeuners lorsque Michael m'attrapa par la taille et me souleva de terre.

– Lâche-moi ! hurlai-je en me débattant. Fous-moi la paix !

Il me serra plus fort et m'empêcha de bouger.

Très vite, je n'eus pas d'autres choix que de me calmer, à bout de forces. Et puis, d'un coup, tous mes remparts s'effondrèrent.

Je pleurai à m'en fendre l'âme.

Toute la douleur que j'avais contenue ces derniers mois déborda en de gros sanglots bruyants qui me coupaient le souffle à chaque inspiration.

— J'ai tellement souffert, anhélai-je. Ce que j'ai ressenti était horrible. Tu m'as détruite, Michael. Tu m'as anéantie.

Il relâcha son étau sur ma taille et me retourna pour me prendre tout contre lui.

— C'était égoïste de ma part, mais je pensais que tu m'attendrais. J'avais besoin de temps.

Son ton avait beau être contrit, l'horrible vérité en filigrane me broya la poitrine. Je l'aimais trop. Je l'aimais beaucoup trop et il avait pris cela pour acquis.

Je m'accrochais à son tee-shirt en continuant d'inonder son torse de larmes. La vanne était trop longtemps demeurée fermée. Impossible de la maîtriser aussi tôt.

— Il suffisait juste d'un appel, geignis-je.

— Je t'ai appelée.

— C'était pas suffisant.

Je méritais deux appels. J'en méritais même mille. Il n'y avait rien que moi je n'aurais pas fait pour le récupérer. Son abandon était la preuve qu'il ne m'aimait pas comme je l'aimais. Et ça faisait mal. Très mal.

Je craignais fort d'arriver à pardonner cela un jour.

— J'ai déconné, reconnut-il en m'embrassant les cheveux. J'ai déconné grave. Mais je vais tout faire pour me rattraper. C'était bête de mentionner cela. On partira plus tard. Pour l'instant, je te promets de tout faire pour réparer mes erreurs.

Je réussis à atténuer mes sanglots petit à petit. Puis, je reculai pour lui faire face avec mon visage rougi.

– T'as pas compris, reniflai-je. On ne partira pas. Jamais.

Il plissa le front pour protester d'un air aussi perplexe qu'apeuré :

– Mais le régiment, c'est pas *Azkaban*.

Je basculai la tête en arrière et respirai à fond pour rassembler mon courage.

À son expression horrifiée, je sus qu'il avait deviné. Il m'implora du regard et secoua la tête de gauche à droite, mais j'annonçai quand même d'une voix monotone :

– On ne va pas garder contact. Je ne veux plus de... tout ça. Je ne veux plus de notre histoire.

Chapitre 44.
L'adieu

Je ne voulais plus avoir à donner autant si c'était pour recevoir si peu. Je n'arrivais pas à lui pardonner. Et je ne m'imaginais plus continuer ainsi.

Michael demeura médusé, sous le choc.

Ça eut pourtant le mérite de décupler mon énervement.

Je supposais qu'il s'attendait à ce que je tourne la page pour qu'on reprenne là où on en était.

Je ne supportais plus d'être aussi prise pour acquise. Pas après que moi, je n'avais pas pu compter sur son amour.

C'était trop injuste.

— C'est définitivement fini, répétai-je sans flancher. Je vais partir et laisser tout ça derrière moi.

Il cilla plusieurs fois avant de crisper des paupières comme si mes mots avaient encore du chemin à faire dans son esprit.

— Je…

Il n'arriva à rien prononcer d'autre pendant une bonne minute. Sa bouche s'ouvrit puis se referma à maintes reprises tandis que ses yeux s'embuaient.

Devant son état, mon amour se dressa contre ma colère pour un combat des plus épiques dont je doutais fort de ressortir indemne.

Je haussai les épaules et ajoutai d'une voix faible pour meubler le silence tortureur :

— De toute façon, c'était fini avant même que je le dise. Si je n'étais pas partie avec Adam, n'oublie pas que tu serais resté dans ton coin à me regarder mourir à petit feu. N'oublie pas que je n'ai pas valu la peine que tu te battes pour moi.

Les larmes que j'essuyai sur mes joues furent vite remplacées par d'autres.

— Ne dis pas ça, m'implora-t-il en secouant la tête.

— C'est un fait ! ripostai-je avec verve. Et ça fait mal, Michael. Ça fait mal. Tout ce que j'ai fait c'est t'aimer de tout mon cœur. J'aurais traversé des déserts pour toi. Et toi, tu…

Assez parlé. J'en avais marre d'être cette personne vulnérable. Je rassemblai toute la fermeté dont j'étais capable et décidai :

— Je ne veux plus que t'aies ce pouvoir sur moi. Je ne veux plus que quiconque l'ait.

Michael ne prit pas la peine d'éponger son visage inondé. Il tenta un pas désespéré dans ma direction, mais je reculai.

Il maltraita ses cheveux et confessa sur le ton d'un condamné :

— Je suis désolé. Je croyais bien faire. Je suis tellement désolé. Mais je t'ai revue. Je t'ai touchée. Je me rends maintenant compte de toute l'ampleur de ma bêtise. Je sais ce que j'ai manqué. Et je te jure que plus jamais, peu importe ce qu'il me coûtera, je ne vais plus te laisser tomber. Je t'aime, Megan. Je t'aime plus que tout. Je sais que j'ai failli à le montrer, mais je te supplie de me croire.

Sa voix qui s'était brisée à la dernière phrase me percuta en plein cœur. Mais je ne devais pas céder.

Il avait été le centre de mon existence pendant des années et regardez un peu mon état. Je ne me sentais pas la force de refaire de lui mon monde après ce que j'avais enduré. Je ne me sentais pas la force de m'exposer à cette souffrance une deuxième fois.

Il se rapprocha à nouveau et cette fois je le laissai faire. De toute façon, mon combat intérieur me pompait toute ma force.

Michael prit mon visage dans ses paumes pour m'inciter à croiser ses yeux de damné.

— Je ferai tout. Absolument tout pour me racheter. Ne me… Donne-moi une chance, s'il te plaît !

— Es-tu en train de me demander de ne pas rejoindre l'armée pour partir avec toi ?

— Non, s'empressa-t-il de répondre. Non.

Mais lui-même ne semblait pas convaincu de sa réponse.

Je hochai la tête et ôtai ses mains de mes joues l'une après l'autre. Ensuite, je relatai avec un calme qui me surprit moi-même :

— Tu sais, il n'y a même pas une heure, je considérais encore cette possibilité. Mais maintenant, je trouve ça complètement malsain. J'allais. Abandonner. Le seul truc. Dont j'avais toujours rêvé. Pour toi.

Je pouffai sans joie et levai les bras.

— Je t'aime trop, Michael ! Et c'en est presque insensé. Je t'ai désiré pendant deux ans. Et même à ce moment-là, t'avais du pouvoir sur mes décisions. Puis, le temps n'a fait que renforcer mes sentiments. Le jour où j'ai su pour toi et ma mère, j'étais prête à partir avec toi sur-le-champ juste pour pouvoir te garder… Bref. Je sais que tu sais à quel point je suis obsédée par toi. Et ça ne me dérangeait pas, tant que j'avais l'espoir que tu éprouverais la même chose. Mais là, j'ai la preuve que ce n'est pas le cas. Et… je ne veux plus que tu sois ma priorité. Je veux savoir ce que ça fait de vivre pour moi-même. Je veux être au centre de mon monde. Au moins, moi, je ne m'abandonne jamais.

Je fus étonnée de ne pas voir une poignée de cheveux dans ses mains après ce qu'il fit à sa chevelure. Il semblait vivre le martyre à essayer de trouver les bons mots.

Je me statufiai lorsqu'il tomba à genoux devant moi et colla son front contre mon abdomen.

– T'es tout ce qu'il me reste, gémit-il.

Là, c'était à mon tour de souffrir le martyre. Je secouai la tête en essayant de maîtriser mes larmes. Je l'aimais trop pour supporter de le voir dans cet état.

– Fais pas ça ! le priai-je. Relève-toi !

– Je te demande pardon, sanglota-t-il. Je ferai tout ce qu'il faudra. Fais-moi souffrir, mais je t'en prie me tue pas. Pars, si c'est ce que tu veux. Je te soutiendrai. Mais dis pas que c'est fini.

Je me mordis l'intérieur des joues jusqu'au sang pour ne pas partir en vrille. La douleur m'éclaircit quelque peu les idées. Je fermai les yeux en remplissant mes poumons pour garder mon calme.

Je m'agenouillai à mon tour et pris son visage entre mes mains.

– Je peux pas continuer, soufflai-je en priant pour qu'il perçoive la détresse de mon ton.

Cette décision m'était toute aussi pénible et j'espérais qu'il le savait.

– Ça va pas le faire, Michael. Je reviendrai pour toi, sinon. Je le sais… Mon père a abandonné son rêve pour ma mère et ça s'est mal terminé.

Helen avait un contrôle absolu sur lui. Il avait rompu son contrat avec l'armée pour faire plaisir à sa femme. Mais être soldat lui avait toujours manqué.

Ma mère elle-même avait avoué que ça avait fini par les éloigner. Et mon père l'avait trompée.

– Je veux vivre pour moi, repris-je. Je veux grandir et faire mes propres choix. J'ai plus envie que toutes mes décisions tournent autour de toi. Laisse-moi partir ! J'en ai besoin.

Je ne l'avais jamais vu pleurer autant et ça me démantelait le cœur.

– J'aurais dû appeler plus, anhéla-t-il.

Oui. Il aurait dû.

Mais s'il l'avait fait, je n'aurais jamais eu la force de décider d'être autre chose qu'une obsédée de lui. Et au final, peut-être qu'Helen n'avait pas tort. Tout arrivait pour une raison.

— Je ne vais pas arrêter de t'appeler ou de t'envoyer des lettres, promit-il avec conviction. J'ai abandonné trop vite la première fois. Je ne vais pas recommencer.

Je collai mon front contre le sien et enfouis fort mes doigts dans ses cheveux comme si je n'allais plus jamais en avoir l'occasion – ce qui était peut-être le cas.

— Si tu m'aimes, même un tout petit peu. Si tu ressens la moindre affection pour moi, libère-moi de toi. N'envoie pas de lettres. Je ne serai pas assez forte pour tenir. Si tu m'aimes, laisse-moi réaliser mon rêve !

Puis, je me levai avec l'impression d'être la pire personne sur Terre lorsque ses sanglots redoublèrent.

Il fallait que je tienne. Il fallait que je tienne.

Je me répétai cela comme un mantra en récupérant ma robe et mes chaussures.

Il fallait que je tienne. Il fallait que je…

Je craquai et mes pleurs rejoignirent les siens avant même que j'atteigne la porte. Chacun de mes pas pesait une tonne.

Je m'arrêtai en posant une main sur la poignée, avec l'envie de tout abandonner.

Il était là. Ses excuses étaient sincères, mais… C'était ça le problème. Avant, il n'y avait pas de mais. Avant, je n'étais pas partagée entre lui et moi.

Et il m'avait peut-être fait du mal, cependant, je ne le détestais pas assez pour lui faire subir cette Megan.

Je l'aimais. Mais après ce que je venais de vivre, je n'avais plus du tout envie d'être en couple. Pas comme ça. Pas avec toute cette rage en moi. Pas alors que je ne pourrais pas m'empêcher de vouloir le faire payer encore et encore.

Je finirais par empoisonner tout ce qu'on avait construit.

J'avais besoin de me retrouver. Même si ça me déchirait, partir était la solution la plus saine pour nous deux.

Et je réalisai que quand on savait accepter ce genre de choses, c'était qu'on grandissait.

Mais qu'est-ce que grandir faisait mal, bordel !

— Tu es ma plus belle histoire, Michael, reniflai-je sans me retourner. Tu es mon rêve devenu réalité. Je ne suis peut-être plus la même, mais sache que je t'aimerai toujours.

Je n'attendis pas de réponse et je m'empressai de sortir en courant jusqu'à l'ascenseur pour ne pas faire demi-tour.

J'étouffais. J'avais l'impression de mourir. Je me haïssais. Je me maudissais et me dégoûtais même si quelque part au fond, je me félicitais d'avoir eu le cran de suivre la voie de la raison.

Ça n'aurait pas marché. Ça n'aurait pas marché. Ça n'aurait…

Je m'écroulai dans la boîte en métal avec l'impression de porter le monde sur mes épaules.

Je venais probablement de perdre l'amour de ma vie parce que j'avais peur de souffrir à nouveau ; parce que j'étais incapable de pardonner.

Ça aurait peut-être pu marcher avec le temps. Même si je partais pour l'armée, on aurait peut-être pu trouver un équilibre.

Était-ce ces longs mois qui m'avaient rendue si pessimiste ?

Et même si je finissais par rompre mon contrat pour le suivre au bout du monde ? N'était-ce pas ça l'amour ? Faire passer l'autre avant soi.

Comme ton père et ta mère ? souleva une petite voix.

J'étais inconsolable. Ma tête explosait. Je tirai sur mes cheveux et envoyai des coups de pied par terre comme une détraquée.

Ce que je ressentais était horrible.

Avant que les portes de l'ascenseur ne se referment, je vis Michael courir dans ma direction.

Je m'essuyai les joues et me relevai, animée par un regain d'espoir coupable.

Je n'aurais plus le courage de me battre contre lui. C'était une torture insoutenable de ne pas être dans ses bras.

On n'allait peut-être pas tout perdre après tout. Je finirais par changer. Je me débarrasserais de ce venin qui me rongeait. Je réussirais à lui pardonner.

Mais les portes se refermèrent avant qu'il ne m'atteigne.

Je m'écroulai à nouveau, mais acceptai de prendre cela pour un signe.

Ce n'était pas le bon moment. Et à mesure que je me redécouvrais, ça m'apparaissait de plus en plus comme une évidence.

L'amour ne suffisait pas toujours et beaucoup d'histoires ne finissaient pas comme dans les fictions. Mais ça ne voulait pas dire qu'elles n'avaient pas compté. Ça ne voulait pas dire qu'elles n'étaient pas le truc le plus vrai qu'on avait connu.

Michael resterait à jamais une part de moi.

La preuve, des années plus tard, je me reposais souvent la question de ce qu'il allait me dire ce jour-là.

Et dans ces cas-là, si l'ancienne Megan se manifestait, si l'adolescente en moi, fan de romance de bad boy, refaisait surface, je caressais mon tatouage avec un sourire nostalgique et m'imaginais qu'il aurait avoué :

— Moi aussi, je t'aimerai toujours.

Épilogue.
H

« T'as changé d'avis, ma chérie ? T'as qu'à m'indiquer ta position. Je peux toujours venir te chercher. »

Je roulai des yeux et empochai mon téléphone, mi-agacée, mi-attendrie.

Depuis mon opération, ma mère me traitait comme une invalide.

D'accord, deux mois plus tard, je ne pouvais toujours pas lever le bras sans grimacer, ni récupérer un objet sur la banquette arrière d'une voiture. Mais c'était normal après une blessure par balle à l'épaule.

Toutefois, j'avais 23 ans, bordel ! Et j'étais un soldat. Je détestais me sentir inutile. Je pouvais quand même aller à ma thérapie toute seule !

Et puis, la marche était tout ce qu'il me restait comme activité physique. J'avais comme ordonnance de me tenir tranquille.

Moi qui me plaignais tellement pendant nos séances de muscu à l'armée, qui aurait imaginé que ça me manquerait un jour ?

On était au début de l'après-midi. J'avais encore une heure devant moi avant la deuxième confrontation hebdomadaire avec ma rééducatrice impitoyable.

Une heure que je prévoyais de savourer avant d'aller en enfer.

Je poussai la lourde porte de l'un de mes endroits préférés et me dirigeai comme à l'accoutumée vers la banquette rouge au fond, près de la vitre.

Depuis qu'ils avaient transformé ma petite librairie en *diner* de style rétro, je passai plus de temps que je ne le devrais là-bas.

J'avais appris avec tristesse que ma vieille libraire avait succombé à une crise cardiaque. Ses enfants avaient alors vendu la propriété à des hommes en costard qui y avaient vu un potentiel commercial.

J'avais bien entendu râlé au début. Mais j'avais fini par trouver son charme personnel au *diner*.

Les conversations des lycéens en bruit de fond m'étaient vite devenues familières. Ce vieux couple qui débarquait toujours à 14h pile. Le serveur à fossettes qui n'arrêtait pas de me draguer... Tout cela faisait partie intégrante de mon quotidien depuis mon retour à Portland.

– La même chose que d'habitude, bella ?

En parlant du loup...

Le blond aux yeux océan s'adressa à moi avec un rictus charmeur. Je le trouvais trop craquant ! J'aimais bien avoir son attention, même si au fond de moi, je savais qu'il n'avait aucune chance.

Du coup, je dosais les espoirs que je lui donnais, pour qu'il n'abandonne ni n'insiste trop.

Je posai mes écouteurs à fil qui ne me quittaient plus et lui décochai un large sourire, tout en coinçant une mèche brune derrière...

Derrière rien en fait. Mes cheveux touchaient à peine mon lobe. J'avais parfois tendance à oublier que j'avais désormais la coupe d'Emma Watson en 2010.

— Non, corrigeai-je. Juste un café très noir.

Mon troisième de la journée, mais qu'importe. Aux grands maux les grands remèdes.

Une fois que Monsieur Fossette eut tourné le dos après un commentaire flatteur, je tirai sur mes cheveux en grimaçant. Parfois, j'espérais bêtement que si je tirais assez, ils redeviendraient comme avant que mes connards de camarades ne me rasent la tête.

Au lieu d'être triste on en colère en me remémorant cette scène, un sourire nostalgique étira mon visage. Je me revis en train de me débattre et de hurler tandis que mes compagnons hilares m'immobilisaient sur un siège pour m'enlever l'un de mes biens les plus précieux, suite à un stupide pari.

Avec le temps, si mon visage avait conservé ses rondeurs poupines, ma chevelure elle, s'était carrément métamorphosée ; devenant aussi longue, foncée et majestueuse que celle d'Helen.

Elle était pour moi une vraie fierté. Tout le monde le savait.

Je me demandais encore comment j'avais pu accepter ce pari stupide.

Mais au fond, ça n'avait rien d'étonnant. On avait tous nos petites périodes de dérapages à l'armée.

Quand on était constamment confronté au pire de l'humanité, on avait besoin de se rappeler pourquoi on luttait pour l'autre moitié.

On avait besoin de se rappeler l'importance de l'amour, du sexe, de l'amitié, de l'art, de la passion, des rires, des conneries… même si cela consistait à rester impassible à un pet de Cho sous l'œil critique de mon unité.

Ce connard lâchait de ces caisses ! Je savais que je n'aurais pas pu supporter. Mais on avait besoin de ça après avoir démantelé un réseau de trafic d'organes d'enfants.

J'avais perdu mes cheveux, mais pendant ce moment de laisser-aller, entouré des rires de mes camarades, je savais qu'on avait encore gagné une manche contre cette foutue fumée noire qui menaçait de bouffer nos cerveaux, dès qu'on avait le malheur de baisser la garde. Et ça n'avait pas de prix.

Isas, Cho, Aya, Sterling, Nil, Emily et tous les autres... même Cara la grande gueule me manquait ! Ils étaient désormais comme ma famille.

Par contre... bizarrement, je n'étais pas pressée d'y retourner. Mon soupir coupable en posant mon smartphone sur la table suite au énième coup de fil d'Isas en était la preuve.

Si seulement cette balance de Cho avait su tenir sa langue !

Parfois, j'oubliais qu'avant d'être mon meilleur pote, il était le frère de notre capitaine, alias mon petit copain.

La semaine dernière, je lui avais confié mes doutes sur mon avenir à l'armée. Et bien sûr, il les avait communiqués à Isas qui depuis prenait à peine des pauses entre ses appels.

Je n'avais décroché que deux fois. La honte me consumait.

Fidèle à lui-même, l'Asiatique attendait un oui ou un non de confirmation. Je n'avais pas de réponses concrètes à lui donner. Je ne savais même pas où j'en étais.

J'espérais qu'il me pardonnerait. Je n'avais pas envie de lui parler pour l'instant.

Et ça me dérangeait, car je savais qu'il aurait dû être à fond sur sa mission. Je ne voulais pas que quelque chose lui arrive par ma faute.

Isas était l'un des meilleurs soldats à avoir foulé cette Terre. Tout le monde le respectait. C'était normal. Rares étaient les choses qu'il ne maîtrisait pas.

L'humour était en tête de la liste. Mais il compensait largement avec ses autres qualités.

J'avais gagné le gros lot en tombant sur les frères Ueno. Le rigolo comme meilleur pote et le gentleman super soldat comme petit ami.

Ma vie me convenait plutôt bien, mais… Mais un « mais » était venu s'installer dans l'équation après l'échec de ma dernière mission. Un « mais » qui se manifestait de plus en plus souvent ces temps-ci.

Ma vie me convenait, mais était-ce vraiment ce que je voulais ?

Dans ces moments de doutes, je me maudissais de ne pas être satisfaite d'être aussi chanceuse. Qu'est-ce qui clochait chez moi ?

Pour quelqu'un qui voulait évoluer dans un milieu où le nom de ma mère ne voudrait rien dire, tout en servant une noble cause… Je trouvais que j'avais pas mal réussi.

Comparée à certains de mes anciens camarades, j'étais bien.

Je ne foirais pas ma vie comme Adam par exemple qui était en ce moment même en centre de désintox.

J'avais vu l'info à la télé puisque monsieur était désormais une célébrité. Il avait fini par intégrer l'équipe de Portland, avant d'être racheté par San Antonio.

Il sortait avec une actrice bipolaire. Et leur petite existence toxique était très médiatisée.

Ces derniers temps, je trouvais une sorte de réconfort malsain dans le malheur des autres.

Parce que même si j'étais fière de ma carrière militaire, je ne pouvais me débarrasser de l'impression d'être passée à côté de quelque chose d'important.

Je luttais chaque jour contre mes idées noires.

C'était plus facile pour moi de plaindre Adam qui avait obtenu ce que Teddy voulait de tout son cœur et qui était déjà en train de le foutre en l'air.

Le rouquin, lui, avait laissé tomber le basket et se faisait un nom dans la justice comme son père. Je le savais grâce à *Instagram*.

Au fil des ans, les likes et quelques smileys étaient la seule forme de communication qui avait subsisté entre nous.

Après mon éclat à la remise des diplômes à cause de leur trahison, ils avaient essayé d'arranger les choses, mais j'en voulais trop au monde entier à l'époque pour leur laisser une chance.

Avec le temps, bien que j'eusse appris à leur pardonner, je n'avais pas vu l'utilité de garder un contact sérieux.

C'était pour cela que j'étais toujours laconique dans mes DMs. Je n'avais pas envie d'avoir des conversations stériles sur le bon vieux temps. Or, je me voyais mal leur raconter des choses plus récentes comme la mort de cette petite fille dans mes bras par la même balle qui m'avait transpercé l'épaule.

En cinq ans, j'avais pleuré plus de morts que je ne pouvais compter sur mes doigts. Nos mondes étaient désormais trop différents. C'était mieux qu'on garde nos distances.

Stacy n'avait pas percé dans la mode, mais il était difficile de ne pas croiser sa gueule dans un magazine en vogue.

Les trois millions de followers sur *Instagram* et son dernier message « personne ne me lâche de vus, pétasse » attestaient bien de son statut de star.

Ce n'était pas ce qui m'avait empêché de lui lâcher un deuxième vu, juste pour la faire rager.

Je savais qu'elle s'enflammait pour un rien. Sa vie aussi était très médiatisée. J'imaginais la pression au quotidien. Mais elle et Everly devaient tenir le coup, car l'année dernière, j'avais reçu une invitation à leur mariage.

J'avais juste envoyé des cadeaux.

C'étaient mes amies du lycée. Je ne les oublierais jamais. Mais je n'avais pas vu l'utilité de les revoir. Ma présence n'aurait rien changé de toute façon.

Ça, c'était ma logique de glaçon, comme dirait Cho. Mais c'était comme ça. J'avais changé et je l'assumais.

D'ailleurs, je me sentis un peu mal de voir Isas insister alors que moi, j'aurais abandonné après le deuxième appel.

Mes écouteurs vissés aux oreilles, je descendis une gorgée du bonheur à l'état liquide que m'avait apporté le serveur.

La musique s'arrêta deux secondes plus tard à cause d'un nouvel appel d'Isas. Je soupirai en laissant le téléphone vibrer.

Sauf qu'il n'abandonna pas au premier coup de fil, ni même au troisième. Je tentai de me laisser distraire par le bavardage de tous ces ados ou par le ronronnement de la radio. En vain.

Après une énième vibration, j'arrachai mes écouteurs, et décrochai de mauvaise humeur :

– Oui !

J'avais ce petit défaut d'aimer parler au téléphone… au téléphone. J'avais toujours l'impression de m'adresser au vide autrement.

– Si t'avais pas décroché cette fois, je te jure que t'aurais été responsable d'un meurtre, envoya mon interlocutrice, fumante.

Ashton ! Cette boule de nerfs ambulante depuis sa grossesse.

Cette folle était la seule vraie amie qu'il me restait en dehors de l'armée.

Elle avait pleuré des plombes lorsque j'étais revenue avec mon épaule en écharpe. Et puis, elle avait dégueulé sur moi, avant de dégueuler sur mon lit, puis de massacrer les toilettes.

On avait conclu que mon épaule, même amochée n'aurait pas pu être la cause de tout cela. Elle était allée voir un médecin et avait découvert qu'elle était enceinte.

À défaut d'être sa témoin à son mariage, je serais de force la marraine de ce petit bout de chou à venir.

De force, parce qu'elle m'avait menacée de péter mon autre épaule en cas de refus.

J'avais des raisons à mon hésitation. Mais c'était Ashton. Elle était passée maître dans l'art d'obtenir tout ce qu'elle voulait.

Ça me faisait bizarre de voir son ventre grossir de jour en jour. Des fois, j'avais l'impression que nos parties dans les bois remontaient à seulement quelques semaines.

Et pourtant, ça faisait longtemps que je n'avais pas tenu une arme pour le plaisir.

Ashton elle, avait gardé le club ouvert. Elle initiait des enfants à l'airsoft. Elle apprenait aussi les bases aux plus vieux. Elle arbitrait des parties. Elle avait même une chaîne *YouTube* sur le sujet qui comptabilisait près de trente mille abonnés.

C'était une vraie passion que sa grossesse n'avait pas suffi à lui ôter.

Bien sûr, elle ne s'exposait plus aux projectiles. Son fiancé en mourrait. Mais elle trouvait toujours le moyen d'être active sur le terrain.

— Claudia t'attend pour prendre tes mensurations, brailla-t-elle. T'es la seule demoiselle d'honneur à ne pas t'être présentée. Je veux que toutes ces fichues robes soient parfaites. T'aimes me faire souffrir, c'est ça ?

Ashton, fidèle à elle-même voulait un mariage gothique. Elle m'avait partagé les modèles de tenues qu'elle avait choisis. Je n'avais pas commenté pour ne pas la vexer. Cependant, j'avais du mal à me faire à l'idée de porter du noir pour un mariage.

La mariée elle-même en porterait. Je ne devrais pas déroger au thème. Mais voilà, ça ne m'emballait pas des masses.

— Tu veux que je meure de chagrin avec ton filleul ? rechargea-t-elle, pitoyable.

Elle était une très bonne actrice. Si je ne l'avais pas récemment vu faire pour obtenir plus d'attention de son futur mari, j'aurais presque pu croire à son chagrin.

Je roulai des yeux comme si elle pouvait me voir.

– Ça marche peut-être sur Alexander, mais pas sur moi.

– Ah zut ! pesta-t-elle avant de glousser. Mais bon, j'y peux rien s'il est fou de moi.

C'était clair. Il l'adorait. Par contre moi, il ne pouvait pas me voir en peinture et je le lui rendais bien.

Deux ans plus tôt, lorsque j'étais revenue pour le mariage de ma mère avec Jesse Scott, ça m'avait fait un choc d'apprendre pour leur relation survenue suite à une rencontre fortuite.

On avait quand même d'un côté, Alexander avec ses dreadlocks et son style hip-hop. Puis, de l'autre Ashton, ses délires gothiques et son style punk.

Ils étaient différents sur tous les aspects possibles et imaginables. La blonde elle-même répétait souvent qu'elle ne saisissait pas comment cela avait pu marcher entre eux.

Mais ça marchait. Ils s'aimaient tellement que parfois, c'en devenait gonflant.

Alexander avait lui aussi été surpris en apprenant pour mon amitié avec la blonde. À cause de cela, il était obligé de me témoigner une politesse froide qui cachait à peine son animosité à mon égard.

Honnêtement, je n'en revenais pas qu'il m'en voulût encore !

Il avait réussi avec sa marque de skatewear et il avait tout fait pour que je sois au courant. Comme si j'en avais quelque chose à battre ! Au contraire, je le méprisais de croire jusqu'à date que j'avais préféré Michael pour l'argent ou sa couleur de peau.

La seule raison pour laquelle je supportais sa présence était son affection pour Ashton.

Cette dernière savait pour notre histoire. Elle était OK avec ça. Elle avait même essayé d'inaugurer des rapports plus amicaux entre nous. Mais elle avait échoué, car jusque-là, son fiancé et moi n'avions jamais eu de conversations de plus de dix mots, ni échangé autre chose que des regards suffisants.

J'allais vraiment me débrouiller pour que son enfant m'aime. Histoire de lui foutre les boules le plus possible.

Heureusement qu'Ashton était assez chaleureuse pour deux. D'ailleurs, comme pour me donner raison, cette dernière piailla tout à coup comme une gamine :

— T'as invité ton chinois ? J'ai trop envie de le rencontrer pour savoir s'il ne sourit jamais aussi dans la vraie vie.

Dès qu'on voyait Isas, on se doutait qu'on n'avait pas affaire à un plaisantin.

Son physique solide et sec. L'absence quasi perpétuelle d'émotion sur son visage anguleux. Ses cheveux ras et son regard sombre... Il avait tendance à intimider les gens qui s'imaginaient tout de suite qu'il ne se débarrassait jamais de son masque impénétrable de capitaine. Moi aussi, je croyais cela avant. Mais je savais désormais que c'était faux.

C'était facile de se faire un jugement sur lui lorsqu'on ne le connaissait pas. Ashton ne l'avait vu que sur *Instagram*. Et il avait quoi ? Cinq photos de lui tout au plus ? Toutes les autres étaient des portraits de moi, et il m'avait souri presque à chaque fois en les capturant.

C'était l'un de ses hobbies.

— Il est actuellement en Europe, informai-je Ashton en me massant une tempe.

La vraie réponse étant que je ne lui avais pas du tout parlé du mariage.

— Et il n'est pas chinois, rectifiai-je pour me donner bonne conscience. Ses parents sont japonais.

Je savais qu'Isas tenait beaucoup à ce détail.

— C'est pareil, riposta Ashton.

— Non. C'est raciste.

— Dit-elle, alors qu'elle a traité mon fiancé de méduse.

Malgré moi, ce souvenir incurva mes lèvres en une ligne toute aussi nostalgique qu'amusée.

— J'arrive pas à croire qu'il t'ait raconté ça. En plus, ce n'était même pas de moi. C'était Michael.

— Il me raconte absolument tout. Et Michael ou toi, c'est pareil.

— Sérieux ? C'est tout ce que t'as trouvé ?

On rigola toutes les deux. Puis ensuite, lorsque je me fus calmée, je rangeai une mèche derrière... rien.

J'étais curieuse de savoir quand j'allais me défaire de cette habitude.

En jouant avec mon gobelet, je m'enquis auprès d'Ashton d'un ton que je voulais désinvolte :

— Au fait, tu n'y as jamais fait allusion. Mais viendra-t-il au mariage ?

Voilà, j'avais enfin posé cette question qui me démangeait depuis un moment.

Épilogue.
É

Je n'avais pas besoin de mentionner son nom. D'ailleurs, le changement de ton de la blonde m'indiqua qu'on était sur la même longueur d'onde.

– Je lui ai laissé plusieurs mails. Il n'a pas répondu. Donc je ne sais pas. Il est peut-être en Inde, en Russie, ou même au Pôle Nord. Qui sait ?

Non. Il était aux États-Unis depuis deux mois.

Je ne savais pas où, mais il était là. Je l'avais appris de source sûre.

Je n'allais pas prétendre que je n'avais pas été curieuse de savoir ce qu'il était devenu, ni que je n'avais pas regretté ma décision à maintes reprises.

Notre séparation m'avait longtemps hantée. Si bien que j'avais dû trouver une solution pour arrêter de cogiter tout le temps à propos de lui : prendre de ses nouvelles.

J'avais réussi à joindre son éditrice.

J'avais dû lui raconter toute l'histoire pour la convaincre d'être mon informatrice. La trentenaire avait trouvé cela trop romantique. Et ce fut de cette façon que j'avais pu être au courant de toutes les étapes importantes de la vie de Michael depuis mon départ.

Il avait laissé tomber la fantasy au profit de la littérature érotique. J'avais tous ses livres. Et comme ses millions de fans, j'étais devenue accro à ses récits intenses, tordus et empreints de son humour caractéristique. Toutefois, je vacillais entre déception et résignation de ne jamais trouver notre histoire parmi celles qu'il partageait sous son nom d'emprunt.

Peut-être que c'était sa façon de me punir. Ou peut-être qu'au final, il s'était rendu compte que notre relation n'avait pas été si spéciale que ça. Peut-être qu'à ses yeux, une amourette d'adolescence ne méritait pas sa place sur des pages qui faisaient vibrer des lecteurs du monde entier.

Du début à la fin, je restais celle qui avait trop donné. Celle qui continuait d'y repenser. Celle qui recevait les mails de l'éditrice avec un sentiment de dépit pour elle-même, mais qui les ouvrait quand même.

Il était allé voir le monde, comme il l'avait toujours voulu. Il nourrissait son addiction à l'adrénaline avec des activités toutes plus dangereuses que les autres. La trentenaire m'avait révélé qu'il avait escaladé l'Everest.

J'étais un peu fière qu'il eût réussi à se créer l'existence riche en aventures dont il rêvait depuis son enfance.

Toutefois, j'avais supplié mon informatrice de m'épargner les détails de sa vie sentimentale.

Je n'avais pas envie de savoir. Avec le temps, j'avais de moins en moins mal en repensant à nous deux. Malgré cela, je n'avais pas envie de savoir.

J'étais demeurée silencieuse le temps de ce petit road trip dans mes pensées. Ashton me ramena au moment présent en ajoutant :

— Au pire, s'il vient, vous baisez, tu tombes enceinte et votre histoire se termine comme elle aurait dû se terminer. J'imagine trop nos enfants devenir cousins.

Pourquoi personne ne lui avait expliqué depuis le temps le principe des cousins ?

Michael et moi, c'était terminé. Ces dernières années, je ne comptais même plus les fois où j'avais dû le répéter à cette tarée qui voyait des bébés partout depuis sa grossesse.

Je sortais avec Isas depuis un an et il me convenait. Même si je traversais une petite période noire, tout allait rentrer dans l'ordre.

Même si, normalement, j'aurais dû avoir la représentation mentale de cet ordre tant attendu. Pourtant, je n'avais rien. Je savais juste que ce n'était pas ma vie avant l'échec de cette mission.

Aussi déstabilisant était-ce, je sentais que ça ne me suffirait plus.

Par contre, j'étais sûre à cent pour cent de ne pas vouloir d'un bébé.

Je le rappelai à Ashton qui s'offusqua comme la première fois.

Pourtant, c'était simple. Je n'allais pas donner la vie à un être que je ne pourrais pas protéger contre les atrocités de ce monde.

L'armée ne rendait pas invincible. Être tireuse de précision ne servait à rien lorsque quelqu'un te surprenait par-derrière.

Assister impuissante à la mort de cette enfant avait brisé quelque chose en moi et laissé une tache poisseuse qui prenait de plus en plus de place.

— C'est la meilleure chose au monde, objecta la blonde. Cet être vivant en toi qui…

Et ça recommençait ! Les fanfaronnades sur les joies de la maternité. J'en avais marre d'avoir cette conversation encore et encore.

— A.. aaa… allô, je capte plus, mentis-je en éloignant le téléphone. Allô.

Mon doigt au-dessus de l'option raccrocher, je l'entendis brailler :

— Je te jure, Megan, si t'oublies encore ces fichues mensurations, tu crè…

Je rigolai en l'interrompant d'un clic sur mon écran. Je plaignais presque Alexander qui devait la supporter tous les jours.

Je commandai un autre café, à emporter cette fois. Puis, je m'en allai vers la maison de couture qui par chance ne se situait qu'à trois rues.

La semaine précédente, j'étais déjà venue dans la boutique chic aux luminaires tous plus impressionnants que les autres. J'étais partie parce que la jeune femme qui devait s'occuper de moi traînait trop.

Le magasin était agencé avec des fauteuils et des canapés au centre. Puis, des robes sur la quasi-totalité du pourtour de la grande pièce principale.

Je me dirigeai vers le comptoir au fond et m'adressai à la femme aux traits hispaniques derrière.

— Bonsoir. J'ai rendez-vous avec Claudia.

Elle demanda mon nom, pianota sur son clavier et finit par m'informer :

— Elle revient dans un quart d'heure. Installez-vous, s'il vous plaît, Mademoiselle !

Donc il me faudrait attendre ! Encore !

Je soupirai à m'en fendre l'âme en me traînant vers l'un des fauteuils au centre de la pièce.

J'enfilai mes écouteurs, mais j'interrompis assez vite le défilement de ma playlist sans avoir eu le temps de choisir une chanson.

Une brunette sur ma droite qui pressait une robe rouge sur son buste ; un téléphone coincé entre son épaule et son oreille, avait capté toute mon attention.

Son sourire était tellement large que j'apercevais ses molaires. J'ignorais pourquoi je ne pouvais détacher mes yeux de ses cheveux épais domptés en une queue-de-cheval aux boucles lâches. Ses grosses lunettes et son style de secrétaire m'intriguaient au plus haut point.

Où diable l'avais-je déjà vue ?

— Toi aussi, tu me manques déjà, susurra-t-elle.

Sa voix aussi me disait quelque chose.

Tout de suite après, elle prit une pause, ajusta son téléphone, puis scruta les environs comme pour se débarrasser de l'impression d'être observée.

Tous les autres clients s'occupaient de leurs affaires.

J'adoptai une expression blasée et tapotai mon jean au rythme d'une chanson inexistante. J'attendis ainsi qu'elle se reperde dans sa conversation pour l'espionner.

On devait lui avoir dit un truc sale. Je connaissais cette mine embarrassée pour l'avoir déjà fait naître sur le visage d'Isas en lui glissant des cochonneries à l'oreille.

Elle se mit à chuchoter, les joues roses :

— Tu... tu veux dire ici ? Dans le magasin ? T'oserais quand même pas !

Elle sourit. Un sourire aussi choqué qu'excité.

Anna !

Voilà ! Ça m'était revenu d'un coup. Qu'est-ce qu'elle avait changé, bordel ! Elle était passée de pas mal à super canon, dans le genre geek sexy.

Elle avait conservé une attitude discrète, mais je l'imaginais mal baisser la tête comme à l'époque devant Stacy.

Elle sembla hésiter suite à la proposition indécente de son interlocuteur. Mais elle finit par déglutir, les pupilles étincelantes après s'être de nouveau assurée que personne ne l'épiait.

– La deuxième cabine au fond.

Génial ! Fixer une baise dans un magasin. Comme si j'avais besoin d'un rappel supplémentaire que ma vie était nulle à chier.

Cela faisait un moment que la lueur dans les yeux de la brunette n'avait pas brillé dans les miens.

Isas était bon au lit, mais nos rapports sous la couette étaient assez conventionnels. Par exemple, je savais que jamais, il ne m'aurait proposé un petit quickie dans une cabine d'essayage.

Pas parce qu'il n'en aurait pas envie, si je le chauffais. Il était juste trop... discipliné pour ça.

Je savais qu'il m'aimait de tout son cœur. Un peu trop même. J'avais honte de ne pas être comblée. Mais c'était comme cela. Je n'y pouvais rien.

Et puis, qui était pleinement satisfait en couple ? On était humain après tout. La femme comblée sur tous les plans n'existait pas.

Je me répétai cela encore et encore en voyant Anna se diriger d'un air coupable au fond du magasin.

La petite nerd était une femme désormais et elle était heureuse.

Pour l'instant.

C'était méchant de penser comme ça, mais je ne croyais plus au bonheur pour toujours. Surtout désormais que la fragilité de la vie n'était plus un mythe pour moi comme chez la plupart des gens.

Le présent était tout ce qui m'importait. C'était pour cela que je savais que j'aurais adoré être à la place d'Anna à ce moment-là, frémissante d'anticipation et d'excitation.

Mais je pouvais toujours rêver.

Bref, ma vie était nulle.

Dix minutes de dépression plus tard et toujours pas de signe de Claudia, j'empochai mon téléphone et me levai pour quitter les lieux.

Ce serait encore pour une autre fois. Et puis, ma séance de rééducation m'était sortie de la tête. Je venais de réaliser qu'il me restait moins d'un quart d'heure pour me rendre là-bas.

Je pendis mes écouteurs à mon cou, bus une gorgée de mon café tiède et tournai les talons.

Il n'y avait que dix pour cent d'hommes dans le magasin. Et ils accompagnaient tous quelqu'un. Il me serait difficile de rater le nouveau venu qui se dirigerait vers une cabine d'essayage.

Anna et son bonheur m'avaient déjà pompé toute ma bonne humeur. Je ne voulais pas en plus croiser son mec en étant au courant de la raison de sa venue.

De plus, j'étais persuadée que les deux formaient le genre de petit couple chiant et parfait qui donnait aux autres l'impression que leur relation, c'était de la merde.

J'avais presque atteint la porte tournante lorsque la réceptionniste m'interpella. Je devinai que la couturière était enfin arrivée.

Je pivotai avec un soupir las, mais je restai ensuite clouée à la même place.

Je n'étais plus d'humeur. Toutefois, si je n'en finissais pas sur-le-champ, je devrais revenir un autre jour. Je voulais en finir avec cette corvée.

En même temps, mon épaule m'élançait. Il serait peut-être préférable d'opter pour la thérapie. Ou pas…

Les clients circulaient et dévisageaient avec curiosité la jeune femme immobile devant l'entrée ; en l'occurrence moi.

Après deux minutes de débat intérieur, je décidai de partir.

Le souvenir d'Anna m'avait convaincue. Je ne voudrais pas penser au couple qui prendrait leur pied tout près de moi. Surtout en ce moment.

Avec une énergie renouvelée, je fis demi-tour pour mettre le plus de distance entre moi et ce baisoir imminent.

Malheureusement, j'entrai en collision avec quelqu'un et mon café éclaboussa tout le devant de mon tee-shirt blanc.

Par chance, mon épaule n'avait subi aucun dommage. Je soupirai de dépit en évaluant les dégâts. Même ma veste était touchée.

Une fatigue mentale s'empara de moi et je ressentis l'envie de m'allonger à même la moquette et de ne plus bouger.

J'en avais marre, marre, marre.

Le problème n'était pas les taches brunes sur mes fringues, mais l'impression de m'enfoncer un peu plus chaque jour.

Je ne me souvenais pourtant pas d'avoir participé à la loterie du désespoir. Je devais au plus vite prendre rendez-vous avec le responsable pour lui remettre ma médaille de gagnante.

J'étais tellement vidée !

Mon agresseur faisait étalage de sa culture en jurons alors que les éclaboussures ne seraient même pas flagrantes sur ses habits noirs.

De plus, c'était lui qui m'était rentré dedans. Mais peu importait. J'étais prête à m'excuser pour rentrer au plus vite.

Cependant, lorsque mon regard et celui de Monsieur-Je-Jure-Comme-Un-Charretier s'accrochèrent, je sus qu'un désolé serait loin de suffire.

Non. Pas à ces flammes bleues.

Épilogue.
R

Sous le choc, le reste de mon café m'échappa et inonda mes bottes.

Quelqu'un cria quelque chose à propos de la moquette, mais il me parvint à travers un voile. J'étais statufiée, hypnotisée par le regard électrique de Michael.

Michael !

Je crispai les paupières en m'attendant à ce que cette vision de lui fût toute aussi imaginaire que la créature surnaturelle à laquelle il ressemblait.

Cependant, en rouvrant les yeux, ce teint parfait et ce chignon digne d'une couverture de *GQ* n'avaient pas bougé. Leur propriétaire me fixait, figé et ahuri, à mon image.

C'était lui. Je ne pouvais pas me tromper même si le jeune homme de mes souvenirs avait été englouti par un adulte encore plus grand, fin, avec une musculature toutefois évidente.

Je n'arrivais pas à y croire !

Il était si beau que c'en était intimidant. Son style de mauvais garçon… Le mystère qui se dégageait de lui… Ces mâchoires acérées désormais grignotées par une barbe de trois jours.

Il avait une barbe !

Ça aurait fermé la gueule de Robyn.

Oh mon Dieu !

Robyn !

Je déglutis tandis que mes yeux s'embuaient sous le trop-plein d'émotion.

Ni Michael ni moi ne bougions, encore trop sonnés, incrédules…

Il se ressaisit cependant beaucoup plus vite que moi. Puis, un masque hostile et impénétrable prit peu à peu possession de son visage.

Il enfonça ensuite les mains dans les poches de son perfecto et continua sa route comme si de rien n'était.

Je cillai très longtemps sous le choc.

Il m'avait ignorée !

Dans tous les scénarios que je m'étais représentés dans mes moments de folie, aucun ne se déroulait de la sorte.

Je ne m'attendais pas à des fleurs… Mais je… Je ne savais plus quoi penser.

J'ignorais combien de temps je serais restée plantée là, hébétée, si sa voix ne m'avait pas attirée à pivoter comme un aimant, pour le surprendre en pleine dispute avec Anna quelques pas plus loin.

– Attention ! Tu vas me faire chier.

Il l'avait dit sans hausser le ton, mais ça ne masquait en rien sa menace sous-jacente.

J'avais l'impression de revoir l'ancien Michael. Arrogant, difficile… Celui qui à l'époque provoquait en moi le même trouble que chez Anna à cet instant-là, qui déglutit avant de reprendre, bravache :

– Je ne faisais que demander. Vous vous êtes fixés pendant quoi ? Trois minutes.

C'était si long que ça ?

— Pas besoin de...

La brunette s'interrompit, car elle m'avait repérée.

Elle me détailla tout d'abord avec dédain. Mais quelques secondes plus tard, elle ouvrit la bouche, puis la referma en me reconnaissant.

Son visage paniqué passa plusieurs fois de moi à Michael et inversement. Ensuite, pathétique, elle alla enlacer le bras de son chéri à l'instar d'une gamine protégeant son jouet préféré.

— Il n'est pas tout seul, annonça-t-elle, de plus en plus ridicule.

Je roulai des yeux tellement fort que je m'étonnai de voir ces derniers reprendre leur place.

Qui n'avait pas compris qu'ils étaient ensemble ? La nerd avait fini avec le bad boy. Quelle surprise !

Michael me toisait comme il aurait toisé son pire ennemi. Quelque part au fond de moi, je savais que je le méritais, mais c'était quand même difficile à accepter.

Nos expressions chargées de non-dits se confrontèrent encore plusieurs secondes. Puis, une douleur insensée envahit ma poitrine suite à leur baiser inattendu.

Anna s'était hissée sur la pointe des pieds pour poser sa bouche sur celle de son mec, au cas où quelqu'un dans le magasin n'aurait pas encore percuté.

Dans mes souvenirs, elle ne suscitait pas autant chez moi l'envie de lui en coller une.

Mais bon, cinq ans, ça laissait beaucoup de temps pour changer.

Par contre, avec Michael, j'eus l'impression de me retrouver des années plus tôt au lycée, près de la salle quatorze, à l'époque où il se délectait de ma... torture.

Pourquoi je ressentais la même d'ailleurs ? Ça n'avait aucun putain de sens !

Il dévora les lèvres d'Anna sans dévier ses flammes bleues de moi. Il molesta les fesses de sa douce dans sa jupe taille haute, là au milieu de tous ces gens, sans gêne, sans pudeur… Et cette dernière était trop subjuguée par la danse obscène de leurs langues pour se rendre compte qu'il se servait d'elle.

Je ne me faisais pas de films. C'était plus qu'une évidence. Son chéri ne l'embrassait pas pour elle. Il avait juste entraperçu une faille chez moi, et il l'exploitait.

Devrais-je être flattée de cette attention sadique ?

D'autre part, mon côté sado était à coup sûr au contrôle, car pas une seconde, je ne lâchai le regard de ce malade qui reflétait toute sa haine à mon égard.

Je priais pour que mon masque d'impassibilité tienne, mais j'avais mal. Et je savais qu'il savait.

Cinq années s'étaient écoulées. Je sortais moi-même avec quelqu'un. Ce baiser n'aurait pas dû m'atteindre, mais c'était le cas.

Bravo Michael. Tu as réussi.

Je finis par m'infliger une claque mentale pour m'inciter à bouger. Je tournai les talons avant de vomir.

C'était bas, mais je partis en laissant mon gobelet vide sur la moquette. J'avais besoin d'air au plus vite.

Sauf que mon projet tomba à l'eau, car je m'étais statufiée devant la porte tournante suite à l'interpellation de mon bourreau.

– Hé !

À croire que j'étais condamnée à être réceptive à lui.

Je pivotai le cœur battant à tout rompre comme mue par une force supérieure.

Anna s'efforça de dissimuler sa colère derrière une façade suffisante.

C'était le dernier de mes soucis. Je me désintéressai vite d'elle et de la dizaine de personnes autour de nous dont on avait toute l'attention.

Le visage de Michael demeurait aussi hostile que tout à l'heure, mais je fus vite happée par son regard à la teneur encyclopédique.

Je me maudis d'y quêter avec un regain d'espoir quelque chose d'autre que de l'animosité. Je savais que notre histoire était terminée. Je l'avais à coup sûr blessé en lui tournant le dos. Mais ne demeurait-il même pas une petite parcelle de ce qu'il avait pu éprouver pour moi autrefois ?

C'était pathétique, mais j'en avais besoin.

Il semblait mener un combat contre les milliers de pensées qui défilaient derrière ses billes bleues. D'ailleurs, il chercha longtemps ses mots avant de jeter :

– Tu respires ?

Je me figeai tandis que mes poumons se vidaient de tout leur air.

Je savais quelle définition ce verbe avait pour lui. Je me souvenais du jour où il me l'avait expliqué comme si c'était la veille. Et je l'avais utilisé à chaque fois que je prenais de ses nouvelles.

Il respire ?

Était-il heureux ? S'était-il trouvé ? Vivait-il sa vie à fond ? Une seule question qui résumait toutes les autres que je m'étais sentie indigne de poser après être partie malgré ses supplications.

Il savait.

Il savait que je récoltais des infos sur lui. Mais il avait quand même respecté mon souhait de ne pas me contacter de son côté.

L'avait-il fait par bonté d'âme ou par dépit ?

357

Je ne savais même pas quoi ressentir. J'étais perdue dans un tourbillon de sentiments et il m'était impossible de me raccrocher à l'un d'être eux.

La culpabilité. L'espoir. Les remords. L'amour… Non. Ils faisaient tous trop mal.

Mes yeux s'embuèrent, mais Michael renchérit quand même de sa voix écorchée, venimeuse… blessée :

– Ça a valu la peine de partir, Spark ? T'as trouvé ce que tu cherchais ?

Épilogue.
O

Son masque polaire se fissura quelques secondes et j'entraperçus un fragment de la personne que j'avais connue : méchante, en colère, mais vulnérable.

Ma réponse semblait pouvoir changer un tas de choses. Toutefois, j'étais paumée.

Ma gorge se noua et je frottai mes paumes contre mon jean.

Avais-je trouvé ce pour quoi je l'avais laissé ? Étais-je heureuse ?

Je ne me sentais pas le droit de dire non, et encore moins oui. Néanmoins, je savais que je n'échangerais mon parcours militaire contre rien au monde.

Devant le silence pesant qui s'étirait, je fus obligée de hocher la tête et forcer un sourire.

— Oui et toi ?

La déception de Michael me heurta de plein fouet. Et elle me fit mal autant qu'elle m'énerva.

— C'est toi qui m'as abandonnée en premier ! braillai-je.

Des lance-flammes remplacèrent ses iris et il se mit à bouillir.

— Félicitation, Spark ! Tu t'es vengée !

Il était sérieux, là ?

— Mon départ n'avait pas qu'à voir avec toi. Eh puis, t'es plus un gamin ; t'as pas à réagir comme ça. Nos vies ont changé depuis. C'est pas comme si on avait une chance de se remettre ensemble. Moi, j'arrive à repenser à tout ça avec un sourire. Et toi, tu me gueules dessus pour quelque chose qui s'est passé il y a cinq ans.

— Non. Je te gueule dessus parce que cinq ans plus tard, j'attends encore un foutu mail d'une peste pour savoir comment va celle qui m'a laissé tomber. On a aucune chance de se remettre ensemble, alors sors de ma putain de tête !

— Parce que tu crois être sorti de la mienne ?

Nos cris retombèrent aussi secs qu'ils avaient commencé. Nos respirations erratiques prirent le relai, se dressant alors comme le seul obstacle nous empêchant d'entendre une mouche voler.

Les autres ne rataient pas une miette de la scène, mais à cet instant précis, il n'y avait que nous deux. Nos aveux. Nos souvenirs. Notre histoire. Notre amour…

J'étais sonnée de sa confession. Je n'imaginais même pas pour sa copine.

Michael lui, contracta les mâchoires et ses yeux embués reluisirent de haine.

En revanche, cette fois, je compris que ce n'était pas contre moi, mais ses sentiments. Contre ce truc qui avait subsisté dans sa poitrine et qui l'avait poussé à en dire trop.

Je fermai les paupières et vidai mes poumons en laissant une larme d'émotion dévaler ma joue.

Il m'aimait encore.

D'une certaine façon, je me sentais revivre. Comme ces fois au lycée où tout devenait supportable dès qu'on n'était pas le seul dans la merde.

J'avais toujours eu besoin de savoir. Je ne saurais expliquer pourquoi, mais j'en avais besoin.

Par contre, il me faudrait du temps avant de digérer que Cara m'espionnait pour son compte depuis tout ce temps. Michael avait mentionné une peste. C'était elle. J'en donnerais ma main à couper.

Dire que j'avais cru que les remarques acerbes de cette vipère sur ma chance venaient entre autres de ma parenté avec Helen !

J'étais tellement à côté de la plaque.

Cara était le genre de personnes dans votre cercle d'amis dont la méchanceté finissait par devenir tout à fait normale.

Elle n'avait jamais caché sa jalousie à mon égard, même si on avait fini par plus ou moins faire la paix.

À un moment, j'avais cru qu'elle avait des vues sur Isas. Mais j'avais vite repoussé cette hypothèse. Elle n'en avait que faire de mon petit copain.

Par ailleurs, si on partait de l'idée qu'elle craquait pour la personne qu'elle était obligée d'informer, son comportement prenait enfin un sens.

Ô Cara !

Comment la blâmer de me mépriser d'avoir tourné le dos à quelqu'un d'aussi parfait ?

Mais encore, comment condamner ce quelqu'un de m'en vouloir à mort ?

Je ne pouvais tout simplement pas. Je ne pouvais pas puisque moi aussi je faisais de même parfois. Parfois, lorsque j'imaginais ce qu'aurait pu être une vie au côté de Michael ; parcourant le monde, expérimentant des aventures toutes plus démentes que les autres…

Ou pas.

Depuis mon opération, j'avais beaucoup de mal à dormir. Et lorsque j'y parvenais enfin, mes cauchemars me le faisaient regretter aussitôt.

Malgré tout, mes années à l'armée demeuraient parmi mes préférées.

J'avais vu le meilleur et le pire de l'humanité. Je m'étais fait une nouvelle famille et découvert des capacités insoupçonnées. J'avais survécu à des situations impossibles. Brisée ou pas, je n'étais pas peu fière de la femme qui me regardait chaque jour dans le miroir…

Si je devais retourner dans cette chambre d'hôtel et refaire le même choix, j'aurais recommencé sans hésiter. Même si ça impliquait de mettre fin une nouvelle fois à ma relation avec Michael.

De toute façon, celle-ci n'était pas terminée. Elle vivait en nous.

Et s'il y avait bien une chose que la vie militaire nous apprenait, c'était de tenir bon. Ne pas être triste quand les choses étaient finies, mais être heureux qu'elles soient arrivées. S'accrocher aux valeurs, aux expériences, aux histoires…

Et désormais, je pourrais me remémorer celle de ces ados qui s'étaient aimés si fort que le temps et la distance n'avaient rien pu y faire.

Ça n'avait pas de prix.

J'espérais seulement que Michael parviendrait un jour à voir les choses de cette façon.

Je pris une profonde inspiration et m'adressai à lui, un peu plus sereine :

– Tu te souviens de quand t'as disparu à la mort de Robyn ?

De toute évidence, il ne s'attendait pas à cette question. Il inséra ses mains dans les poches de sa veste et envoya, sur la défensive :

– Je devais partir. C'était plus fort que moi. J'en avais besoin. Je ne l'ai pas fait pour te blesser…

— Alors, t'es le mieux placé pour comprendre mon départ, tranchai-je.

Dérouté, il ouvrit la bouche, la referma. Puis ensuite, il me toisa à me refiler l'envie de me pendre.

J'aurais tellement voulu qu'il comprenne, tellement voulu qu'il me pardonne.

Je pinçai les lèvres, résignée tandis que j'obtenais sur son visage la confirmation que mon souhait ne se réaliserait jamais.

Et juste au cas où il me resterait un grain d'espoir, il s'assura de l'écrabouiller en cognant mon épaule blessée pour quitter le magasin d'un pas furieux.

Je ravalai un soupir de douleur et crispai les paupières pour encaisser.

Il s'en remettra… Il finira par l'accepter, me promis-je sans conviction.

Une fois sans mon interlocuteur, les autres et Anna redevinrent enfin plus que des toiles de fond. D'ailleurs, leurs regards appuyés eurent vite fait de m'incommoder.

Déterminée à fuir au plus vite cet endroit et rentrer chez moi, je fis demi-tour après un dernier sourire crispé à mon public.

Désormais que Michael était parti, je me sentais gênée de m'être donnée en spectacle comme ça.

Malheureusement, une main sur ma veste m'interrompit sur la voie de l'objet de mon salut, la porte tournante.

Je fis face à contrecœur à une Anna à la fois amère et implorante.

— Reste loin de lui ! Je sais qu'il t'aime toujours, mais j'essaie de bâtir quelque chose avec lui. Ne gâche pas tout… encore une fois… s'il te plaît.

Elle me faisait de la peine. J'arrivais même à sentir sa détresse. Cependant, comment lui faire comprendre qu'elle n'avait pas à s'en faire ?

— Je ne construis pas mon bonheur sur les pleurs des autres.

Elle pouffa avec mépris.

— Dit la meuf qui me l'a déjà piqué une fois. Eh puis, t'es soldate, non ? C'est ça même le principe de ton job.

J'ouvris la bouche pour répliquer, mais je décidai que ça n'en valait pas la peine.

Je n'en avais que faire de son avis. Je savais qui j'étais. Michael resterait à jamais ancré en moi. Mais j'étais une adulte désormais. Je n'allais pas risquer de détruire ce que j'avais avec Isas. Pour quoi ? Une amourette d'adolescence ?

Tout cela serait beau dans un film, mais on savait tous que les choses ne se passaient pas comme ça dans la réalité.

À grands pas, j'évoluais sur le trottoir dans l'intention de trouver un taxi pour rentrer. Ma batterie avait rendu l'âme, donc c'était mort pour un *Uber*.

Non mais vraiment. Elle croyait quoi, Anna ? Que j'étais une putain de gamine ? Que le simple fait de revoir Michael me suffirait pour cracher sur ma relation avec mon mec ? Eh puis, elle ne faisait pas confiance à son cher bad boy ?

OK. Il pensait encore à moi. Et moi aussi. C'était bien romantique tout ça. Mais notre relation était finie. Finie avec un grand F. Je doutais que l'un d'entre nous veuille sacrifier ce qu'on avait construit chacun de notre côté. Pour quoi ? Une amourette d'adolescence ?

Tu as déjà pensé ça.

J'ordonnai à ma conscience de la fermer. Mais elle fut très vite le cadet de mes soucis.

Quelqu'un surgissant de nulle part derrière moi m'avait immobilisée les bras pour m'entraîner dans une ruelle déserte pleine de flaques.

Mon cœur s'affola tandis que mon instinct de survie exacerbé par la douleur dans mon épaule s'activait.

Cependant, avant que je ne pusse tenter quoi que ce soit, mon agresseur, que je reconnaîtrais entre mille, me poussa contre un mur en briques et se dressa devant moi, le front plissé et le regard hanté par une ribambelle d'émotions contradictoires.

Michael.

Ne devait-il pas être avec sa chérie ? Que voulait-il exactement ? Et étais-je sûre de vouloir le savoir ? Pourquoi je ne lui collais pas mon poing dans le nez, ne serait-ce que pour lui apprendre à être moins brut ?

On se dévisagea dans un silence pesant tandis que l'air se chargeait d'électricité.

Il donnait l'impression de m'en vouloir à mort. Mais je lus aussi autre chose dans ses flammes bleues. Une sorte de tentation sauvage qui généra des frissons partout dans mon corps.

Non. Je n'avais pas le droit de réagir comme ça. Et lui, il ne devait pas regarder mes lèvres de la sorte.

Je crus perdre la tête lorsqu'il se rapprocha encore plus de quelques pas lents. Ma respiration s'emballa d'anticipation et mes yeux gourmands se perdirent sur sa bouche rose.

Seigneur, non. Je... il ne pouvait pas. On était tous les deux en couple, ce n'était pas correct. Ce serait de la tromperie. Et tout ça pourquoi ? Pour...

Je rendis les armes.

Toutes mes pensées périrent lorsqu'il attrapa mon visage en coupe pour plonger une dernière fois ses billes bleues dans les miennes, en quête de réponses.

Je me demandais s'il avait manqué le gros oui clignotant sur mon front.

Son souffle court fit écho au mien, durant les secondes interminables où il réduisait peu à peu la distance entre nos lèvres.

C'était comme s'il voulait nous laisser à tous les deux une ultime occasion de nous défiler.

Mais c'était mort de mon côté. Mon sort était scellé dès l'instant où il m'avait traînée dans cette ruelle. Le temps ne m'avait pas appris à lui résister. Au contraire, j'avais déjà oublié toutes mes convictions. La preuve, j'attendais plus ce baiser que mon prochain battement de cœur.

Pour une amourette d'adolescence, tu disais ?

Non. Je me mentais à moi-même. C'était beaucoup plus que ça entre lui et moi. Et ça le serait toujours.

Épilogue.
Ï

J'aurais voulu dire que je repoussai Michael ; que je me ravisai suite à l'ultime cri d'alarme de ma conscience, mais ce ne serait pas vrai.

Je crus défaillir quand nos lèvres se touchèrent. Et je nous sentis tous les deux trembler lorsque débuta enfin ce baiser.

C'était… fort. Voilà la seule réflexion que réussit à produire mon esprit embrumé.

Et ce n'était pas que pour me justifier. J'étais vraiment persuadée qu'aucun humain ne saurait résister à cela.

Son goût divin si familier. La piqûre nouvelle de sa barbe. Son toucher. Nos soupirs. Cette harmonie… Cette passion… De cette façon… Mes frissons… Il n'y aurait toujours qu'une personne sur Terre à me mettre dans cet état, et elle était enfin là, devant moi.

Ce n'était pas un baiser de tous les jours. Non, un baiser normal ne pouvait pas être à la fois aussi doux et intense ; hésitant et fiévreux, ranimant toute une ribambelle d'émotions toutes plus contradictoires que les autres.

Je ne me rappelais plus quand je m'étais sentie aussi vulnérable… aussi offerte. Sur le moment, il pouvait faire ce qu'il voulait de moi dans cette ruelle, je le suivrais. Et ça me terrifiait autant qu'il m'excitait.

Je ne reconnaissais plus cette personne qui s'agrippa à la veste de Michael, gémissante, avide, pour approfondir le contact de nos lèvres et la danse de nos langues.

Il me coinça contre le mur et devint aussitôt plus brutal, plus déchaîné, introduisant ses mains sous mon tee-shirt et m'arrachant moult soupirs de bien-être.

Plongée dans ma transe extatique, il fallut un instant avant de m'alarmer de la présence que je devinais tous près depuis plusieurs bonnes secondes.

Je finis quand même par rouvrir les paupières et je surpris un gamin sur notre gauche qui nous dévorait du regard avec une curiosité candide.

Je me figeai. Alarmé, Michael déglutit et recula de deux pas en le remarquant à son tour.

On se fixa ensuite les uns les autres, dans un silence malaisant, uniquement ponctué par l'égouttement d'un vieux tuyau dans la ruelle humide.

Le bruit des talons d'une blonde à l'allure sophistiquée ne tarda pas à le recouvrir. Cette dernière débarqua d'un pas pressé et inquiet avant d'attraper le gosse, qui était son portrait craché, par les épaules pour le secouer.

– Tom, arrête de me faire peur ! Tu restes avec moi !

Michael et moi, elle nous gratifia d'un regard aussi méfiant que hautain. Puis, elle nous laissa plus embarrassés que jamais en entraînant son fils à sa suite.

Je me raclai la gorge et rajustai mon tee-shirt souillé pour me donner contenance. Cependant, il ne fallut qu'une milliseconde de contact visuel avec mon compagnon pour que mon corps s'embrase à nouveau.

J'étais déjà prête à remettre le couvert. Que quelqu'un d'autre nous surprenne encore ; enfant ou pas, je m'en foutais.

Mes pensées me faisaient peur. Par chance, je trouvai un peu de réconfort dans le trouble de Michael.

Lui-même semblait complètement dépassé.

Je m'avançai vers lui, posai mes paumes sur son torse en me hissant sur la pointe des pieds pour l'embrasser.

À ma grande stupéfaction, il ne réagit pas.

Je retombai sur mes talons, les lèvres pincées, mes ardeurs calmées.

Comme quoi, lui avait le droit de me suivre et de me toucher, mais moi non ?

Toutefois, ma colère naissante s'évapora aussitôt lorsqu'il colla son front contre le mien. Et petit à petit, je me mis à réaliser la gravité de la situation.

Anna à qui j'avais promis de ne pas toucher à son mec, attendait à coup sûr celui-ci quelque part.

Isas quant à lui, devait être à son millième message sur mon répondeur.

Et nous, on était là sur le point de faire, je-ne-sais-quoi contre un mur froid.

Pourquoi je ne contrôlais jamais rien en sa présence ?

Il serra ma main comme s'il avait lu dans mes pensées et qu'il voulait me rassurer. Par ailleurs, je compris assez vite que c'était plus un support au cas où je m'effondrerais après la bombe qu'il me lâcha ensuite d'une voix à peine audible :

— Elle est enceinte.

Mes poumons se vidèrent d'un coup. Qu... quoi ? Qui ? Comment ?

Je fermai des paupières en souhaitant avoir imaginé cette phrase. Mais au fond, je savais que j'avais bien entendu et compris… et souffert.

Déboussolée, je reculai pour croiser son regard qui contrairement à tout à l'heure dans le magasin n'avait rien de sadique.

Je cillai, un peu, beaucoup… Puis, je me forçai à sourire malgré le nœud dans ma gorge :

– Eh ben… Fé… licitations !

J'essayais de faire bonne figure, mais je ne pus rien contre mes larmes.

Toutes mes convictions m'avaient délaissée. Sur le moment, j'étais juste la Megan amoureuse de Michael et cette nouvelle me broyait le cœur.

– J'ai déchiré des lettres et des lettres quand j'ai su pour ton épaule, confessa-t-il en polissant son chignon de ses doigts nerveux. Je voulais t'écrire. Je n'y arrivais pas. Alors je suis rentré il y a deux mois… Je… Il y a eu un imprévu.

Il expira un long coup. Ses billes bleues se teintèrent d'une infinie tristesse lorsqu'il prit mon visage en coupe pour me faire ses adieux.

– Je repars aujourd'hui même. Je savais qu'on allait se revoir. J'ai cru que je pourrais supporter la situation. Je peux pas. Informe même pas Ashton de ma venue… Je t'en veux, Spark. Je t'en voudrai jusqu'à ma mort. Mais je te promets de te retrouver dans une autre vie. Et cette fois, tu ne m'échapperas pas. En attendant, je vais continuer ce que j'ai commencé : m'efforcer de respirer d'autres airs. Mais sache que mes poumons te réclameront toujours, toi.

Dire que j'avais cru qu'une balle à l'épaule représentait le summum de la douleur !

J'éclatai en sanglots.

De gros hoquets de regrets et d'amertume me secouèrent et m'étouffèrent presque. Une larme échappa aussi à Michael. Il ne l'essuya pas au profit des miennes.

C'était vain. J'étais inconsolable.

Il me pressa contre lui. Cette fois, en faisant attention à ne pas blesser mon épaule. Je m'accrochai à lui de façon pitoyable, mais sur le moment, c'était le cadet de mes soucis. Il me manquait. La personne que j'étais à ses côtés me manquait.

Je ne regrettais pas d'être partie. Je le regrettais, lui. Je regrettais la suite de cette histoire à laquelle je n'avais pas donné sa chance.

Pourrais-je désormais me contenter de cette fin-là en ayant eu un aperçu de ce que j'avais raté ? Pourquoi on ne pouvait jamais tout avoir ?

J'avais trop mal. Je pleurai contre lui pendant ce qui pouvait s'apparenter à des heures, mais qui ne représentait que dalle devant le temps que j'avais envie de passer avec lui.

Une fois que mes sanglots se furent atténués, il m'embrassa fort le haut du crâne et recula pour me faire face.

– Je dois partir, maintenant… Je…

Il s'interrompit tout à coup, déchiré… perdu… en colère… fou.

Il ouvrit à plusieurs reprises la bouche, mais la referma aussitôt. Il se mit à faire les cent pas, les doigts crispés à ses cheveux.

– Merde ! rugit-il en s'accroupissant. Merde ! Merde ! Merde !

Il se releva tout de suite après pour me pointer du doigt, les yeux humides et les traits aussi durs que la pierre.

– J'ai envie de te demander de fuir avec moi alors que je vais avoir un gosse. Un enfant, Spark, qui n'a rien demandé. Je n'ai jamais arrêté de penser à toi. Jamais ! Je… je veux tourner la page, mais je peux pas ! C'est stupide ! Pourquoi tu m'as fait ça, bon sang ? Pourquoi ?

Il reprit sa tête entre ses mains, gueula encore un bon coup, puis alla échouer contre le mur d'en face, le front appuyé contre son bras replié.

Sa détresse me déchirait. Et sa voix cassée m'acheva lorsqu'il jeta, désespéré :

— Je me mens. Ça n'ira jamais. Je continuerai encore et encore à te chercher dans toutes les autres.

Je m'avançai doucement. Puis, je l'enlaçai par-derrière en faisant le plein de son odeur virile avec ce petit je-ne-sais-quoi qui n'appartenait qu'à lui. Je posai ensuite ma joue contre son dos tendu et soufflai :

— Alors arrête ! Tu m'as fait une promesse, non ? Tu me retrouveras dans une autre vie.

J'étais athée jusqu'à la moelle. Le paradis, la réincarnation… à mes yeux, c'étaient de bien jolis petits mythes, sans plus. Mais s'il avait besoin que je m'accroche comme lui à cet espoir, je le ferais sans hésiter, pour lui… pour nous.

Il ne répondit pas. Je renchéris :

— En attendant, sois un bon père pour ton enfant… Et veille sur sa mère… Et…

Je suffoquais à vouloir brider mes sanglots. Néanmoins, c'était ce qu'il y avait à dire… et faire. Il valait mieux éviter les fausses attentes.

Il se retourna.

— Je vais pas te laisser partir.

Sa détermination me faisait chaud au cœur. Mais j'avais repris mes esprits. Je savais qu'il n'y avait qu'un seul dénouement juste. Un seul qui ne risquait pas de briser tout le monde.

J'essuyai mon visage et secouai la tête.

— Je crois qu'il vaut mieux…

— Je ne vais pas te laisser partir, martela-t-il, ses flammes bleues bien ancrées dans les miennes.

— Mais qu'attends-tu de tout ça ? m'excitai-je d'un ton vibrant d'émotion. Tu veux qu'on trompe ceux qui nous aiment ? Qu'on leur mente ? Et puis ça durera quoi ? Trois mois ? Un an ? On sera heureux un moment, mais on fera quoi lorsque les autres le découvriront ? Michael, ce que tu envisages n'a aucune issue à part nous faire souffrir tous sur le long terme. Et… Isas ne mérite pas ça… Anna non plus, je crois. Donnons-leur leur chance… Donnons-leur leur chance, répétai-je, implorante en cueillant sa main.

Il contracta les mâchoires, intransigeant. Je voyais bien qu'il se foutait de mes justifications. Il me voulait, moi. Tout le reste, il s'en fichait.

Je trouvais ça aussi triste qu'ironique que mon départ lui eût appris à m'aimer comme j'avais voulu qu'il m'aime avant que je parte.

Mes yeux atterrirent pour la première fois depuis que je l'avais revu sur l'étincelle à son annulaire. Je caressai le tatouage de mon pouce.

— Une étincelle comme Spark ?

— Il y en a beaucoup d'autres.

Un sourire peiné et fugace étira mes lèvres.

— Pourquoi il n'y a pas de livres sur notre histoire ?

Ça m'avait toujours intriguée.

— Je ne sais pas comment les terminer, admit-il. Je…

Il bascula sa tête en arrière pour inspirer à fond. Toutefois, lorsqu'il eut fini, il ne put pas poursuivre sa phrase, statufié par une vision sur notre gauche.

En suivant son regard, je découvris la cause de son trouble à quelques mètres, au bout de la ruelle.

Anna.

Épilogue.
N

Anna, l'expression aussi implorante que désespérée nous fixait en se dandinant d'un talon à l'autre.

Michael évitait de la confronter. Et moi aussi, au bout d'un moment. Je baissai la tête, embarrassée et soufflai :

– Va la trouver.

– Spark, on peut…

On n'était pas dans un film, nom de Dieu ! C'était déjà assez difficile comme ça. De plus, j'avais mal pour Anna. Il ne m'aidait pas du tout là !

– On peut pas. Elle porte ton enfant et elle t'aime. Respecte-la, Michael !

J'avais à peine articulé pour éviter de blesser la concernée. Par contre, je n'étais pas sûre que ça ait marché, car la seconde d'après, la pauvre s'enfuyait dans un sanglot.

Je m'en voulais tellement pour ce que je venais de faire.

– Michael, je… Je crois qu'on doit s'en aller… retourner à nos vies respectives… d'avant cette journée.

Mes mots m'en coûtaient, mais il n'y avait pas d'autres issues.

– Essayons de faire comme si tu ne m'avais pas croisée en rejoignant ta copine dans la cabine d'essayage.

Mes paroles firent mouche, car ses traits se durcirent et ses mâchoires tressautèrent. C'était un coup bas. Je n'avais pas le choix. Je voulais lui rappeler que même s'il subsistait de l'alchimie entre nous, on ne devrait pas se mentir. On n'avait pas passé ces dernières années à se pleurer et c'était tant mieux.

Tout à l'heure, dans le feu de l'action, j'avais cru pouvoir tout plaquer pour lui. Désormais, je savais que je n'y arriverais pas.

Je réalisais que mes sentiments pour Isas étaient plus forts que je l'imaginais. Mais aussi, sans m'en rendre compte, j'avais accepté mon histoire avec Michael pour ce qu'elle était : une histoire. Belle, certes. Mais comme toutes les autres, éphémères.

— En gros, tu me dis que cette fin minable, c'est tout ce qu'on aura ?

Il avait renfilé son masque polaire. Toutefois, il ne réussit pas à filtrer toute la panoplie d'émotions que contenaient ses paroles.

Je souris avec tristesse et tentai de plaisanter malgré ma gorge nouée :

— De toute façon, « ils vécurent heureux pour toujours » est surcoté. « Ils s'aimèrent pour toujours ». « Leurs chemins se séparèrent, mais ça n'enleva rien à la véracité de leur histoire ». Ce sont de jolies fins aussi. C'est vrai, je vois pas pourquoi tout le monde leur crache dessus !

Il ne rit pas et je ne pouvais pas l'en blâmer. Néanmoins, je décidai que j'avais assez pleuré ce jour-là. Je pris le temps nécessaire pour ravaler mes larmes avant de refaire face à Michael, qui lui ne s'était pas donné cette peine.

Je devais partir. Le voir dans cet état m'affaiblissait toujours. Ce n'était pas le moment de flancher.

— Dans une autre vie, soufflai-je. Comme tu l'as dit. Deal ?

Je lui tendis une main tremblante. Il la toisa de son regard humide et ne bougea pas d'un poil.

Je laissai tomber mon bras le long de mon corps et forçai un sourire.

— Finalement, c'est mieux. Tu te souviens de l'époque où tu me serrais la main jusqu'à ce que je sois obligée de faire ou dire ce que tu veux ? T'imagines si tu me demandais un truc... tordu.

Son affliction me tortura lorsqu'il déglutit et s'exprima de sa voix traînante, légèrement éraillée :

— Je n'ai qu'un seul truc à te demander.

Je me balançai d'un pied à l'autre, le cœur battant à tout rompre.

— Quoi ?

Ses flammes bleues se mirent à me brûler la peau de leur intensité.

— Quoi ? répétai-je.

Il était tellement imprévisible. Je ne savais pas si ce qu'il avait à l'esprit allait me démolir ou me... démolir.

Il semblait livrer un terrible combat dans sa tête. Pendant des secondes interminables, je vis défiler tellement de versions de la même personne dans ses yeux que j'en perdis le compte. Chacune avec le pouvoir d'insuffler un dénouement différent à cette conversation.

Cependant, lorsqu'à la fin, je me retrouvai en face du mec du magasin, mes épaules s'affaissèrent, à l'inverse des siennes. Il se dressa de toute sa hauteur, la rancune affluant par tous les pores de son être.

Puis, il me laissa penaude en tournant les talons.

— T'es sérieux, Michael ? T'es putain de sérieux ?

— Va au diable, Spark !

— Toi, va au diable !

Sa silhouette élancée s'éloignait un peu plus de mon champ de vision chaque nouvelle seconde... et peut-être pour toujours.

Qu'est-ce que ça voulait dire, bordel ? Il ne pouvait pas me quitter sur ça ! Qu'avait-il à me demander ? Pourquoi avait-il changé d'avis ?

Je n'étais pas bien. J'avais mal au crâne. J'allais mal, merde ! Je ne pouvais pas le rattraper et compliquer les choses. Mais bon Dieu, j'avais envie de l'étrangler et de hurler, et de... Mon cerveau chauffait.

J'ignorai comment je réussis à ne pas exploser, ou par quel miracle j'arrivai à ordonner à mes pieds de quitter cette ruelle pour prendre un taxi.

Je devais fonctionner sur pilote automatique, car intérieurement, j'étais K.O.

Je ne savais même plus quoi ressentir. Son objectif était-il que je regrette mon choix en agissant de la sorte ? S'attendait-il à ce que je l'appelle ? S'était-il remis à me détester ?

Je verrouillai ma porte en rentrant à la maison, puis je m'allongeai tout habillée. Ma mère n'obtint aucune réponse en frappant. Son mari non plus.

Étendue sur mon lit, à fixer le plafond, je perdis la notion du temps. J'étais juste consciente de dériver et de ne rien vouloir y faire pour y remédier.

Je haïssais Michael !

Dans ce qui devait s'apparenter à vingt-quatre heures, je fus obligée de me lever sous les menaces d'Helen pour aller manger.

En me changeant, je me promis de me trouver vite fait un appart. Depuis mon retour, ma mère avait un peu trop tendance à oublier que j'étais adulte et j'en avais plus que marre.

Je me nourris pour lui faire plaisir, mais ne répondis à aucune de ses questions. J'avais des courbatures à chaque recoin de mon âme. Je me sentais comme de la merde. Je n'avais envie que de mon lit et de mon doudou *Ariel*.

Une semaine à végéter plus tard, après l'une de mes rares douches, une voix non loin me laissa pantoise.

Sans me laisser le temps de débattre de la réalité de la situation, je traversai ma chambre en courant, ma serviette autour de la poitrine et mes cheveux courts encore humides.

J'ouvris la porte et mes yeux s'écarquillèrent devant mon visiteur.

Isas en tee-shirt blanc et jean noir, son sac à dos en travers de l'épaule se tenait devant moi, un sourire timide sur les lèvres.

Je clignai des yeux pour être sûre de ne pas rêver. Il était censé être en Europe et ne pas pouvoir se déplacer avant longtemps. Comment…

Il interrompit le flot de mes pensées en m'attirant contre son torse musclé. Je me laissai faire et sentis tout de suite une partie de mon mal-être se dissoudre à son toucher rassurant.

Il était là, pour moi… que pour moi.

— Tu m'enlaces en retour, observa-t-il, circonspect au bout d'un moment.

Euuuh.

— Oui, capitaine Obvious.

— Ça veut dire que tu me quittes pas !

Je reculai et fronçai les sourcils.

Isas était un chef hors pair, entraîné pour maîtriser ses émotions en toutes circonstances. Son physique viril, puissant et sexy, ses cheveux ras, son regard sombre surmonté de sourcils broussailleux, intimidaient plus d'un qui le trouvaient trop énigmatique.

Je n'étais pas tout à fait d'accord parce que je savais que son attitude avec moi était l'exception qui confirmait la règle. Ses sentiments à mon égard avaient toujours été transparents, comme à cet instant précis où je pus deviner sans problème sa nervosité.

Je l'invitai à me suivre et déposer son sac. Ce n'était pas sa première venue dans ma chambre, et préoccupé comme il était, il ne fit aucun commentaire sur le désordre autour de lui. Il se mit au contraire à manifester des signes d'impatience, dès son arrivée dans le dressing que j'avais saccagé dans un accès de rage.

Il fallait faire attention à où on mettait les pieds. Et c'était le bordel pour trouver quoi que ce soit.

— Ils ont besoin de toi là-bas, non ? pointai-je en cherchant des sous-vêtements.

J'avais encore du mal à croire qu'il eût réussi à se libérer.

— Oui. Ils ont besoin d'Isas. Pas du zombi que je suis devenu depuis que tu as refusé de répondre à mes appels.

Je m'interrompis et me retournai, le cœur gonflé de tendresse. Ma serviette m'échappa. Je ne fis rien pour la récupérer.

Il déglutit à la vue de mon corps dénudé et se passa une main sur son visage en soupirant.

Je souris jusqu'aux oreilles. Des moments comme celui-là m'avaient vraiment manqué.

Personne ne me croirait si je le disais, à part, peut-être Cho, mais j'étais la première copine de notre cher capitaine. Ce dernier m'avait confié ne pas avoir ressenti le besoin de sortir avec quelqu'un avant de me rencontrer.

Avais-je déjà mentionné que j'aimais ce mec ?

— Tu peux plus me regarder nue, jouai-je.

— Tu sais très bien que ce n'est pas ça. Je veux discuter. Ce n'est pas le moment.

Je le saluai d'une main sur ma tempe.

— OK, capitaine.

J'abandonnai ma quête de sous-vêtements, et enfilai une petite robe près du corps que je trouvai sur un tas. J'incitai ensuite Isas à me suivre dans la chambre.

Je tirai les draps du lit à baldaquin et m'y jetai avec un « youhou » enfantin. La mine désapprobatrice de mon chef eut vite fait de me rappeler à l'ordre. Je m'assis sur mes talons et m'exprimai avec un peu plus de sérieux :

— Je suis désolée de ne pas t'avoir répondu ou avoué mon état actuel. Mais comprends-moi ! Toi, tu te plains jamais. Je voulais pas être la partenaire à problèmes dans notre couple.

— Qu'est-ce que tu racontes ? se vexa-t-il.

— Laisse-moi poursuivre ! Je sais que tu penseras jamais ça en vrai, mais t'as pas traversé un océan pour que je te mente. Je me sens perdue. J'ai l'impression de ne faire que de mauvais choix. Par exemple, pourquoi poursuivre ma carrière militaire ? Que je reste ou non à l'armée, des gens continueront de mourir. Cette enfant...

— Ce n'était pas de ta faute.

Je frottai mon cuir chevelu avant de laisser tomber mes mains sur mes cuisses.

— Je sais… mais… je ne sais pas.

Isas se rapprocha du lit et me rassura d'un ton doucereux.

— He ! Viens là !

J'obtempérai, et m'agenouillai en face de lui.

Il me caressa les cheveux en y mettant autant d'affection que pouvait contenir ce simple geste.

— Tu es l'une des personnes les plus fortes que je connaisse. Ça ira. Je mentirai en prétendant avoir une idée de la marche à suivre maintenant. Et tu sais bien que je suis nul pour trouver les bons mots. Mais je crois en toi. Tu vas t'en sortir. Et je te promets que je serai là aussi longtemps que tu voudras de moi. Je t'aime plus que tout, Megan.

— Je t'aime aussi.

Et je le pensais de tout mon être.

Isas était un ange. Et je pouvais parier mon âme que lui, il ne me quitterait jamais sur un « va au diable » !

Bon d'accord, calée sur l'épaule de son petit copain, ce n'était pas le meilleur endroit pour penser à son ex. Mais c'était le prix à payer quand l'ex en question était Michael Cast.

Isas était vaguement au courant de son existence et je n'avais pas l'intention d'y changer quoi que ce soit.

Je doutais fort qu'il acceptât l'idée que même si j'avais accepté ma rupture avec Michael, je ne pourrais pas m'empêcher de prendre de ses nouvelles.

Comment pourrait-il comprendre que j'avais passé ces derniers jours à fixer le plafond, ruminant des élucubrations sur la réincarnation à cause d'une stupide promesse ? Oui, moi qui d'habitude levais les yeux au ciel dès que les gens parlaient de forces suprêmes et de sujets un peu trop spirituels.

Il ne pourrait s'empêcher de remettre en question mes sentiments. Il aurait tort cependant, car ceux-ci étaient bien réels… comme ceux que j'éprouvais pour Michael.

Ce dernier était ma première grande histoire. Et je l'aimais d'un amour violent, presque incontrôlable ; du genre à vous brûler la poitrine et à vous faire sentir vivant comme nul autre ne saurait le faire.

Par contre, aimer Isas me procurait cette chaleur rassurante et réconfortante d'un abri sûr au milieu d'une tempête.

C'était comme ça. Mon cœur appartenait à deux hommes.

Aucun d'entre eux ne comprendrait et ils n'auraient pas à essayer, car je n'allais rien leur expliquer.

Épilogue.
E

— Peux-tu arrêter de tout dire à Cho et pas à moi, s'il te plaît ? reprit Isas au bout d'un moment. T'imagines la déception d'apprendre par mon frère que ma copine ne renouvelle pas son contrat ?

Je grimaçai sur son épaule.

— J'ai pas dit que je n'allais pas le faire. J'ai dit que j'hésitais après ce qui s'est passé.

— Tu es si proche de lui.

Il s'était exprimé avec tant d'amertume que je m'alarmai. Je le repoussai, tendue comme un arc.

— Tu n'imagines quand même pas…

— Non. Pas une seconde. Il t'aime comme la sœur qu'il n'a jamais eue. Et toi, je… non… C'est pas ça du tout. Mais pendant tous ces jours où je n'ai pas pu te parler, j'ai réfléchi à comment vous êtes complices tous les deux. Je n'ai pas ça avec toi. Je ne peux pas faire le guignol comme Cho. Je ne comprends d'ailleurs pas comment il fait pour ne jamais grandir. Mais j'envie votre lien. Je ne veux plus qu'il m'apprenne des trucs sur toi. Je ne t'ai jamais mis la pression pour quoi que ce soit, mais je… je ne supporte pas que tu sois plus proche de mon frère que de moi.

J'expirai un long coup et coinçai son magnifique visage entre mes paumes. Je n'avais pas une seule fois vu les choses sous cet angle-là. Pourtant, il semblait avoir retenu ces paroles depuis si longtemps.

Ah ! Isas et son caractère réservé.

Cho m'avait informée qu'il le devait en partie à ses parents. J'avais trouvé ces derniers sympas lorsque je les avais rencontrés, mais leur cadet m'avait raconté qu'ils étaient en fait très stricts. Pas au point de les maltraiter, mais c'était comme si la vie militaire avait commencé dès l'enfance pour les deux frères.

J'aimais Isas, mais j'avais du mal à lui confier certaines choses. Cho qui avait grandi avec lui, me comprenait et se plaisait à me rappeler que je n'avais pas enlevé le balai dans le cul de son frangin, juste que je le faisais jouir avec de temps en temps.

Je m'imaginais mal avoir ce genre de délires avec son aîné, lui qui ne jurait même jamais à voix basse. Néanmoins, j'étais quand même prête à essayer. Pour lui. Pour nous.

— OK, cédai-je en nouant mes bras derrière son cou. Mais moi aussi, j'ai un truc à te demander.

— Tout ce que tu veux.

— Je veux que tu te plaignes un peu plus.

Il fronça les sourcils d'incompréhension. Je claquai la langue.

— Quand t'as mal quelque part. Quand t'as plus de batterie. Quand t'as un trou dans tes chaussettes… Je sais pas, n'importe quoi ! Raconte-moi tes problèmes. Tu réussis tout ce que tu fais… T'es jamais déprimé… Tu me complexes, voilà ! Tu complexes tout le monde autour de toi. C'est pour ça que je suis plus à l'aise avec Cho. Lui au moins, il sait avoir la gastro.

— Moi aussi, je sais avoir la gastro, objecta Isas.

Je faillis pouffer devant tant d'emphase. Je réussis quand même à répliquer avec une petite moue :

— Bah, je le sais jamais.

— Attends ! bugga-t-il. Attends-moi ! Est-on vraiment en train d'avoir cette conversation ?

— Un peu.

Il explosa de rire, faisant ressortir son unique fossette dont peu connaissait l'existence et qui me rendait toute molle. Je lui souris en retour et saisis un peu ce que Michael voulait dire par respirer d'autres airs.

Oui, je pensais encore à lui.

— Vas-y ! Promets ! insistai-je.

— OK. Je promets de t'informer quand je… suis malade… entre autres.

— Merci.

— T'es cinglée, se marra-t-il encore en m'enlaçant la taille.

— Oui et c'est pour ça que tu m'aimes.

— Oh que oui, je t'aime. Et j'ai envie de toi.

L'atmosphère dans la chambre changea aussitôt.

— Je pensais que tu ne le dirais jamais, commentai-je avec un rictus aguicheur.

— Tu ne portes rien sous ta robe. Cette pensée ne quitte pas ma tête. Mais je n'arrive pas non plus à oublier qu'on est chez ta mère.

Isas était la petite touche de sagesse personnifiée qu'il me manquait la plupart du temps. Mais comment lui dire que je n'en avais que faire sur le moment ?

Il frissonna quand je lui léchai l'oreille pour lui susurrer :

— Helen t'adore. Et si elle entend quoi que ce soit, elle se convaincra très vite que c'est moi qui t'ai forcé.

Le feu dans ses iris se raviva lorsque ceux-ci firent face aux miens teintés d'un désir nuancé d'une couche d'amusement.

C'était mon homme. J'avais envie de lui. Mais je le chauffais plus pour rigoler. Au fond, je savais qu'il était trop discipliné pour céder sous le toit de ma mère.

Alors quelle fut ma stupéfaction lorsqu'il me bascula sur le lit avant de grimper sur moi.

Il s'inséra entre mes cuisses et je croisai automatiquement les chevilles sur ses fesses ; son odeur singulière mélangée à son eau de Cologne agissant sur moi comme un aphrodisiaque.

Je sondai quelques secondes son regard infini qui étincelait comme un ciel étoilé. Le côté inattendu de la situation m'excitait comme jamais, mais il y avait une part de moi qui refusait encore d'y croire.

Était-ce vraiment Isas ? Qu'était-il arrivé à mon petit copain en Europe ?

Sans me laisser le temps de me questionner davantage, il pressa sa bouche contre la mienne, m'arrachant un soupir de bien-être.

Nos lèvres se livrèrent à une danse sensuelle et amoureuse où ne tardèrent pas à s'inviter nos langues. Il enfouit ses doigts dans mes cheveux courts et les miens se perdirent sous son tee-shirt à savourer la définition de ses muscles puissants sous sa peau mate.

Je gémis lorsqu'il alla butiner mon cou avant de faire pareil avec mon lobe, tout en me glissant :

– J'ai cru te perdre lorsque t'as refusé de répondre à mes appels.

J'enfonçai mes ongles dans son dos pour le sentir plus près. Il sema plein de baisers sur la ligne de ma mâchoire.

– Je me suis juré de tout faire pour te récupérer.

Nos pupilles shootées s'accrochèrent alors qu'il se redressait pour faire coulisser une bretelle de ma robe. L'amour que j'y lus me donna envie de pleurer.

– Et je me suis promis d'être la meilleure version de moi-même pour toi, ajouta-t-il avec une sincérité renversante. Le mec qui t'accompagnera dans tous tes délires et qui réalisera tous tes fantasmes.

Mes yeux s'embuèrent tandis que mon cœur fondait comme neige au soleil.

– Je ne veux pas que tu te sentes obligé de faire quoi que ce soit, murmurai-je d'une voix vibrante d'émotion.

Je m'arc-boutai lorsqu'il engloutit un mamelon dans sa bouche. Il le tortura au point de me rendre haletante et bouillonnante de désir au moment où il revint m'embrasser.

— Comment puis-je avoir l'air plus consentant ? souffla-t-il.

Oh mon Dieu ! J'allais d... j'allais baiser ce mec comme jamais.

Je le fis rouler sous moi et grimaçai en faisant passer ma robe par-dessus ma tête.

— Ça va ? s'inquiéta-t-il. Si tu…

Je le fis taire d'un baiser, puis tirai sur sa lèvre inférieure coincée entre mes dents.

Il grogna et fit courir ses mains de mon dos jusqu'à mes fesses. J'ondulais sur la bosse sur son jean, fiévreuse, impatiente, avec bien sûr l'intention de l'en débarrasser dans très peu de temps, lorsque Helen choisit ce moment pour cogner à la porte.

J'eus envie de fracasser un truc.

Le soir même, je prévoyais de dormir dans un hôtel, jusqu'à ce que je me trouve un appart.

Elle frappa à nouveau et Isas qui avait senti mon irritation, m'allongea de nouveau sous lui pour me biser la joue.

— On aura le temps. C'est pas demain que je vais partir.

Ah bon ? Ce n'était pas une simple visite ? Je ne voulais affecter sa carrière en aucune façon.

— T'es au courant que je ne suis pas sûre d'y retourner ?

— Je sais. Et je suis pas là pour influencer ta décision, juste te soutenir le temps qu'il te faudra pour la prendre.

Je déglutis en détaillant son visage parfait de mes yeux embués. J'avais rarement éprouvé un tel niveau de gratitude envers quelqu'un. Putain ! J'allais offrir le monde à ce mec, en commençant par mon corps dans toutes les positions imaginables.

— Merci.

J'espérais qu'il me pardonnerait d'avoir ignoré ses appels. J'aurais dû savoir que je pourrais compter sur lui. J'allais déjà tellement mieux depuis qu'il était là.

Je l'embrassai une dernière fois, me rhabillai et ouvris à Helen qui était là pour annoncer le dîner. Mon cul, oui !

Isas descendit avant moi. Je restai en arrière pour prévenir ma mère perchée sans surprise sur des talons de treize centimètres un dimanche après-midi, malgré sa robe bleu marine assez casual.

J'allai droit au but.

– Je vais chercher un appart.

Elle réagit à peine. J'en fus vraiment blessée. Et au moment où j'allais me consoler de son pincement de lèvres, je perçus un éclair de satisfaction dans son regard moka. Je plissai les yeux, outrée.

– En gros, tu voulais que je quitte la maison ?

Sa longue queue-de-cheval suivit sa dénégation de la tête.

– Pas du tout. T'es mon unique enfant. Mais t'es une femme. Ça devrait arriver tôt ou tard. Surtout que je n'accepterai jamais que tu fasses des cochonneries chez moi.

– Parce que toi, t'en fais pas avec Jesse ?

Elle sourit en coin.

– C'est différent.

Non, c'était injuste.

Et j'étais toujours vexée que mon annonce ne l'affectât pas tant que ça.

Lorsque son sourire s'élargit, seule la curiosité m'empêcha de partir sur-le-champ. Excitée comme jamais, elle avait joint les doigts devant sa bouche, une enveloppe coincée entre ses paumes.

– Tu as enfin accepté mon offre !

Je fronçai les sourcils.

– Hein !

Ce fut à elle de plisser le front, en perdant de son enthousiasme.

— Ce n'est pas pour ça que tu t'installes définitivement ? Tu ne repars pas pour l'armée. Tu vas travailler avec moi.

Ah ! Ça ! Oui. Non. On verrait... Je ne voulais pas prendre de décisions hâtives. Toutefois, pour être honnête, j'y avais pensé plus que ne le ferait une personne non intéressée comme je m'étais désignée.

J'avais toujours adoré les chiffres et ma mère nageait dedans tous les jours. Ça ne garantirait pas que j'aimerais travailler avec elle. Mais pour quelqu'un qui ne savait pas où il en était niveau carrière, ça pourrait être un bon point de départ.

— Je ne sais pas encore, dis-je en me dirigeant vers une branche du double escalier.

— Megan, attends !

— Je ne sais pas encore, répétai-je en articulant chaque mot.

— Je t'ai ordonné d'attendre !

À contrecœur, je fis demi-tour pour éviter une explosion. Elle s'avança, la mine sévère et me tendit l'enveloppe dans sa main à laquelle, je n'avais pas accordé plus d'attention que ça.

— Il y avait ça pour toi. Et sache que cette discussion n'est pas terminée. Je suis contre l'idée que tu retournes risquer ta vie alors que tu peux tout avoir ici. Pour l'appart, je vais passer deux trois coups de fil. Je t'attendrai en bas.

J'avais à peine capté ses dernières phrases, puisque les battements assourdissants de mon cœur avaient envahi ma tête dès l'instant où j'avais touché le papier.

Michael.

La lettre était anonyme. Je ne pourrais pas expliquer comment, mais je savais que c'était lui.

Notre relation avait toujours dépassé la logique de toute façon.

De mes doigts impatients et tremblants, je déchirai l'enveloppe pour en extraire une feuille qui contenait un unique mot d'une écriture penchée, fine, mais sophistiquée.

« Deal »

Je souris et pleurai en coinçant la feuille sur mon cœur.

C'était stupide et insensé de croire qu'on allait se retrouver dans une autre vie pour terminer ce qu'on avait commencé. Mais je m'en foutais. Il fallait que j'y croie. J'en avais besoin.

– OK, bad boy. Deal.

FIN

Remerciements

Je remercie mes tout premiers lecteurs, Kerwan et Rosie. Qui sait si j'aurais continué à écrire si Wattpad ne vous avait pas mis sur mon chemin ?

Un grand merci à tous les autres qui ont suivi, en particulier, toi Élodie. Je t'aime, voilà. Je vous aime tous, d'ailleurs. Vous êtes les lecteurs les plus géniaux de la galaxie, toujours là à réclamer plus, même quand vous m'en voulez à mort. Que demander de plus ? J'aimerais aussi mettre les noms de tous les auteurs qui m'ont inspirée, mais la longueur de ma liste doit certainement être illégale.

Et parmi mes proches : Nia, Lilie, Meme, Emma, la sœur d'Emma, Malaïka, merci d'avoir pris le temps de lire mes histoires. Ça compte beaucoup pour moi.

Merci à Virginie, pour avoir donné sa chance à cette histoire alors que je n'y croyais plus. Parfois encore, je crois rêver.

Pour finir, merci maman. Je ne t'ai jamais laissé lire mes livres (maintenant, j'ai pas le choix), mais à chaque fois que tu demandais comment ça avançait, ça faisait zzz en moi. Je t'aime.

 Shingfoo MIA BENNET

IT'S HOTTER IN HELL

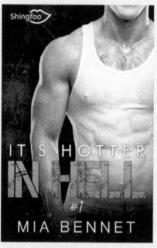 

Alexis aurait dû le savoir : à trop vouloir se rapprocher du mal, on finit par s'y brûler les ailes... surtout lorsqu'on tombe sur quelqu'un qui manie avec brio l'art d'allumer un briquet !

Blake Foxter est impulsif, violent, cynique. Et elle le hait.

Mais il n'y a qu'en enfer que se rencontrent les âmes avec un certain penchant pour le péché...

LAURIE ESCHARD

DIVORCE IMMINENT

Fiancée au charmant et respectueux docteur Delvincourt, Alice est une femme comblée et n'attend qu'une chose : épouser enfin l'homme qu'elle aime depuis qu'elle est enfant.

Mais lorsqu'elle apprend que son premier mariage, célébré quatre ans plus tôt dans une petite chapelle de Las Vegas est bien légal en France, Alice n'a pas d'autre choix que de retrouver son cher époux pour le faire annuler. Petit détail mais pas des moindres, le marié ne semble pas être disposé à divorcer aussi facilement.

Ne jamais rien regretter... Et réfléchir à deux fois avant de faire des folies !

 LAETITIA ROMANO

BEAUTIFUL...

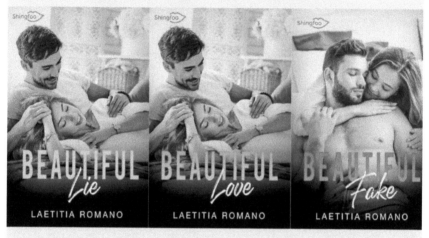

Alors que Megane Crawford envoie une lettre à un homme avec qui elle a engagé une correspondance, la lettre en question arrive par erreur chez Curtis Lowell...

Contre toute attente, le jeune homme décide de lui répondre.

Ils vont alors entamer une relation épistolaire. Jusqu'à ce que Curtis lui propose de se rencontrer.

Ce dernier étant une célébrité de la mode et en ayant assez des femmes qui lui tournent autour pour sa notoriété, il va envoyer son meilleur ami au premier rendez-vous à sa place, en éclaireur.

Jusqu'où ce mensonge les mènera-t-il ?

LAETITIA ROMANO

ENDLESS SUMMER

Summer est sous pression à Détroit. Sa mère entre en cure de désintoxication et son oncle la prend avec lui pour s'installer à Hawaï.

Elle fait la connaissance de Tamara qui travaille avec elle au magasin de Travis son oncle.

Mais Hawaï est aussi le paradis des surfeurs et un jour, elle va faire la connaissance de quatre d'entre eux.
Elle ne tardera pas à tomber sous le charme d'Owen et devra se méfier car les apparences sont parfois trompeuses.

Shingfoo   LAETITIA ROMANO

IN YOUR EYES

Aux antipodes l'un de l'autre, Myla et Jackson se rencontrent en soirée. Leurs différences sont flagrantes et la séduction n'est pas au rendez-vous.

Myla est timide et réservée, Jackson lui est plutôt secret et provocateur. Ils n'étaient pas faits pour se rencontrer. Ils n'étaient même pas censés se revoir.

Mais le destin parfois s'en mêle... Et à force d'échanges et de disputes aussi, ils vont se découvrir et peut-être qui sait avec le temps s'apprécier ?

ELENA MAY

LOVE INTERDIT

De la haine à l'amour, il n'y a qu'un pas.

Belle, pétillante et déterminée, Raphaëlle Walton mène une vie de rêve : un père fortuné et aimant, un tas d'amis, des fringues de luxe, des accès aux soirées les plus branchées de la ville… Bref, sa vie est parfaite. Ou plutôt elle l'était. Tout dérape le jour où elle se retrouve dans le jet familial en direction de Monaco, et en compagnie de son papa et de son associé. Carter Herrera. Businessman redoutable, aussi insupportable que séduisant.

Dès le début, la cohabitation ne fonctionne pas. Carter, trentenaire ambitieux qui a réussi à se faire un nom dans le monde des affaires par ses propres moyens, a bien du mal à tolérer la fille à papa qu'est Raphaëlle. Elle représente tout ce qu'il méprise : arrogance, concupiscence, exubérance. Et alors qu'ils passent leurs temps à se détester et à se faire du mal, tentant d'ignorer leur attirance mutuelle inexplicable et interdite, les choses deviennent vite incontrôlables entre eux.

Plus de retour en arrière possible.

ELENA MAY

ESCORT ME

Cela fait six ans que Joy partage sa chambre avec Emma, Manon et Silver dans l'internat qu'elle a intégré à la mort de sa mère. Il y a quelques mois, ses colocataires ont rencontré Zach lors d'une soirée et ont intégré son réseau d'escort.

Un jour, Joy n'a pas d'autre choix que de remplacer sa copine malade, il le faut car Zach peut être assez intransigeant lorsqu'il n'est pas satisfait. Ce même soir, elle est soulagée de constater que les trois hommes ne sont pas aussi âgés qu'elle l'aurait pensé. Adrian, à l'inverse de ses amis ne semble absolument pas intéressé.

Pourquoi a-t-il payé pour être en sa compagnie ?

ALL YOURS

Jade est une jeune artiste peintre de vingt-quatre ans. Voilà bientôt deux ans qu'elle a quitté Londres pour New York et ça lui réussit plutôt bien puisqu'en seulement quelques mois, ont été vendues presque toutes ses œuvres à un seul et même acheteur.

Belle, extravertie et insouciante, elle ne cherche pas l'amour et se contente de nuits sans lendemain. Mais lors d'un vernissage organisé par son amie Sonia en son honneur, elle fait la rencontre de son mystérieux acheteur, Alex.

DESTINS LIES

3 Histoires qui se lisent indépendamment.

Un Mariage Inopportun

Ils ne se connaissent pas. Pourtant, ils vont devoir cohabiter et bien plus encore. Elle, Clara Taylor, jeune femme de 26 ans accomplie dans sa vie professionnelle et heureuse dans sa vie privée. Lui, James Smith, 30 ans, homme d'affaires qui sait ce qu'il veut. Et il la veut, elle.

Clara va voir sa vie complètement changer lorsque ses parents vont lui annoncer qu'elle doit se marier. Elle qui a toujours rêvé de romance se voit vite descendre de son nuage.

Forcée d'accepter, elle ne va pas pour autant se laisser faire. Si elle ne peut pas refuser, elle compte bien faire changer d'avis son « futur époux ».

Pour le meilleur et pour le pire.

 MORGANE PERRIN

DESTINS LIES

3 Histoires qui se lisent indépendamment.

Le contrat

Ils se sont connus au lycée. Lui, Ethan Cooper, le gars populaire et aimé des filles. Elle, Chanel Foster, celle qui rédigeait ses devoirs de Français, trop obnubilée par son charme.

Il est maintenant le PDG de son entreprise, la Cooper's Compagny et propose LE poste de directrice marketing dont elle rêve.

Pour l'approcher, elle tente de le voir à l'une des soirées qu'il organise. Ça aurait pu être aussi facile que ça... Mais non !

Au cours de cette nuit-là, il lui propose un contrat : si elle accepte de travailler pour lui en tant que simple assistante, pendant six mois, en étant disponible jour et nuit, le poste qu'elle souhaite est à elle.

Arrivera-t-elle à tenir six longs mois ? Résistera-t-elle à son charme, qui l'a tant affectée dans son adolescence ?

 MORGANE PERRIN

DESTINS LIES

3 Histoires qui se lisent indépendamment.

L'Ombre du Passé

Julia est une jeune femme qui tente de vivre sa vie le plus paisiblement possible, sans vague. Son fils Eliott est sa plus grande réussite, même si les débuts ont été très compliqués.

Cela aurait pu être un avenir radieux si Greg n'avait pas refait surface dans sa douce vie, semant un chaos définitif dans tous ses rêves et projets.

Julia est prête à tout pour l'éloigner de sa vie et de celle de son fils, mais Greg n'a pas dit son dernier mot.

Arrivera-t-elle à faire face à cette ombre du passé ?

SOPHIE PHILIPPE

MON PATRON,
MON MEILLEUR ENNEMI

Ils n'auraient jamais dû se rencontrer.

Elle était étudiante, et travaillait comme serveuse pour payer ses études.

Il était l'un des hommes d'affaires les plus implacables et respectés du pays.

Nick Obrian était l'homme le plus arrogant qu'il était possible de rencontrer... Extrêmement séduisant, mystérieux et sarcastique, le portrait même du parfait connard. Avec une réussite financière qui n'arrange rien... Et 26 ans de pratique.

Abby était la femme la plus douce qui puisse exister... Charmante, brillante et souriante, avec un soupçon de fort caractère. Le savant mélange de la femme parfaite... Et 22 ans de galère.

Et c'est un simple pari qui va venir bouleverser leur vie...

SOPHIE PHILIPPE

MON PATRON, MON PIRE ENNEMI

Il s'appelle Nathan Carter.
Un peu trop sûr de lui, prétentieux à n'en plus finir et tyran de première. 26 ans de pratique dans la maîtrise du pouvoir.

Elle s'appelle Nora Milani.
Un caractère explosif, ambitieuse à tout prix et emmerdeuse à souhait. 25 ans de pratique en emmerdement professionnel.

Elle sera son souffre-douleur, il sera son bouc-émissaire.
Ils vont se détester.

Enfin dans un premier temps...

 **JULIA TEIS**

L'INCONNU DE NOËL

Une comédie romantique de Noël au cœur de New York !

Suite à plusieurs relations désastreuses, Lucy s'est renfermée sur elle-même et coupée du monde. Entre son travail, son chat, ses romans d'amour et son bénévolat, les journées s'enchaînent et se ressemblent...

Jusqu'au jour où elle croise la route d'Adam, un nouveau bénévole qui travaille dans la même entreprise. Un mystère entoure le jeune homme mais malgré tout, Lucy est intriguée et irrésistiblement attirée... et le destin s'évertue à les mettre sur la même route à la moindre occasion !

Entre les préparations des fêtes de fin d'année, les activités de bénévolat et ce mystérieux collègue, la jeune femme verra sa vie à jamais bousculée... pour le meilleur ?

WHAT LOVERS DO

Février. Semaine de la Saint-Valentin.

Un congrès à Paris réunit les 100 dirigeants des plus grandes entreprises internationales.

Mais pas que...

Quoi de plus exaltant que de s'envoler pour la ville la plus romantique au monde pour l'occasion ?

Toutes les excuses sont bonnes pour faire ses valises !

Entre histoires parallèles et rencontres fortuites, célébrer le romantisme n'a jamais été si... mouvementé !

Qui de nos héros va réussir son challenge de l'amoureux de l'année ?

Qui ne sera pas à la hauteur en ce jour si spécial ?

Les auteures Shingfoo ont relevé le défi pour vous offrir cette histoire exceptionnelle à 10 mains. Foncez découvrir ce roman inédit qui vous fera frémir !

 CASS W. FOSTER

ETAT D'IVRESSE

Jessica a le cœur brisé. Elle se laisse convaincre par sa meilleure amie d'aller se changer les idées au Brésil.

Elle redécouvre la séduction et fait des rencontres émotionnelles et sexuelles qui la bouleversent.

Est-ce que ce remède miracle suffira à la réconcilier avec elle-même ?

MARIE ROSE

MON ROI

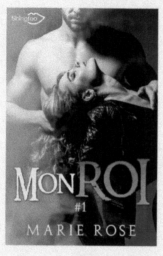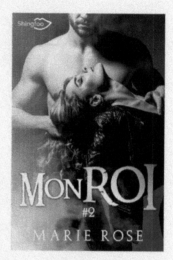

Il y a cinq ans, les immortels se sont révélés au grand jour pour prendre officiellement le pouvoir lors du "soir du traité". Et ce soir-là, c'est toute sa vie que Hope a vu basculer.

Depuis, elle essaie tant bien que mal de garder la tête hors de l'eau pour s'occuper de son petit frère. Mais la haine qu'elle voue aux immortels, ces vampires qui ont tué ses parents, ne s'est jamais éteinte... Jusqu'à ce soir...

Lorsqu'un inconnu ténébreux à l'aura sombre plonge son regard teinté de pourpre dans le sien. Ce regard, elle n'en réchappera pas.

Entre destin et révélations, haine et passion, plus rien ne sera comme avant pour la jeune fille. Pour le meilleur... comme pour le pire.

 JANIS STONE

ATTRACTIVE BOSS

Déçue de la tournure que prend sa vie en France, Camille décide sur un coup de tête de partir rejoindre son grand frère dans la ville qui ne dort jamais, la grande pomme autrement dit : New York ! Quoi de mieux que de mettre un océan entre elle et les personnes nocives qui l'entourent ? Bye bye les problèmes et bonjour Manhattan ! Mat son grand frère lui trouve une place au sein de son entreprise et l'accueille chez lui.

Seul souci pour Camille : l'associé de son frère, Ethan, trentenaire, influent, il exerce un drôle de pouvoir sur les femmes et éveille la curiosité de Camille.

Qui se cache sous ce beau costume et derrière ce masque ?

 JANIS STONE

ATTRACTIVE DISASTER

Les objectifs de Sarah dans la vie ?

Réussir sa vie professionnelle, être indépendante, libre et ne jamais rien devoir à personne.

Et jusque là, elle s'en sortait pas trop mal. Elle est heureuse. Ou du moins, elle l'était. Elle n'avait juste pas prévu qu'en devenant amie avec sa super collègue Camille, son grand frère Mat allait chambouler ses certitudes.

SUIVEZ-NOUS SUR LES RÉSEAUX SOCIAUX

@shingfoo

@shingfooeditions